STEVE BLOOM

The Perfect Date

Für die Frauen in meinem Leben –
Ruth, Jennifer, Nora und Liza

STEVE BLOOM

The Perfect Date

Aus dem Englischen von
Felix Grünspan und Ska Radczinski

magellan

MAI

Ich weiß, was ihr denkt

Was zum Teufel treibe ich, Brooks Rattigan, eigentlich in Hackensack?

Im Holiday Inn an einem wertvollen Samstagabend?

Beim stundenlangen Twerken mit Gabby Dombrowski?

Versteht mich bitte nicht falsch. Nichts gegen Gabby Dombrowski. Genauso wenig wie gegen Burdettes Cousine oder Sylvie Frohnapfel oder Alana Wie-war-noch-mal-der-Name oder alle anderen. Nicht mal gegen Celia Lieberman, wenn man's genau nimmt. Sie alle sind ausgezeichnete, aufrechte Angehörige des schönen Geschlechts. Attraktiv, intelligent, erfolgreich. Engagierte Gesprächspartnerinnen, gesellige Begleiterinnen bei Abendessen. Schulsprecherinnen, Gewinnerinnen naturwissenschaftlicher Wettbewerbe, Eiskunstlauf-Champions. Jede einzelne von ihnen auf ihre eigene Weise total umwerfend. Möge die Macht mit ihnen allen sein.

Nette Mädchen. Nette Mädchen aus netten Häusern in netten Gegenden mit netten Sachen. Netten Moms und Dads, netten Brüdern, netten Schwestern. Die wohlmeinenden Gesichter verschwimmen vor meinem inneren Auge. Jede so anders und doch alle so gleich. Infiziert mit derselben wütenden unheilbaren Krankheit. FOMO. *Fear of Missing Out.* Also der Angst, was zu verpassen.

FOMO, könnte man sagen, ist der Lebensunterhalt von Brooks Rattigan.

Homecoming, Winterball, Frühlingsfest, Abschlussball. Ich meine, wenn man mal drüber nachdenkt, was ihr bestimmt nicht macht, ist es schon erstaunlich, wie viele Einmal-im-Leben-Ereignisse in ein einziges Jahr an der Highschool passen. Und wenn ihr diese Zahl noch mit der Zahl der bedeutsamen Events an jeder Highschool in der Tri-State-Area, dem Drei-Bundesstaaten-Eck rund um New York City, multipliziert, dann, nun ja, kann es echt ein bisschen viel werden. Tatsächlich kann es manchmal sogar richtig nerven.

Sorry. Wo waren wir gerade? Ach ja, bei Gabby Dombrowski.

Nein, an Gabby Dombrowski gibt's nichts auszusetzen. Sie beherrscht drei Sprachen und vier Instrumente. Nichts, außer vielleicht der Tatsache, dass sie auch noch Präsidentin des School-Spirit-Clubs, ohne Absätze einen Meter fünfundachtzig und mit einen Meter fünfundneunzig groß ist, mich fertigmachen kann und mir gleich beide Arme auskugeln wird. Für alle von euch, die nicht aus Hackensack sind: Gabby Dombrowski war zu allem Überfluss gerade auch noch als Star-Centerin ihrer Basketballmannschaft im Team der Besten. Das hat es direkt bis in die Halbfinalspiele geschafft, was für Nordmittel-Jersey echt was heißen will.

Um uns herum blitzen bunte Stroboskoplichter, während super aufgestylte Babes in sexy, tief ausgeschnittenen Kleidern und gegelte Typen in scharfen Mietanzügen zu hämmernden Beats tanzen. Ein breiter Querschnitt des Chaos, das man Highschool nennt, perfekt paarweise sortiert. Sportskanone mit Sportskanone. Blödmann mit Blödfrau. Kiffer mit Kifferin. Streber mit Streberin. Ihr wisst schon, die Coolen mit den Coolen und die Uncoolen mit den Uncoolen. Nur eben immer zu zweit. Schon irre, wie das alles aufgeht.

Nur ein Paar passt nicht zusammen. Ich und die schon erwähnte Dombrowski. Wir sind in jeder Hinsicht eine Fehlpaarung. Erstens bin ich, auch wenn ich gern mal einen oder zwei Körbe werfe, im Basketball eine ziemliche Niete. Zweitens habe ich keinen Spirit. Aber am wichtigsten ist – ich mag Gabby Dombrowski nicht. Ich meine, sie ist schon okay, aber ich mag sie nicht so, um das hier mit ihr zu machen. Wie sollte ich auch? Ich kenne Gabby Dombrowski ja gar nicht. Und übrigens kennt Gabby Dombrowski mich auch nicht. Obwohl wir zusammen hier sind, haben wir uns erst vor drei Stunden das erste Mal getroffen.

Wieder durchzuckt ein Schmerz meinen gequälten Körper, als Gabby mich begeistert herumwirbelt, wie ich es eigentlich mit ihr tun sollte. Sie lässt mich nach hinten zurückfallen, was ich bei ihr gar nicht könnte. Da endet der Song gnädigerweise. Leicht benommen grinse ich tapfer, denn schließlich bin ich ein erfahrener Profi.

»Danke, Gabby«, keuche ich. »Das war, äh, erfrischend.«

Meine getretenen Füße sehnen sich schmerzlich nach einer Fünf-Minuten-Pause der Band. Aber stattdessen wird das Licht gedimmt und man hört den sanften Übergang zu einer leisen, romantischen Nummer. Oh Gott, nein. »Stairway to Heaven«. Ein richtiger Golden Oldie. Und der längste Slow Song der Welt. Gabby strahlt auf mich runter. Ich zucke innerlich zusammen. Shit. Langsame Songs, vor allem so superlange, sind der Fluch meiner Branche. Und »Stairway to Heaven« ist der Inbegriff davon.

»Gabby, was hältst du davon, wenn wir den auslassen und uns kurz hinsetzen?«, schlage ich vor und weiche blitzschnell von ihr zurück.

Aber Gabbys Star-Sportlerinnen-Reflexe sind viel zu schnell für mich. Ich werde am Revers meiner gerade erst abbezahlten Smokingjacke gepackt und zurückgezogen.

»Vorsicht!«, fiepe ich. »Das ist teurer Stoff!«

Alles wird dunkel um mich, als ich tief in der Schlucht zwischen Gabbys durchtrainierten Brüsten verschwinde. Ich werde hochgehoben und gedrückt wie eine Puppe, während die altbewährte Musik ihren Zauber entfaltet.

Wie konnte das passieren? Wo bin ich so weit vom rechten Weg abgekommen? Alles, was ich wollte, war doch nur, mir ein bisschen Extrageld fürs College zu verdienen. Mehr aus meinem Leben machen, meine bescheidenen Verhältnisse ein wenig aufbessern, während ich gleichzeitig eine klaffende Marktlücke schloss. Ist das so ein Verbrechen? Ich meine, kriegen wir nicht dauernd eingebläut, dass wir vorankommen sollen? Und alles umsonst. Denn, seien wir mal ehrlich, ich werde es nirgendwohin schaffen.

Gabbys lackierte Fingernägel krabbeln wie Spinnen im Angriffsmodus über meinen Hintern. Ich schlage sie weg.

»Hey, Finger weg!«

Ja, ich weiß, was ihr jetzt denkt. Brooks Rattigan, verachtet von Shelby Pace, ganz zu schweigen vom Großteil der New Yorker Vororte und beträchtlichen Teilen des südlichen Connecticut. Gemieden und ausgestoßen von der respektablen Highschool-Society. Verschmäht von *The Murf*, meinem ältesten, besten Kumpel, einem tollen Typ, der weder mir noch sonst irgendwem jemals was zuleide getan hat. Verstoßen von meiner Familie oder von dem, was noch davon übrig ist. Hey, ich kann mich nicht mal selbst leiden, aber im Moment kann ich nicht wirklich viel gegen mich ausrichten.

Also schunkle ich hier in Hackensack. Brooks Rattigan, Schleimer, Abschaum des Universums. Brooks Rattigan, tragische Gestalt, ein Mann ganz allein auf der Welt, der mit Gabby Dombrowski zu Aufgewärmtem von Led Zeppelin eng umschlungen tanzt.

Ja, meine Freunde, ich weiß schon, was ihr denkt. Wie konntest du so tief sinken, Brooks Rattigan?

Witzig. Genau diese Frage stelle ich mir auch immer wieder.

Ich denke daran zurück, wie alles anfing. War das wirklich erst vor ein paar Monaten? Zurück zu diesen letzten, für immer verlorenen Tagen seliger Unwissenheit. Zurück in die Zeit, bevor ich mich über den großen Graben und in unerforschte Gewässer wagte. Zurück zum September.

SEPTEMBER

Tag eins

»Hey ho, let's go! Hey ho, let's go!«

Die Ramones grölen. Das ist mein Klingelton. »Blitzkrieg Bop«, der Titel ihres ersten Albums, ist mein persönliches Mantra für das letzte Jahr an der Highschool.

Ich muss gar nicht erst mit trübem Blick auf das Display meines iPhones blinzeln. Ich weiß auch so, wie spät es ist, weil ich mir das selbst eingebrockt, indem ich den Wecker gestellt habe. Es ist 5:45 Uhr. Ich stöhne. Wie jeder Vollblut-Teenager bin ich nicht gerade ein Morgenmensch. Vor allem nicht, nachdem ich bis ein Uhr nachts auf war, um verzweifelt einen Sinn in »Das wüste Land« für meinen schon längst überfälligen Englisch-Aufsatz auf Collegeniveau zu finden. Dieses verdammte Gedicht von T.S. Elliot ist in irgendeinem Geheimcode verfasst, den ich ums Verrecken nicht knacken kann. Dichter. Ich verstehe sie einfach nicht. Wenn die schon unbedingt so was Wichtiges zu sagen haben, warum tun sie es dann nicht einfach und *sagen* es?

Die Kaffeemaschine ist voreingestellt und läuft, aber die Körner der Sanduhr rieseln unerbittlich. Von den vielen Dingen, an denen es mir fehlt, ist Zeit zum kostbarsten Gut geworden. 13. Oktober. Glückszahl 13. Ich habe nur noch einen einzigen Versuch, und der 13. Oktober ist schon in drei Wochen, die viel zu schnell verrinnen. Also lege ich eine übermenschliche

Selbstdisziplin an den Tag, nehme mir einen Becher Kaffee und einen halben, vertrockneten Donut aus der Küche und schleppe meine armselige Gestalt durch das Chaos meines Zimmers zum noch chaotischeren Schreibtisch, hole das aktuellste eselsohrige Übungsheft hervor und beginne das tägliche Lernprogramm.

Mathe-Wiederholung: Analysis, Wahrscheinlichkeitsrechnung, Statistik. Ich ziehe sie mir tagtäglich für dreißig Minuten im Morgengrauen rein wie meinen Orangensaft. Komplexe Gleichungen, Zahlen und Graphen, die einen Studenten kurz vor dem Doktortitel stressen würden, fordern meinen benommenen Teenager-Verstand heraus. Aber das ist okay. In Mathe bin ich relativ stark. Meine Punktzahl im nicht sprachlichen Bereich hat sich beim letzten Mal schon um den gewünschten Rahmen gesteigert. Trotzdem kann ich nicht selbstzufrieden sein und mich lässig zurücklehnen.

Denn es gibt ja auch noch den sprachlichen Bereich. Und der raubt mir in langen, ruhelosen Nächten den Schlaf. Leseverständnis. Fehlererkennung. Sätze vervollständigen. Wortschatz. Das alles foltert mich, diese Gipfel muss ich erklimmen oder bei dem Versuch zugrunde gehen.

Die SATs. Zehn Bereiche. Drei Stunden und fünfzig Minuten. Eine winzige Zeitspanne, die über den weiteren Verlauf eines ganzen Lebens entscheiden kann. Ein Wendepunkt beim Streben nach einer Existenz in der oberen Mittelschicht. Also kaum Druck. Und kommt mir bloß nicht wieder mit dem Scheiß von wegen »es spielt keine Rolle«. Denn wir wissen alle, dass es eine spielt. Ich meine, habt ihr schon mal gemerkt, dass all die großen Experten, die behaupten, es würde keine Rolle spielen, Abschlüsse von Ivy-League-Unis haben? Wenn es also angeblich keine Rolle spielt, warum spielt es dann für so viele Leute eine Rolle, die wiederum selbst eine Rolle spielen? Es spielt eine Rolle. Und was für eine.

Und die SATs sind der Schlüssel. Der sogenannte große Gleichmacher zwischen denen, die es haben, und denen, die's nicht haben. Jaja, ich weiß. Ja klar. Als könnte man gute Noten nicht genauso kaufen wie alles andere. Aber private Nachhilfe, Personaltrainer oder kostspielige SAT-Bootcamps sind für Rattigan nicht drin. Ich werde es allein hinkriegen müssen. Die Sache ist, ein gutes Ergebnis bringt heutzutage nicht viel und ein großartiges genügt gerade mal den Anforderungen. Nein, inzwischen musst du echt perfekt sein. Und die Latte liegt höher denn je. Seien wir ehrlich: So wie es mit unserem Planeten bergab geht, ist da draußen nur eine begrenzte Anzahl von tollen Zukunftsaussichten zu vergeben. Gleichzeitig haben sich seit Menschengedenken noch nie so viele von uns um so wenige Plätze geprügelt. Machen wir uns doch nichts vor, heutzutage ist ein Markenname alles. Und es gibt keine bessere Marke als eine erstklassige Uni.

Das Problem ist, in zweitklassige Unis zu kommen, ist inzwischen so schwer, wie es früher in eine erstklassige zu schaffen, und in drittklassige so, wie früher in zweitklassige. Und die guten alten zuverlässigen State Universities, die es früher gab und die nur darauf zu warten schienen, einen zu retten? Denkt lieber noch mal drüber nach. Ihr spielt das Zulassungsspiel nur ein einziges Mal. Wenn ihr es verkackt, dann seid ihr endgültig im Arsch.

Schaudernd beschließe ich, mich vor der nächsten Runde noch mal zu stärken, und tapse in die Küche zurück. Wie immer stapeln sich Charlies Geschirr und Dreck in der Spüle. Obwohl meine Zeit knapp ist, kratze ich die Essensreste ab, spüle vor und räume alles in den Geschirrspüler, wie ich das immer mache. Ich kann einfach nicht anders. Zugegeben, ich hab da so eine Zwangsstörung. Aber es nervt mich einfach. Und wie.

»Arschloch«, murmele ich.

Die nächsten fünfundsiebzig Minuten verbringe ich in typischer Panik. Hektisch blättere ich durch Seiten. Fülle Lückentexte aus. Begreife nichts. Checke null. Meine »Vervollständigen Sie«-Aufgaben sind unvollständig. Mein Wortschatz ist für 'n Arsch. Ich bin verloren. Ich habe keine strahlende Zukunft.

Es ist 7:15 Uhr. Und ich bin schon erschöpft, noch bevor in fünfundvierzig Minuten die erste Stunde beginnt.

Wie immer gibt's kein heißes Wasser zum Duschen. Ich tropfe und zittere wie ein streunender Hund. Aber ich beiße die Zähne zusammen und zwinge mich weiterzumachen.

Meliorieren, Verb: besser machen, sich verbessern; Englisch: *to ameliorate.*

Beispielsatz: Ich werde meine SAT-Ergebnisse meliorieren oder mich gleich umbringen.

Jetzt steht, ob ihr's glaubt oder nicht, der wirklich harte Teil des Morgens an.

Charlie.

Normalerweise achte ich darauf, ihn in Ruhe zu lassen, wenn ich zur Schule muss. Ganze Monate vergehen, ohne dass wir bei Tageslicht ein Wort wechseln. Und ich hab mich damit abgefunden. Ich mag es sogar. Es macht mir das Leben so viel leichter. Aber heute bleibt mir keine andere Wahl. Heute muss ich tun, was ich am meisten verabscheue – *verabscheuen*, Verb: nicht ausstehen können, hassen; Englisch: *to loathe*. Ich muss ihn nerven.

Sein Zimmer ist, seit ich das letzte Mal gezwungen war, es zu betreten, ein noch ekligeres Loch geworden. Obwohl es direkt neben meinem liegt, gehe ich nie rein. Dabei ist mir das nicht verboten und er schließt es auch nicht ab oder irgend so was. Es deprimiert mich nur jedes Mal dermaßen.

Jetzt mache ich das Licht an und reiße die Vorhänge auf. Gammelige Socken, feucht gewordene Bücher und verschimmelte Reste von Take-away-Essen liegen wie Opfer auf einem Schlachtfeld über dem billigen, verfleckten Teppichboden verstreut. Ich stakse vorsichtig durch die Unordnung zu einer schäbigen Matratze, auf der sich dreckige Unterwäsche, alte Zeitungen und zerknitterte Verpackungen stapeln. Ich zucke zurück. Charlies Zimmer zeugt nicht nur von erschreckender Faulheit sowie absolut null Anspruch und Selbstbeherrschung, sondern es ist auch extrem unhygienisch. Da meine SATs bevorstehen, habe ich in letzter Zeit Sport gemacht, mich gesund ernährt, auf Sauberkeit geachtet, einfach pflichtbewusst auf meine Gesundheit geschaut. Jetzt ist all das in Gefahr. Ich will mich nicht beschweren, aber ungefähr das Letzte, was ich an diesem kritischen Punkt brauchen könnte, wäre, richtig krank zu werden. Also versuche ich, nicht zu atmen.

Ich pike mit den Zinken der großen Serviergabel, die ich extra mitgebracht habe, in den modrigen Haufen.

»Okay, Charlie«, sage ich. »Beweg dich.«

Nichts. Ich pike noch mal – deutlich fester.

Unter den Trümmerteilen nehme ich eine winzige Bewegung wahr.

»Es ist zwanzig nach sieben!«, schnauze ich wie ein Feldwebel. »Du kommst zu spät zur Arbeit.«

»Na und?«, knurrt Charlie. »Ich komme immer zu spät zur Arbeit. Das kümmert doch kein Schwein.«

Seine verborgene Gestalt rührt sich, hebt sich ein Stück und lässt sich dann, wie ein gestrandeter Wal, auf die andere Seite fallen, um weiterzuschlafen.

Ich stehe da, wutschnaubend, aber entschlossen.

»Heute nicht, Charlie. Heute brauche ich dich wach, rasiert und halbwegs bei der Sache.«

»Was ist denn heute so wichtig?«, höre ich seine gedämpfte Stimme fragen.

»Es ist Freitag. Du triffst um zwölf Uhr Strack.«

»Nie von ihm gehört.«

»Edith Strack. *Sie* ist meine Collegeberaterin«, erkläre ich geduldig, obwohl ich innerlich schon explodiere. »Das ist mein erster und einziger Termin bei ihr.«

Ein verstrubbelter Kopf taucht auf. Ich staune. Wie gesagt ist es schon lange her, seit ich Charlie bei Tageslicht gesehen habe. Er sieht schrecklich aus: abgemagert, mit schwarzen und weißen Bartstoppeln, fettige, strähnige Haare. Ich finde, der Kerl erinnert an einen glaubwürdigen Serienkiller aus irgendeiner guten Show. Mir bleibt fast das Herz stehen. Meine Hoffnungen, so bescheiden sie auch sein mögen, schwinden dahin.

Stöhnend öffnet Charlie ein schwer hängendes Augenlid.

»Was hat das noch mal mit mir zu tun?«, fragt er.

»Eltern müssen dabei sein. Das habe ich dir auch erst ungefähr fünfzig Millionen Mal gesagt.«

Ja, Jungs und Mädchen, das ist, wenn man's genau nimmt, mein Vater. Dieses Wrack von einem Menschen, meine einzige Unterstützung. Obwohl wir blutsverwandt sind, könnten wir nicht unterschiedlicher sein. In gewisser Weise könnte man sagen, Charlie ist meine größte Inspiration, weil ich mich weigere, zu sein wie er. Meine schlimmste Angst ist, so zu werden. Aber das lasse ich nicht zu. Im Gegensatz zu ihm kümmert mich das.

Plötzlich kriegt er einen Hustenanfall, würgt und läuft rot an, als würde er gleich sterben. Es gelingt ihm zu überleben, indem er einen riesigen Schleimklumpen hochwürgt, den er aber, um nicht zu eklig zu sein, gleich wieder runterschluckt. Ich sollte mich eigentlich daran gewöhnt haben, aber ich muss trotzdem fast kotzen. Charlie gähnt nur und kratzt sich, als wäre das ganz normal, was es für ihn ja auch ist.

»Is das Kaffee?«, fragt er schnuppernd.

Ist es. Außer der Gabel habe ich einen dampfenden Becher bei mir. Charlie grapscht danach wie ein Koffeinsüchtiger, der er ja auch ist. Aber ich enthalte ihm seinen Stoff noch vor, um zu verhandeln.

»Das ist echt wichtig für mich, Charlie.«

Er stützt sich höher auf und öffnet das andere blutunterlaufene Auge. Ich sehe, dass er in seinen Klamotten geschlafen hat. Ein weiterer Punkt auf der langen Liste der Dinge, die ich an ihm abstoßend finde.

»Ich schätze, das heißt, ich muss mich duschen«, raunzt Charlie und meint das nicht als Scherz.

Ich gebe ihm den Kaffee. Er stürzt ihn hinunter und umklammert den Becher dabei mit beiden Händen. Ich mache auf dem Absatz kehrt, bleibe dann aber in der Tür noch mal stehen.

»Um Punkt zwölf, Charlie. Komm nicht zu spät. Ich habe nur zehn Minuten.«

Das Zentrum von Pritchard gleicht einer Geisterstadt. Kein Starbucks oder Jamba Juice oder Banana Republic weit und breit. Selbst zu seiner besten Zeit war Pritchard nie hübsch. Aber früher einmal, zu Beginn des letzten Jahrhunderts, gab es in meiner nicht gerade tollen Heimatstadt je eine Filiale von Sears und Penney's sowie ein cooles Art-déco-Kino. Jetzt verfällt das alles wie antike Grabmäler. Als General Motors umstrukturierte und Fabriken schloss, verschwand das Geld, und der Rest des Planeten zog weiter. Was zurückblieb, ist ein hohler, verwaister Ort, den nichts mehr erwartet außer weiterer Verfall. Genau deshalb muss ich verdammt noch mal hier weg.

Während ich mal wieder das schiere Ausmaß meiner Aufgabe abwäge, nuckelt *The Murf* selig an einem Joint, der so groß ist wie eine kleine Zigarre. Murf und ich, wir kennen uns schon seit dem Kindergarten und haben bereits so viele wechselseitig peinliche Situationen und Demütigungen durchlebt, dass wir einander bis in alle Ewigkeit damit erpressen könnten. Aber entscheidend ist: Murf hält mir den Rücken frei und ich ihm.

Ich hole Murf jeden Morgen zur Schule ab. Was tut man nicht alles für seinen Kumpel? Außerdem wohnt er direkt an der Strecke und gibt mir was zum Benzin dazu. Und bei The Beast – meinem Electra von 1990, der auf hundert Kilometern stolze einundzwanzig Liter verbraucht; so was wird heutzutage gar nicht mehr gebaut – hilft echt jede noch so kleine Unterstützung, das könnt ihr mir glauben.

Während er schunkelnd eine riesige Wolke ausbläst, dreht Murf die Rolling Stones auf – wir sind Klassikliebhaber – und bietet mir den aromatischen Blunt an.

Die Versuchung schmerzt. Meine Eingeweide brennen und ein kleiner Zug würde das bestimmt dämpfen. Aber wegen meines bevorstehenden Gesprächs mit Edith Strack muss ich hellwach und bei klarem Verstand bleiben. Also sage ich nur streng: »Du solltest den Scheiß lieber lassen, sonst endest du noch so wie mein Alter.«

»Ach, komm schon, das ist unser letztes Schuljahr«, antwortet Murf. »Es ist unsere heilige Pflicht, uns zuzudröhnen.«

Er nimmt noch einen Riesenzug. Hektisch kurble ich mein Fenster runter, um mögliche Gerüche nach draußen zu lassen. Ich kann nicht riskieren, dass die Strack irgendwas an mir riecht.

»Hey, ist das ein neues Hemd?«, erkundigt Murf sich.

Es ist ein neues Hemd, und ich bin erfreut, dass Murf – wenigstens irgendjemand – das bemerkt. Heute Morgen bin ich tadellos zurechtgemacht. Das Haar ordentlich gescheitelt und gekämmt, polierte Lederschuhe. Ich sehe todschick aus.

»Von Old Navy?« Er kippt seine Rückenlehne komplett nach hinten.

»Nur das Beste. Von The Gap«, sage ich. »Der erste Eindruck ist entscheidend.«

The Gap. Schickimicki. Murf, der selbst ein »The Brian Jonestown Massacre«-Batik-Shirt trägt und dessen löchrige Jogginghose um seine magere Figur schlackert, ist angemessen beeindruckt. Er streckt die Hand aus, um den hochwertigen Stoff zu befühlen. Ruckartig hebe ich warnend die Hand.

»Finger weg!«

Murf lehnt sich zurück und schließt die Augen, um seine Dröhnung zu genießen. »Du bist ja heute Morgen außerordentlich gut gelaunt«, stellt er sarkastisch fest.

Das stimmt. Ich bin heute Morgen fies. Seit unser Abschlussjahr angefangen hat, bin ich an viel zu vielen Morgen fies. Deshalb habe ich ein schlechtes Gewissen. Murf kann ja nichts dafür, dass mir total die Nerven durchgehen.

»Sorry. Ich mache mich nur auf die kalte Dosis Realität gefasst.«

»Auf was?«

»Die kalte Dosis Realität«, erkläre ich, dankbar für jede Chance zu disputieren – *disputieren*, Verb: diskutieren, ausführlich erörtern; Englisch: *to expostulate.* »Wenn die Strack dir sagt, wo du hinkommst und – was noch viel wichtiger ist – wo du nicht hinkommst, wenn du aufs College willst.«

Murfs sorglose Miene verfinstert sich. Er sieht mich an, als würde er gleich einen kleinen Anfall kriegen. Unter uns gesagt, mir ist in letzter Zeit aufgefallen, dass er so wird, wann immer ich von meinem Bewerbungsverfahren anfange. Trotzdem rede ich weiter.

»Jeder Aspekt deiner Bewerbung hat einen entsprechenden numerischen Wert. Die Strack addiert die und teilt dann deine Liste von Unis in drei Kategorien. Ganz oben stehen die schwer erreichbaren, die wieder in drei Unterkategorien aufgegliedert sind: ganz schwer erreichbar, ziemlich schwer erreichbar und die, die du nur mit einem echten Glückstreffer schaffst. In eine von denen zu kommen, wäre so quasi ein Lottogewinn.«

»Das ist ja das Tolle am CC, Mann«, sagt Murf zufrieden. »Da kommt jeder rein. Wenn ich achtzehn bin und noch atme, müssen die mich nehmen.«

CC. Das steht für Community College, also keine private Uni. Ich werfe ihm einen mitleidigen Blick zu. Murfs völlig fehlender Ehrgeiz ist ein ständiges Reizthema zwischen uns. Trotz meiner unablässigen Ratschläge weigert er sich, irgendeinen Rat anzunehmen.

»Dann sind da die Fifty-Fifties«, doziere ich weiter. »Aller Wahrscheinlichkeit nach solltest du es in mindestens eins oder zwei von diesen Dingern schaffen. Man möchte meinen, das würde einem doch ein *Fünkchen* – Substantiv, Jota, Spur, Englisch: *scintilla* – von Sicherheit geben, aber das tut es nicht. Warum, fragst du dich?«

Tatsächlich weiß ich, dass Murf sich das nicht fragt. Nicht im Geringsten. Aber ich kann mit der Selbstbestrafung nicht aufhören.

»Weil es trotzdem keine Garantie gibt, dass du es auch nur in eines von denen schaffst«, jammere ich. »Was, wenn nichts klappt? Dann befindest du dich plötzlich im freien Fall und wirst in ein schwarzes Loch namenlosen Vergessens gesaugt. Dann klammerst du dich panisch an die nichtssagende sichere Bank, ein College, das dich sowieso nimmt. Setzt ein falsches Grinsen auf und trägst es mit Fassung, obwohl du dir genauso gut die Pulsadern aufschlitzen kannst.«

Sich mit der sicheren Bank abfinden. Das gefürchtete Worst-Case-Szenario. Ich bin außer mir. Trost ist bitter nötig.

Doch während wir auf den Parkplatz biegen, starrt Murf aus dem Fenster aufs Footballfeld, wo die Cheerleaderinnen für das große Spiel morgen trainieren. Ein mit ordentlicher Oberweite ausgestattetes Mädchen führt die anderen an. In einem engen Jogginganzug schüttelt sie sich und wirbelt herum.

»MACHT ES NOCH MAL! SCHNELLER! SCHNELLER!!«, brüllt sie.

Murfs glasige Augen mit den stecknadelgroßen Pupillen sind starr auf sie gerichtet.

»Ich mach es noch mal, Baby«, murmelt er. »Wenn du mir eine Chance gibst.«

Ich rolle in eine Parklücke und stelle den Motor ab, dann sehe ich ihn entnervt und missbilligend an.

»Murf, unsere ganze Zukunft steht auf dem Spiel. Wie kannst du in so einem Moment an Sex mit Julie Hickey denken?«

»Machst du Witze?«, fragt er zurück. »Ich denke an nichts anderes.«

Seht ihr, was ich meine? Der Typ ist ein hoffnungsloser Fall.

Wir überqueren den riesigen Parkplatz und schließen uns der Menge von Kids an, die ebenfalls ihren Dienst an der Pritchard High ableisten. Ich trotte wie ein Sherpa vor mich hin und schleppe ungefähr zwanzig Kilo Übungshefte in meinem Rucksack.

Murf flattert, frei wie ein Vogel, mit leeren Händen neben mir her.

»Boah, schau dir den an!«, sagt er.

Der rote BMW leuchtet wie eine Fackel in einem Meer aus sparsamen Gebrauchtwagen und verbeulten alten Kisten. Ich trete ehrfürchtig näher heran.

»Wem der wohl gehört?«, fragt Murf.

»Burdette«, antworte ich. »Sein Alter hat sich den neuen Mercedes CLA 250 bestellt. Anscheinend ist der endlich angekommen.«

Burdettes Vater ist selbstständiger Kieferorthopäde und ein

Autonarr. Wenn er in der Automobilklasse eine Stufe aufsteigt, gilt das Gleiche auch für Burdette. Ich sag euch, es gibt einfach keine Gerechtigkeit auf der Welt.

»Du meinst, der hier gehört jetzt dem Trottel?«

»*Der hier*, wie du ihn so geschmacklos nennst, ist ein BMW 335i«, sage ich herablassend. »3.0 Twin Turbo, rundum belüftete Scheibenbremsen und ein Soundsystem mit neun Lautsprechern. Ein neuer Gipfel deutscher Ingenieurskunst. Hast du einen Schimmer, wo der preislich anfängt?«

Murf schüttelt den Kopf. Das liegt jenseits seines Vorstellungsvermögens und beinahe auch jenseits meines.

»Versuch's mal mit fünfzig Riesen. Und das ist der Startpreis, ohne all die nötigen Extras.« Ich streichle die Motorhaube wie eine Geliebte, gefesselt von der Perfektion, die man nur für viel Geld kaufen kann. Der ultimative fahrbare Untersatz. Eines Tages, schwöre ich mir. Aber wem will ich da etwas vormachen? Im Moment würde ich schon Rückwärtssalti schlagen und wie ein Seelöwe bellen, wenn ich dafür ein Auto bekäme, das zuverlässig anspringt und einen CD-Player hat.

»Hey, Brooks«, sagt eine Mädchenstimme und dringt in meinen schönen automobilen Tagtraum ein.

Das ist Gina Agostini. Sie lächelt schüchtern in meine Richtung, während jeder sinnliche Zentimeter ihres Körpers mir verlockender denn je erscheint.

»Hey, Gina.«

Gina und ich, wir umkreisen einander schon seit der späten Mittelstufe, als unsere jeweiligen Hormone zum Leben erwachten. Seit Kurzem werden die Kreise immer enger und enger, wenn ihr versteht, was ich meine. Noch ein paar der sehr nahen Begegnungen, die wir schon hatten, und wir könnten ein inoffizielles offizielles Paar werden, was mir nicht im Geringsten missfallen würde.

»Der Abend letztens hat Spaß gemacht.« Sie lächelt wieder – vielsagend.

Ich zittere, weil ich die herrlichen Gefühle noch mal durchlebe. Ich will nicht aus dem Nähkästchen plaudern, aber so war es wirklich.

»Spaß?« Ich grinse sie dümmlich an. »Wie wär's mit lebensverändernd?«

Sie lacht. Und klimpert mit den Wimpern ihrer Augen, die die Farbe von geschmolzener Schokolade haben und in denen ich versinke. »Geht ihr am Samstag zu Flukes Schuljahresanfangsparty?«

»Yeah, hab gehört, seine Granny hat ins Gras gebissen, deshalb sind seine Eltern nicht da«, tönt Murf.

»Vielleicht sieht man sich ja da«, sagt Gina einladend.

Ich nehme jeden Zentimeter ihrer verlockenden Erscheinung in mich auf. Aber dann fällt mein Blick auf Burdettes neu geerbten BMW und das weckt ein noch dringenderes Bedürfnis in mir. Irgendwie finde ich dadurch zu innerer Stärke.

»Klingt super, Gina, aber leider habe ich schon andere Pläne.«

»Wie schade. Sollte ziemlich cool werden.«

Gemächlich schlendert sie zurück zu ihren Freundinnen am Rand des Parkplatzes. Ich bewundere ihren weich schwingenden, die Hüften betonenden Gang. Murf macht das Gleiche. Ich schüttle den Kopf. Mann, das war *knapp*. Ungläubig dreht Murf sich zu mir.

»Hast du sie noch alle?«, fragt er. »Was für andere Pläne?«

»Ein Date mit einem scharfen SAT-Übungsbuch.«

»Gina Agostini! Also echt, Rattigan! Das kannst du dir doch nicht entgehen lassen!«

Da hat er recht, was meiner Entschlossenheit nicht gerade hilft.

»Nope. Von jetzt an bin ich im Trainingsmodus. Bis um

11:31 Uhr am 13. Oktober ist meine Wenigkeit ein Mönch. Keine Ablenkungen, kein Zeitvertreib, keine Versuchungen. Was bedeutet, keine Partys zum Schuljahresanfang, keine gesellschaftlichen Anlässe jeglicher Art. Mein Körper ist ein Tempel. Deshalb: kein Alkohol, keine verbotenen Substanzen und absolut keine Mädchen. Bis 11:31 Uhr am 13. Oktober sprechen wir von konzentrierter Konzentration. Absolut fokussiert.«

Murf verdreht die Augen. Er kennt mich zu gut.

»Das schaffst du nie.«

High Noon

Wir stehen dicht gedrängt, Lämmer auf dem Weg zur Schlachtbank. Nein, das ist eigentlich zu gut für uns, wir befinden uns noch weiter unten in der Hackordnung. Wir sind Pantoffeltierchen, der Abschaum, der oben auf der Ursuppe schwimmt. Denn es gibt nichts Armseligeres als einen Zwölftklässler außer einem Zwölftklässler, der von seinen oder ihren Eltern begleitet wird und kurz davor steht, ihre gesamten Illusionen zu zerstören. Und mindestens zwanzig dieser armseligen Kreaturen dünsten genau das in diesem beengten Sekretariat aus. Die Verzweiflung lässt sich mit einem Cutter schneiden.

Die Tür zu Stracks Büro öffnet sich. Tricia Prindle torkelt heraus, schluchzend. Tränen fließen – sie heult Rotz und Wasser. Hastig machen wir ihr den Weg frei, um nicht mit ihrem miesen Karma in Berührung zu kommen.

Zehn Minuten mit der Strack haben Tricia Prindle in einen zitternden Wackelpudding verwandelt. Tricia Prindle. Der Name sagt euch vielleicht nichts, aber, oh Mann, mir natürlich schon. Tricia Prindle, die kleine Miss Perfect, Eins-a-Arschkriecherin, Schleimerin von vorne bis hinten. Wisst ihr, glatte Einserschülerin, die sich für jeden Zusatzkurs meldet, um die schulischen Leistungen aufzumotzen. Natürlich belegt sie keine anstrengenden AP- oder noch mehr Leistungskurse, also nichts allzu Herausforderndes, das ihren kostbaren Notendurchschnitt tatsächlich gefährden könnte. Dennoch, im Großen und Ganzen muss ich zugeben, eine äußerst solide Kandidatin auf einen Hochschulstudienplatz.

Tricias Eltern zuckeln hinter ihr her und versuchen, sich zusammenzureißen. Ihre Mom schwächelt und muss gestützt werden, ihr Dad beißt derart fest in seine Hand, dass sie blutet. Ich schlucke. Das bedeutet nichts Gutes.

»Der Nächste!«, knurrt Regina Severance, Stracks bösartige Sekretärin, die glatt die weibliche Hauptrolle in einem Horrorfilm spielen könnte. »Haltet euren Fragebogen bereit und die Antworten sollten tunlichst lesbar sein!«

Ich weiß zufällig, dass mein Kopf als Nächstes auf dem Hackklotz landet, aber wie alle anderen schaue ich mich um, tue unschuldig und schinde Zeit.

Es ist zehn nach zwölf und Arschloch ist nicht da.

Severance schielt durch ihre beängstigend dicken Brillengläser auf ihren Computerbildschirm und meinen dort flirrenden Namen.

»RATTIGAN!«

Jämmerlich halte ich die vielen qualvoll ausgefüllten Papiere in der Hand, die in todlangweiligen Details siebzehn Jahre bescheidener Leistung dokumentieren. Obwohl ich versuche, unsichtbar zu sein, komme ich mir vor wie ein blinkendes Neonschild in Form eines Pfeils, der auf mich zeigt, den Einzigen hier ohne Eltern. Außerdem winde ich mich innerlich. Severance, die Schwäche sofort spürt, zoomt näher ran.

»Nun?«, blickt sie mich finster an. »Wo sind deine Eltern? Warum bist du allein hier?«

»Seien Sie so nett«, flehe ich. »Er wird schon kommen. Geben Sie mir noch eine Minute …«

»Zum Ersten!«, brüllt sie.

In meinem Jahrgang sind über sechshundert Schüler, und dafür gibt es nur zwei Schullaufbahnberaterinnen und eine dritte, die gefühlt seit etwa fünf Jahren in Elternzeit ist. Ich muss zu Strack. Ich muss einen unvergesslich hervorragenden Eindruck auf sie machen. Ich muss sie dazu bringen, mir eine uneingeschränkte Uni-Empfehlung zu geben. Jetzt oder nie.

»Noch eine Minute, bitte. Ich brauche unbedingt ein tadelloses Empfehlungsschreiben!«

»Zum Zweiten!«

Ich falle auf die Knie und winsele um Gnade. »Bei allem, was mir hoch und heilig ist, ich obsekriere Sie! *Obsekrieren*, Verb: flehend bitten, sich vollständig erniedrigen; Englisch: *to beseech*!«

»Und zum Dritten …«, sagt sie. Ihre Augen funkeln und ihr Zeigefinger schwebt über dem Hackklotz.

»Nein, löschen Sie mich nicht aus dem System!«, schreie ich. »Ich komme da nie wieder rein!«

Und dann, kurz bevor ich nur noch Geschichte bin, spaziert Arschloch herein, so geschmeidig wie möglich. Er bemerkt das düstere Schweigen, die bedrückten Kids, die verängstigten Eltern.

»Himmel, wer ist gestorben? Ist ja wie beim Leichenbestatter.«

Ich springe auf die Füße, packe Charlie am Kragen und zerre ihn zu Severances Schreibtisch.

»Ein echter Elternteil!«, proklamiere ich meinen wackeligen Triumph. *Proklamieren*, Verb: öffentlich erklären, feierlich verkünden. Englisch: *to proclaim*.

Mir ist schlecht, ich schwitze mein neues Gap-Hemd durch, was mir selbst absolut peinlich ist. Aber es ist ein kleiner Trost, Severance den Tag versaut zu haben. Ihre Blutrünstigkeit ist unbefriedigt, ihre Beute wurde ihr verweigert. Murrend lässt sie uns durch. Aber sie und ich wissen, das wird nicht unvergessen bleiben. Von nun an stehe ich auf Severances ewiger Shitlist. Danke, Charlie.

Er lächelt mich an, wahrscheinlich ist er schon dicht. »Schätze, ich habe es gerade so geschafft, was?«

Am liebsten möchte ich ihn erwürgen, aber mit den kümmerlichen Resten meiner Würde treibe ich ihn lediglich vor mir durch die nächste Tür zu Stracks Höhle. Plötzlich tauchen wir in die Dunkelheit ein. Die muffige, abgestandene Luft treibt mir kalten Schweiß auf die Haut. Es ist wie das Betreten einer Gruft.

»Sorry, Brooks, der Verkehr war beschissen«, flüstert Charlie.

»Das hier ist Jersey. Der Verkehr ist immer scheiße!«, zische ich ihn an. »Ein einziges Mal, wenn ich dich bitte, etwas für mich zu tun.«

Selbst in der Finsternis hier ist zu erkennen, dass sich auf den Böden, in den Regalen, überall, vergilbte Akten stapeln. Jede eine hoffnungsvolle Zukunft, mit großen Plänen und unrealistischen Ambitionen. Die bloße Anzahl verschlägt mir den Atem. Als wäre das Sekretariat nicht schon traumatisch genug gewesen, werde ich jetzt auch noch von dem wahren Ausmaß meiner Bedeutungslosigkeit erdrückt.

»Mrs Strack?«, traue ich mich vor.

Von rostigen, überfüllten Aktenschränken umgeben, erscheint eine kleine Gestalt hinter einem riesigen, tristen, staatsmännischen Schreibtisch, auf dem sich ebenfalls Aktenstapel türmen. Langsam blickt sie von einem sperrigen Computer auf, der schon vor Jahrzehnten hätte entsorgt werden müssen. Ihre Augen liegen tief, die Haut ist wächsern und blass. Wie ein Grufti. Noch ein wenig vielversprechendes Zeichen. Zitternd lege ich meine Akte auf den Schreibtisch. Aus der Nähe sieht die Strack viel zu verknittert aus für eine Frau, von der ich zufällig weiß, dass sie Mitte dreißig ist.

»Miss Strack, nicht Mrs. Miss Strack.« Der Bleistift, den sie greift, zerbricht in ihrer Hand in zwei Teile. »Ich war nie verheiratet. Ich habe kein Privatleben.«

Sie kichert. Da ich keine Ahnung habe, was ich sonst tun soll, schmunzle ich mit ihr. Charlie wirft mir einen skeptischen Blick zu und lächelt nervös.

»Das ist alles solch ein Quatsch!« Jetzt lacht sie lautstark. »Jimmys Potenzial ist grenzenlos, Janie hat so gut wie keine Macke, Bobby wäre ein enormer Gewinn für jede Uni. Ich weiß, dass das Quatsch ist, und die Colleges wissen, dass das Quatsch ist. Niemand liest, was ich schreibe, aber ich muss es trotzdem schreiben. Kannst du dir vorstellen, wie es ist, Jahr für Jahr auf den billigsten Uraltgeräten sechshundert Schülerempfehlungen rauszuhauen, und das alles ganz allein?«

»Quatsch?«, wagt Charlie nachzufragen.

»Totaler Quatsch!«, jault die Strack, offensichtlich nicht gut drauf. »Hinsetzen!«, knurrt sie und deutet vor sich.

Zwischen den wankenden Aktenstapeln auf der Couch ist ein wenig Platz. Charlie und ich quetschen uns dahinein. Zum allerersten Mal mustere ich ihn kurz. Er ist einigermaßen vorzeigbar, ausnahmsweise mal sauber rasiert, die Haare sind zu einem Pferdeschwanz zusammengebunden, und er steckt in einer relativ fleckenlosen Uniform. Und Uniform nicht im übertragenen Sinne. Sondern ein echter originalgetreuer Postbote. Ja, ich bin der Sohn eines Postboten.

Strack prüft mit einem flüchtigen Blick ihrer verbitterten Augen, ob ich noch am Leben bin, während sie eine gigantische Thermoskanne aufschraubt, um sich, von ihren zittrigen Händen zu schließen, die zehnte Tasse Kaffee einzuschenken.

»Es gibt keine Mrs Rattigan?«

»Meine Mom ist irgendwie weg.«

Stracks Gesichtsausdruck flackert tatsächlich interessiert und taxiert Charlie. Dann spricht er.

»Er meint, meine Alte hat sich vor neun Jahren von uns getrennt. Seitdem nichts mehr gehört. Nicht mal eine verdammte Weihnachtskarte …«

So kann man natürlich auch Charme versprühen, Arschloch. Charlies Eignung als potenzieller Partner wird sofort abgelehnt und zurückgewiesen, ganz recht so. Die Strack gießt Kaffee in einen Becher von der Größe eines Lastwagens und verschüttet die Hälfte über meinem makellosen, handgeschriebenen Fragebogen. Sie trocknet die Flecken mit ein paar anderen Schülerakten.

»Nur zwei Unis?«, bemerkt sie, wie ich es vorausgeahnt hatte. Nur zwei Universitäten zu nennen, ist, wenn auch nicht neu, etwas ungewöhnlich.

Entweder Columbia Early Decision oder Rutgers. Meine Entscheidung steht absolut fest und könnte dabei nicht extremer sein – zähle ich zu den wenigen Auserwählten oder muss ich mich mit dem einfachen Pöbel begnügen? Die beiden, für die ich mich entschieden habe, sind meine einzigen echten Optionen. Also werde ich es versuchen. Columbia Early Decision bedeutet, dass ich schon im Dezember erfahre, ob ich angenommen wurde, und mich bei einer Zulassung verpflichte, dorthin zu gehen, was statistisch betrachtet die Chancen auf einen Studienplatz ein paar Dezimalstellen verbessern soll. Aber Columbia Early Decision ist auch ein riskanter Schachzug, denn die Columbia kann einen auch komplett ablehnen, was bedeutet, dass ich dann für immer aus dem Rennen bin. Es gibt kein Nachrückverfahren, selbst wenn ich im erweiterten Bewerber-Pool vielleicht geglänzt hätte. Aus, fertig und vorbei. Die Strategie lautet: Friss oder stirb!

»Die Ivy League, die Liga der Eliteunis«, fährt Strack fort. »Du willst ziemlich hoch hinaus, findest du nicht, Brad?«

»Brooks«, korrigiere ich kleinlaut.

Hoch hinaus? Ich ziele auf die Stratosphäre. Im vergangenen Jahr erhielt die Columbia dreißigtausendfünfhunderteinunddreißig Bewerbungen und nahm gerade mal zweitausenddreihundertelf Studierende an. Das entspricht einer Quote von sechs Komma acht neun Prozent. Sieben von hundert. Das ist verdammt wenig und kommt gleich nach Stanford, Harvard, Princeton und Yale. So entmutigend die Zahlen auch sind, sie erzählen nur einen kleinen Teil der Geschichte. Denn da bewerben sich nicht einfach dreiunddreißigtausendfünfhunderteinunddreißig Irgendwers, sondern dreiunddreißigtausendfünfhunderteinunddreißig Überflieger. Die Abschlussredner, Klassensprecher, Alleskönner, die Sprösslinge von Zillionären, von Prominenten, und die Kids, die in ihrem Kinderzimmer eine irre neue App erfunden haben. Aber, wennschon untergehen, dann wenigstens mit Stil.

»Columbia«, seufzt Strack.

Ja, Columbia. Weil es in der Nähe ist und in der Stadt, die ich liebe. Aber vor allem, weil die Columbia im Gegensatz zu den berühmten großen Vier der Eliteunis für mich tatsächlich, möglicherweise, echt machbar sein könnte.

»Es gibt viele andere ausgezeichnete Institutionen als nur die der Ivy League«, sagt die Strack, wie zu erwarten war.

»Das sage ich ihm auch immer wieder«, mischt sich Charlie ein. »Wer braucht schon einen Abschluss von einer schicken Bullshit-Uni? Man kann überall gute Bildung bekommen.«

Ich glotze. Charlie wird verlegen. »Außerdem habe ich nicht die nötige Kohle.«

»Columbia ist sehr kostspielig, Brad«, meint die Strack, als ob ich sie oder sonst irgendwen bräuchte, der mich daran erinnert. Die Studiengebühren belaufen sich auf fast siebenundvierzigtausend Dollar. Für ein Jahr, nicht vier, ohne Unterkunft und Verpflegung.

»Ich denke, wenn ich weiterhin zu Hause wohne und jobbe, kann ich das schaffen. Ich habe schon fast dreitausend Dollar gespart. Ich meine, ich weiß, das ist nicht viel, aber vielleicht qualifiziere ich mich für eine Art finanzielle Unterstützung …«

»Mit deinen Noten und Zeugnissen«, entgegnet Strack und verrät mir, was ich bereits weiß, »eignest du dich allenfalls für ein Vollstipendium an der Rutgers.«

»Genau. Das habe ich auch gesagt«, unterbricht Charlie schon wieder. »Rutgers, eine perfekte Hochschule!«

Ich weiß, worauf er hinauswill. Worauf er immer hinauswill. Ich werfe ihm einen warnenden Blick zu.

»Ich meine, ich war in Harvard«, verkündet Arschloch. »Hat mir richtig gutgetan!«

»Sie waren in Harvard?« Strack ist genauso entsetzt über diese sinnlose Verschwendung wie jeder andere normale Mensch.

Harvard. Es vergeht kein Tag, an dem er das nicht mindestens fünfzigmal erwähnt.

»Miss Strack«, beharre ich, um unbedingt beim eigentlichen Thema zu bleiben. »Alles, was ich wissen will, ist, ob ich eine Chance habe, auf die Columbia zu gehen. Und wenn ja, werden Sie sich dann für mich einsetzen?«

»Dein Notendurchschnitt passt einigermaßen, Brad«, antwortet Strack und überprüft noch einmal die Unterlagen. »Deine Wahlfächer sind etwas exotisch und mehr als nur leicht verdächtig, aber reichlich vorhanden.«

»Brooks«, korrigiere ich erneut und rutschte unbehaglich auf dem Sofa hin und her. Jetzt kommt der Teil, den ich besonders gefürchtet habe.

»Co-Kapitän des Pritchard-Highschool-Fechtteams?«, fragt sie rhetorisch. »Ich war hier selbst mal Schülerin und in den dreiundzwanzig Jahren, die ich hier bin, habe ich noch nie davon gehört, dass wir überhaupt ein Fechtteam haben.«

Das Fechtteam der Pritchard Highschool besteht aus mir und Murf. Unsere Florette sind aufgebogene Drahtbügel. Keine weichen Matten oder Helme oder Schiedsrichter bei uns. Alles auf eine Karte, alles erlaubt, nichts ist verboten. Eine großartige Sache nach der Schule. Kann ich nur empfehlen. Da ich gut zwanzig Kilo mehr wiege, prügle ich Murf jedes Mal den Hintern windelweich.

»Gibt's noch nicht lange«, erkläre ich leise.

»Präsident des Pritchard-Highschool-Antikeclubs?«

Der Pritchard-Highschool-Antikeclub besteht ebenfalls bloß aus Murf und mir. Eine weitere meiner vielen Innovationen, eine raffinierte Ausrede, um uns zu betrinken, während jeder eine Toga aus Bettlaken trägt. Bisher hat der Club erst ein einziges Mal getagt.

»Auch neu«, behaupte ich.

»Generalsekretär der Pritchard-Highschool-Schlaginstrumentegesellschaft?«

Charlie bricht in schallendes Gelächter aus und bestätigt mir so, dass er definitiv bekifft ist. Ich drücke ihm den Ellbogen in die Seite.

»Generalsekretär?«, wiederholt sie.

Bei dem Gedanken an Murf und mich am Stausee zucke ich schuldbewusst zusammen: er und ich völlig besoffen und mit wehenden Haaren fröhlich wilde Rhythmen auf die Böden von Plastiktonnen hämmernd, die wir eines Nachts aus einem Müllcontainer geholt haben. Wahrscheinlich für die Bewerbung ein bisschen drüber, aber ich dachte, es ist einen Versuch wert.

»Ich schlage vor, dass du es noch einmal mit etwas versuchst, das eine Spur weniger kreativ ist«, sagt die Strack trocken, aber nicht unfreundlich.

»Hey, ich weiß was«, grunzt Charlie. »Großer Kackstiefel der Flatulenz-Gemeinschaft.«

Er lacht auf, gründlich von sich selbst unterhalten. Weder die Strack noch ich sind amüsiert. Sie wirft ihm einen strengen Blick zu und setzt dann die Zusammenfassung meines armseligen Lebens fort.

»Leider sind deine SATs, so exzellent wie sie im größeren Rahmen der Dinge zu betrachten sind, für die Columbia im unteren Bereich zu bewerten. Besonders dein sprachliches Vermögen.«

Sprachlich. Bei der gefürchteten Erwähnung meines schlimmsten Widersachers zucke ich erneut zusammen. Mein Herz pocht heftig. Das gewohnte Rumoren in der Magengrube setzt ein.

»Ich wiederhole alles noch mal!«, fiepse ich.

»Noch mal?«, murrt sie, als sie meine vielen bisherigen Versuche auf dem Papier vor sich registriert.

»Noch mal noch mal.«

»Noch mal noch mal?« Skeptisch hebt sie eine Augenbraue.

»Na ja, noch mal noch mal noch mal«, gebe ich zu wie ein Häufchen Elend.

In der Zwischenzeit kichert Charlie einfach weiter über seinen lahmen Witz, von dem er denkt, dass ihn niemand außer ihm versteht, weil er ja in Harvard war.

Ich habe einen unvergesslichen Eindruck hinterlassen, nur nicht den, den ich beabsichtigt hatte. Die Strack schaut zu Charlie und schätzt meine erbärmliche Situation ein. Soweit ich es beurteilen kann, tut es ihr leid, dass ich einen Kiffer-Junkie wie Charlie zum Vater habe. So erniedrigend und deprimierend wie es auch ist, hey, ich nehme es, wie es kommt. Ich blicke die Strack unterwürfig an.

»Columbia, Brad?«, seufzt sie noch einmal und schließt meine Akte, und meine Bewerbung ist, was sie betrifft, gelaufen. »Ich glaube nicht, dass du in Gänze verstehst, womit du es zu tun hast. Im vergangenen Jahr lehnte die University of California in

Santa Cruz dreiundsechzig Bewerber mit zweitausendzweihundert Punkten und mehr ab. Und das an einer Uni, Brad, deren Maskottchen Sammy, die Bananenschnecke, ist.«

Ich schlucke schwer. Das sind wirklich beunruhigende Neuigkeiten.

»Ich heiße Brooks«, sage ich mit Nachdruck. »Wenn Sie mich bloß abservieren wollen, dann nennen Sie mich wenigstens bei meinem richtigen Namen.«

Sie schaut mich lange an, öffnet dann wieder meine Akte, klickt mit einem Kugelschreiber und macht sich Notizen. »Irgendwelche ethnischen Minderheiten im Familienstammbaum? Aleutisch, Amerikanisch-Samoanisch, Kreolisch …«

Ich zucke mit den Achseln und blicke Charlie fragend an, der bloß weiterkichert.

»Nicht dass ich wüsste«, antworte ich widerwillig, aber ehrlich.

»Auslandsreisen? Reiche Verwandte? Überstandene Notlagen?«

»Nur nicht bestandene«, erkläre ich mürrisch.

»Körperliche Beeinträchtigungen? Lernbehinderungen? Genetische Defekte?«

»Mein zweiter Zeh ist länger als mein großer«, verkünde ich erhellend.

Die Strack klickt wieder auf ihren Kugelschreiber, legt ihn hin und massiert sich die Schläfen. »Warum müssen es immer die Eliteunis sein?«, befragt sie die Zimmerdecke. »Warum?«

Dann, urplötzlich, gerät sie in Bewegung. Sie weist jedem einzelnen Aspekt meiner Bewerbung einen numerischen Wert zu und haut mit der Kompetenz und Geschicklichkeit eines verrückten Buchhalters kurz vor Ende des Steuertermins auf die Tasten einer antiken Rechenmaschine. Niemand kennt Stracks Formel, nur dass es sich um einen Algorithmus von solcher

Komplexität und Geheimhaltung handelt, dass es selbst einen Hedgefonds-Manager mit Stolz erfüllen würde. Und sie liegt nie falsch. Wenn sie sagt, dass man raus ist, ist man raus. Die Strack ist das Pritchard-High-eigene Orakel von Delphi.

Schließlich reißt sie meinen Gesamtwert von der Papierrolle ab. Ein ewig langer Herzschlag. Ich bereite mich auf die kalte Dosis Realität vor.

»Verbessere deine Sprachkenntnisse um fünfundsiebzig Punkte, und schreib einen superguten Aufsatz über dich selbst, und vielleicht, nur vielleicht, bist du im Rennen«, räumt sie endlich ein. »Aber an deiner Stelle würde ich mir nicht allzu große Hoffnungen machen.«

Abgelenkt

Ich schwebe auf Wolke sieben. Ich bin ein lebendig gewordenes High Five. Ich hab einen Volltreffer gelandet. Denn ich torkele am Gipfel der Großartigkeit. Normalerweise meldet sich zu diesem Zeitpunkt nach der Schule mein Schlafmangel und ich taumele halb komatös durch die Gegend. Aber nach der minimal ermutigenden Plauderei mit der Strack feuern meine Synapsen auf allen Zylindern. Ich bin wiederbelebt, frisch gestärkt, fließe mit neuer Energie und einem Ziel dahin.

Ich könnte vielleicht im Rennen sein! Okay, nur wenn es mir auf wundersame Weise gelingt, mich sprachlich um fünfundsiebzig Punkte zu steigern und einen superguten Aufsatz zu schreiben. Aber für den Moment beschließe ich, diese unwichtigen Details zu ignorieren. Wie weit entfernt ich auch vom rettenden Ufer sein mag, ich befinde mich immer noch im Bereich des Möglichen. Ja, ich weiß, dass die Strack gesagt hat, vielleicht, nur vielleicht. Ich weiß, ich sollte mir keine allzu großen Hoffnungen machen, aber ich kann nichts dagegen tun, sie sind einfach himmelhoch.

Meine Gedanken kehren zur nächsten bevorstehenden Aufgabe zurück: zum Aufsatz über mich. Seien wir ehrlich, auf dem *erlauchten* – Adjektiv: Ehrfurcht gebietend, herausragend; Englisch: *august* – Niveau der Columbia hat jeder, aber wirklich jeder, die nötigen Noten, Ämter und außerschulischen Aktivitäten. Bleiben noch die Connections, die mir größtenteils fehlen. Was den persönlichen Aufsatz erst recht superwichtig macht.

»Maximal siebenhundertfünfzig Wörter pure Tiefsinnigkeit«, erkläre ich Murf, der natürlich, weil er sich mit dem Community College zufriedengibt, keine Silbe schreiben muss. »Maximal siebenhundertfünfzig Wörter, um mich aus der Masse abzuheben. Um unglaublichen Tiefgang und extrafeine Sensibilität zum Ausdruck zu bringen, ohne überschwänglich zu klingen. Der Aufsatz muss von jugendlichem Optimismus durchdrungen, darf aber gleichzeitig keine Selbstüberschätzung sein. Einzigartig, aber nicht zu ausgefallen. Man will damit niemanden erschrecken oder denen den Eindruck geben, man wäre ein hoffnungsloser Irrer. Ich kann dir sagen, Murf, das ist ein ganz schmaler Grat, auf dem ich mich da bewege.«

»Essiggurken, Zwiebeln, Oliven«, sagt Murf, der mir überhaupt nicht zuhört.

Ich stürze zurück in die Erdumlaufbahn. Ich bin bei der Arbeit. Ausgestattet mit bescheuert zu großen Filzhüten und Hosenträgern bilden Murf und ich eine aus zwei Leuten bestehende Fließbandtruppe hinter der Theke von The Submachine Gun. Das Konzept der Spelunke, wenn man es denn so nennen will, sind schwere Jungs und Gangsterbräute. Frei nach dem Motto: *Submachine guns* und *submarine sandwiches*, also Maschinenpistolen und Sandwiches so groß wie U-Boote. Kapiert? Echt originell, oder? Anscheinend ist der Besitzer, den niemand je leibhaftig zu Gesicht gekriegt hat, ein riesiger Fan von »Der Pate«. Aber wer ist das denn nicht? Jedenfalls soll The Gun die erste Filiale einer blühenden Franchise-Kette sein. In Wirklichkeit ist es ein einsamer Außenposten, der es auch nicht mehr lange machen wird. Aber vorläufig ist es außer dem Billardsalon das einzige

Lokal im Zentrum, das nach sechs noch aufhat, und läuft deshalb immerhin ein bisschen.

»Senf? Mayonnaise?«, knurrt Murf.

»Ich hab gesagt, viel von allem, du Idiot«, faucht unser Kunde, ein zehnjähriges Skater-Bürschchen, das zu allem Überfluss auch noch seinen Kaugummi direkt vor unserer Nase zu einer knallenden Blase aufpumpt.

Murf macht Anstalten, über den Tresen zu springen und dem kleinen Mistkerl an die Gurgel zu gehen, aber ich halte ihn zurück.

»Ich kann nicht glauben, dass ich mich von dir dazu habe zwingen lassen, in diesem Laden zu schuften. So wie du mich zu allem zwingst«, zischt er.

»Ich zwinge dich zu gar nichts«, widerspreche ich lahm, obwohl ich genau das schon immer getan habe und weiter tun werde.

Unser geliebter Schichtleiter Pat Wilson, moralisch zurückgebliebener Neffe des Besitzers und gerade zum dritten Mal aus dem Knast entlassen, lehnt sich auf dem Drehstuhl in seinem Kabuff zurück. Keiner weiß, was er dadrin treibt, aber er ist die ganze Zeit dort. Es will auch keiner wissen.

»Hey, macht die Scheißmusik aus!«, befiehlt seine Hoheit. »Die macht die Stimmung kaputt!«

»Du kannst mich mal, Pat!«, erwidert Murf schlagfertig.

Pat verschwindet wieder aus unserem Blickfeld, denn er hat damit seine Führungsaufgaben für heute erledigt.

»Ach übrigens, was meinst du eigentlich mit Fechtteam?«, fragt Murf, während wir viel von allem auf ein Sandwich packen.

»Ich versuche nur, deinen Horizont zu erweitern.«

»Tja, also, den Rahmen kann ich gerade noch sehen.«

Durchs Schaufenster erkenne ich, wie Burdettes brandneuer geerbter BMW am Bordstein hält. Das Training muss zu Ende sein, denn Burdette und ein paar andere Footballspieler purzeln in ihren Mannschaftsjacken johlend und sich gegenseitig schubsend aus dem Wagen.

»Es ist Freitagabend«, sagt Murf, der sie noch nicht bemerkt hat. »Wir sollten unseren Horizont erweitern, indem wir Sex haben oder uns wenigstens ordentlich besaufen. Aber nein, du nicht. Du bist ja Mönch geworden.«

Burdette und seine drei Dumpfbacken von Kumpeln schieben sich nacheinander durch die Tür herein, einer breiter und bulliger als der andere. Nur bei unserem Nationalsport gilt Verfressenheit als Tugend.

»Hey, du Drecksack, eine Runde doppelte Portionen Hackfleisch!«, schnauzt der Fleischberg, der unter dem Namen Cartelli bekannt ist, bevor er sich zu den anderen an den Tisch setzt. Der Stuhl verbiegt sich tatsächlich unter seinem Gewicht.

»Hackfleisch, ich geb denen gleich Hackfleisch!« Murf schnappt sich eine Handvoll von der feuchten Masse, um damit nach ihnen zu werfen. Er und ich blicken auf eine lange, demütigende Geschichte mit den Footballern zurück.

»Hey, wie wär's mal mit ein paar Servietten hier?«, dröhnt Burdette.

»Benutz deinen Ärmel, Arschloch«, knurrt Murf zurück.

»Und wenn du schon mal da bist, wisch den Tisch ab, Murphy! Der Laden hier ist ein Saustall.«

Das ist er wirklich. Es ist dreckig. Jeder Tisch müsste abgeräumt, der Boden gewischt und die Mülleimer ausgeleert werden. Aber unter Pats inspirierender Nicht-Aufsicht betrachten Murf und ich es als Ehrensache, wirklich so wenig zu arbeiten wie nur möglich.

Als ich Murf beiseiteschiebe, um Servietten zu holen, mir einen Lappen und ein Tablett zu schnappen, höre ich zwangsläufig mit, was wohl eine Unterhaltung sein soll.

»Das Mädel wurde versetzt, und plötzlich muss ich ihr einen Typen suchen, der einspringt«, sagt Burdette und wirft dabei seinen Kumpels Dosen aus dem Getränkekühlschrank zu.

»Gib's auf, Burdette«, lacht Cartelli dröhnend. »Keiner wird mit deiner Loser-Cousine aus Havendale Hills morgen zum Homecoming-Ball gehen.«

Ausgerechnet Cartelli hat es nötig, von Losern zu reden. Abgesehen davon, dass er abartig fett ist, hat der Typ auch schon zweimal wiederholt. Bei seinem Tempo wird er noch der erste Zwölftklässler an einer Highschool im Bundesstaat New Jersey sein, der legal Alkohol trinken darf.

»Schau dir doch wenigstens mal ihre Facebook-Seite an«, fordert Burdette Flanagan, einen weiteren Koloss, auf. »Vielleicht reißt du bei der After-Party eine heiße Freundin von ihr auf.«

Sie heben die Arme wie Gutsherren, während ich ihren Tisch abwische wie ein *Vasall* – Substantiv: Sklave, Diener; Englisch: *vassal.* Weil ich zu keiner Sportauswahl gehöre, habe ich, wenn überhaupt, kaum Ansehen. Als jemand, der tatsächlich jobben muss, um sich Benzin fürs Auto und einen relativ bescheidenen Handyvertrag leisten zu können, gelte ich weniger als nichts. Leute von meiner Sorte existieren für die nicht.

»Auf keinen Fall«, sagt Flanagan, schüttelt seine Dose und öffnet sie. »Ich hab einen Ruf zu verlieren.«

Cola sprüht überallhin. Echt klasse. Wutschnaubend gehe ich einen Mopp holen.

»Also, irgendwer muss es tun«, stöhnt Burdette. »Mit mir will sie nicht gehen und mein Alter macht mir die Hölle heiß.«

Ich komme mit dem Eimer auf Rädern zurück, und alle heben die Füße, während ich um sie rumwische.

»Meine Tante zieht schon ein Riesendrama auf. Weil Dana ihr letztes Schuljahr hat und sie ihr ein Kleid gekauft hat, was auch schon geändert wurde oder irgend so ein Scheiß.« Burdette verzieht das Gesicht zu einer grotesken Jammerfratze. »*Wäh, wäh, wäh*. Und sie ist ja noch nie zu ’nem Ball gegangen –«

»Und das wird sie auch nie!«, schnaubt Cartelli und furzt laut, wie um es zu betonen.

Sie lachen grölend. Keine Ahnung, warum, aber sie regen mich echt auf. Hey, ich erwarte ja nicht, dass ich eine Medaille für irgendwas kriege oder mir jemand ein Denkmal errichtet, aber Gemeinheit, vor allem absichtliche Gemeinheit, macht mich immer rasend. Erst recht Gemeinheit gegenüber jemandem, der nicht da ist, um sich zu wehren. Besonders wenn dieser Jemand ein Mädchen ist. Und dann noch von einem Haufen riesengroßer Dumpfbacken. Es kommt mir vor, als würden bei mir gerade alle Hebel auf einmal gedrückt.

»Es ist nur ein verdammter Abend«, wendet Burdette sich an den Letzten aus seinem Gruselquartett. »Komm schon, Butnik. Ich zahl dir ’nen Fuffi dafür.«

»Ich würde es nicht mal für fünfzigtausend machen«, erklärt Butnik, Starting Center der Mannschaft und dreihundert Pfund schwabbelnder Speck. Die Tatsache, dass nicht mal Butnik mit Burdettes Cousine zum Homecoming gehen will, ist für die anderen der Gipfel der Ausgelassenheit. Sie wackeln vor grausamer Erheiterung. Aus irgendeinem Grund löst das bei mir einen Kurzschluss aus: Ich erreiche meinen privaten Siedepunkt.

»Ich mach es«, stoße ich hervor, bevor mir bewusst wird, was ich da sage.

Plötzlich verstummt das Gelächter. Plötzlich habe ich die Aufmerksamkeit von mehr als einer halben Tonne Speck. Burdette nimmt erstmals von meiner Existenz Notiz.

»Was hast du da gerade gesagt, Rattigan?«, fragt er ungläubig.

»Ich hab gesagt, dass ich morgen mit deiner Cousine zum Homecoming gehe, Burdette.« Wieder kommt das, ich schwöre bei Gott, ohne Nachdenken aus meinem Mund.

Cartelli findet das zum Totlachen und beugt sich vornüber. Flanagan und Butnik johlen mit.

»Halt, verdammt noch mal, die Fresse!« Burdette schubst Cartelli, der Flanagan einen Schlag verpasst, der wiederum Butnik in den Schwitzkasten nimmt und so zum Schweigen bringt. Dann rückt Burdette seinen massigen Körper wieder so zurecht, dass er mich direkt ansieht.

»Das würdest du machen?« Er grinst übers ganze Gesicht. Er würde jeden nehmen. Sogar mich, was mich nervt. »Kein Scheiß?«

»Und es kostet dich keinen Cent«, verkünde ich großmütig. Ich meine, von Burdette würde ich nicht mal Geld nehmen, wenn er mir eine Kanone an den Kopf hält.

»Deal!« Burdette kann den Handel gar nicht schnell genug abschließen und zerdrückt die Knochen in meiner Hand mit dem eisernen Griff seiner Pranke. Dadurch macht er mir die grässlichen physischen Konsequenzen klar, sollte ich mein Versprechen brechen. Das alles passiert beinahe in einem Wimpernschlag. Murf, der endlich, gerade als ich ihn nicht mehr brauche, mit den Servietten aufkreuzt, beobachtet staunend meinen Pakt mit dem Teufel.

»Hast du den Verstand verloren?«, fragt er entsetzt. »Du kannst doch nicht mit Burdettes Cousine zum Homecoming gehen! Schau ihn dir doch mal an!«

Ich sehe Burdette an. Dann schließe ich die Augen und kämpfe gegen seine weibliche Version vor meinem geistigen Auge.

»Yeah, Rattigan«, strahlt Burdette. »Sie ist eine echte Granate.«

Als wir später das Licht ausmachen und abschließen, steht Murf immer noch unter Schock. Ich auch, aber das darf ich ihn verflucht noch mal nicht merken lassen. Ich wiederhole also erneut die knapp dreistündige Litanei vernünftiger Argumente.

»Was, wenn ich nur einfach jemandem was Gutes tun will?«, philosophiere ich. »Vielleicht springt dabei ein anständiges Essen raus. Das könnte ich gebrauchen.«

Murf, der gerade ein kaltes Guinness aus Pats Privatvorrat in sich reinschüttet, bleibt extrem skeptisch.

»Yeah, Brooks, aber sie ist Burdettes Cousine.«

Wenn er das jetzt noch ein einziges Mal sagt, erwürge ich ihn. Ich weiß doch selbst, dass sie die verdammte Cousine vom verdammten Burdette ist. Dann ist sie eben seine Cousine. Na und? Das heißt ja nicht zwingend, dass sie aussehen muss wie er, auch wenn sie beide aus demselben Genpool stammen. Irgendwie schaffe ich es, ein anständiges Gesicht zu wahren.

»Jedenfalls hat sie mir irgendwie leidgetan«, sage ich, ziehe das Gitter vor dem Lokal runter und sperre den Eingang mit einem Vorhängeschloss ab.

»Klar. Sie ist Burdettes Cousine.« Murf inhaliert die letzte Glut eines Joints. Das Gras und der Alkohol haben ihn nachdenklich werden lassen. »Das kann nicht leicht sein.«

Ich habe das Beast den Block runter geparkt. Wir latschen durch die kühle Dunkelheit dorthin.

»Was ist denn aus dem Trainingsmodus geworden?«, fragt Murf und leert seine Bierdose. »Sauberes Leben? Totale Konzentration?«

»Ein Abend wird mich nicht aus der Bahn werfen«, sage ich lässig, dabei würde ich töten für einen Schluck Alkohol oder einen Zug von irgendwas, am liebsten beides. Denn inzwischen dämmern mir die möglichen Auswirkungen meiner eigenen Voreiligkeit.

Ich setze mich hinters Steuer, beuge mich rüber, entriegele und öffne die verbeulte Beifahrertür. Murf rutscht rein und zieht schon ein neues entwendetes Guinness aus seiner Jackentasche.

»Außerdem wollte ich mich schon immer mal in Havendale

Hills umschauen«, schiebe ich noch nach. »Wird nett sein, zur Abwechslung mal aus Pritchard wegzukommen.«

»Was gibt's denn an Pritchard auszusetzen?«, fragt er und gönnt sich einen großen Schluck.

Es ist zehn Uhr abends, und wir sind die einzigen Menschen im Zentrum von Pritchard, die gerade in das einzige Auto auf der Straße gestiegen sind. Murf ist ein hoffnungsloser Fall. Ich weiß nicht mal, wo ich bei ihm anfangen soll. Deshalb lasse ich es bleiben.

Unbeschriebenes Blatt

Das Wetter ist ungewöhnlich warm, die orangefarbene Sonne geht über Central Jersey unter, und der Northbound Garden State Parkway ist wundersam leer, als ich mich von Pritchard auf den Weg nach Havendale Hills mache. Der Tank meines Wagens ist voll, ich gebe Gas und muss sagen, es fühlt sich verdammt gut an. Um dem Ganzen den passenden Soundtrack zu verleihen, hätte ich Bruce Springsteen bis zum Anschlag aufdrehen und zu Clarence Clemons Solos abgehen sollen. Stattdessen höre ich mir ein weiteres SAT-Übungsband an.

Richtig gelesen, Band wie Kassette. Das Beast, sosehr es geschätzt und verwöhnt wird, stammt aus der Zeit vor der Erfindung von CDs, ganz zu schweigen von MP3-Playern oder gar USB-Kabeln und Bluetooth. Also muss ich ohne zurechtkommen.

Ich habe diese Kassetten für kleines Geld bei eBay geschossen. Sie sind aus den Siebzigern. Aber ich denke, dass bei den Testentwickler-Spaßvögeln drüben in Princeton obskure mehrsilbige Vokabeln mit einfachen Bedeutungen nie aus der Mode kommen.

»*Elegisch*«, sagt die düstere Stimme. »Adjektiv: schwermütig, traurig und bedrückt sein; Englisch: *lugubrious.*«

Der Typ auf dem Band könnte gar nicht elegischer rüberkommen. Er klingt, als würde er eine Rede auf einer Beerdigung halten. Auf meiner.

»Beispielsatz«, fährt Mr Personality fort. »Nur weil ich heute ein wenig niedergeschlagen bin, heißt das nicht, dass ich elegischer Stimmung bin.«

Auf einmal schließt sich eine weitere Stimme der Konversation an. Eine lebhafte Stimme. Die Stimme eines heißen Chicks.

»In fünfzig Metern an der nächsten Ausfahrt rechts abbiegen.« Google Maps auf meinem iPhone.

»Mann!«, fluche ich. »Wie wär's mit einer kleinen Vorwarnung?«

Ich bremse rasant runter, bin gezwungen, heftig über drei Fahrspuren zu ziehen, und kann gerade noch verhindern, von einem fetten Truck plattgemacht zu werden. Aber ich schaffe die Ausfahrt. Eine Ausfahrt, die ich noch nie rausgefahren bin.

Obwohl Havendale Hills nur etwa fünfzig Kilometer oder so von Pritchard entfernt liegt, war ich noch nie dort. Aber ich weiß etwas über den Ort. 07078 ist eine der nobelsten, wenn nicht sogar die nobelste Postleitzahl im gesamten Bundesstaat New Jersey. Das Einkaufszentrum ist das gigantischste, mit allen Top-Markenläden. Wir reden von Saks, Neiman's, Barney's. Keine knickrigen Mütter und Trash-Outfits in 07078. Nicht mit einem mittleren Haushaltseinkommen von jenseits der Zweihunderttausend.

Ich fahre breite, saubere Boulevards entlang. Ich befinde mich in einem fremden Land, einem bezaubernden Ort, frei von Sorge und Leid. Ein Land dünner, glutenfreier Menschen mit perfekten Zähnen. Block um Block gepflegte Gärten, luxuriöses Handwerk schimmert in kreisförmigen Einfahrten, die funkelnden Häuser haben die Größe und den Umfang kleiner Hotels. Auf mich wirken sie wie Paläste. Vermutlich kosten sie im Durchschnitt mehrere Millionen.

»*Katastrophal*«, ertönt es von der Kassette.

Überwältigt von all den Eindrücken schlucke ich schwer. Was mache ich hier? Worauf habe ich mich da eingelassen?

»Adjektiv. Bezug auf ein schreckliches Ereignis oder komplettes Scheitern; Englisch: *catastrophic.*«

Ich schalte die Kassette aus, bevor das noch so weitergeht.

»Sie haben Ihr Ziel erreicht«, piepst mein iPhone kurz darauf.

Ich halte vor etwas, was man nur als ummauertes Anwesen bezeichnen kann. Das ist Reichtum jenseits meiner begrenzten Erfahrung, jenseits meiner Vorstellungskraft.

»Beispielsatz«, murmele ich mir selbst zu. »Brooks hat das miese Gefühl, dass der Abend katastrophal werden wird.«

Aber ich bin bereits zu weit gekommen, um jetzt umzukehren. Ich schaue zu dem massiven Tor aus Titan, das errichtet wurde, um einer Belagerung der zu Recht empörten Massen standzuhalten, dann kurbele ich das Seitenfenster herunter, lehne mich hinaus und drücke auf den Knopf der Gegensprechanlage eines Hightech-Sicherheitsbedienfelds. Ein elektronisch betriebener Augapfel schwenkt, dreht sich und starrt mich an.

»Bitte weisen Sie sich aus«, befiehlt eine mechanische Stimme.

»Äh, ich bin Brooks Rattigan«, stammele ich, »das Date.«

Ohne ein weiteres Wort schwingt das Tor auf magische Weise auf und enthüllt dicht gedrängt auf einem halben Hektar Land: Versailles. Drei Stockwerke hoch, mit Erkern und Türmen und allen möglichen anderen schrägen Dingen. Das passt nicht, nicht nach New Jersey, aber die monumentalen Kosten und all der Überfluss sind trotzdem beeindruckend. Mein bescheidener Electra stottert die grandiose, wenn auch kurze Auffahrt entlang, während ein Mann mittleren Alters in einem Anzug aus dem Haus tritt und mit einer komplizierten, professionellen Digitalkamera auf mich zielt. Burdettes Onkel.

»Danke fürs Kommen!«, jubelt er und versucht, sich offenbar an meinen Namen zu erinnern.

»Brooks«, sage ich.

»Brooks!«, wiederholt er gesund und munter. Er packt meine Hand wie eine Stahlzange, hievt mich praktisch aus dem Auto und guckt die ganze Zeit durch den Sucher der Kamera.

Dahinter klackern die High Heels von Burdettes Tante auf den aus dem Ausland importierten Steinfliesen. Sie ist attraktiv, wenn auch nur noch einen Schritt entfernt von grotesken Gesichtszügen dank zu viel plastischer Chirurgie, und sie wirft sich mir in die Arme und drückt mich überschwänglich.

»Du bist ein Engel!«, sprudelt es aus ihr heraus. »Dich hat wirklich der Himmel geschickt!«

Burdettes Tante folgen nicht bloß ein, sondern gleich zwei strahlende Großeltern-Paare. Sie umlagern mich, als gäbe es kein Morgen, was auf sie wohl auch irgendwie zutrifft.

Zu behaupten, dass ich von dem Empfang überrascht bin, ist eine gigantische Untertreibung. Keine Ahnung, was ich erwartet habe – leichte Missbilligung, widerwillige Toleranz vielleicht –, aber das hier habe ich sicher nicht erwartet. Ich bin sprachlos und seltsamerweise erfreut. Denn ich werde nicht nur gewürdigt, positiv angenommen und begrüßt, sondern auch umarmt, auf den Rücken geklopft, in die Wange gezwickt – immer und immer wieder. Ich werde wertgeschätzt und bin kurz davor, verehrt zu werden. Es ist, als wäre ich für die Familie eine junge *Gottheit* – Substantiv: höheres Wesen; Englisch: *deity*.

Sie tragen mich praktisch auf den Schultern in ihr Schloss, ich meine, ihre Mini-Villa. Der höhlenartige Eingang ist ebenfalls sehr übertrieben und nicht nach meinem Geschmack, aber dennoch ehrfurchterregend. Ein Mädchen mit Zahnspange, das die kleine Schwester von Burdettes Cousine sein muss, hüpft mit fliegenden Zöpfen aufgeregt auf und ab.

»Dana, *er* ist da! *Er* ist da!«, kichert sie.

Burdettes Tante streckt mir ein schickes Ansteckbukett von der Größe eines kleinen Buschs entgegen. »Das ist für sie«, strahlt sie mich an. Eine der Grandmas hat auf einmal eine Bürste in der Hand und beginnt, ein paar wirre Strähnen auf meinem Kopf zu bändigen. Die andere Grandma gibt mir in nüchternem Ton Anweisungen wie der Typ, den man in »Mission Impossible« nie sieht.

»Wir haben für euch einen Tisch in Danas Lieblingsrestaurant reserviert. Giuseppe hat versprochen, sich ganz besonders um euch zu kümmern.«

»Nichts ist zu gut für unsere Prinzessin!«, verkünden die Grandpas unisono und werfen sich dann böse Blicke zu.

»Dana hat einen Freund! Dana hat einen Freund!« Die kleine Schwester von Burdettes Cousine schreit und springt herum.

»Halt die Klappe, Ariel!«, brüllen daraufhin die Eltern und Großeltern im Chor.

In der Zwischenzeit stehe ich bloß da, sage nichts und grinse wie ein Dorftrottel. Dann sehe ich zum ersten Mal mein Date für den heutigen Abend. Wie in einem alten Disney-Musical kommt sie unter einem Kronleuchter schüchtern die geschwungene Treppe herunter. Alles an ihr glänzt, alles ist aufgetakelt – Nägel, Haare, Gesicht. Sie ist ihr eigenes Kunstwerk, das fertige, frisch polierte Produkt von sehr ernsthafter Überlegung und Zeit vor dem Spiegel. Ihre Robe – anders kann man es nicht nennen – ist eng anliegend, ein wenig gewagt und offensichtlich Haute Couture. Nicht mädchenhaft, sondern sehr erwachsen. Definitiv nicht von der Stange. Megateuer. Ich kann verstehen, warum Burdettes Tante fast vor Wut an die Decke gegangen ist, als ihre Tochter versetzt wurde.

Sie bleibt vor mir stehen, damit ich ein vollständiges Bild von ihr bekomme. Burdettes Cousine ist nicht übel. Vielleicht ein bisschen viel Bücherwurm. Okay, ich werde hier nicht lügen, sie ist beim besten Willen keine Wucht, aber mehr als akzeptabel. Wie geht der Song noch mal? *»She's no beauty queen, but, hey she's all right and that's all right with me.«* Oder so ähnlich.

Burdettes Cousine knabbert nervös und unsicher an den professionell rot geschminkten Lippen.

»Ich sehe wie eine totale Idiotin aus, oder?«, fragt sie mich.

Erwartungsvoll wenden sich sieben Augenpaare in meine Richtung. Der Druck ist hoch. Ein falsches Wort und mir wird vielleicht der Kopf abgeschlagen und aufgespießt, hab ich so das Gefühl.

»Nein, du siehst cool aus«, antworte ich, mehr als ein wenig erleichtert. Denn zum Glück ähnelt Burdettes Cousine nicht Burdette.

Anscheinend war das die perfekte Antwort, weil Burdettes Tante in Tränen ausbricht. Beide Grandmas tupfen sich die Augen mit Taschentüchern ab. Die Grandpas gratulieren sich gegenseitig. Burdettes Onkel, der mit einer Hand alles mit der Digitalkamera aufnimmt, klopft mir mit der anderen auf meinen bereits geschundenen Rücken.

»Welche Kleidergröße hast du, Brooks?«, fragt er überaus gut gelaunt.

Plötzlich wird mir allzu bewusst, dass ich das Objekt ihrer kollektiven Überprüfung bin und sehr zu wünschen übrig lasse. Obwohl ich meine beste Kakihose trage, mein einziges Sakko, meine einzige Krawatte und mein einziges Paar echter Lederschuhe, bin ich wohl kaum der Märchenprinz für die kostbare junge Majestät.

Als Nächstes finde ich mich oben im väterlichen Ankleideraum wieder, der größer ist als mein Zimmer zu Hause. Reihen von teuren Anzügen surren auf sich automatisch bewegenden Stangen hin und her. Diese Parade der Fülle ist schwindelerregend. Burdettes Onkel ist etwa so groß wie ich. Bewundernswert fit für sein Alter. Wegen meiner Leistungskurse, des SAT-Unterrichtsplans, meines Jobs und des daraus resultierenden Mangels an regelmäßigem Training bin ich meinerseits etwas außer Form. Also ähneln wir uns ganz gut.

»Eine normale Zweiundfünfzig. Ich glaube, ich habe einen alten Armani in dieser Größe«, sinniert Burdettes Onkel.

Er kann den Armani nicht finden und schnappt sich stattdessen einen wohl dreitausend Dollar teuren Hugo-Boss-Anzug, der gerade an uns vorbeifährt. Als ich mich im riesigen Badezimmer zwischen all seinem Zeug umziehe, passt mir das feine Stöffchen tatsächlich wie ein guter Lederhandschuh. Beim Zuknöpfen der französischen Manschetten erkenne ich mich in dem bodenlangen, beleuchteten und per Fernbedienung verstellbaren Spiegel fast nicht wieder. Beinahe wie James Bond, total lässig und so. Also komme ich mir ziemlich schick vor, als ich daraufhin im Wohnzimmer vor einem riesigen Kamin mit Dana posiere, die mir ein Ansteckstäußchen ans Revers heftet.

»Okay, jetzt gib ihr das Bukett!«, kommandiert Burdettes Tante wie ein Off-Off-Broadway-Regisseur. »Dana, steh gerade!«

Wir beide lächeln breit für die Nachwelt. Wir wechseln die Positionen. Es werden mehr Aufnahmen gemacht. Mit der engsten Familie. Nur mit Mom und Dad. Erst mit dem einen Großelternpaar, danach mit dem anderen. Nur die Mädchen. Und nur die Jungs. Die Kombinationsmöglichkeiten scheinen endlos. Dann, für das große Finale: die Selbstauslösergruppenaufnahme mit Burdettes Onkel, der sich beeilt, an seinen Platz zu kommen, bevor die Verschlussklappe zuschnappt. Immer und immer wieder blinkt die Kamera.

Als wir uns wie eine Herde zur Haustür bewegen, zieht mich Burdettes Onkel beiseite und schiebt diskret etwas in meine

Handfläche. Es ist ein dickes – und ich meine ein wirklich dickes – Bündel Geldscheine. Keine kleinen, sondern Zwanziger und Fünfziger.

»Reichen fünfhundert?«, flüstert er, als wären wir Partner einer streng geheimen Verschwörung.

Das ist bei Weitem das meiste Geld, das ich in meinem ganzen Leben auf einem Haufen gesehen habe. Und ich halte es in meinen dreckigen Pritchard-Händen.

»Mehr als reichlich, Sir«, krächze ich.

Draußen untersucht die kleine Schwester von Burdettes Cousine meinen zusammengeflickten, verrosteten Electra mit ungekünstelter Neugier.

»Ariel, nicht anfassen! Das ist schmutzig«, schimpft Burdettes Tante und reißt sie vom Wagen weg.

»Eigentlich habe ich ihn gerade erst gewaschen«, murmele ich entschuldigend. Habe ich tatsächlich. Und ebenfalls heiß gewachst. Aus der Rattigan-Perspektive ist das Beast in einem erstklassigen Zustand und hat noch nie so gut ausgesehen.

Burdettes Tante schaut demonstrativ zu ihrem Mann. Er räuspert sich, hüstelt, und dann, unter ihrem zerfleischenden Blick, gibt er nach.

»Brooks, warum nehmt ihr beiden nicht den Volvo?«, schlägt er generös vor. *Generös*, Adverb: großzügig oder freigiebig sein; Englisch: *munificently*.

Dana stampft mit dem spitzen Absatz auf und schmollt. »Daddy, wir fahren nicht mit Moms Kombi zum Homecoming!« Dann wendet sie sich lächelnd an mich. »Oder, Brooks?«

Ich weiß nicht, ein Volvo klingt für mich sehr angenehm, aber Burdettes Tante wirft Burdettes Onkel einen weiteren strengen Blick zu. Er taumelt rückwärts, als hätte er einen Schlag eingesteckt. Seine Miene verrät totales Entsetzen. Also einer von diesen »Nein, oh Gott, nein, alles, nur nicht das«-Gesichtsausdrücken. Denn auch wenn ich es nicht wissen kann, bedeutet das wohl …

»Brooks.« Burdettes Tante lächelt Dana mütterlich triumphierend an. »Warum nehmt ihr beiden nicht den Lamborghini?«

Der Aventador LP 700-4 Roadster bewegt sich wie ein Vollblutpferd, nicht dass ich wüsste, wie sich ein Vollblut bewegt, aber wenn, dann sicher so. Die schlanke aerodynamisch designte Karosse schneidet durch den Wind. Die Karbonfaser-Karosserie schmiegt sich tief an den Boden, ist wendig und verfügt dennoch über eine enorme Zugkraft. Die doppelten hydraulischen Bremsen und die Servolenkung sind leichtgängig und machen Spaß, aber reagieren schnell und auf die leiseste Berührung empfindlich. Ich schalte wie ein Formel-1-Rennfahrer und stelle alle siebenhundert PS auf die Probe. Wir peitschen um Kurven, beschleunigen bei Steigungen, fressen Asphalt. Der präzisionsgefertigte italienische Motor übernimmt alles, was ich von ihm fordere, mühelos. Außerdem dröhnt Andrew W.K.s Sendung »Party Till You Puke« per Satellitenradio aus – ich hab sie gezählt – zwölf Dolby-Surround-Lautsprechern, und ich entdecke Facetten von Feinheiten und Komplexitäten in Andrews Arbeit, die ich mir nie hätte vorstellen können. Meine Erwartungen werden übertroffen. Das hat Stil. Das hat Klasse. Darum, meine Freunde, geht es.

Das luxuriöse GPS-Ortungssystem bringt uns millimetergenau an unser Ziel und, wie ich hinzufügen möchte, mit etlichen rechtzeitigen Vorwarnungen. In Sekundenschnelle kommen wir vor einem samtroten Vordach zum Stehen. Ein Bediensteter in Admiralsuniform öffnet Dana die Wagentür. Nachdem ich aus dem Cockpit geklettert bin, werfe ich ihm den Schlüsselbund zu und grinse von Ohr zu Ohr.

Giuseppe hält Wort und kümmert sich ganz besonders um uns. Ein in Kerzenlicht getauchter Tisch für zwei in der Ecke mit minimalem Fußgängerverkehr und ungehinderter Sicht auf den gurgelnden Brunnen mit kleinen Amorfigürchen und Wasser speienden Fischlein. Giuseppe serviert uns Mineralwasser. Er empfiehlt die Spezialitäten. Zum Auftakt: *Insalata di Bietole* – Mangoldsalat. *Cozze alla Marchigiana* als Antipasti, also Miesmuscheln, von denen er in einem ansprechenden Akzent hinzufügt, dass sie frisch vom Boot kommen. Für den Pasta-Gang schlägt er *Pappardelle al Cinghiale* vor, eine Art flache Nudeln mit Wildschweinragout, was auch immer das sein mag. Für den Fleisch-und-Fisch-Gang das *Filetto di Manzo*, quasi Rinderfilet, Baby. Wir bestellen alles. Ich meine, wer bin ich, dass ich lange diskutiere?

»Also, Graham textet mir in Mathe, dass er auf einmal aus der Stadt wegmuss … « Dana verrät die Hintergrundgeschichte, warum ich hier gelandet bin.

»Was für ein Arsch«, meine ich mitfühlend. Die Mischung der roten Rüben mit Walnüssen und Gorgonzola ist heftig, aber nicht unangenehm. Ich lade mir noch mehr auf die Gabel.

»Also schicke ich dem Bastard eine Nachricht, dass ich bereits allen davon erzählt habe und meine Mutter mir ein Kleid gekauft hat und was eigentlich zum Teufel los ist.« Tränen umgeben ihre mascaragetuschten Wimpern, als sie sich an die Schande erinnert. »Aber ich weiß jetzt, was passiert ist. Seine Freunde meinten, ich sei nicht heiß genug, also hat Graham gekniffen.«

Normalerweise stehe ich nicht auf Muscheln. Normalerweise finde ich sie klebrig und zäh. Aber diese, geschmort in einem zarten Weißwein- und Knoblauchsud, sind ziemlich zart und geschmackvoll. Das ist es also, worum es bei der Betonung von Frische geht, staune ich stumm.

Giuseppe schwebt um uns herum und beäugt wachsam selbst den kleinsten Wink auf einen Wunsch von uns.

»Mehr Grissini, Sir?«, fragt er.

»Auf jeden Fall, mein Guter! Auf jeden Fall!«, antworte ich. Was soll ich sagen? Ich stehe einfach auf Grissini. Und das sind die besten, die ich je genießen durfte.

»Dieser Graham ist ein Blödmann. Und du bist sehr heiß«, tröste ich Dana. »Wenn ich kein Gentleman wäre und dies nicht unser erstes und einziges Date, würde ich dich auf der Stelle anflirten.«

»Echt?«, hakt sie schüchtern nach. »Und du sagst das nicht nur, um nett zu mir zu sein?«

»Du bist definitiv potenzielles Freundinnenmaterial«, versichere ich ihr, während ich jeden köstlichen Bissen meines perfekt gegrillten Steaks genieße. Filet von irgendetwas ist nicht gerade ein alltägliches Grundnahrungsmittel der Familie Rattigan, geschweige denn von grasgefütterten Biotieren. Sondern wenn ich Glück habe, eher von solchen, die auf chemieverseuchten Böden weiden.

Dana lacht, und als ich aufschaue, sind die Tränen von vorhin versiegt, und sie lächelt. Sie strahlt. Sie leuchtet geradezu.

»Jedenfalls danke, dass du das hier tust. Für meine Eltern ist das eine wirklich große Sache, besonders für meine Mutter.«

»Kein Ding«, sage ich. »Ist mir ein Vergnügen!«

Ein weiterer Korb mit Grissini kommt. Kann es noch besser laufen?

Auch der restliche Abend geht mir runter wie die Muscheln. Wir fahren im Lambo zu Danas Schule, wo der eigentliche Ball stattfindet. Die Spinde in den Fluren sind farblich aufeinander abgestimmt. Die Turnhalle, in der die große Action läuft, wirkt im Vergleich zu der in Pritchard wie ein NBA-Stadion. Keine

Tribüne mit Klapp-, sondern mit richtigen Sitzen und Hightech-Videoanzeigetafeln. Die Tanzfläche ist voll und der DJ stark. Dana und ich verbrennen Kalorien und feiern die besten Songs ab. Sie zeigt mir ein paar ihrer Tanzschritte, ich antworte mit ein paar von meinen. Danach düsen wir zu einem Nachtcafé, wo wir mit ihren Leuten noch etwas essen. Ihre Freunde sind Nerds, aber superschlau. Es ist interessant, mit ihnen zu reden, und sie sind erfrischend unvoreingenommen für einen Haufen reicher Kids. Ehe ich mich versehe, ist es Viertel nach eins in der Nacht, und ich begleite Dana galant zu ihrer Haustür.

»Jeder, der meint, dass es egal ist, auf welches College man geht, ist ein Lügner.« Ich erörtere mein neues Lieblingsthema. »Die, die das behaupten, sind entweder erfolgreich, gehen selbst auf eine gute Uni und sagen das nur, damit man sich besser fühlt ...«

»... oder selbst Verlierer, die es nicht geschafft haben«, beendet Dana meinen Gedanken. »Einschränkung des Lebens auf pure Enttäuschung und Mittelmäßigkeit.«

Ganz genau. Dana bewirbt sich als Early Decision in Yale und wiederholt dafür immer wieder ihre SATs, wenn auch nicht immer und immer und immer wieder, und ich habe sie den Abend über als höchst angenehme Gesellschaft empfunden. Vor der Haustür angekommen, halten wir inne und schauen uns betreten an, weil wir wissen, dass sich nun unsere Wege für immer trennen und nie wieder kreuzen werden.

»Dieser Blödmann Graham hat wirklich was verpasst«, flüstere ich.

Danas Augen glitzern. Für sie ist es das perfekte Ende eines perfekten Abends. Ich habe ihren Traum wahr werden lassen. Ich habe ihre Vorstellung erfüllt. Diese Macht wirkt berauschend. Plötzlich öffnet sich die Tür von innen und Burdettes Tante streckt ihren Kopf heraus.

»Na, wie war's?«, kreischt sie, sodass wir fast einen Herzinfarkt bekommen.

»Egal. Wie geht's dem Lamborghini?«, grummelt Burdettes Onkel direkt hinter ihr.

Sorgenvoll tauchen beide in Bademänteln im Türrahmen auf und zerstören, was ein schöner Moment zwischen mir und Dana hätte sein können.

»Mom!«, jault Dana verlegen protestierend.

»Jetzt komm mir nicht mit Mom! Wer war da und was hatten sie an? Erzähl mir alles! Erzähl, erzähl!«

Burdettes Tante folgt Dana die Treppe hinauf. Das ist das Letzte, was ich von ihr sehe. Ich bin mit Burdettes Onkel allein. Da ich nicht weiß, was ich sonst tun soll, drehe ich mich um und gehe.

»Äh, Brooks …«, hält er mich auf.

»Ja, Sir?«

»Der Anzug.«

Daraufhin stehe ich oben in meinen Boxershorts und hänge den Hugo Boss wieder vorsichtig auf die Stange in dem riesigen Warenlager von Kleiderschrank. Mir ist, als wäre ich eine Figur in »Aschenputtel«. Nur dass ich nicht der Prinz bin – ich bin das Mädchen.

Als ich in meiner eigenen minderwertigen Abendgarderobe die geschwungene Treppe wieder hinuntertrabe, gähnt Burdettes Onkel in der Nähe der Haustür und ist begierig darauf, endlich ins Bett zu gehen. Ich hole das immer noch dicke Bündel Geldscheine aus meiner Hosentasche, um ihm den Rest zurückzugeben.

»Ähm, das Abendessen hat einhundertdreiundfünfzig Dollar gekostet, inklusive Trinkgeld, und ich habe noch acht Dollar fürs Parken und …«

»Behalte es, Brooks«, sagt er, zu müde, um sich mit solchen

Kleinigkeiten zu beschäftigen. »Du hast meinem kleinen Mädchen einen schönen Abend bereitet. Das hast du dir verdient.«

Ich hocke wie Aschenputtel wieder in meinem Kürbis und starre auf die dreihundertzwölf Dollar in meinen Klauen. Keine Übertreibung, mein Herz hämmert wie ein Schlagzeugsolo von Keith Moon, meine Hände zittern. Es dauert gut fünf Minuten, bis ich mich zusammenreißen und nach Hause fahren kann.

Zunehmend besorgt

»Dreihundert Flocken? Willst du mich verarschen?«, sagt Murf, als ich ihm am nächsten Tag bei der Arbeit Bericht erstatte.

»Will ich nicht«, erkläre ich, immer noch irgendwie geschockt. Wir befinden uns gerade auf der Herrentoilette, wo wir unserem Job, die schmuddeligen Bodenfliesen zu wischen, wie üblich *halbherzig* – Adverb: oberflächlich, flüchtig; Englisch: *desultorily* – nachgehen. Mit den verstopften Waschbecken und den Toiletten selbst geben wir uns nicht ab und von denen wollt ihr auch lieber nichts wissen. Sagen wir einfach, dass sie für uns eine No-go-Zone sind. Das Männerklo von The Gun ist kein Ort, wo man viel Zeit verbringen möchte, daher auch unsere extreme Eile.

»Dreihundert unversteuerte Dollar«, berichte ich und wische dabei wie ein Irrer. »Mehr als wir nach einem Monat Sklavenarbeit in diesem Dreckloch mit nach Hause nehmen.«

»Für einen einzigen lausigen Abend?«, fragt Murf. Er hält sich mit einem Ärmel Mund und Nase zu, um seine Lungen zu schützen, während er wahllos Desinfektionsmittel von der Stärke Industriebedarf auskippt. Das Zeug ist pures Gift, überdeckt aber den Gestank.

»Das ist es ja, es war nicht lausig. Dana war echt okay. Ich hatte sozusagen einen fantastischen Abend«, sinniere ich. »Unglaubliches Essen in einem Lokal, das ich mir wahrscheinlich nie wieder leisten kann. Großartige Musik, übelst krass …«

»Und der Lamborghini!«, keucht Murf, der trotz seiner Vorsichtsmaßnahmen ein paar Dämpfe eingeatmet haben muss. »Vergiss den Lambo nicht.«

Den Körperkontakt aufs absolute Minimum beschränkend trete ich die Schwingtür für Murf auf, damit wir einen schnellen Abgang aus dieser Kammer des Schreckens hinlegen können. Wischmopp und Eimer lassen wir einfach zurück. Ich stürze direkt hinter ihm raus.

»Ich kapier's nicht. Wo ist der Haken?«, regt sich Murf schnaufend auf, sobald wir in Sicherheit sind.

Es gibt keinen Haken. Mein einmaliger flüchtiger Kontakt mit den oberen Zehntausend ist Geschichte. Aber die kurze Kostprobe hat bei mir Hunger nach mehr geweckt.

Warum Columbia? Diese einfache Frage blockiert mich. Ich starre sie jetzt seit einer Stunde auf meinem Laptop an.

The Gun hat sonntags zu, was ein weiterer schlauer Schachzug des Managements ist. Denn hätte man offen, wäre The Gun das einzige Lokal im ganzen Ort, wo man was essen könnte. So bescheuert! Aber ich bin froh darüber, denn ich nutze den Tag des Herrn, um aufzuholen. Und jede Woche habe ich mehr und mehr aufzuholen. Ich schlage mich mit zwei verspäteten Aufsätzen herum, einem für Englisch und einem für den freiwilligen Leistungskurs Geschichte. Dann plage ich mich stundenlang mit Lektüre für den Leistungskurs Biochemie, Spanisch und Mathe. So ist es schon fast Mitternacht, bis ich endlich bereit bin, mit der Arbeit an meiner Bewerbung für die Columbia anzufangen. Für mein letztes bedeutsames Halbjahr habe ich mir einen brutalen Lernplan auferlegt, aber es geht einfach nicht anders. Ich brauche die wichtigen Punkte. Und wegen meiner dürftigen sonstigen Pluspunkte ist das Zeugnis wichtiger denn je. Ich reibe mir die müden Augen und konzentriere mich wieder auf den Bildschirm, auf meine aktuell letzte große Aufgabe.

Warum Columbia? So lautet das Thema meiner alles entscheidenden ersten Frage des Aufsatzes über mich. Ich habe dafür dreihundertfünfzig Wörter, aber obwohl ich mir jetzt schon seit Wochen das Hirn zermartere, fällt mir kein einziges ein. Nicht wie bei meiner Bewerbung für Rutgers, die mich gerade mal eine Stunde gekostet hat, weil man sich dort nicht mit tiefschürfenden, sinnlosen Fragen abgibt. Warum Columbia? Die ehrliche Antwort? Wegen des Markennamens. Wegen des Ivy-League-Abschlusses, der goldenen Eintrittskarte, dem magischen Stammbaum, der alle wichtigen Türen öffnet, die mir sonst für immer verschlossen bleiben. Aus denselben egoistischen Gründen, die alle anderen auch haben. Weil ich was Interessantes und Bedeutendes mit meinem Leben anfangen will. Um all das zu werden, wozu ich vielleicht in der Lage bin, wenn man mich nur lässt. Aber die ehrliche Antwort kann ich nicht hinschreiben. Weil persönliches Fortkommen für die zarten Empfindsamkeiten des Zulassungskomitees zu brutal und krass wäre. Der schiere finanzielle Nutzen wäre so was von unter der Würde dieser Torwächter des besseren Lebens. Natürlich sind die selbst alle steinreich. Leute, die solche Fragen stellen, sind das immer. Nein, ich muss total erhaben und hochgeistig rüberkommen. Ich muss behaupten, die Welt zu einem besseren Ort machen zu wollen, auf kleine, unbedeutende, aber zugleich symbolische Art und Weise. Mit den unsterblichen Worten der Strack gesprochen: »Das ist alles so ein Quatsch.«

Voller Empörung beginne ich, wie wild zu tippen:

Warum Columbia? Warum Filetto di Manzo? Warum Lamborghini? Warum Boss? Warum Columbia? Als ob das

nicht total offensichtlich wäre. Aber nein, die müssen einen zwingen, sich zu outen und es laut auszusprechen, einen auf die Knie zwingen und betteln lassen. Warum denn nicht die verdammte Columbia, ihr kranken, sadistischen Arschlöcher? Es ist nun mal das beste College. Kapiert? Warum stellt jemand eine so absolut bescheuerte Frage?

Dann höre ich auf zu tippen und lösche alles, weil ich wieder zur Vernunft komme.

Aber das ist es, Brooks, befremde sie im ersten Absatz deiner Bewerbung total. *Befremden*, Verb: dafür sorgen, dass jemand komplett angepisst ist …

»Hey ho, let's go!«

Ich schnappe mir mein Handy, ohne aufs Display zu gucken, und bin dankbar für die Unterbrechung.

»Igors Haus des Schreckens. Igor am Apparat.«

Eine lange Pause, in der ich jede Menge Hintergrundgeräusche höre. Dann eine tiefe, gedämpfte Stimme: »Ist da Rattigan?«

Das ist eine düster bedrohliche Stimme. Eine, die mir Schauer über den Rücken jagt. Die Stimme klingt, als wäre das jemand von der Mafia, der mich entweder selbst zu Brei schlagen oder jemandem den Befehl dazu geben kann. Ich schlucke schwer. Anscheinend hat meine Vergangenheit mich jetzt eingeholt. Ich überlege fieberhaft, wen ich zuletzt gekränkt habe, und verliere den Überblick. Das ergibt eine beachtliche Liste.

»Und da ist?«, frage ich zaghaft.

»Brooks Rattigan?«, fragt die Stimme Unheil verkündend.

»Sorry, aber ich glaube, Sie haben sich verwählt.« Ich will schon schnell auflegen, als die Stimme jammert: »Nein, leg nicht auf! Hier ist Lou Frohnapfel. Ich arbeite mit Todd Burdette zusammen. Er hat gesagt, ich soll dich anrufen.«

Todd Burdette? Todd Burdette ist Burdettes Onkel. Ich überlege. Warum sollte Burdettes Onkel Lou Frohnapfel sagen, er soll mich anrufen? Als mir dämmert, was der Grund dafür sein muss, lache ich beinahe los. Weil es nur bedeuten kann, dass …

»Lassen Sie mich raten«, sage ich. »Haben Sie eine Tochter?«

»Ein reizendes Mädchen.« Lous Ton ist nun merklich liebevoller. »Auf der Liste der besten Schüler. Stellvertretende Kapitänin der Feldhockeymannschaft an der Passaic. Dieses Wochenende ist Homecoming …«

»Hören Sie, Mr Frohnapfel, es tut mir echt leid …« Ich kann nicht glauben, was da gerade passiert.

»Sylvie war noch nie auf einem Ball. Es ist ihr größter Wunsch, aber kein Junge hat sie eingeladen …«

»Ich würde Ihnen ja liebend gern helfen, aber ich kann nicht. Ich arbeite an den Wochenenden abends.« Außerdem denke ich mir, dass Passaic, anders als Havendale Hills, kein wirklich neues Terrain für mich ist. In Passaic war ich schon. Es unterscheidet sich nicht groß von Pritchard.

»Ich zahle dir fünfzig Dollar.«

Ganze fünfzig Dollar? Mein Stolz, von dem ich bisher gar nicht wusste, dass ich ihn besitze, ist echt gekränkt.

»Ich bin stellvertretender Manager an den Wochenenden«, lasse ich ihn überheblich wissen. »Und ich habe mir gerade erst einen Samstagabend freigenommen.«

»Okay, dann fünfundsiebzig! Meine Frau macht mich sonst fertig!«

Fünfundsiebzig. Frohnapfel ist damit noch nicht mal auf dem Spielfeld.

»Wenn ich mir noch einen freinehme, bin ich gefeuert.« Für mich ist das Gespräch zu Ende.

»Hundert!«

Ich verdrehe die Augen. Er reizt mich. Ich meine, ich mache es sowieso nicht, aber wenn, dann müsste er schon deutlich mehr bieten als einen lumpigen Hunderter. Ich fühle mich bemüßigt, das richtigzustellen.

»Nur zu Ihrer Information, Mr Frohnapfel. Letzten Samstag habe ich über dreihundert gemacht.«

»Drei!«, schreit Frohnapfel. »Burdette hat mir erzählt, zwei, du kleine Ratte!«

Ich bin empört. Der Dreckskerl will mich im Preis drücken.

»Zweihundertfünfzig«, sage ich, nur um ihm klarzumachen, mit wem er es hier zu tun hat. »Dafür oder gar nicht.«

»Okay, okay, dann abgemacht!«, quiekt Frohnapfel.

Zweihundertfünfzig. Zweihundertfünfzig sind eine Menge Geld. Ich werfe einen Blick auf mein Laptop-Display. Auf die Worte, die jetzt mein Leben definieren. Warum? Und die dröhnende Antwort: Columbia! Weitere zweihundertfünfzig erlauben mir, die sinnlose Quälerei bei The Gun an den Nagel zu hängen. Das verschafft mir die Zeit und Kraft, die ich so dringend brauche, um meine sprachlichen Fähigkeiten um die entscheidenden fünfundsiebzig Punkte zu steigern. Weitere zweihundertfünfzig sind es wert, dass ich meinen Job riskiere. Und wie Murf schon bemerkt hat: Wo ist der Haken?

Ich lehne mich auf meinem Stuhl zurück und lege die Füße auf den Tisch. Auf einen Schlag sind die Rollen vertauscht. Jetzt sitze ich auf dem Kutschbock, und er ist das Maultier, das den Karren zieht. Ich weiß, das sollte ich nicht, aber ich muss grinsen.

»Außerdem muss ich einen Anzug ausleihen. Ich besitze keinen«, sage ich zögernd und immer noch unschlüssig.

»Und einen Anzug! Haben wir's dann?«, jammert er.

»Und den Sprit.« Ich weiß, dass ich es auf die Spitze treibe, meine Position unfair ausnutze. Aber einmal in meinem Leben am längeren Hebel zu sitzen, das fühlt sich so berauschend an, dass ich nicht anders kann.

»Sprit? Das sind gerade mal vierzig Minuten Fahrzeit! Wir sind in Passaic!«

Vierzig Minuten ohne Verkehr, meint er wohl, was praktisch nie vorkommt. Eher neunzig Minuten, an einem guten Tag – und das ist die einfache Strecke.

»Ich fahre mit Super Plus«, sage ich. »Das letzte Mal war der Horror. Und dann noch die Mautgebühr. Das summiert sich echt.«

»Du machst mich fertig, Junge!«

»War nett, mit Ihnen gesprochen zu haben, Lou.«

Ich grinse. Alle Trümpfe sind in meiner Hand. Ich zähle stumm. Es kommt, wie's kommt. Zum Ersten, zum Zweiten und zum …

»Na schön, na schön!«, jault der einst so mächtige Frohnapfel. »Zweihundertfünfzig plus Anzug, Sprit und Extras! Bist du damit zufrieden, du Blutsauger?«

Bin ich.

Tja, Leute, von da an entwickelt sich das Ganze lawinenartig. Als Pat am nächsten Tag bei der Arbeit droht, mich zu feuern, wenn ich mir noch einen Samstag freinehme, erlebe ich tiefste Befriedigung, während ich ihm sage, dass er mich in Ruhe lassen soll, und einfach gehe. Das ist okay für mich, denn wo ein Frohnapfel ist, müssen noch mehr davon sein. Grünere Weiden winken. Ich beschließe, dass, als Date einzuspringen, vorläufig meine neue Berufung ist. Murf hat dafür natürlich kein Verständnis.

»Ist dir nicht klar, dass du jetzt total spinnst?«, fragt er und bläst eine Riesenrauchwolke aus, bevor er mir die Bong anbietet. Ich winke ab und schlage in der kalten Abendluft den Kragen meiner Jacke hoch.

»Ich lasse doch nur ein paar Mädchenträume wahr werden

und streiche gleichzeitig die Dukaten ein«, erkläre ich ihm mein Geschäftsmodell noch mal. »Das tut keinem weh, also ist auch nichts dabei.«

Wir hocken nebeneinander auf den Schaukeln am Spielplatz der Grundschule, die wir gemeinsam besucht haben. So lange kennen wir uns schon. Seit jenen *alkyonischen* – Adjektiv: friedvoll, froh; Englisch: *halcyon* – Tagen sind die Schaukeln unser Lieblingsplatz, um auszuspannen und zu *sinnieren* – Verb: seinen Gedanken nachhängen, grübeln; Englisch: *ruminate.*

»Aber dann bist du so eine Art Gigolo!«, verkündet Murf.

»Gigolos haben Sex, Alter. Dem habe ich abgeschworen, schon vergessen?« Ich bin ein bisschen genervt. »Die bezahlen mich dafür, dass ich Zeit mit ihren kleinen Lieblingen verbringe, nicht dafür, sie flachzulegen. Ich habe meine Grundsätze, wenn du verstehst.«

»Seit wann das denn?«

Ich grinse. Mein Freund kennt mich zu gut.

»Ich brauche das, Murf. Wenn ich nicht mehr ein Drittel der Zeit, die ich wach bin, jobben muss, falle ich im Stoff nicht zurück, was bedeutet, ich kann an meiner Bewerbung arbeiten und für die Prüfungen büffeln.«

»Du bist ein kranker Typ, Rattigan. Ein echt kranker Typ.« Murf schüttelt bedenklich den Kopf.

»Und mit dem Geld, das ich dabei verdiene, kann ich mir Farkus leisten.«

»Farkus?« Schon der Klang des Worts scheint ihn abzustoßen. »Was ist das denn? Irgendein verbotenes Gehirn-Doping?«

»Nah dran. Ein SAT-Coach«, erkläre ich. »Farkus kennt alle Tricks, Abkürzungen, Fallen, das Drum und Dran, die Does und Don'ts. Nicht nur die Trottel aus dem Wissenschaftsclub, sondern auch die Streber vom Roboterclub schwören auf ihn. Außerdem kann ich mir bei zweihundertfünfzig plus Spesen pro

Einsatz vielleicht wirklich ein bisschen was für die Studiengebühren zusammensparen.«

»Alter«, warnt Murf, »du hast nur ein Abschlussjahr im Leben. Das vergeht schnell, und du vergeudest es, verdammt noch mal.«

»Dann verpasse ich eben ein paar Partys«, gebe ich widerwillig zu.

»Ein paar Partys?«, hakt Murf sofort ein. »Eher eine einzige Non-Stop-Party!«

»Ich investiere in meine Zukunft«, sage ich genervt. »Und wenn du jemals deinen Verstand benutzen würdest, dann würdest du dich auch mal hinsetzen und was tun.«

Aber wie immer ist Murf auf dem Ohr taub. Er schüttelt nur den Kopf.

»Gina Agostini, Mann«, sagt er traurig. »Gi-na A-gos-ti-niii.«

Gina Agostini. Auf dunklen Rücksitzen und in noch dunkleren Hinterzimmern. Eine Sekunde lang überkommen mich die süßen, prickelnden Gefühle. Die Verheißung später Abende und früher Morgen mit überhitzter Leidenschaft, die ich zu verlieren drohe. Aber am Ende zögere ich nicht. Weil ich mit Überschallgeschwindigkeit auf eine Kreuzung, auf die vielleicht größte in meinem Leben, zusteuere. Und wie der unvergessliche Yogi Berra, das Sprachgenie unter den Baseballlegenden, so schön gesagt hat: »Ich nehme sie.«

Murf und ich sehen uns an. Zum ersten Mal tut sich eine Kluft zwischen uns auf. Wir spüren es beide.

»Dann lässt du mich also ernsthaft im Stich und allein in diesem Höllenloch weiterschuften?«, knurrt er. Im Unterschied zu mir kann Murf den Job nicht einfach hinschmeißen. Er braucht die Kohle, um über die Runden zu kommen, und, so traurig das auch ist, The Gun ist eine der wenigen Möglichkeiten, in und um Pritchard Geld zu verdienen.

»Ich komm dich besuchen, wann immer es geht«, verspreche ich. Dabei habe ich ein schlechtes Gewissen. Murf wird in The Gun ohne mich verloren sein, aber verzweifelte Zeiten erfordern eben verzweifelte Maßnahmen. Ich beschließe, es irgendwann wiedergutzumachen.

Ich erspare euch die Einzelheiten mit Sylvie. Aber ich muss sagen, dass sie für Lou Frohnapfels Tochter erstaunlich attraktiv ist. Wärt ihr Lou je begegnet, wüsstet ihr, was ich meine. Und dann die Frohnapfel-Residenz. Die hat was von einem riesigen ägyptischen Tempel, aber in Passaic. Eine echt gewagte Kombination. Sylvie strahlt in ihrem neuen, damenhaften Kleid, als ich ihr geschickt das Sträußchen anstecke. Dann nehme ich die üblichen Posen vor der Kamera zusammen mit dem erweiterten Frohnapfel-Clan ein. Erweitert im wahrsten Sinne des Wortes. Schließlich geht's los in Lous Lexus LS 460. Dem fehlen zwar das *Uuumpf* und die Beschleunigung eines Lambo, aber die Ergonomie überrascht mich wirklich. Diese japanischen Designer legen echt Wert auf Details.

Mein kulinarischer Horizont erweitert sich auch zusehends. Sowohl das *Chateaubriand* als auch die Unterhaltung mit Sylvie finde ich bezaubernd. Sie wird auf die Cornell gehen. Da sie eine kirchliche Schule besucht, ist die Tanzerei richtig früh zu Ende, so gegen zehn. Wir essen noch irgendwo zusammen mit ihren Freunden einen Burger, und bevor ich mich versehe, steht der Lexus um elf schon wieder vor ihrer Tür. Sylvies Mom weint echte Tränen und auch Lous Augen sehen feucht aus. Er steckt mir noch einen Fünfziger extra zu und wir umarmen uns sogar. Ich bitte Lou, anderen von mir zu erzählen, und er verspricht zu tun, was er kann.

Am Montagmorgen bekomme ich zwei Anrufe, einen aus Montclair, den anderen aus Piscataway, beide für nächsten

Samstag. Plötzlich habe ich da zwei Businesstypen an der Strippe, die sich einen Bieterkrieg in Fünf-Dollar-Schritten um meine Dienste liefern. Ich halte mir zugute, dass ich mich an meine erste Zusage gebunden fühle. Man darf einfach nicht zu gierig sein. Ich will doch keinen schlechten Ruf riskieren, wo mein Geschäft gerade erst zu laufen beginnt. Am Dienstag drei weitere Anfragen für den übernächsten Samstag. Am Mittwoch muss ich links und rechts Absagen erteilen. Ich suche mir einen Anzug beim Herrenausstatter aus und kaufe ihn auf Raten. Die kann ich vermutlich verdoppelt als Aufpreis auf mein Honorar draufschlagen.

Alana Schmitz hat ein tolles Lächeln und ein leichtes Akneproblem, aber nichts, was nicht mit der Zeit und der richtigen medizinischen Behandlung verschwinden wird. Obwohl wir uns erst vor zwei Minuten kennengelernt haben, posieren wir Arm in Arm vor einem riesigen verzierten Kamin, als wären wir schon seit Jahren zusammen. Sie bewirbt sich im Rahmen von Early Decision an der Brown, möchte Schauspielerin werden und kennt jede Textzeile aus jedem Film, der je gedreht wurde. Das weiß ich, weil ich sie auf die Probe gestellt habe. Ihr Dad besitzt einen Jaguar F-Type. Wir reden hier von einem hochmotorisierten V8 mit einer Spitzengeschwindigkeit von gut über dreihundert Kilometern pro Stunde. Dieses Baby bewegt sich wie eine Gewehrkugel. Meine Zuneigung zum Lambo wird auf eine harte Probe gestellt. Zum Abendessen gibt es Sushi. Für mich zum ersten, aber sicher nicht zum letzten Mal. Ich stehe auf das Salzige. Beim Ball lassen wir es krachen, und danach geht es mit einer Truppe ihrer etwas zu pathetischen, überdrehten – aber trotzdem noch netten – Theaterfreunde zum Singen irgendwelcher kitschigen Folksongs um die Feuerstelle von irgendwem. Um Punkt zwölf kehren wir zum Schloss zurück, wo überschwängliche Eltern mich hofieren. Alles Routine. Es klingelt in der Kasse. *Katsching!* Ich nehme coole zweihundertachtzig ein.

Ab meinem vierten Samstag sehen alle Kaminsimse gleich aus. Brianna Karp trägt ein heißes beigefarbenes Kleid ohne Träger und eine Zahnspange, die eigentlich schon letztes Jahr weggesollt hätte. Mrs Karp erstickt mich bei der Umarmung fast mit ihrem Busen. Sie ist geschieden und so gibt es keinen Mr Karp. Daher bin ich auch gezwungen, mit ihrem Land Rover vorliebzunehmen, der sich im Vergleich zu den vorigen Luxusschlitten wie ein Panzer fährt. Ja, ich weiß, wir müssen alle Opfer bringen, nicht wahr? Zu essen gibt es *Yakitori*. Wieder ein erstes, aber nicht letztes Mal für mich. Ich liebe das mit diesen Spießchen. Bri-Bri ist superwitzig und hat einen sarkastischen Humor. Ihr Moonwalk ist unterirdisch. Sie hofft, nach Swarthmore zu kommen. *Ka-tsching!* Weitere zweihundertfünfundsiebzig wandern in die Kasse.

Als Charlie fragt, was es mit dem Anzug auf sich hat, wundere ich mich, dass er ihn überhaupt bemerkt hat. Ich erzähle was von einem schicken Caterer, bei dem ich jetzt jobbe. Er schöpft nicht den geringsten Verdacht. Inzwischen klingelt mein Handy fröhlich weiter. Und das ist kein Wunder. Meine Referenzen gehen durch die Decke. Gestattet mir nur eine kleine Kostprobe:

»Danke, Brooks, du hast mir den glücklichsten Tag meines Lebens beschert!« Sylvie Frohnapfel, Passaic.

»Gott segne dich, Brooks Rattigan!« Marjorie Karp, West Orange.

»Brooks Rattigan behandelt Mädchen so, wie die sich das wünschen, selbst wenn es nur für einen Abend ist.« Alana Schmitz, Montclair.

»So höflich!« Burdettes Tante, Havendale Hills.

»Diskret.« Burdettes Onkel, Havendale Hills.

»Verantwortungsbewusst.« Jack Schmitz, Montclair.

»Respektvoll.« Joanne Schmitz, Montclair.

»Ein großartiger Zuhörer!« Dana Burdette, Havendale Hills.

»Ein wahrer Menschenfreund!« Lou Frohnapfel, Passaic.

»Und ein fantastischer Tänzer!« Bri-Bri Karp, West Orange.

Wie heißt es noch mal in dem Song? *»Got to keep the customer satisfied.«* Tja, genau das tue ich. Und gleichzeitig genieße ich das Leben auf großem Fuß. Alle sind glücklich. Es ist zu einfach. Dann kommt der schicksalhafte Lieberman-Anruf. Aber ich greife zu weit vor.

Denn es ist jetzt schon fast der 13. Oktober und die Stunde null rückt näher …

Der finale Showdown

Weniger als eine Woche bis zu den SATs, und als die letzten kostbaren Minuten verrinnen, gerate ich zunehmend in Panik und Nervosität. Trotz endloser Stunden mentaler Mühen verbessert sich mein Können sprachlich nicht, sondern eher im Gegenteil, und die ganze Abstinenz von allem, wofür es sich zu leben lohnt, lässt mich aus meinen bereits ausfransenden Nähten platzen. Ich gluckere Red Bull runter wie Wasser, nehme lange kalte Duschen, um wach zu bleiben. Aber ich weiß, dass alles auf Farkus ankommen wird.

Er ist teuer. Wirklich, wirklich teuer. Farkus besteht auf einem Stundensatz, um den ihn ein Jurist an der Wall Street beneiden würde. Dreihundertfünfundzwanzig pro Stunde. Ich habe mir ein Budget von fünfhundert gesetzt, was mir etwas mehr als neunzig Minuten bei ihm verschafft. Lily Gunkel meint, das ist mehr als genug, denn ihre Punkte sind danach auf über zweihundert geschossen.

Nach nur einer Sitzung mit Farkus stiegen Phil Chens Punkte beinahe auf dreihundert. Der Mann, das versichern mir alle, ist ein Meister seines Handwerks, ein Genie, einer, der das Blatt wendet. Und die Ergebnisse sprechen für sich. Dennoch bin ich besorgt, weil ich nie ganz genau verstanden habe, was Farkus wirklich so fantastisch macht.

Ich tigere auf und ab. Es ist drei Minuten nach, und wenn minutenweise abgerechnet wird, zählt jede davon. Ich glotze durch die Jalousien nach draußen und sehe, wie dieser neue kirschrote Porsche Boxter GTS, Listenpreis mindestens siebzigtausend ohne Extras, auf den Bordstein vor meiner schäbigen Wohnanlage zurast. Ein Telefonmast versperrt mir die Sicht, sodass ich nicht erkennen kann, wer aussteigt, aber als Nächstes höre ich langsame, unheilvolle Schritte im Innenhof und auf den drei Treppen nach oben. Das scheint ewig zu dauern. Die Spannung bringt mich um. Ich bin in meinem eigenen Horrorfilm gefangen.

Schließlich klopft es an der Wohnungstür. Ich springe auf, reiße die Tür auf und starre hinaus. Ich sehe nichts, weil Farkus nur etwa einen halben Meter groß ist. Nicht wirklich, aber er ist winzig. Einen Meter fünfzig, vielleicht einen Zentimeter oder ein klitzekleines bisschen mehr. Vielleicht.

»Ich bin Farkus«, knurrt er mit einem ausgeprägten osteuropäischen Akzent, den ich nicht ganz zuordnen kann. Der Typ ist Anfang zwanzig, vorzeitig kahl geworden und trägt eine große, klobige Brille und ganz viel Bling-Bling: Goldketten, Ringe am kleinen Finger, mehrere Creolen in den Ohrläppchen. Und er hat diesen irren Frottee-Jumpsuit an.

»Was für eine Müllhalde.« Er stolziert an mir vorbei und demonstriert seinen überdimensionalen Ekel. Ein Streber auf Machttrip. Nur in der bizarr-unterirdischen Subkultur der SAT-Vorbereitung kann ein Zwerg wie er zum Hengst werden. Unter normalen Umständen würde ich den Boden mit seinem selbstgefälligen Arsch abwischen. Aber es handelt sich hier um keine normalen Umstände, und ich bin sein Sklave. Er staubt die Sitzfläche eines Stuhls ab, bevor er sich hinsetzt. »Ich dachte schon, ich wäre hier falsch«, erklärt er gönnerhaft. »Farkus ist an sehr viel erleseneres Publikum gewöhnt.«

»Mein Geld ist so gut wie das von jedem anderen«, sage ich ein wenig hitzig und setze mich ebenfalls.

»Dann schieb's rüber, Trottel«, fordert er und wackelt mit einem winzigen Finger.

»Du zuerst«, wehre ich mich.

»Oh, du traust Farkus nicht? Willst erst Farkus' Vertrauenswürdigkeit checken?« Spöttisch öffnet er einen Aktenkoffer, holt ein kleines Stück Papier heraus, das in einer transparenten Hülle steckt, und wirft das Ganze beiläufig auf den Couchtisch. »Klar, kein Problem.«

Ich nehme das Dokument. Es ist der offizielle ETS-Ausdruck von Farkus' eigenen, persönlichen SAT-Ergebnissen. Und ich kann nicht glauben, was ich lese. Denn ich halte den Heiligen Gral in meinen erbärmlichen, zitternden Händen. Die dreifache Acht. Dreimal achthundert. Das sagenumwobene Trio der Perfektion. Ich betrachte das, von dem ich bislang gedacht habe, dass es bloß eine Legende ist. Zweitausendvierhundert Punkte. Wirklich. Farkus, so klein und widerwärtig er auch ist, kennt das Spiel in- und auswendig. Es versteht sich von selbst, dass mich das überzeugt. Ich zahle meinen Lohn der Sünde bereitwillig, ja sogar gern. Ich bin so überwältigt, dass ich ihm auch sechsmal mehr bezahlt hätte. Erst nachdem Farkus wie ein Buchmacher eine ganze Minute lang durch meinen hart erkämpften Kram hin und her blättert, *lässt* er *sich herab* – Verb: sich herablassen; Englisch: *to condescend* – und nimmt mich wieder wahr.

Wir kommen gleich zur Sache. Zunächst besteht er auf einer Überprüfung der Grundlagen. Vier Bleistifte der Nummer zwei, scharf wie Dolchspitzen, ein batteriebetriebener Spitzer, Riechsalz. Riechsalz? Das ist ermutigend.

»Lern, den Taschenrechner zu nutzen«, sagt er und hält einen hoch. »Er kann dein bester Freund oder schlimmster Feind sein.«

»Zusätzliche Batterien«, verkündet er. »Alkaline.«

Bei fünf Dollar zweiundvierzig pro Minute bin ich mehr als ein wenig enttäuscht von dem Niveau seiner Anweisung, aber für den Moment behalte ich das für mich. Als Nächstes widmet er sich meiner Prüfungsangst. Wir murmeln gemeinsam: »Es ist nur ein Test! Es ist nur ein Test! Ich schaffe das! Ich schaffe das!«

Dann zeigt er mir eine Reihe von Entspannungsübungen, die man im Sitzen machen kann.

»Spann die Muskeln am Hintern an«, befiehlt er vom Stuhl neben mir, kippt einen Eimer Gatorade runter und bietet mir nichts an. »Bis sie brennen!«

Endlich, nach ungefähr vier weiteren Minuten geht es darum, mir einen Wettbewerbsvorteil zu verschaffen. Er holt ein Whiteboard aus seinem Koffer. Dann kritzelt er das Wort »SEX« mit einem Marker darauf und streicht es äußerst nachdrücklich durch.

»Nix! Mindestens zweiundsiebzig Stunden!«

Es ist Wochen her, dass ich Sex hatte, also bin ich Farkus in dieser Hinsicht weit voraus. Ich melde mich. Auch wenn ich der Einzige in diesem Klassenzimmer bin, wird er mich sonst nicht anhören.

»Beinhaltet das auch …?«, frage ich neugierig.

»Vor allem das!«, donnert er. »Kau Kaugummi! Geh lange joggen!«

Mindestens hundert Dollar sind vergangen, und Napoleon Bonaparte hat mir nichts verraten, was ich nicht schon weiß. Ich kann nicht mehr.

»Hey, wann kommen wir zu den guten Sachen?«

Er funkelt mich böse an. Ich habe mich vor dem Reden nicht gemeldet. Nun hebe ich die Hand.

»Schau, das sind alles tolle Informationen, aber könntest du das Ganze ein wenig beschleunigen?«

»Klugscheißer, was?«, blafft er mich an. »Denkt, er weiß alles?«

»Eigentlich«, sage ich, »bin ich mir meiner Grenzen bewusst, weshalb ich gern zu etwas Kritischem wie Textanalyse übergehen möchte, wo ich echt schlecht bin.«

Aber Farkus lässt sich nicht beeinflussen. Farkus hat seine Methode, und Farkus hält sich daran, egal, was passiert, verdammt.

»Wir haben die Frage-und-Antwort-Phase erreicht«, sagt Farkus. »Du bist voller Fragen. Nur zu, Klugscheißer. Frag mich irgendwas.«

Ich denke wirklich, wir sollten Syllogismen besprechen, beschließe aber, ihm seinen Willen zu lassen. Wieder melde ich mich.

»Was ist mit dem ›Weihnachtsbaummuster‹?«

Für diejenigen von euch, die nicht so auf geheimnisvolle Verschwörungstheorien stehen, das »Weihnachtsbaummuster« ist der ultimative moderne Highschool-Mythos. Ich weiß, es klingt lächerlich, aber es gibt diese Gerüchte, dass der Educational Testing Service, der die SATs durchführt, eine Art diabolischer, streng geheimer Verein wie Google oder die Freimaurer ist. Einige Leute sind komplett paranoid, dass die standardisierten Tests nur ein ruchloser Plan zur Kontrolle des Planeten sind. Einige Leute – nicht ich, wohlgemerkt – sind überzeugt, dass die Antworten in einer Art geheimnisvollen ETS-Code zu finden sind. Ein sich wiederholendes Muster von Buchstaben, das irgendeinen ETS-Insiderwitz ergibt oder eine Art esoterisches ETS-Symbol bildet. Völlig unglaubwürdig, oder?

Farkus wirft mir einen schmerzverzerrten Blick zu.

»Vergangenes Jahr hörte ich, dass es der Text von ›The Thong Song‹ von Sisqo war«, kichere ich blödsinnig und bin ein wenig beschämt, eine solch dämliche Frage gestellt zu haben.

»Vergangenes Jahr war die Akkordfolge von ›In-A-Gadda-

Da Vida‹ von Iron Butterfly dran, Schwachkopf«, informiert er mich scharfzüngig. »Wenn du zum Geschäft kommen willst, lass uns zum Geschäft kommen.«

Die nächsten dreiundsiebzigeinhalb Minuten sind die längsten meines Lebens.

Ich werde noch ewig vor Angst und Entsetzen über die schreckliche Erinnerung an Nummer zweiundzwanzig von Abschnitt vier zittern. Ich bin in die Textverständnislektüre vertieft, meinen größten Angstgegner, und mit acht Fragen konfrontiert, die auf fünf Absätzen aus einem Buch über Schlafforschung basieren. Ich weiß, ich weiß. Schlafforschung? Wer denkt sich diese Themen aus? Mir scheint, die ETS verfolgt das Konzept, einen ins Koma zu versetzen.

Die eine Frage lautete: **Welche der folgenden Aussagen würde, falls zutreffend, die »allgemeingültige Definition« faktisch untergraben?**

Nun, zunächst mal habe ich verflucht noch mal keinen Schimmer, was eigentlich die Frage ist. Im dichten Dschungel der Worte, den ich gerade durchstreife, existiert keine »allgemeine Definition« oder überhaupt irgendetwas Allgemeines, und ich verstehe nicht, was mit »untergraben« gemeint ist. Ich bin absolut geliefert.

Fürs Protokoll, hier die Auswahlmöglichkeiten:

A) Alle Menschen schlafen.

B) Einige Menschen benötigen lange Schlafphasen.

C) Einige Menschen benötigen keine langen Schlafphasen.

D) Einige Menschen schlafen nur, wenn sie müde sind.

E) Einige Menschen schlafen, auch wenn sie nicht müde sind.

Ich könnte mich noch so anstrengen und würde diesen Scheiß trotzdem nicht kapieren. Ich meine, das ist eine echte Testfrage. Ich starre, ich überlege. Die fünf Alternativaussagen verschwimmen ineinander. Ich blinzle, um wach zu bleiben. Das ganze Lesen über Schlaf hat nur dazu geführt, mich einfach zusammenrollen und ein superlanges Nickerchen machen zu wollen.

Die Sekunden ticken unerbittlich auf Farkus' Stoppuhr, die er hochhält.

»Jetzt nicht mehr so schlau, oder Kumpel?«, verspottet er mich.

»E?«, traue ich mich aufgrund eigener Erfahrung zu antworten.

Farkus lächelt. Er hat auf diesen Moment gewartet, darauf gewartet zuzuschlagen. Er öffnet seinen Aktenkoffer und nimmt ein breites, schweres Lineal heraus, das er dann hochhält. Ich betrachte es und ihn vorsichtig. Da ist ein gewisser Glanz in seinen Augen und Übung in seinem Griff, der mich verstört.

»Denk nach«, zischt er. »Es ist ganz einfach.«

Vielleicht für Mr Zweitausendvierhundert, aber nicht nur für Normalsterbliche wie Mr Tausendneunhundertfünfundachtzig, und das auch nur, wenn man meine Bestnoten zusammenzählt. Erneut mache ich mich über die Aufgabe her. Nach reiflicher Überlegung treffe ich eine andere Wahl.

»C«, verkünde ich überzeugt.

Das Nächste, an das ich mich erinnere, ist, dass meine Ohren klingeln und ich Sternchen sehe. Farkus hat mir mit dem Lineal auf den Kopf gedroschen.

»Hey, du hast mich geschlagen!«, jammere ich. »Das tut wirklich weh!«

Wieder haut er zu und achtet darauf, auf eine Stelle zu treffen, an der keine Wunden entstehen. Die Schmerzen sind heftig und unerträglich. Für einen kleinen Kerl hat er ziemlich viel Kraft. Ich springe auf die Füße und hechte auf die andere Seite des Tisches. Farkus verfolgt mich.

»Das sind die SATs, Söhnchen. Wenn dir diese Spalten mit

auszufüllenden Sprechblasen bloß ins Gesicht starren, können Mami und Papi dich hier nicht rauskaufen!«

Ich weiß nicht, was traumatischer ist: die Tatsache, dass ein geistesgestörter Pinscher mich mit einem Lineal verfolgt oder dass ich auch noch dafür bezahle.

»DENK NACH!«, schreit er mit hochrotem Kopf, und die Adern an seinem Hals treten hervor.

Er holt wieder aus. Ich nutze meine Fechtkenntnisse und ducke mich. Ich fürchte um mein Leben. Ich bin mehr als verängstigt. Das ist das Geheimnis von Farkus' Erfolg, der Grund, warum er hohes Honorar fordert. Farkus ist ein bezahlter Drillinstructor, angeheuert, um auszubügeln, wozu sich Helikopter-Eltern nicht mit ihren Treibhausblumenkindern durchringen können. Nämlich, ihnen etwas Verstand einzuhauchen.

»B!«, quieke ich wie ein panisches Schwein. »Einige Leute benötigen lange Schlafphasen!«

Von einem Augenblick zum anderen ist die Ruhe wiederhergestellt. Farkus lässt sein Schwert sinken und setzt sich wieder.

»Immer auf das Paradoxon setzen«, erklärt er.

Ein Paradoxon. Natürlich. Das ist ja so offensichtlich. Wenn auch am ganzen Körper zitternd, kehre ich freiwillig an meinen Platz zurück. Denn plötzlich habe ich die Logik in alldem entdeckt und sehe durch den pochenden Schmerz und die stechende Qual auf einmal vollkommen klar. Mein Verstand ist zum ersten Mal überhaupt absolut und total da.

Das Lineal bleibt für den Rest unserer kurzen gemeinsamen Zeit in Farkus' Reichweite. Unter Androhung von Körperverletzung schwebe ich geradezu durch alles, was er mir entgegenschleudert – Satzbau, Vervollständigung von Sätzen, Abschnittslektüre auf Zeit –, und rassele die richtigen Antworten runter wie eine gut geölte Maschine.

»Fegen verhält sich zu Besen wie schneiden zu Schere. Ein

Atlas beinhaltet viele Landkarten. Ein Buch beinhaltet viele Seiten!«, belle ich wie ein dressierter Seehund. Farkus hat mich angeschirrt, geritten, meine Seele gebrochen, mein zerbrechliches Ego zertrümmert, alle Spuren der früheren Persönlichkeit ausgelöscht. Er hat mich im Sack. Und ich liebe es. Wenn er es verlangt hätte, hätte ich mich auf den Rücken gelegt und seine Hand geleckt.

»WAS MACHST DU SAMSTAG?«, fragt mein Herr und Meister.

»ICH HAUE REIN«, brülle ich. Ich bin seins. Wir sind eins.

»ICH SPÜRE NICHTS!«, knurrt Farkus.

»REINHAUEN! REINHAUEN! REINHAUEEEEEEN!!!«

Ungefähr zwei Sekunden nachdem Farkus wieder weg ist, sinke ich wie ein Gehenkter auf dem Boden zusammen, geistig und körperlich völlig erschöpft. Wie ein gestrandeter Wal atme ich ein und aus und warte darauf, dass die Wirkung von Adrenalin und Testosteron und der Schmerz der Striemen nachlassen. Meine Hand sackt schlaff zur Seite, und ich spüre die Ecke von etwas, das unter der Couch herausragt. Ein Buch – ein großes – irgendwie. Neugierig ziehe ich es hervor. Es ist ein Fotoalbum, eines, von dem ich weiß, dass Charlie es normalerweise in einer langsam zerfallenen Schachtel unter dem Bett in seinem Slum namens Zimmer aufbewahrt. Schätze, er hat es hier durchgeblättert. Wie auch immer, es ist Jahre her, dass ich es gesehen habe.

Ich schlage den abgenutzten, bei der Bewegung knackenden Deckel auf, der kaum noch an dem bereits zerfetzten Buchrücken hängt. Dann betrachte ich die verblassten Fotos, die sorgfältig eingeklebt sind. Ich sehe einen superdünnen Charlie mit vollem Haar und lächerlich langen Koteletten, der noch sein ganzes Leben vor sich hat. Ich sehe ihn am Strand campen, Skipisten hinunterfahren, Wanderwege gehen. Ein Mann der Tat, ein Macher, ein Draufgänger. Ich sehe ihn breit grinsend zusammen mit einem Haufen genauso dünner, behaarter Kumpels in ihren Abschlusstalaren in Harvard, und alle strahlen höchstes Selbstvertrauen und gipfelhohe Erwartungen aus. Harvard! Ist euch klar, wie verdammt schwer es ist, nach Harvard zu kommen? Beinahe unmöglich, selbst damals schon. Vielleicht damals noch schwerer, weil dort früher fast ausschließlich Erben, Reiche und Seilschafter aus noblen Internaten aufgenommen wurden. Die richtigen Leute, wenn ihr wisst, was ich meine. Um von der öffentlichen Schule hier im Norden Jerseys nach Harvard zu kommen, musste man absolut brillant sein, außergewöhnlich gut, ein beglaubigter Superstar. Und Charlie hat das geschafft, so unfassbar es auch ist. Aber ich sehe es ja gerade in bunten Farben vor mir. Den Beweis.

Dann betritt eine neue, schillernde Gestalt die Fotos. Meine Mutter, dunkle Haare und blaue Augen, genau wie ich, aber zierlich und zart. Sie hatten sich kennengelernt, als er vor dem Abschluss stand und sie Zweitsemester war am Simmons College, einer kleinen, auf künstlerische Fächer spezialisierten Uni für Frauen direkt neben Harvard in Cambridge. Sie war so was wie eine Tänzerin, wenn auch offensichtlich nicht sehr erfolgreich, denn wann immer ich das Internet nach ihr durchforste, ist nie etwas zu finden. Wenn ich als Kind wissen wollte, wohin sie gegangen ist, antwortete Charlie nur, dass sie verrückt geworden ist oder Probleme hatte oder Zweitbesetzung an einem Theater war, worüber er nicht reden wollte. Vor unendlich langer Zeit habe ich aufgehört zu fragen.

Aber hier sind sie, Mr und Mrs, zusammen, strahlend glücklich. Sonnengebräunt und fit, er in Bermudashorts, sie im Bikini, Arm in Arm, am Steuer eines Segelbootes in den sonnigen Tropen. In der schäbigen Stadt Atlantic City, fröhlich mit ihrem

Spielgewinn – eine magere Münze. Aneinandergeschmiegt am Times Square an Silvester, um das neue Jahr willkommen zu heißen, sich eng umarmend und küssend.

Ich zaubere mich in ein Paralleluniversum. Eines, in dem noch nicht alles so entsetzlich oder besser noch gar nicht entsetzlich ist. Nichts Großartiges oder Kompliziertes. Bloß zwei verlässliche Elternteile mit guter Einstellung und echter Sorge um mein Wohlergehen. Ein irgendwie geräumiges Haus in einem gepflegten Vorort, mit neuen Autos, die ich nach Lust und Laune fahren kann, Urlaube in Übersee. Wie die Beach Boys einst sangen: »*Wouldn't it be nice?*«

Dann höre ich das Klackern eines Schlüssels im Türschloss. Charlie kommt nach Hause von etwas, das er Job nennt. Schnell klappe ich das Fotoalbum zu und schiebe es wieder unter die Couch, dann schalte ich den Fernseher an und tue so, als würde ich chillen. Es muss gerade angefangen haben zu regnen, denn Charlie schlurft gebückt herein und schüttelt die Tropfen ab. Er trägt seinen alten, abgenutzten Parka, der an beiden Ellenbogen mit Klebeband geflickt ist. Warum kauft er keinen neuen? Sogar er kann sich einen leisten.

Er merkt, dass ich ihn ansehe. »Was ist?«, fragt er. Er zeigt sein übliches unrasiertes, schludriges, zerzaustes Ich. Ungepflegt, aber nicht als Statement (also auf lockere Art absichtlich nachlässig), sondern eher auf schäbige, unhygienische Weise, fast wie ein Obdachloser.

Wie ist es – er – dazu gekommen? Er hatte – sie beide hatten – so viel. Schönheit, Verstand, Talent, einander. Das große Geheimnis meines Daseins. Das große Unfragliche, das wahrscheinlich Unbeantwortbare.

»Crystal Palace«, sagt Charlie und stellt eine volle Tüte mit fettigem Essen auf die Küchenanrichte. »Ich habe was von dem Kung Pow Chicken geholt, das du so gern magst.«

»Kung Pao«, korrigiere ich ein wenig zu gereizt. »Als ich drei war, habe ich ein einziges Mal Kung Pow gesagt, und du musst mich immer daran erinnern.«

»Das war süß.« Er versucht ein Lächeln.

»Vielleicht für dich, aber nicht für mich«, schnauze ich und weise seine plumpe Vertraulichkeit zurück. »Und, nein danke, ich versuche, mich von Glutamat fernzuhalten.«

Er fragt nicht, warum, weil es ihm egal ist oder er es nicht wissen will oder beides. Er beginnt sofort, im Stehen zu essen, mit Stäbchen direkt aus der Schachtel. Keine Teller, kein Hinsetzen oder symbolische Manieren wie »bitte« oder »vielen Dank«.

Angewidert, ernüchtert und von meinem Kampf mit Farkus noch ein wenig wackelig auf den Beinen stehe ich auf.

»Meine SATs sind am Samstag«, informiere ich Charlie beleidigt, obwohl ich nicht weiß, warum ich mich damit überhaupt aufhalte.

Er hört eine Sekunde auf zu kauen, schaut aber nicht auf.

»Aha«, grunzt er, dann isst er weiter.

Kein »viel Glück« oder »guter Junge«, geschweige denn: »Kann ich dir irgendwie helfen?« Aber was habe ich erwartet?

Am Samstagmorgen bin ich wieder aufgekratzt, im Kampfmodus. So aufgekratzt, dass ich in der Nacht zuvor kaum geschlafen habe. Als schließlich der Wecker um Viertel vor sechs läutet, bin ich bereits hellwach und aufgedreht. Ich mache meine Morgenübungen, dusche, trichtere mir ein gesundes Frühstück ein, lege meine Kampfinstrumente bereit und singe dabei leise mein Mantra.

»Reinhauen! Reinhauen! Reinhauen!!!«

Ich lasse das Aufwärmen mit den Karteikarten aus und verzichte auf die Übungskassetten. Dafür ist es jetzt zu spät. Wenn ich jetzt nicht bereit bin, werde ich es nie sein. Im Guten wie im Schlechten sind meine Würfel gefallen. Auf der Fahrt zur Schule kaue ich energisch Kaugummi und ringe mit mir, damit ich optimistisch bleibe. Das vierte Mal, Baby, aller guten Dinge sind vier. Ich schaffe das, ich schaffe das. Es ist nur ein Test, es ist nur ein Test …

So ein Bullshit. Eher Rattigans letztes Gefecht.

Als ich in der Pritchard High ankomme, hat sich bereits eine lange, weitläufige Schlange von Schülern gebildet, die alle in der frühmorgendlichen Vorregistrierungsluft energisch Kaugummi kauen. Die allgemeine unterdrückte Energie ist zum Greifen. Überkoffeinierte, Schlaf-und-Sex-beraubte Teenager drängen sich ohne erkennbaren Grund aneinander.

»Hör auf zu drängeln! Passt ja auf! Wehe, du atmest mich noch mal an!«

Wie eine lange Reihe von Klonen latschen wir an Tischen vorbei, hinter denen finster blickende Erwachsene hocken.

»Ausweis und Prüfungszulassung! Los, weiter! Nicht einschlafen!«, schreien sie.

Das Mädchen vor mir erlebt eine Kernschmelze.

»Du hast keinen Ausweis dabei?«, fragt sie ein Typ mit einem Namensschild, auf dem »Menzer« steht.

»Hab ich vergessen«, wimmert sie.

Anfängerfehler, denke ich mitleidig.

»Kein Lichtbildausweis?«, hakt dieser Menzer-Typ wenig beeindruckt nach.

»Den Mitgliedsausweis meines Dads fürs Fitnessstudio«, kreischt sie den Tränen nahe. »Das muss doch auch reichen!«

»Der Nächste!«, stöhnt Menzer.

Das Mädchen wird mit Nachdruck weggeführt, sie ist das erste Opfer der vielen Fallstricke einer unzureichenden Prüfungsvorbereitung. Schnell und effizient lege ich die ordnungsgemäßen Dokumente vor und werde in das innere Heiligtum geführt.

Ich versuche, Tricia Prindle nicht zu beachten, die nervös an der Tür rumlungert, betont ein- und ausatmet und von ihren überdrehten Eltern wie ein Schwergewichtsboxer massiert und vorbereitet wird.

»Es geht nur um deine gesamte Zukunft …«, beruhigt Tricias Mom.

»Was auch immer du tust, nicht verkrampfen!«, warnt ihr Dad. »Weil das die letzte Chance ist, die du jemals bekommen wirst!«

Zum ersten Mal überhaupt bin ich ziemlich dankbar, dass ich im Grunde ein Waisenkind bin.

Die Schulcafeteria, in der schon so viele Lebensmittelkämpfe und Flirts ausgetragen wurden, ist heute eine Gladiatorenarena intellektueller Gefechte. Überall im trostlosen Rund bereiten sich die Krieger auf den Kampf an ihren jeweiligen Pulten vor. Auch ich habe meine Rüstung an der vorgesehenen Stelle platziert. Taschenrechner, Ersatzbatterien, Stoppuhr, vier frisch gespitzte Bleistifte Nummer zwei und ein kleines Plüschschwein als Glücksbringer, das bisher nichts bewirkt hat, aber ich bin trotzdem zu abergläubisch, um es nicht dabeizuhaben. Der Typ neben mir streichelt einen Kristall. Ein Mädchen bekreuzigt sich. Eine andere hat die Hände gefaltet und betet. Hinter mir spitzt ein selbstgefällig wirkender Kerl, dem ich am liebsten gleich eine verpassen will, seine Bleistifte wie ein Billard-Profi, der einen Queue mit Kreide einreibt. Plötzlich hat der Typ mit dem Kristall eine Panikattacke.

»Oh mein Gott, ich habe überhaupt keine Stifte dabei!«, schreit er und fummelt in seinem Rucksack und seinen Taschen herum. »Ich habe meine vier Bleistifte Nummer zwei vergessen!«

Ich, wie alle anderen auch, ignoriere ihn. Dann springt der arme Idiot auf die Füße, ruft wehklagend und appelliert an alle.

»Kann mir niemand einen Bleistift Nummer zwei leihen?«

Es gibt buchstäblich Hunderte hier mit vier oder mehr Bleistiften der Nummer zwei und kein Einziger von uns wird sich von einem einzigen trennen. Das Leben ist hart. Obwohl ich tiefes Verständnis für seine Notlage habe, es ist nun mal eine grausame Welt, Buddy. Alles eine Frage von Darwin, Mann. Hier geht's ums nackte Überleben.

»Mein Königreich für einen Bleistift Nummer zwei!«, jammert der Typ, dann fängt er an zu schluchzen wie ein Baby und weigert sich dennoch zu verschwinden. Das fängt wirklich an, mir auf die Nerven zu gehen. Ich halte ihm einen Bleistift hin.

»Hier!«, knurre ich.

»Gott segne Sie, gütiger Herr!« Er schnappt sich das angebotene Arbeitsgerät. »Das werde ich dir niemals vergessen.«

»Um Himmels willen, würdest du bitte einfach die Klappe halten«, sage ich. Im Augenwinkel sehe ich den Selbstgefällig-Kerl Arme und Beine kreiseln, die Arschbacken anspannen und rückwärtszählen. Wir haben noch nicht mal angefangen und ich hänge schon hinterher. Meine Entspannungsübungen! Schnell!

Ich und jeder andere Trottel im Raum drücken zackig die Arschbacken zusammen. Dann werden unsere offiziellen, numerisch zugewiesenen Aufgabenpakete verteilt, und die Strack, die noch verstörter wirkt als sonst, weil das hier der Höhepunkt der Bewerbungssaison und gleichzeitig das Letzte ist, was sie braucht, liest laut einen vorbereiteten Text vor.

»Willkommen bei den SATs«, dröhnt sie. »Die SATs sind ein standardisierter Test für die meisten College-Zulassungen in den Vereinigten Staaten von Amerika und im Rest der Welt.«

Erzähl mir was Neues. Ich bin ungeduldig, scharre mit den Hufen, mich juckt's in den Fingern, anzufangen und es einfach hinter mich zu bringen.

»Die SATs messen nicht die Intelligenz«, trägt die Strack weiter vor. »Es handelt sich um keinen IQ-Test.« Sie schnaubt zweifelnd. »Ja genau.«

Irgendwie finde ich Stracks Haltung nicht sonderlich ermutigend.

»Die SATs messen nur, wie gut Sie sich bei den SATs schlagen. Er ist kein Prophet für zukünftigen Erfolg.« Wieder schnaubt sie und murmelt: »Wen wollen die eigentlich verarschen?«

Seufzend hebt sie die offizielle Stoppuhr in die Höhe. Hunderte von jungen, ängstlichen Augen fixieren ihre Finger, die über dem Abzug schweben.

»Ach, zum Teufel.«

Sie klickt auf den Knopf. Das Rennen geht los. Die Zeit läuft.

»Ihr habt fünfundzwanzig Minuten.«

Die gelben Bleistifte Nummer zwei explodieren geradezu auf den computererstellten Fragebögen. Ich knacke das Siegel meines Pakets auf, blättere zur ersten Seite des ersten Teils mit meiner ersten Frage. Es handelt sich um einen Mathematikteil, eine relative Stärke von mir. Schnell berechne ich meine erste Antwort, aber als ich sie ausfüllen will, passiert nichts, weil die Spitze meines Bleistifts abgebrochen ist. Um mich herum sprintet die Konkurrenz durch die Aufgaben wie Hürdenläufer bei der Weltmeisterschaft. Ich werfe den kaputten Bleistift auf den Boden und nehme einen anderen. Jetzt habe ich nur noch zwei Ersatzstücke. Ich bin total durch den Wind.

»Reinhauen! Reinhauen! Reinhauen!« Ich atme rasend schnell ein und aus und murmele dabei immer wieder mein Mantra. »Ich kann das schaffen, verdammt!«

Ich höre das Getrippel von Hunderten von Fingern, die auf die Taschenrechnertasten tippen. Das weiche Knarzen von Grafit, das auf Papier reibt. Das unerbittliche Ticken eines veritablen Uhrenmeers.

Ich rase, um den Rückstand aufzuholen, bin im vollen Galopp und bei meiner letzten Frage angekommen, als Stracks Stimme wie die Axt eines Henkers durch die Stille schneidet. »Die Zeit ist um.«

Ich reize den nicht vorhandenen Spielraum aus und mache meinen letzten Kringel eine Millisekunde, nachdem die Strack auf ihre Stoppuhr geklickt hat. Mit Hängen und Würgen geschafft. Aber bevor ich meine Leistung genießen kann, geht es auch schon weiter.

»Bitte nun Teil zwei zuwenden«, betont die Strack. Sie klickt. »Ihr habt fünfundzwanzig Minuten.«

Teil zwei ist Sprache, Textverständnis, mein größter Angstgegner. Noch schlimmer, es geht um ein Gedicht. Und das handelt von verfluchten Blumen. Mein Herzschlag geht in Zeitlupe und ist brülllaut. *BUMM-BUMM, BUMM-BUMM, BUMM-BUMM.* Die Worte vor mir sind wie Hieroglyphen. Auf meiner Stoppuhr wirbelt der lange Zeiger herum, der kurze macht einen Schritt weiter. Eine ganze Minute ist schon vergangen und ich bin noch bei der ersten Frage. Ich bin paralysiert. Zeit zu verzweifeln. Ich rufe mir Farkus und seine teuer bezahlten Weisheiten ins Gedächtnis.

»Die offensichtliche Antwort ist normalerweise die richtige bei einfachen Fragen …«

Bei der ersten Frage kreuze ich entschlossen Buchstabe »B« an. Dann höre ich wieder Farkus. *»Bei schwierigen Fragen ist die offensichtliche Antwort eine Falle.«*

Eilig radiere ich »B« wieder aus und kreuze »D« an, dann radiere ich auch das aus und ergebe mich mit »E« meinem Schicksal.

Die nächsten drei Stunden und zwanzig Minuten vergehen wie hinter einem Schleier. Ein Schneesturm aus dicht gedrucktem Text, komplexen mathematischen Diagrammen, Satzvervollständigungen, Gleichungen, Wortanalogien und Grafiken fliegt auf mich zu wie angreifende Raumschiffe.

»Es gibt keine Strafe für falsche Antworten beim Ankreuzen«, rät Farkus in meinem Kopf Yoda-ähnlich. *»Also im Zweifelsfall, raten, raten, raten!«*

Ich ziehe gedanklich Streichhölzer. Ich kreuze »A« an.

»Falsche Antworten können den Punktestand bei Satzvervollständigungen ruinieren«, bin ich gewarnt. *»Was auch immer du tust, nicht raten!«*

Ich radiere »A« weg, nehme »C«, meine ursprünglich zweite Antwort. Um mich herum ein Chor von umgeblätterten Seiten. Die anderen schießen vorwärts. Ich trinke etwas Wasser, um mich zu beruhigen.

»Lies niemals die Anleitungen. Reine Zeitverschwendung. Die Anleitungen ändern sich nie …«

Bereitwillig presche ich voraus.

»Außer da, wo sie was Neues ausprobieren.«

Ich erstarre.

»Niemand weiß, welcher Teil der neue ist.«

Ich blättere verzweifelt zurück. Panisch überfliege ich die Anleitung, dann fülle ich aus und ergänze. Immer schneller und schneller.

»Bleistifte weg!«, meldet die Strack. »Die Zeit ist um.«

Mit einem eindeutigen, markerschütternden Klick hält sie die Stoppuhr an. Ich schaue mich um. Der Kristall-Typ springt auf die Beine, ist der Erste, der abgibt, und marschiert mit meinem verdammten Bleistift weg. Der Selbstgefällig-Kerl folgt direkt dahinter, lächelnd. Ich könnte sie beide umbringen. Selbst die zuverlässig aufgelöste Tricia Prindle wirkt frisch und bemerkenswert heil. Es ist vorbei. Aber ich bin noch lange nicht fertig. Zitternd schließe ich mein Aufgabenheft. Eine hohle Hülse.

»Antwortbögen, wenn ich bitten darf.«

Die Strack löscht die letzten Hoffnungen meines Todesgriffs um die Papiere.

Während ich nach draußen und in den grellen Schein der Normalität taumele, lungern vor der Schule ein paar gescheiterte Existenzen bei ihren Autos rum und lesen den Sportteil der Zeitung, machen Würfelspiele und rauchen. Als sie mich sehen, geraten sie in Bewegung, hasten am Schultor in Position, während weitere hirnmüde Zwölftklässler hinter mir in Sichtweite kommen. Wir werden mit Flyern bombardiert.

»Nach-SAT-Spezialangebot im Acme-College-Beratungszentrum!«, bellt eine der verlorenen Seelen. »Irgendwo da draußen gibt es eine Uni für dich, von der du bloß noch nie gehört hast!«

»Karen Richardson, niedergelassene Psychologin!«, donnert eine andere. »Vielleicht bist du lerneingeschränkt und weißt es nicht einmal!«

»Heute Abend in McClellan's Bar abschießen!«, erklärt eine weitere. »Kamikazes halber Preis!«

Völlig benommen wate ich durch den virtuellen Fehdehandschuh der College-Industrie, die sich ganz unten vom Zulassungsprozess ernährt. Vor der Schule tanzt sogar ein Hare Krishna im Kreis, schlägt dazu auf ein Tamburin und redet Kauderwelsch. Ich überlege tatsächlich, seiner Bewegung beizutreten.

Sechs Stunden, fünf Bier und vier Züge an der Bong später, bin ich immer noch posttraumatisch belastungsgestört und starre wie betäubt in den Himmel. Jetzt kann ich meinen Körper, den Tempel, wieder beflecken. Aber obwohl mir die mauen Kompensationen der späten Adoleszenz nicht mehr vorenthalten sind, obwohl ich die Abstinenz in den Wind geschlagen habe, obwohl ich sogar entfernt die Möglichkeit von Sex wieder in Betracht ziehen kann, finde ich keinen Trost.

»Ich bin sehr optimistisch«, informiere ich Murf zum tausendsten Mal, seit er hier ist. Wir klemmen am Kühlschrank und schreien uns in der übervollen Küche auf der Party eines Mädchens an, das wir beide nicht kennen und dessen Eltern weg sind. Murf, der gerade von der Arbeit gekommen ist, ist noch im vollen The-Gun-Outfit: Filzhut, gestreifte Weste und Hemd.

»Ich meine, ich wünschte, ich hätte mehr Zeit gehabt«, gebe ich zu. »Aber so geht es ja jedem.«

Murf sagt nichts, er füllt nur das Gefäß der Bong auf.

»Ein paar Teile habe ich nicht fertigbekommen. Okay, mehr als nur ein paar. Aber die Fragen, die ich beantwortet habe, waren mir definitiv bekannt. Bis auf die Antworten, die ich geraten habe. Insgesamt bin ich sehr optimistisch.«

»Na ja, mich jedenfalls ziehst du damit runter.« Murf schiebt das Rohr und das Feuerzeug zu mir. »Ich werde jetzt Julie Hickey auskundschaften. Sie trägt einen V-Ausschnitt, das glaubst du nicht.«

Er überlässt mich mir selbst und in der glücklichen Menge allein zurück.

»*Floppen*, Verb«, krächze ich und schütte ein weiteres Bier herunter. »Den vollständigen und kompletten Ruin erlangen; Englisch: *to bomb*.«

Ich könnte meinen SAT zurückziehen. Hab ich ja schon mal. Nur diesmal geht das nicht. Denn meine beste bisherige Summe liegt immer noch fünfundsiebzig Punkte unterhalb des Gelobten Lands. Ich muss bei dem neuen Ergebnis bleiben, egal, was passiert. Es ist nie einfach für mich. Niemals. Plötzlich schwinge ich eine geballte Faust zur Decke.

»Ich habe alles richtig gemacht! Alles!«, brülle ich. »Ich habe die richtigen Nahrungsmittel gegessen! Ich habe mit meinem

Taschenrechner gekuschelt! Ich habe meinen Hintern angespannt, bis er grün und blau war!«

Ich höre damit auf und merke, wie mir seltsame Blicke zugeworfen werden. Dann, durch all das Geschrei, fühle ich, wie die Ramones vibrieren. Mein iPhone klingelt. Ich grabe es aus meiner Hosentasche und nehme das Gespräch an.

»Selbstmordhotline. Charles Manson am Apparat.«

»Brooks, hier ist mal wieder Harvey Lieberman aus Green Meadow«, sagt eine Stimme, so kleinlaut, dass ich sie kaum verstehe.

Lieberman. Der Name ist mir vage bekannt. Aber in letzter Zeit waren so viele auf der Mailbox. Die Stimme murmelt etwas Unverständliches.

»Sprich lauter, Mann!«, befehle ich und bemühe mich zuzuhören.

Ich halte mir das andere Ohr zu, doch die Stimme am anderen Ende der Leitung wird kaum deutlicher: »Ich hoffe, ich habe dich nicht zu einem unpassenden Zeitpunkt erwischt …«

Ich zünde die Bong an und lutsche an dem Rohr, das Murf so rücksichtsvoll zurückgelassen hat.

»Was kann ich für Sie tun, Mr Lieberman?«, frage ich, als ob ich es nicht schon wüsste.

»Eigentlich Dr. Lieberman. Und es handelt sich auch nicht um mich. Sondern um meine Tochter Celia.«

»Ein wunderbares Mädchen«, sage ich monoton und atme eine riesige Rauchwolke aus.

»Schatzmeisterin des Schachclubs«, rezitiert er auswendig. »Kapitänin des Debattierteams. Nationale Leistungsschülerin …«

»… aber der Winterball steht vor der Tür, und sie hat noch nie teilgenommen«, schalte ich mich ein. Es ist alles so vorhersehbar.

Jetzt, da die Homecoming-Saison endlich zu Ende geht, beginnt die Winterball-Saison. Ich bin bis November nahezu ausgebucht.

»Ihre Mutter glaubt – und ich stimme äußerst stark zu –, dass das wichtig ist, damit Celias normaler Reifeprozess nicht zu kurz kommt.«

»Wann?« Ich bin Geschäftsmann, der sich nicht im Geringsten für Theorien kindlicher Entwicklung interessiert, insbesondere für dümmliche Theorien.

»Nächsten Samstag?«, fragt er kleinlaut. Ich spüre geradezu, wie er sich krümmt. »Ich weiß, das ist sehr bald.«

Zum Glück für Lieberman hatte ich eine unerwartete Absage. Ich seufze. Nach meinem aktuellen Debakel beim SAT scheint es eigentlich sinnlos weiterzumachen, aber ich muss.

»Green Meadow«?, frage ich. »Das gehört zu New York.«

»Ja, es ist ein bisschen weit weg …«

»Außerhalb von New Jersey kostet es fünfundzwanzig extra.«

Jenseits aller Grenzen

Wo Haven Hills eine Spur derb, protzig, geschmacklos und neureich ist, da ist der Ort Green Meadow elegant, geschmackvoll und vermittelt den Eindruck von altem Geld. Von viel altem Geld. In solchen Dimensionen, dass man damit nicht angeben will, geschweige denn möchte, dass es sich herumspricht. Während ich mir die Koteletten mit meinem vertrauenswürdigen Rasierapparat stutze, cruise ich mit dem Beast an originellen kleinen Läden und Boutiquen vorbei. Hier und da befindet sich ein superteures Juweliergeschäft dazwischen. Es gibt sogar einen Kürschner, also ein Geschäft, wo man Pelz verkauft. Ihr wisst schon, Nerzmäntel und eingetrocknete Chinchilla-Leichen. Ich hab mich ja schon immer gefragt, wer dieses Zeug überhaupt anzieht.

Von Westchester County habe ich natürlich schon gehört, aber obwohl das keine Autostunde von Pritchard entfernt liegt, hatte ich noch nie einen Grund hinzufahren. Ich bewundere die glitzernden Waren, die wie Schätze hinter Schaufenstern zu Pyramiden gestapelt sind. Ich beneide die verzauberten Bewohner dieses Beinahe-Märchenlands, wo man Schinderei und Gier nicht kennt. Es ist ein Ort des Überflusses, wo man sich über Kosten keinerlei Gedanken macht. Wenn du wenig davon hast, dreht sich alles ums Geld. Aber nicht hier in Green Meadow, denn hier haben alle schon alles.

Ich fahre an einem manikürten Häuserblock nach dem anderen vorbei. Überall stattliche Häuser auf großzügigen, bewaldeten Grundstücken. Monumente des Lohns von Beutezügen – egal, ob selbst gemacht oder geerbt. Strahlende Festungen, unerreichbar hinter schmiedeeisernen Toren. Imposant, elegant und scheinbar endlos.

Mein iPhone lotst mich eine lange, schattige Auffahrt hinauf zu etwas, das man vermutlich eine große architektonische Melange nennen könnte. Ich würde eher von großem architektonischen Chaos reden. Ihr wisst schon, überall Glas, korrodierter Stahl, altes Zeug dazwischen und komische Winkel, alles wild durcheinander. Ich steige aus, checke mich ein letztes Mal im Seitenspiegel ab und schlendere dann auf die Haustür zu. Als ich gerade auf den Klingelknopf drücken will, höre ich dieses Kreischen und Brüllen von drinnen. Ich kann nichts verstehen und weiß nicht, worum es geht, aber es klingt richtig, richtig schlimm. Wie ein Staffelfinale von »Breaking Bad«.

Trotz des möglichen finanziellen Verlusts und der beträchtlichen Strecke, die ich bis hierher zurückgelegt habe, kommen mir auf der Stelle massive Zweifel. Wenn ihr hören könntet, was ich höre, würde es euch genauso gehen. Kehlige animalische Laute, das Geräusch von etwas, das zerbricht, trampelnde Schritte. Weil ich keine Lust habe, der Star meines eigenen Kettensägenmassakers zu werden, reagiere ich logisch und will schnellstens verschwinden. Leider ist mein Überlebensinstinkt einen Tick zu langsam.

Die Tür öffnet sich, und eine klauenartige Extremität schießt heraus, um mich am Saum meiner Anzugjacke zu packen, für die ich noch sieben Raten schuldig bin. Reflexartig renne ich, aber nur auf der Stelle. Würde ich mich losreißen, würde die Wollstoffmischung bestimmt nachgeben. Also bleibe ich abrupt stehen. In der Falle.

»Gott sei Dank!«, sagt Dr. Harvey Lieberman und starrt mich durch Brillengläser an, so dick wie die Böden von Colaflaschen, die seine stecknadelgroßen Augen vergrößern. Harvey sieht genauso aus, wie ich ihn mir bei unserem Telefonat vorgestellt habe. Total hibbelig und nervös. Wie ein Kaninchen, das sich davor fürchtet, im nächsten Augenblick von etwas Größerem zu Brei geschlagen zu werden, was hier in diesem Irrenhaus ja durchaus möglich wäre. »Wir dachten schon, du kommst gar nicht.«

Harvey lächelt schwach. Ich auch. Obwohl ich mich ganz schwer mache, schafft er es irgendwie, mich ins Haus zu bugsieren. Er schließt und verriegelt die Tür hinter uns.

»Celia ist schon ganz aufgeregt.«

»Ja«, sage ich. Das scheint jemand zweifellos zu sein.

Das Haus ist innen genauso verrückt wie von außen. Geometrische Möbel, auf denen man nicht sitzen kann. Groteske Stammesmasken, Fruchtbarkeitsstatuen und generell irritierende primitive Kunstobjekte. Ausgefallen, aber nicht im positiven Sinne. Doch die Hütte ist riesig, das muss ich ihr lassen. Die gesamte Bruchbude der Rattigans fände locker in jedem der Räume mit hohen Decken Platz. Aber das überrascht mich nicht, wenn ich bedenke, mit wem ich es hier zu tun habe. Gemäß meiner üblichen ausgiebigen Onlinerecherche ist Harvey Lieberman ein weltberühmter Neurochirurg in Midtown Manhattan. Ihr wisst schon, einer von der Sorte, die alternde Schauspieler und abgesetzte Diktatoren, manche davon beides in einer Person, operiert. Fette Kohle.

»Ich versteh das einfach nicht«, sagt eine Frau mit gekräuseltem Haar, die ebenfalls eine dicke Brille trägt. Sie klappert in seltsamen Holzschuhen und so einer Art fließendem Kaftan die Treppe runter. »Ich wäre gestorben, um zu meinem Winterball gehen zu können.«

Gayle Dross-Lieberman ist Professorin für Kinderpsychologie an der New School for Social Research. Und nach allem, was ich mir schnell zusammengereimt habe, gilt sie wohl als so eine Art Wunderdoktorin – selbst für hiesige Verhältnisse. Ihr großer Durchbruch? Die Erkenntnis, dass man nach dem Abstillen des Kindes Muttermilch noch mit Frühstücksflocken oder für heiße Schokolade verwenden kann. Echt jetzt.

Die beiden Liebermans blinzeln mich fröhlich an, als sei der Irrsinn, den ich gerade mitbekommen habe, völlig normal. Ich sehe sie fragend an. Ohne Zweifel gehören sie zu den größten Strebern, wenn sie nicht sowieso die größten Streber sind, die ich je gesehen habe.

»Celia«, flötet Gayle. »Dein edler Ritter wartet!«

Von oben keine Antwort. Ich zucke gelassen mit den Schultern. Wie gewonnen, so zerronnen. Als ich mich vorsichtig Richtung Haustür bewege, kommt Gayle angeschossen und baut sich davor auf.

»Harvey, tu was!«, verlangt sie von ihrem Ehemann.

»Muss ich?«, fiept er.

Da wirft sie ihm einen Blick zu, der mich erschauern lässt. Harvey auch.

»Celia, hier spricht dein Vater«, ruft er in autoritärem Ton nach oben. »Komm sofort runter! Das meine ich ernst!«

»LECK MICH AM ARSCH!«

Gayle dreht sich entschuldigend zu mir. »Sie ist nur ein wenig nervös.«

Ich schäme mich für Gayle. Eigentlich schäme ich mich zu diesem Zeitpunkt für die gesamte Menschheit. Ich will nur die Fliege machen, solange es noch geht. Sofortiger Abgang von der Bühne. Und das werde ich auch tun – sobald Gayle mir die geringste Chance lässt abzuhauen.

»Harvey, Liebling, der noch nicht fertig entwickelte Verstand eines Teenagers braucht Verständnis und Mitgefühl.« Und wie, um genau das zu demonstrieren, ruft sie süßlich nach oben: »Zuckerschnecke, Daddy und ich wollen nur dein Bestes.«

Diesmal folgt kein Ausbruch. Harvey und ich sind schwer beeindruckt. Gayle macht triumphierend weiter, wo sie schon mal einen Lauf hat.

»Um dir Erinnerungen zu verschaffen, die wir nie hatten. Wir haben als Zwölftklässler beide den Winterball verpasst.«

»Ich konnte keine dazu bringen, Ja zu sagen«, meint Harvey, und bei der schmerzlichen Erinnerung beschlagen seine Brillengläser.

»Ich konnte keinen dazu bringen, mich zu fragen«, sagt Gayle traurig und offenbar immer noch traumatisiert.

Wenn ich mir die beiden so ansehe, verstehe ich auch, warum.

»Wir haben unser Leben lang bedauert, dass wir nicht hingegangen sind«, erklärt Gayle gerührt. »Damals habe ich mir geschworen, dass meine Tochter das tun würde. Ich habe mir geschworen, wenn ich eines Tages eine Tochter habe, würde ich ihr lauter schöne Sachen kaufen und ihr den ganzen Spaß ermöglichen, den ich nie erlebt habe.« Plötzlich zerspringt die Maske mütterlicher Fürsorge. »Und das lasse ich mir von dir nicht vorenthalten, verdammt!«

»DAS IST NUR EIN BESCHISSENER HIGHSCHOOL-BALL! ICH SEHE BEHINDERT AUS! ALSO GEHE ICH DA NICHT HIN! IHR KÖNNT MICH NICHT DAZU ZWINGEN!«

Obwohl die dysfunktionale Familie Lieberman für mich noch etwas ganz Neues ist, würde ich mich, wenn ich wählen müsste, auf Celias Seite stellen. Ich muss sie gar nicht mit eigenen Augen sehen, um zu wissen, wie hart es bestimmt ist, eine lebendige neue Chance für zwei Oberstreber zu sein, die an der Highschool selbst nie Spaß hatten. Und das aus gutem Grund.

»BEHINDERT SAGT MAN NICHT, CELIA! DAS WILL ICH AUS DEINEM MUND NICHT HÖREN!«, keift Gayle, und in ihrer Stimme ist nichts mehr von Verständnis und Mitgefühl zu erkennen. »UND WENN DU DEINEN ARSCH NICHT SOFORT HIER RUNTERBEWEGST, WERDEN DEINE KREDITKARTEN GESPERRT UND DU KRIEGST HAUSARREST FÜR DEN REST DEINES LEBENS!«

Langes, bedrohliches Schweigen. Dann geht oben eine Tür auf. Gayle strahlt mich an.

»Kinder, ihr werdet einen so richtig coolen Abend zusammen verbringen. Das weiß ich einfach.«

Damit folgt Celia Liebermans großer Auftritt die Treppe hinunter und in mein Leben. Auf den ersten Blick sieht sie ziemlich genau so aus, wie ich sie mir vorgestellt habe. Komische Haare wie Gayle, schüchtern wie Harvey, aber nicht ohne körperliche Vorzüge. Ich meine, sie trägt eine verrückte Brille, hat aber eine gute Figur und ist völlig in Ordnung. Oder sie wäre es, wenn ihr Make-up nicht total verschmiert wäre und sie nicht in diesem langen pinkfarbenen, bauschigen Sack von einem Kleid stecken würde, das Gayle für sie ausgesucht haben muss. Ich meine, diese ganzen Schnörkel und Schleifen und anderes Zeug überall. Das passt eher in eine dieser britischen Shows im Fernsehen, die viele Mädels sich so gern ansehen. Auch wenn sie wirken wie aus einer Zeit, als Frauen schrecklicherweise noch wie *Besitztum* – Substantiv: Eigentum; Englisch: *chattel* – behandelt wurden. Aber selbst damals wäre das Kleid einfach hässlich gewesen.

»Ach, du siehst einfach umwerfend aus!«, ruft Gayle und faltet dabei die Hände. »Sieht sie nicht umwerfend aus, Harvey?«

»Sie strahlt richtig«, antwortet Harvey und meint das wohl wirklich so.

»Ich möchte, dass euch klar ist, dass ihr mir damit psychische Narben für die Ewigkeit zufügt«, sagt Celia. Dann schwört sie grimmig: »Eines Tages, wenn ihr beide alt, krank und schwach seid, werde ich mich für diese Demütigung rächen. Ihr werdet bitter dafür bezahlen. Das werde ich euch nie verzeihen.«

»Doch, das wirst du«, erwidert Gayle sanft. »Eines Tages wirst du uns dafür sogar dankbar sein.«

Es ist, als würde ich meine ganz private Vorstellung von »Eines langen Tages Reise in die Nacht« bekommen. Zwar habe ich das Stück bisher weder gelesen noch gesehen, aber wenn, dann stelle ich es mir genauso vor. Betroffen räuspere ich mich.

»Hey, wie wäre es mit ein paar Schnappschüssen fürs Familienalbum?«

Ein Prius. Sie haben sogar zwei von den Dingern. Es passt einfach wie die Faust aufs Auge, dass sie nur Hybridautos fahren. Als wir in dem massiv untermotorisierten Gefährt davontuckern, winken Gayle und Harvey uns von der Haustür nach.

»Lasst es krachen, Kinder! Macht so richtig einen drauf!«

Sie ignoriert mich. Wir fahren in eisigem Schweigen. Obwohl ich am Steuer sitze, habe ich keine Ahnung, wo es hingeht. Wir kommen an eine Kreuzung.

»Links oder rechts auf der Maple Street?«, frage ich.

»Links«, antwortet Celia Lieberman mit erstickter Stimme. Sie drückt sich verzweifelt an die Tür, kämpft mit den Tränen, schnieft und fährt sich mit einem der albernen Puffärmel über die Nase. Armes Kind, sie kann ja genauso wenig für die Familie, in die sie geboren wurde, wie ich. Sie tut mir echt leid. Das beweist, was für ein Dummkopf ich bin.

»Hey, wie wär's mit ein bisschen Musik, um die Stimmung aufzuheitern?«, schlage ich vor.

»Hey, wie wär's, wenn du verdammt noch mal die Klappe hältst?«

Was zum Teufel soll das denn? Ich bin mir nicht sicher, ob ich richtig gehört habe oder dank dieser Tortur schon halluziniere. Also mache ich einfach das Radio an. Celia Lieberman schaltet es sofort wieder aus.

»Was ist eigentlich dein Problem?«

»Du«, fauchst sie wie eine Bestie in einem Käfig. »*Du* bist mein gottverdammtes Problem!«

»*Ich* bin das gottverdammte Problem?« Ich kann nicht glauben, was ich da höre. Wenn irgendjemand der Leidtragende in dieser verdrehten Geschichte ist, in die ich mich ja nicht freiwillig begeben habe, dann bin ich das.

»Wenn es dich nicht gäbe, müsste ich diese Farce nicht über mich ergehen lassen!«

»Hey, wessen Eltern haben denn wen angerufen?« Erneut verblüfft mich ihre Sichtweise. Vom grundsätzlichen Ton dieser Unterhaltung ganz zu schweigen. Schließlich bin ich nur ein unschuldiger Außenstehender ihrer zugegeben beschissenen Misere. Aber in Anbetracht der bizarren Umstände und der primitiven Kunstgegenstände, die mir heute Abend schon zugemutet wurden, sollte sie eigentlich ihrem Schicksal dafür danken, dass ich zur Stelle war.

»Meine Eltern wissen es nicht besser. Aber du! Du bist so was von erbärmlich!«

Ich habe Mühe, meine professionelle Fassung zu bewahren, und bringe den Prius an einem Stoppschild zum Halten. »Links oder rechts?«, frage ich.

»Rechts«, antwortet sie.

Ich biege rechts ab und lache dabei laut vor mich hin. »Ich bin hier der Erbärmliche? Das ist ja echt ein Witz!«

»Was für ein Loser bist du denn?«, traut sie sich tatsächlich zu sagen.

»*Ich*? Ich soll hier der Loser sein?« Jetzt bin ich mehr als empört.

»Ich meine, es muss doch um Himmels willen bessere Möglichkeiten geben, um sich ein paar Kröten zu verdienen.«

»Ich erbringe hier eine Dienstleistung«, erkläre ich ihr.

»Ach ja, das kann ich mir vorstellen.« Sie lacht höhnisch.

»All meine Kunden waren bis jetzt hochzufrieden!«, schnauze ich sie an, weil mir langsam der Geduldsfaden reißt.

»Kunden? Du meinst wohl Opfer!«, ätzt sie zurück.

Nase an Nase und jeder vor Wut zitternd, stehen wir wieder an einer Straßengabelung.

»LINKS ODER RECHTS?«

»RECHTS!«

Als wir schließlich Chez Pierre, dieses superschicke französische Steakhouse, erreicht haben, reden Celia Lieberman und ich schon nicht mehr miteinander. Ich hasse sie im Prinzip längst inbrünstig und das Gefühl beruht wohl auf Gegenseitigkeit. Aber ein Mann muss ja zu seinem Wort stehen, also versuche ich, das Beste aus der Situation zu machen.

»Hör mal«, sage ich. »Ich verbringe meine Zeit genauso wenig gern mit dir wie du mit mir. Ehrlich gesagt möchte ich mich eigentlich nicht mal im selben Bundesstaat aufhalten. Aber können wir nicht vielleicht versuchen, miteinander auszukommen, bevor wir uns sowieso nie wiedersehen müssen?«

Ich halte das für einen ausgesprochen vernünftigen Vorschlag, aber sie sieht das wohl anders, denn als der fürs Parken zuständige Angestellte ihr die Tür öffnet, springt Celia Lieberman raus und brüllt: »LASS MICH BLOSS IN RUHE, DU ARSCHLOCH!«

Dann stürmt sie durch die Eingangstür, die zwei wie Lakaien gekleidete Jungs ungerührt für sie aufreißen, ins Lokal. Währenddessen starrt der Typ am Wagen mich böse an. Er ist breitschultrig und macht den Eindruck, als überlege er, mir die Polizei auf den Hals zu hetzen.

»Wir sind ganz verrückt nacheinander«, versichere ich, während ich ihm das Ding zum Starten des Prius aushändige.

Er sieht zwar nicht überzeugt aus, übernimmt den Wagen aber trotzdem. Ich eile Celia nach, bevor er seine Meinung noch mal ändern kann. Die Türöffner machen ihren Job. Drinnen ist das Chez richtig fancy: Kronleuchter, poliertes Holz und roter Samt. Als ich Celia Lieberman im Eingangsbereich eingeholt habe, koche ich vor Wut.

»Nur damit du's weißt, ich kann diesen Scheiß nicht gebrauchen! Zufällig bin ich nämlich sehr beschäftigt!«

Da tritt sie mir mit einem ihrer spitzen Absätze kräftig auf den Fuß. Ein würdevoller Maître in einer langen Jacke schwebt herbei, um uns zu begrüßen. Ich hüpfe allerdings gerade mit schmerzverzerrtem Gesicht auf einem Bein herum.

»Ich war für heute Abend schon gebucht, als dein Dad anrief«, zische ich ihr zu. »Der einzige Grund, warum ich zugesagt habe, war, dass er so verzweifelt klang. Jetzt verstehe ich auch, warum!«

»Du bist so was von arrogant!«, sagt sie laut.

»Ich wollte eine gute Tat vollbringen!«

»So nennst du das?«

»Nein, das hier nenne ich Folter!«

Der Maître lauscht und ist ganz blass geworden. Ich lächle ihn gezwungen an.

»Lieberman, eine Reservierung für zwei.«

»Hier entlang, Sir.«

Mit Sicherheitsabstand führt er uns wachsam durch den großen Saal des Lokals. Celia Lieberman folgt mir, muss aber mal wieder das letzte Wort haben.

»Du hast meinen Dad gezwungen, dir fünfundzwanzig Dollar extra zu zahlen, nur um dich aus New Jersey herzulocken! Ich hab euch am Telefon gehört!«

»Ja, es war auch das Geld«, muss ich zugeben. »Aber das war erst mein zweiter Gedanke …«

»Aber nichts da!«, schreit sie. »DU MIESER SCHEISS-KERL!!«

Messer und Gabeln hören auf zu klappern. Die Kellner bleiben wie angewurzelt stehen und aufwendig frisierte Köpfe von Gästen im gesamten eleganten Saal drehen sich ruckartig in unsere Richtung. Die Mädchen sind alle aufgestylt, die Jungs ebenfalls. In kleinen Grüppchen sitzen sie bei Kerzenschein, um vor dem Winterball zu Abend zu essen. Die Schweißperlen, die plötzlich auf Celia Liebermans Stirn stehen, verraten mir, dass sie sie wohl alle kennt.

»Ach du Scheiße, die Hälfte von meinem Jahrgang ist hier!«, flüstert sie erschrocken.

Von allen misstrauisch beäugt, erstarrt ihr Gesicht zu einem schrecklich gezwungenen Beinahe-Lächeln.

»Schnell!«, sagt sie aus dem Mundwinkel und verzieht dabei ihre schlecht geschminkten Lippen kaum. »Tu so, als würdest du mich mögen!«

»Ich kann nicht!«, platzt es aus mir heraus. »Dazu bin ich nicht imstande!«

Celia Lieberman umklammert meinen Arm. Ich spüre, wie sie zittert. Das Mädchen hat echt Angst.

»Bitte, wenn irgendwer die Wahrheit über uns erfährt, bin ich der offizielle Witz der zwölften Klasse!«, fleht sie und stützt sich mit buchstäblich weichen Knien auf mich. Ich muss sie festhalten.

Bis jetzt habe ich mich immer für vernünftig gehalten – nicht für perfekt, das nicht, aber doch eher von der mitfühlenden Sorte, von Natur aus großzügig, schnell bereit zu verzeihen –, aber nach den Gemeinheiten, die ich bis jetzt schon einstecken musste, ist die Versuchung echt groß, Celia Lieberman im lodernden

Feuer der Highschool-Hölle dafür büßen zu lassen. Aber ich habe schließlich ein Geschäft, das weiterlaufen soll, und einen bisher untadeligen Ruf zu verteidigen. Noch dazu befürchte ich, dass sie wirklich in Ohnmacht fallen könnte.

»Versprichst du mir, netter zu sein?«, schlage ich ihr als Deal vor.

Sie nickt heftig. Da setze ich ein teuflisches Grinsen auf.

»Dann bitte lächeln, Darling. Showtime.«

Sie lächelt elend. Da nehme ich ihre feuchtkalte kleine Hand und führe sie aus dem Scheinwerferlicht. Man bringt uns, was ihr recht geschieht, zum schlechtesten Tisch im ganzen Lokal. Weit, weit hinten, abgeschieden von den anderen. Ihr wisst schon, dem einen an dem kleinen Durchgang zu den Toiletten. Normalerweise würde ich, weil das Teil meines Pauschalangebots ist, ihr den Stuhl zurechtrücken. Aber das kommt heute Abend nicht infrage. Celia Lieberman kann sich ihren verdammten Stuhl selbst zurechtrücken. Kaum sitze ich, studiere ich die Speisekarte, um mir die allerteuerste Kombination an Gerichten auszusuchen. Denn egal, wie viel die Liebermans mir zahlen, das reicht bei Weitem nicht.

Nachdem ich mich für den Hummer entschieden habe, sehe ich, wie sie heimlich einen Schluck aus einer Plastik-Wasserflasche nimmt, die randvoll mit einer eklig orangefarbenen Flüssigkeit ist. Danach zu schließen, wie sie daraufhin nach Luft schnappt, kann sich darin nur eine Sache befinden.

»Hey, immer mit der Ruhe!« Geschickt nehme ich ihr die Flasche weg und schnuppere daran. Allein vom Geruch könnte eine zierliche bis normal gebaute Person ohnmächtig werden. »Was ist dadrin?«

»Karottensaft und Wodka.«

Schon bei der Vorstellung wird mir übel.

»Ich mag Karottensaft«, sagt sie.

»Ja«, erwidere ich sarkastisch. »Das hätte ich mir denken können.«

Sie entreißt mir die Flasche wieder. »Soll man das nicht bei solchen Anlässen? Sich richtig besaufen und aufführen?«

»Nein, eigentlich soll man sich dabei amüsieren«, erwidere ich schnippisch. »Und jetzt tu das weg.«

»Ich bin am Ende.« Sie nimmt noch einen Schluck. »Das überleb ich sowieso nicht.«

Mir ist klar, dass sie sich in einer schwierigen Situation befindet, aber ihre Egozentrik nervt mich.

»Überschätz dich mal nicht«, schnaube ich. »So wichtig bist du auch nicht. Das kümmert doch keinen. Es merkt nicht mal jemand, dass du hier bist.«

Wie auf Bestellung sind in diesem Moment um die Ecke Stimmen zu hören. Aus der Damentoilette, wo anscheinend eine ganze Truppe umwerfender Mädchen lacht.

»Oh mein Gott, habt ihr gesehen, was Celia Lieberman anhat?«, kichert eine unsichtbare Schönheit.

Ich zucke zusammen. Wäre Celia Lieberman nicht so extrem unfreundlich, würde ich jetzt versuchen, sie mit ein paar Worten abzulenken, aber mir fällt absolut nichts ein.

»Ich kann gar nicht glauben, dass sie wirklich mit einem Typen da ist«, lästert eine andere dreckig lachend.

»Und ich kann nicht glauben, dass es jemand einigermaßen Normales ist«, ätzt eine Dritte.

Mit den Rücken zu uns rauschen die Mädchen in kurzen, figurbetonten Kleidern zurück zu ihren unbezahlten Dates.

Jemand einigermaßen Normales? Was soll das denn bitte heißen? Liegt es am Anzug? Ich weiß, ich hätte doch den mit dem besseren Stoff nehmen sollen.

»Ich durchlebe gerade meinen schlimmsten Albtraum«, jammert Celia Lieberman.

»Green Meadow Country Day Preparatory School, Vorschule bis zwölfte Klasse« steht auf dem Schild. Die Green Meadow Country Prep vermittelt den Eindruck einer kleinen, aber feinen Universität. Und das Schulgeld kann es mit den Studiengebühren an so einer Einrichtung bestimmt locker aufnehmen. Sanft hügeliges Gelände mit perfekt getrimmtem Rasen. Sehr weitläufig und parkähnlich. Efeuumrankte Gebäude. Viereckige Höfe und ein gottverdammtes eigenes Kunstmuseum. Unter dem Schulwappen steht in kleinen goldenen Buchstaben: »Wo das College schon mit drei beginnt«.

Ich habe bereits vorher von solchen Orten gehört, aber die Realität ist ernüchternd – und total abschreckend. Das ist ein Ort, wo Präsidenten zur Schule gegangen sind – die von IBM, von den Pfadfindern, von den USA – mit allen Bevorzugungen, Vorsprüngen und unfairen Vorteilen, die man für Geld kaufen kann. Die besten Lehrer, die besten Coaches, die neueste und technisch ausgefeilteste Ausstattung, weder Kosten noch Mühen scheuend. Eine ehrwürdige Fabrik, feinst ausgestattet und auf ein einziges Ziel ausgerichtet: ihre Absolventen in die allerbesten Colleges und auf die ersten entscheidenden Sprossen der Leiter zum Erfolg zu bringen. Ich wette, selbst das Essen ist hier gut. Kein Eintopf mit Dosenthunfisch an der Green Meadow Country Prep, sondern Thunfisch-Tatar. Das hier, sinniere ich, sind meine wahren Konkurrenten. Die Kids mit den aufgeblasenen Punktzahlen und Erfahrungen, die einem die Augen aus dem Kopf fallen lassen. Diejenigen mit Tutoren für alles, mit College-Bootcamps und Studienberatern, die sich wirklich für einen interessieren. Leute mit den nötigen finanziellen Mitteln und Beziehungen. Die, die alles haben. Die sehr, sehr, sehr wenigen Glückspilze.

Ich parke also das vielgerühmte Golfwägelchen am hintersten Ende des Parkplatzes, der aussieht wie die Verkaufsfläche eines Luxus-Autohändlers. Reihenweise Audis, BMWs, Mercedes-Benz. Kein einziger Buick weit und breit. Celia Lieberman, die, seit ich die Vorspeisen bestellt habe, keinen Ton mehr von sich gegeben hat, bleibt einfach sitzen.

»Wir müssen da nicht reingehen«, sage ich, nicht unfreundlich und mehr als nur ein bisschen eingeschüchtert.

Nur um es mir zu zeigen, steigt sie aus. Ich möchte am liebsten einfach wegfahren, aber das tue ich nicht. Obwohl ich gar nicht weiß, warum, fühle ich mich für sie verantwortlich. Also steige ich auch aus und folge ihr mit gewissem Abstand.

Kennt ihr solche Kids, die einfach alles haben? Nun ja, sie besitzen noch eine Sache, die ich unbedingt erwähnen muss: super Gene. Stupsnasen, gerade Zähne, reine Haut. Wir befinden uns hier in einem Meer echt gut aussehender Menschen. Die Jungs in Maßanzügen, die sie nicht auf Raten gekauft haben, die Mädchen in schimmernden Kleidern. Hand in Hand, sorglos und guter Dinge strömen sie an uns vorbei und hinein zum Ball. Ich verachte sie aus Prinzip. Und das Prinzip beruht darauf, dass sie alles haben, was ich will, aber nicht habe. Celia Lieberman dagegen kennt sie und sie kennen Celia Lieberman. Und Celia Lieberman, das muss ich leider so sagen, sieht lächerlich aus.

»Was hältst du davon, wenn wir einfach behaupten, wir wären da gewesen, und ins Kino gehen?«, schlägt sie plötzlich vor, als wären wir Freunde, was wir ja definitiv nicht sind.

»Mir ist egal, was wir machen, solange ich am Ende die volle Bezahlung kriege«, antworte ich, obwohl ein Teil von mir sich danach sehnt, das Unbekannte aus der Nähe zu betrachten.

»Toll. Wir können ja in verschiedenen Reihen sitzen …«, sagt sie und steuert schon wieder aufs Auto zu.

»Wir können uns sogar verschiedene Filme ansehen«, stimme ich fröhlich zu und bin direkt hinter ihr.

Da meldet sich aus der Dunkelheit eine Stimme.

»Celia Lieberman, bist du das wirklich?«

Celia erstarrt wie eine Ausbrecherin aus dem Gefängnis, die weiß, dass sie genau im Fadenkreuz steht. Im Unterschied zu ihr besitze ich noch die Fähigkeit, mich zu bewegen. Ich drehe mich um. Die Stimme gehört zu einem gertenschlanken, super gestylten Mädchen, das eine Zigarette raucht und aus einem langstieligen Glas Champagner trinkt. Exakt, Champagner, genau wie wir das in Pritchard auch machen. Das Mädchen kommt, offensichtlich betrunken, auf ihren Stilettoabsätzen auf uns zu gewankt.

»Celia Lieberman, du bist es wirklich!«

Dann lacht sie los, als wäre das ein Wahnsinnswitz. Drei andere Gestalten tauchen wie eine Vision hinter ihr auf. Ich habe das sichere Gefühl, dass die vier das Epizentrum des Epizentrums darstellen, die angesagteste Truppe. Ein großer Junge mit kantigem Kinn muss ihr Freund sein. Daneben ein anderer, noch größer, noch bulliger. Eindeutig Sportskanonen, aber subtiler, als ich das kenne. Wahrscheinlich pflegen sie irgendeine Sportart, die zu echten Gentlemen passt, wie Golf oder Tennis, vermute ich. Auch die anderen rauchen und trinken. Schließlich taucht hinter ihnen das zweite Mädchen auf. Und so umwerfend das erste auch aussieht, mit dem zweiten ist es gar nicht zu vergleichen.

Denn dieses Mädchen ist das schönste weibliche Wesen, das ich je mit eigenen Augen gesehen habe. Ja, ich weiß, das ist ein Klischee, aber es stimmt, ungelogen. Beine, die an den Schultern beginnen, sanfte Kurven und die elegante Haltung eines Topmodels. Viel seidenglatte, gebräunte Haut, die ihr kurzes Kleid mit Spaghettiträgern fast schon unabsichtlich freilegt. Ich könnte weiter und immer weiter schwärmen – und werde das auch tun. Die Lippen von Jolie, die Sinnlichkeit von Alba, die Gewitztheit von Johansson. Aber sie besitzt noch etwas anderes, das ich sogar noch verführerischer finde: einen unsichtbaren Glanz von Selbstvertrauen. Sie scheint zu erwarten und gewohnt zu sein, nur das Beste zu bekommen, was das Leben zu bieten hat. Wer auch immer sie sein mag, sie hat Klasse mit großem K und ist die ultimative Perfektion von allem hier. Ich bin wie verzaubert.

»In diesem unglaublichen Kleid hätte ich dich ja fast nicht erkannt!«, sagt das erste Mädchen zu Celia.

Ich kann nicht aufhören, das zweite Mädchen anzusehen. Sosehr ich auch suche, ich kann keinen Makel, keinen Fehler entdecken. Dann sieht sie mich mit ihren smaragdgrünen Augen direkt an und ich verliere mich in ihrem Blick.

»Cassie, lass sie in Ruhe«, sagt sie. »Du bist nicht witzig.«

»Wo hast du das denn her, Celia?«, gluckst Cassie. »Vom Flohmarkt?«

Celia Lieberman, die in der kurzen Zeit, seit ich das Pech hatte, ihre Bekanntschaft zu machen, noch nie um eine Antwort verlegen war, gibt keine Silbe von sich. Sie ist eine menschliche Statue, nein, sie ist eine Schildkröte, die sich in ihren Panzer zurückzieht, um das Unwetter abzuwarten. Neben ihr könnte eine Bombe hochgehen und sie würde nicht reagieren. Es ist geradezu unheimlich. Das scheint es wirklich zu bedeuten, Celia Lieberman zu sein. Kein Wunder, dass sie nicht auf diesen Ball wollte.

Plötzlich lässt der größere der beiden Typen einen lauten – und ich meine, einen richtig lauten – Furz.

»Oh Mann, ich muss dringend kacken«, lässt er alle wissen.

»Tommy, du bist schrecklich!«, kichert Cassie. »Ist er nicht schrecklich, Brent? Ich weiß nicht, wie du das aushältst, Shelby.«

»Ich auch nicht«, sagt Shelby und wendet den Blick von mir ab.

»Jaja, du liebst das doch.« Tommy fängt sie spaßeshalber mit seinen Armen ein und reibt seine Hüften an ihren. Ich empfinde schon die bloße Tatsache, dass er sie berührt, als Sakrileg. Es stört mich, dass er mit ihr zusammen ist, weil er so ein Dreckskerl ist, aber vor allem, weil ich mir wünsche, sie wäre meine Freundin.

»Auf ex!« Brent leert sein Glas und wirft es dann auf den Boden, damit jemand anders es aufhebt. Jemand wie ich. Der Rest macht es genauso.

»Komm schon, Celia, jetzt lass uns diese Party mal so richtig aufmischen!« Cassie hakt sich bei ihr unter und zieht sie mit sich nach drinnen. Ich trotte wie ein Idiot hinter ihnen her. Und, seien wir ehrlich, das bin ich ja auch.

Ein unvergesslicher Abend oder total zum Vergessen?

Die Aula ist sehr geschmackvoll eingerichtet, zwei Flügel in der Lobby, überall Kronleuchter an der Decke und praktisch so groß wie Madison Square Garden. Kein Wunder, dass wir in der Nanosekunde, in der wir reinkommen, getrennt werden und Celia Lieberman auf einmal verschwunden ist. Aber es gibt wirklich Schlimmeres. Also stehe ich einfach da und beobachte, wie die Reichen so feiern. Obwohl ich nicht so sehr auf Techno stehe und mich mit der Szene nicht sonderlich beschäftige, erkenne selbst ich den Kerl mit dem Wieselkopf, der auf der Bühne die Knöpfe bedient. Frettchengesicht tritt normalerweise auf großen Festivals an exotischen Orten und vor Zehntausenden von Menschen – ganz zu schweigen von Dollar – auf. Wer hätte gedacht, dass er zum richtigen Preis auch Highschool-Bälle in erlesenen Vororten bedient? Wie auch immer, das muss man ihm lassen, der Typ hat's echt drauf. Überall in der kunstvoll gestalteten Aula zuckt und windet sich die jugendliche Elite wie im Rausch.

Dann verlangsamt sich abrupt unser Soundtrack der Nacht, kriecht dahin und geht weit, weit zurück in eine Zeit, in der die Menschen noch ihren Platz kannten. Ein Remix des Vintage-Sinatras mit all seiner größten Sehnsucht und Romantik. Aber knallhartem Backbeat. Einige Paare nutzen auf der Tanzfläche die Gelegenheit, sich eng aneinanderzureiben. Ich konzentriere mich auf Tommy, der Shelby in seine starken Arme nimmt, sie anmutig dreht und in die trällernde Melodie eintaucht. Es zuzugeben, schmerzt mich, aber obwohl er ein Arschgesicht ist, der Kerl macht das nicht schlecht. Jahrelanger Unterricht hat das wohl ermöglicht. Aber er ist mir egal, mir geht es nur um Shelby. Das Einzige, was schärfer ist als ein heißes Babe, ist ein heißes Babe, das tanzt. Und Shelby weiß genau, wie. Bei jedem Rascheln ihres knappen Kleids zucke und ducke ich mich wie ein angezählt torkelnder Boxer im Ring. Ich sage euch, ich bin zu allem bereit.

Außerdem könnte ich schwören, dass sie mich die ganze Zeit anlächelt. Aber sie kann nicht mich meinen. Wir haben uns noch nicht einmal kennengelernt. Ich schaue mich um. Doch weder hinter mir noch neben mir steht jemand. Also muss sie doch mich meinen. Ich gaffe idiotisch zurück. Für einen flüchtigen Moment setzt mein Herz aus, wir schauen uns in die Augen und zumindest auf meiner Seite fliegen die Funken. Dann, ihr ahnt es nicht, taucht Celia Lieberman wieder auf und zupft an meinem Ärmel.

»Ich will gehen«, sagt sie.

Gehen? Wir können nicht gehen. Ich weiß, dass Celia Lieberman keinen Spaß hat, aber sie scheint auch der Typ zu sein, der nirgendwo Spaß hat. Unmöglich, jetzt zu gehen, nicht wenn ich gerade definitiv angelächelt und möglicherweise von einer göttlichen Mega-Postleitzahl außerhalb meiner Liga angeflirtet werde. Fuck, nein. Ich bleibe hier. Na ja, um Celia Lieberman bei Laune zu halten, greife ich auf wirklich drastische Maßnahmen zurück.

»Ich nehme nicht an, dass du tanzen willst?«, frage ich. »Ich kann das eigentlich gar nicht so schlecht.«

»Ich will gehen«, wiederholt sie hartnäckig.

Der Song wird schneller und damit auch die Bewegungen auf der Tanzfläche. Ich nehme Celia Lieberman an der Hand und führe sie mitten zwischen die sich im Takt windenden Leute. »Komm schon, sei kein Feigling!«, rufe ich über das, was sich zu einem Trommelfell zerfetzenden Musikstück entwickelt, hinweg. Ich mache den Weg frei in die Nähe von Shelby.

»LASS MICH LOS!«, brüllt Celia Lieberman.

Aber auf der Tanzfläche, genauso wie im Weltraum, kann einen niemand hören. Ich gehe kein Risiko ein und drehe Celia Lieberman in die doppelte Cross-Body-Führung, der ich eine raffinierte Rückwärtskurve folgen lasse.

»WAS SOLL DAS?«, schreit sie.

Glücklicherweise überdeckt die donnernde elektronische Musik alles. Und bei der Menge an farbigen Laserstrahlen und Lichtern kann man nur schwer etwas erkennen. Auf einmal stürmt Tommy in enger Umarmung mit Shelby vorbei. Grinsend wirbelt der Angeber sie in eine doppelte Inside-Out-Figur, sodass sie sich im Kreis dreht. Wie ich schon sagte, er ist nicht schlecht. Ja okay, er ist gut, verdammt gut. Aber ich bin besser.

»Komm schon, Celia, zeig uns, was du und dein neuer Freund draufhabt!«, freut sich Tommy hämisch.

Ich nehme die Herausforderung an, peitsche Celia Lieberman zu komplizierten Figuren, hin und her, rein und raus, seitwärts und zurück. Ich lasse sie wie einen Brummkreisel drehen.

»HILFEEEEEEE!«, schreit Celia Lieberman.

Um nicht ausgestochen zu werden, hebt Tommy Shelby daraufhin hoch. Sie spreizt ihre geschmeidigen Flügel wie ein Schwan, während er sie über seinem Kopf in einer anmutig ausgeführten Figur herumwirbelt, die ich noch nie gesehen oder gar versucht habe. Der Typ hat sich viel zu viel bei »Let's Dance« abgeguckt. Aber ich habe noch was in der Hinterhand.

»NEEIIIIIIIIIINNN!!!« Celia Lieberman macht ein vollkommen entsetztes Gesicht, als wüsste sie, was jetzt kommt.

Zu spät. Konkurrierende Säfte fließen, wie ein russischer Gewichtheber stemme ich Celia hoch und drehe sie. Sie ist keine Feder, das sage ich euch, und ganz sicher kein Schwan. Ich schwitze und keuche, während wir uns drehen und drehen. Die Zentrifugalkraft tritt ein. Alles verschwimmt vor meinen Augen. Ich meine, ich steuere das Ganze und mir wird schwindelig. Ich will mir gar nicht vorstellen, wie es da oben ist.

Schließlich lassen meine Kräfte nach. Ich setze Celia Lieberman auf dem mehr oder weniger festen Boden ab, aber sie kann nicht stehen, sondern wackelt wie wild und verliert das Gleichgewicht.

»Hey, pass auf, Bitch!«, platzt Mr Charmebolzen heraus und lässt Shelby los.

Celia Lieberman stolpert auf ihn zu. Sie hat die Wangen aufgeblasen. Ihre Augen schielen hinter der Brille. Sie umklammert ihren Bauch. Ich kann den Weg der bevorstehenden Eruption bis zu ihrem Hals verfolgen. Genau wie Tommy.

»Oh fuck«, krächzt er.

Ich werde auf die schmutzigen Details nicht eingehen. Die Flugbahn, Dauer und Geschwindigkeit der orangeneonfarbenen Schäume. Alles ziemlich extrem. Die Brocken, Klümpchen und Rinnsale, die Tommy durchnässen und von ihm herabtropfen. Es sind viele. Der Schock und die Erniedrigung, die daraus resultieren. Großartig. Ja, meine Freunde, das sind die Momente, für die wir leben.

Ich wusste, dass Celia Lieberman getrunken hatte, aber nicht, wie viel. Ich öffne ihre Handtasche und hole die Wasserflasche heraus. Sie ist zu drei Vierteln leer. Ich würge beim Anblick des Rests. Karottensaft mit Wodka. Jedes für sich in größeren Mengen giftig. Beides zusammen in größeren Mengen tödlich.

Vor allem, wenn die Person, die reichliche Mengen davon zu sich genommen hat, wie ein Salat über die Tanzfläche geschleudert wird. Bis zu einem gewissen Grad – okay, zu einem großen Teil – auch meine Schuld. Als ich versuche, Wiedergutmachung zu leisten, klopfe ich leise an die Tür zur Mädchentoilette. Ich habe zuvor gute zehn Minuten davor gewartet.

»Celia, alles in Ordnung?«

Von innen dringen würgende und wogende Geräusche, sodass ich ernsthaft erwäge, den Notruf zu wählen und einen Krankenwagen zu rufen. Als sich eine Schar von Mädels zum Make-up-Auffrischen und Pinkeln der Toilette nähert, halte ich sie auf. Ich erachte es als meine ritterliche Pflicht, Celia Lieberman vor weiteren Skandalen zu bewahren und die Mädels vor einem Anblick und einer geruchlichen Erfahrung, die sie nie vergessen werden.

»Ich würde da an eurer Stelle nicht reingehen«, sage ich. Sie schnuppern und verstehen den Hinweis, machen kollektiv auf den hohen Absätzen kehrt und klackern davon. Ich bereite meine Sinne auf den nächsten Schritt vor. Da ich Celia Liebermans wiederholtem Wunsch, mich zu verpissen, leider nicht nachgeben kann, muss ich da rein und Celia Lieberman vor sich selbst retten. Um das, was von ihrem sozialen Ruf übrig geblieben ist, zu schützen, genauso wie meine finanzielle Zukunft. Dann, gerade als ich mich auf den Weg ins Unbekannte machen will, hält mich eine erotische Stimme auf.

»Ihr seid entfernt verwandt, stimmt's?«

Ich weiß, wer es ist, bevor ich mich umdrehe. Bingo. Und aus der Nähe noch faszinierender. Shelby begutachtet mich offen und vollkommen ernst.

»Verwandt?«, wiederhole ich ratlos angesichts ihrer unfassbaren Vollkommenheit.

»Das ist doch deine Verbindung zu Celia Lieberman.«

Sie ist unverblümt. Ich gehe auf das hoffentlich freundlich gemeinte Angebot ein. Mein Herz pocht, meine unteren Regionen pumpen. Sie hat diese Wirkung auf mich. Aber ich tue trotzdem cool.

»Wir sind nicht verwandt«, entgegne ich.

»Dann bist du ein Freund der Familie?«, fragt sie, ihre smaragdgrünen Augen sind meinen verlockend nahe.

»Nein. Sorry.«

Ich möchte sie berühren, um mich zu vergewissern, dass sie echt ist und nicht das Ergebnis von Halluzinationen durch verdorbenes Steak. Alles an ihr ist das Beste, was der Markt hergibt. Ihre schlanke Figur, der schmale, elegante Schnitt des Designerkleids, das wie angegossen sitzt und das sie nicht wie die anderen übertrieben herausgeputzt wirken lässt, denn Pracht wie ihre braucht keine Verstärkung. Das alles würde ja schon reichen, aber da ist noch mehr. Ihre Kultiviertheit, ihre geradlinige Art. Das ist hier ein Mädchen, das Dinge erlebt hat und an Orten war, die ich mir nicht einmal vorstellen kann. Sie ist das Komplettpaket.

»Also was?«, fragt sie.

»Was?«, zögere ich die Antwort heraus.

»Was macht jemand wie du mit jemandem wie Celia Lieberman beim Winterball?«

Sie guckt in meine Seele und sucht nach der Antwort. Ich begegne ihrem Blick, zu verzaubert, um ein schlechtes Gewissen zu haben, das ich haben sollte.

»Wenn du es unbedingt wissen musst, ich bin zufällig mit Celia Lieberman beim Winterball, weil ich Celia Lieberman mag«, lüge ich und lächle breit.

»Du magst Celia Lieberman?«

»Ich finde Celia Lieberman entzückend.«

Dann, mit ihrem üblichen makellosen Timing, gibt Celia Lieberman eine haarsträubende Salve trockenes Würgen und nasses Spucken von sich, wie ihr es bestimmt noch nie gehört habt. Was das angeht, war ich schon immer zimperlich, also möchte ich mich eigentlich setzen. Shelby jedoch zuckt nicht mit einer ihrer professionell geschwungenen Wimpern.

»Das habe ich den anderen auch gesagt«, erklärt sie. »Celia ist eine ungeheure Intelligenzbestie. Ich sagte, du bist eben tiefgründig, ich sagte, du erkennst eben ihre verborgenen Eigenschaften.«

Für mich ganz sicher verborgen. Aber ich zucke nur bescheiden mit den Achseln, was, wie ich hoffe, meine geheimnisvolle Aura noch verstärkt.

»Irgendwie denke ich, dass an dir mehr ist, als man auf den ersten Blick erkennt«, meint sie.

»Du hast keine Ahnung«, kann ich ehrlich entgegnen.

Sie streckt die perfekt manikürte Hand aus und stellt sich vor.

»Shelby Pace.«

»Brooks Rattigan.«

Als sich unsere Finger berühren, entlädt sich statische Aufladung, wir bekommen eine gewischt, bevor wir uns die Hände schütteln. Erschrocken lachen wir beide auf. Das muss Schicksal sein. Daraufhin kommt Tommy oberkörperfrei aus der Herrentoilette gestürmt, nachdem er sein kotzgetränktes Hemd und Jackett ausgezogen hat. Er hat die Bauchmuskeln, Brustmuskeln, Gesäßmuskeln und auch alle sonstigen Waffen eines männlichen Strippers. Normalerweise würde das in mir sämtliche Alarmglocken auslösen, damit ich mich zurückhalte, aber ich bin schon zu weit vorangeprescht.

»Komm schon, Baby«, schnauzt er. »Lass uns aus diesem Drecksloch verschwinden.«

Er greift nach ihr, aber sie springt zurück.

»Geh weg, Tommy! Du stinkst!«

Dann, so cool wie möglich, lächelt sie mir zu.

»Brooks, ich gebe eine After-Party. Warum kommt du und Celia nicht auch?«

»Shelby, hast du den Verstand verloren?«, jammert Tommy, während er sich den gemeißelten Torso mit feuchten Papierhandtüchern abwischt. »Ich will nicht, dass dieser Freak in meine Nähe kommt.«

»Danke, aber ich glaube wirklich nicht, dass Celia dem heute noch gewachsen ist«, antworte ich und spreche widerstrebend das Offensichtliche aus.

»Du hast ihn gehört«, stimmt Tommy zu. »Lass uns abhauen!«

»Schau, du kannst Celia so nicht nach Hause bringen«, sagt Shelby zu mir und ignoriert den Idioten. »Sie kann sich bei mir ausruhen, bis sie wieder fit ist.«

Das ist der Vorwand, auf den ich gewartet habe. Ich meine, ich muss Celia Lieberman ja irgendwo parken. Ich kann sie in diesem stark veränderten Zustand nicht nach Hause bringen, um ihrer selbst willen und um meiner auch. Zu dieser After-Party zu gehen, bedeutet, der Kundin einen Zusatzservice zu bieten. Celia Lieberman kann dort etwas schlafen und so eine gewisse elterliche Kernschmelze und harte Strafe vermeiden, ganz zu schweigen davon, dass ich sonst die Dinge erklären müsste. Das ist die bestmögliche Lösung.

»Wenn das so ist, kommen wir gern.«

»Fantastisch. Ihr könnt uns folgen.«

Tommy drückt ungeduldig auf die Hupe des Rolls seines Stiefvaters. Richtig, Rolls-Royce. Ich habe noch nie mit eigenen Augen einen gesehen.

»Beweg dich, Trottel!« Er meint mich. Der Rolls bildet die Spitze einer Karawane von Ultraluxusautos, die sich mit eingeschalteten Scheinwerfern und im Leerlauf über den gesamten Parkplatz schlängeln. Shelby, die ihren Lipgloss im Schminkspiegel überprüft, ist nicht begeistert.

»Ach, Tommy, werd mal erwachsen.«

Sie lehnt sich aus dem Fenster und lächelt.

»Lass dir Zeit, Brooks!«

Keuchend platziere ich Celia Lieberman wie einen schlaffen Sack auf dem Beifahrersitz des Prius. Ich bin außer Atem und mein Kreuz schmerzt. Sie schnarcht, ist total ausgeknockt, und der Weg zum Wagen von der Damentoilette, die eigentlich eher einer Lounge gleicht – mit Ledercouch und echten Baumwollhandtüchern –, war ein brutaler Transport. Ich war ja auch schon betrunken, aber noch nie *so* betrunken, oder habe jemals jemand derart betrunken gesehen wie Celia Lieberman. Sie geht in die Geschichte ein.

»Und *ich* soll also der Loser sein?«, sage ich zu mir selbst. »Ha!«

Als ich sie anschnalle, rülpst sie mir ins Gesicht. Wunderbar.

Shelbys Anwesen liegt weit draußen auf dem Land. Ihr wisst schon, Waldwege, vorbei an idyllischen Wiesen und Bächen, über Hügel und Täler, was auch immer für Täler es sein mögen. Und wenn ich Anwesen sage, dann meine ich Anwesen. Hier gibt es Scheunen und Ställe, für Pferde und so, mehrere Tennisplätze und – was ist das? Ein verdammter Hubschrauberlandeplatz! Weil ich den hinteren Teil der Prozession bilde, reiße ich ungläubig die Augen auf, als ich den ersten Blick auf das Gebäude erhasche, das am Ende der langen, kurvenreichen Straße erscheint, die die Einfahrt ist. Das Ding ist gigantisch groß, mit Flügeln und zu vielen Räumen, um sie zählen zu können. Das ist nicht bloß eine Villa, sondern ein Herrenhaus, ein wahres Anwesen mit einem weitläufigen Gelände. Trotz seiner übermaßigen Größe und völligem Mangel an sozialer Verantwortung ist es bemerkenswert schlicht, geschmackvoll und altmodisch, wie eine Plantage in den fragwürdigen »glorreichen Tagen«, als Sklaverei noch offen gelebt wurde. Wie auch immer. Das hier ist echt. Die sagenumwobene Bastion des US-amerikanischen White-Anglo-Saxon-Protestant-Privilegs, das angeblich nicht mehr existiert, aber in Wahrheit mächtig an Fahrt aufgenommen hat. Ich habe es ins Gelobte Land geschafft.

Und es gehört alles Shelby. Das Mädchen, das alles hat, hat noch mehr. Ich weiß, dass materielle Dinge keine Rolle spielen sollten, besonders für diejenigen von uns, die nichts Materielles besitzen. Also verurteilt mich, weil ich oberflächlich bin, aber Materielles ist wichtig, und das hier macht Shelbys ohnehin schon himmelhohe Begehrlichkeitsquote zu einer Rakete in den Charts. Vollkommen unmöglich das alles, aber so ist es.

Die gefräßigen Teenager strömen an Shelbys Mom und Dad vorbei zu einem fancy gastronomischen Gelage, inklusive Servierstationen und livrierten Kellnern, die Tabletts mit allerlei Köstlichkeiten anbieten. Shelbys Eltern in T-Shirt und Jeans wirken für ihr Alter jung, fit und modern. Ihr Dad ist mit seinem quadratischen Kiefer stattlich, ihre Mom richtig heiß, insgesamt eine echte Bilderbuch-MILF. Shelby ist wütend, die beiden zu sehen.

»Mummy, Daddy, sofort nach oben!«, befiehlt sie.

»Aber, Schätzchen«, widerspricht Daddy, zweifellos ein mächtiger Hedgefonds-Titan, der den gemeinen Pöbel um Milliarden abgezockt hat. »Wir möchten deine Freunde kennenlernen …«

Mich streifen die fragenden Blicke der Pace-Eltern, als sie mich schwankend mit Celia Lieberman, die ich wie einen Sack Mehl über die Schulter geworfen habe, hereinkommen sehen.

»Aber Liebling«, entgegnet Mummy, die wahrscheinlich ihr eigenes Modeimperium oder die philanthropische Familienstiftung leitet oder beides.

»HABT IHR MICH NICHT GEHÖRT?«, donnert Shelby und dreht komplett durch. Mann, ich hasse es, eine schlechte Seite an ihr zu entdecken.

In dem Moment stolpert Tommy auf dem Weg zur Dusche vorbei, nur noch mit einer engen Badehose bekleidet, die er zugegebenermaßen echt tragen kann. Mummy und Daddy schauen ihn an, dann wieder mich. Sie sind entsetzt, blicken sich gegenseitig an, danach ihre Tochter, die streng nach oben zeigt. Beide Säulen der High Society gehorchen kleinlaut und steigen die Treppe hinauf, aus dem Blickfeld. Shelby lächelt mich an und wechselt wieder in den gnädigen Gastgeberinnenmodus.

»Komm, Brooks«, leitet sie. »Du kannst Celia am Pool parken.«

Tatsächlich gibt es zwei Pools, einer im Freien, der im Winter nicht benutzt wird, und einen im Haus. Der drinnen entpuppt sich als gepflegtes Langschwimmbecken unter einem Glasatrium, das im Schimmer des Sternenlichts funkelt. Wie kann ein einziger Mensch so viel cooles Zeug besitzen? Ich bin sprachlos. Dort deponiere ich Celia Lieberman auf einer Lounge-Liege, rücke sie in eine bequeme Haltung, dann strecke ich subtil meinen Rücken, der von der Dauerlast überanstrengt ist.

»Ihr habt ein Hallenbad?«, bemerke ich schwachsinnig.

»Hat das nicht jeder?« Shelby kräuselt keck die Nase, bezaubernd. Sie weiß, dass sie unwiderstehlich ist, was einen für gewöhnlich sofort kehrtmachen lassen sollte, aber nicht bei ihr. Nichts hält mich von ihr ab. Ich stehe noch mehr in ihrem Bann.

»Nicht da, wo ich herkomme«, stottere ich.

»Woher kommst du? Wie kann es sein, dass ich dich noch nie gesehen habe?«

Sie schaut mich an. Ich stehe im Scheinwerferlicht. Was soll ich antworten? Definitiv eine radikal bearbeitete Version der Wahrheit, aber wie radikal? Ausgerechnet in dem Augenblick stürzt sich Tommy in den Pool, wedelt mit den Armen und brüllt wie ein Walross.

»ARFFFF! ARFFFF!« Sehr stilvoll. Sehr geistreich.

»Tommy!« Shelby runzelt die Stirn. »Du hast mich zu Tode erschreckt!«

»Ich kann nicht glauben, dass du diese Versager hier reinlässt«, sagt Tommy, als wäre ich nicht da und würde nicht mal existieren, was ich in seinen Augen auch nicht tue. Er springt aus dem Wasser. Warum sind die größten Vollidioten immer so verdammt riesig? Ich bin gut einen Meter achtzig groß und wiege an die fünfundachtzig Kilo, aber er ist bestimmt zehn Zentimeter größer und bloß zehn Kilo schwerer als ich. Und das sind alles steinharte Muskeln. Der Typ ist total muskelbepackt. Extrabreite Schultern, konischer Rumpf, Waschbrettbauch. Der Körper eines Schwimmers. Dann begreife ich.

»Wasserball!«, keuche ich.

»Kapitän«, grinst er.

Für mich ist Wasserball eine dieser völlig sinnentleerten olympischen Sportarten wie Synchronspringen und Curling, die keine Daseinsberechtigung haben. Diese Badekappen mit den runden Polstern für die Ohren, die die Wasserballer tragen. Was hat es damit auf sich? Und G-Strings als Sportbekleidung? Also bitte. So sieht das doch aus. Aber obwohl ich Tommy gern etwas an den Kopf werfen will, was er zweifellos verdient hätte, halte ich es angesichts seiner Körpergröße nicht für sehr ratsam.

»Tommy, du bist ganz nass!«, quietscht Shelby missmutig. »Geh weg!«

Sie stiehlt sich aus seiner tropfenden Umarmung. Er trampelt hinter ihr her, wie ein muskulöses Frankenstein-Monster.

»Das liebst du doch!«

Alles hier ist bombastisch, überdimensioniert, überproportioniert im Vergleich zu dem, was ich kenne. Jeder Raum ist ein Museum, vollgestopft mit raren Antiquitäten. Und – unglaublich – kein Zimmer ist tabu. Es wird überall gefeiert, in unterschiedlichen Phasen: sinnliche Begierde, saufen, kiffen, illegale Substanzen reinziehen. Das Licht ist gedämpft, die Musik dröhnt.

Ich schaue mir die Kunst an den Wänden an. Obwohl ich weniger als nichts davon verstehe, erkenne selbst ich die charakteristischen Stile der Gemälde. Der Dude mit dem Farbabrieb. Der Typ mit den unscharfen horizontalen Streifen. Der Kerl mit all den kleinen Punkten. Ich weiß genug, um zu kapieren, dass jedes Bild unbezahlbar ist. Und zusammen so viel wert wie das Bruttosozialprodukt vieler kleiner Entwicklungsländer. Dann, an einem Ort höchster Ehre, nämlich über dem Kamin hängend, das Porträt eines nackten Mädchens mit gewaltigem Vorbau, deren quadratischer Schädel auf dem dreieckigen Hintern thront. Ich blicke auf den Namen, der in die untere Ecke gekritzelt ist. Kneift mich mal eben. Ein echter Picasso, Verkaufspreis in Millionenhöhe, und gerade klein genug, um unter meinen Arm zu passen. Für eine Sekunde ergreift mich der überwältigende Impuls, mir das Bild zu schnappen und mich damit ins Ausland abzusetzen. Aber dann denke ich an Interpol und türkische Gefängnisse und die Versuchung vergeht.

»Chicken Sati«, kündigt eine Stimme mit beruhigend vertrautem Zungenschlag an. Sie gehört einer müden, unterbezahlten Servicekraft mit Föhnfrisur, die mir ein Tablett mit Vorspeisen hinstreckt. Ich sehe sie ausdruckslos an.

»Chicken Sati in einer Erdnuss-Kreuzkümmel-Soße«, spricht sie es erneut falsch aus.

»Hi, ich bin aus Tschörsi!«, imitiert Brent, der gerade damit beschäftigt ist, Cassie auf der Couch zu betatschen.

Lautes, schallendes Gelächter. Die Kellnerin, die nur versucht, ihren Scheißjob zu machen, hat eben den breiten, klassischen Akzent. Sie wendet sich von mir ab und murmelt: »Reiche Arschlöcher.«

Sie denkt, ich gehöre zu ihnen. Zu meiner ewigen Schande lasse ich sie in dem Glauben. Während ich mich durch die Menge schlängele, beschließe ich, ein wenig zu recherchieren und auf meinem iPhone die Paces zu googeln. Was kommt, überrascht mich nicht. Hunter Pace betreibt einen Mega-Hedgefonds, sitzt im Vorstand zahlreicher wichtiger Start-ups und hat in der Tat die breite Masse um Milliarden abgezockt. Gretchen Pace führt kein Modeimperium, besitzt aber einen Jura-Abschluss aus Yale, den sie offenbar als Leiterin verschiedener Arbeitsgruppen gegen vielfältige Formen sozialer Ungerechtigkeit einsetzt. Nichts ist besser, als gegen sich selbst zu kämpfen, sinniere ich. Übrigens existiert keine philanthropische Familienstiftung.

»Magst du Modigliani?«, erkundigt sich Shelby.

Sie ist plötzlich wieder da und steht neben mir, so nah, dass ich das erlesene französische Parfum ihrer Mutter inhaliere. Und, oh Mann, das Zeug funktioniert wirklich. Ich bin betrunken. Shelby bezieht sich mit ihrer Frage auf ein weiteres Gemälde eines weiteren berühmten Künstlers, das ich angeschmachtet habe und dessen Namen ich wissen sollte, aber nicht weiß.

»Die langen geschwungenen Hälse, die vulvaförmigen Augen, seine schlichte Darstellung der Schamhaare«, bemerkt sie. »Ich finde, es ist sehr sinnlich, nicht wahr?«

Eigentlich denke ich momentan an das verfluchte Vermögen, das es allein schon kosten muss, um all das hier für ein Jahr zu versichern.

»Hast du jemals ein Bild von ihm selbst gesehen?«, fragt Shelby. »Ein totaler Hipster.«

»Oh ja, Modie ist großartig, einer meiner absoluten Lieblinge«, antworte ich.

»Ich hätte wissen müssen, dass du auf Kunst stehst«, sagt Shelby. »Jeder Typ, der mit Celia Lieberman ausgeht, muss echt tiefgründig sein. Nicht wie Tommy. Er ist so oberflächlich.«

»Ja stimmt«, sage ich und setze meine Suche nach jeglicher Art von körperlicher Unvollkommenheit an irgendeinem Teil von Shelby fort. »Es geht mir immer um Tiefgründiges.«

»Keine Angst, bei anderen anzuecken«, projiziert sie. »Ein wahrer Mann unter Jungs.«

»Auch richtig«, erkläre ich bescheiden.

»Also, wo warst du mein ganzes Leben lang?«

»In New Jersey?«, entgegne ich vorsichtig.

Shelby lacht und denkt, ich reiße nur einen Witz. Ich wünschte sehr, es wäre so. Kann man sich für einen ganzen Bundesstaat schämen? Na, irgendwie schon.

»Nein, jetzt mal wirklich«, hakt sie nach.

»Eigentlich wohne ich … Ich wohne in der Stadt.«

»Glück gehabt. Ich liebe die Stadt. Wohin gehst du?«

»Wohin ich gehe?« Ich fasle irgendwas zusammen und wundere mich, woher ich gerade das mit der Stadt genommen habe.

»Zur Schule, Dummerchen. Dalton? Collegiate? Trinity?«

Ich blinzle sie mehrmals an und weiß nicht weiter. Aber dann …

»Die Electra School.«

»Interessanter Name. Elektra. Tochter von Agamemnon, die ihren Bruder Orestes erpresst hat, um den Mord an ihrem Vater zu rächen, indem sie hinterlistig ihre Mutter tötete.«

»Und ich dachte, das wäre nur ein Gerücht«, sage ich tonlos.

Sie lacht wieder. Sie hält mich für einen Punk.

»Ich bin überrascht, noch nie von der Schule gehört zu haben.«

»Das liegt daran, dass sie sehr klein und ganz neu ist. Im Village. Sehr experimentell. Sehr abgefahren.« Mann, bin ich gut.

»Wo im Village? Ich bin oft da.«

Herrje, denke ich, gib's auf. Was macht das schon aus? Aber offensichtlich ist es ihr wichtig.

»Wir haben kein Gebäude.« Ich verziehe das Gesicht. Das ist so lahm.

»Deine Schule hat kein Gebäude?« Sie blickt mich skeptisch an.

Das läuft schlecht. Ich kann spüren, wie ich sie verliere.

»Nein, wir bewegen uns einfach jeden Tag zu einem anderen Ort.« Ich schließe die Augen, überzeugt davon, dass ich gerade den Bogen überspannt habe. Ihr wisst schon, den einen kleinen Schritt zu weit, als würde man von einer zu hohen Klippe stürzen.

»Wow, das ist ja abgefahren«, sagt sie immer noch skeptisch, aber irgendwie kauft sie's mir ab.

Dann, aus heiterem Himmel, trifft mich der Blitz der Eingebung.

»Eigentlich werde ich zu Hause unterrichtet.«

Ihre Miene entspannt sich. Ich bin geradezu auf eine Goldader gestoßen. Unterricht zu Hause ist elegant in seiner ganzen Einfachheit. Heutzutage sehr in, glaubwürdig und vor allem praktisch nicht nachweisbar.

Wieder einmal bin ich wirklich überwältigt von meinem eigenen Bullshit.

»Ich wollte mir die Schule ernsthaft ansehen«, lacht sie, anscheinend immer noch fasziniert und unterhalten von mir.

Die Dinge entwickeln sich rasend schnell. Mehr als rasant. Erst jetzt habe ich registriert, dass Shelby im Laufe unseres Gesprächs die Worte »Vulva« und »Scham« benutzt hat. Bei einem solchen Vorzeichen ist nicht zu sagen, wohin die Nacht noch führen könnte …

»AHHHHHHHHHHHHHH!«

Ein fürchterlicher Schrei. Der Schrei eines verwundeten Tieres.

Der Schrei von Celia Lieberman.

Ich renne zum Pool und finde dort eine Orgie wie im alten Rom vor. Ineinander verkeilte Teenager, die unter anderem im Whirlpool rummachen, blanke Hintern – und was auch immer ihr unter grundlegend unanständigem Herumtollen und Toben versteht. Und mittendrin Celia Lieberman zusammengerollt auf der Chaiselongue, mit panisch aufgerissenen Augen, während direkt vor ihr die gesamte erste Mannschaft des Green-Meadow-Country-Prep-Hockeyteams behaarte Körperteile und fleischige Backen entblößt und in harter Konkurrenz abwechselnd die Bäuche anspannt, um herauszufinden, wer die gigantischste Muskelkraterlandschaft bilden kann. Sogar ich erschauere bei dem gruseligen Anblick.

Celia Lieberman sieht mich und krabbelt von ihrem Platz über die Bodenfliesen zu mir.

»Wohin hast du mich gebracht?«, zischt sie.

»Wir sind auf der After-Party von Shelby Pace«, erkläre ich atemlos und stelle sie auf die Füße. »Beruhig dich. Das hier ist nichts, was du noch nie gesehen hast!«

Aber ihr mitgenommener Gesichtsausdruck verrät mir, dass ich mich da irre. Sie hat gerade etwas gesehen – tatsächlich zahlreiche Dinge –, was sie noch nie zuvor gesehen hat. Jeder, der zur Green Meadow Country Prep gehört, beobachtet uns und lacht sich tot. Celia Lieberman wird weiß wie die Wand.

»Du hast mich zur Hauptattraktion auf Shelby Paces After-Party gemacht?«

Als sie ausholt, um mir eine runterzuhauen, ducke ich mich schnell.

Celia huscht durch die Haustür. Ich schlängele mich durch das Gedränge hinter ihr, werde aber von Shelby abgefangen, die sich, das müsst ihr euch geben, mittlerweile einen String-Bikini angezogen hat, der noch mehr offenbart, als sich meine ohnehin schon überdrehte Fantasie vorstellen kann. Sagen wir einfach, der Bikini schmiegt sich an und betont auf eine Art und Weise, wie ein String-Bikini sich anschmiegen und betonen sollte.

»Du gehst schon?«, schnurrt sie.

»Äh, Celia fühlt sich nicht so gut«, sage ich als Untertreibung des Jahrhunderts. »Danke, dass du sie hier hast pennen lassen.«

Ich strecke meine Hand aus, um einen dramatischen Abschied einzuleiten. Sie legt beide Hände darum und lässt sie nicht los.

»Vielleicht sehen wir uns ja noch mal, Brooks.«

»Das bezweifle ich. Ich komme nicht oft aus der Stadt raus.« Es bricht mir das Herz. Ich weiß, dass ich sie nie wiedersehen werde, geschweige denn im String-Bikini.

»Wenn das so ist …«

Sie beugt sich nach vorn und gibt mir den sanftesten, heißesten, verspieltesten und frustrierendsten Kuss, den ich je bekommen habe. Exquisite Zungenarbeit. Obwohl es als unmännlich gilt, werden mir buchstäblich die Knie weich. Es dauert mehr als ein paar Momente, bis ich wieder weiß, dass ich Scheinwiderstand zu leisten habe.

»Äh, äh«, nuschle ich. »Ich muss los. Celia …«

»Schön, dich kennengelernt zu haben.«

Während der Fahrt wage ich nicht, das Radio einzuschalten, nicht nach dem, was zuletzt passiert ist, als ich es versucht habe. Aber ich kann Celia Lieberman nicht mehr zuhören. Sie kauert an die Beifahrertür gelehnt und schluchzt in regelmäßigen Abständen Rotz und Wasser. Ich bin selbst ziemlich schlechter Laune. Der Geschmack von Shelbys mit Zitrusfruchtduft angereichertem Lipgloss prickelt immer noch auf meinen Lippen und von diesem herben, verlockenden Geschmack werde ich nichts mehr abbekommen. Sondern dieser Vollidiot Tommy.

»Ich musste dich schließlich irgendwohin bringen«, blaffe ich, als ich genug habe. »Du warst nicht in der Verfassung, nach Hause zu gehen. Ich habe dir bloß einen Gefallen getan.«

Sie wirbelt den Kopf zu mir herum, ihr Gesicht ist feucht und voller Tränenspuren.

»Und dann hast du mich zum Gespött gemacht!«

»Schau, es tut mir leid«, sage ich und meine es ernst. »Ich wusste nicht, dass du so viel getrunken hast.«

»ICH WILL DICH NIE WIEDERSEHEN!«, keift sie.

»KEINE SORGE, DAS WIRST DU AUCH NICHT!« Ich fahre so gut ich kann zurück und bremse dann heftig. Wir haben das willkommene Ende unserer erbärmlichen gemeinsamen Zeit nicht eine Sekunde zu früh erreicht. Eilig klettere ich aus dem Wagen, um meine Aufgabe zu erfüllen und Celia rasch zum bitteren, aber glücklich befreienden Abschluss des Abends zu begleiten. Doch Celia Lieberman flüchtet bereits vom Auto zur Haustür, die sofort von ihren ahnungslosen, strahlenden Eltern in ihren Pyjamas aufgerissen wird. Celias Vater trägt eine Art Onesie.

»Na? Und? Sag schon! Erzähl! Wer hat was getragen?« Gayle leuchtet geradezu. »Wie war's?«

»IHR HABT MEIN LEBEN ZERSTÖRT!«, schreit Celia Lieberman ihre Eltern an, sodass die Wände wackeln, und stolpert dann die Treppe zu ihrem Zimmer hinauf. Sie knallt die Tür zu und wieder wackeln die Wände.

Harvey und Gayle, erstaunlich unbeeindruckt, wenden sich mir erwartungsvoll zu. Wenn selbst dieser Auftritt nicht die elterlichen Alarmglocken in Bewegung setzt, möchte ich nicht wissen, was in diesem Haus eigentlich als außergewöhnlich gilt.

»Celia hat ein wenig zu viel getrunken …« Ich grinse sozusagen als Erklärung.

»Celia hat getrunken?«, fragt Harvey schockiert.

»*Unsere* Celia hat getrunken!«, ruft Gayle und klatscht in die Hände.

»Gayle, also wirklich!«, meint er empört.

»Ach, halt den Mund, Harvey! Das ist völlig altersgemäß!«

Beide blicken mich gespannt an und wollen mehr Details.

»Karottensaft und Wodka«, informiere ich sie.

Bei der Kombination weichen sogar sie für einen kurzen Moment zurück.

»Großer Gott!«, sagt Harvey.

»Sie hat sich übergeben«, melde ich widerstrebend. »Ziemlich oft.«

»Großer Gott!«, wiederholt Harvey, nun noch eindringlicher. Gayle stupst ihn fest in die Rippen, sodass er sich krümmt, und richtet ihren beängstigend enthusiastischen Blick wieder auf mich.

»Und was ist dann passiert?«

Ich hatte eine Vielzahl von Reaktionen auf Celia Liebermans schrecklichen, derangierten Zustand erwartet. Empörung. Mit der Polizei drohen. Forderungen der Rückerstattung des Honorars. Das hier habe ich nicht erwartet.

»Na ja, dann waren wir auf einer After-Party«, fahre ich fort.

Gayle hopst vor Freude auf und ab.

»Hörst du das, Harvey?«, quietscht sie vergnügt. »Unsere Celia hat zu viel getrunken, sie hat sich mehrmals übergeben und war dann auf einer After-Party!«

»Und das ist gut?«, fragt Harvey beherzt, aber verständlicherweise verwirrt.

»Kataklystisch!« Die Augen der Frau leuchten. »Unsere Tochter hat an einem normalen Ritus der Adoleszenz teilgenommen!«

Gayle wird emotional und vergießt Tränen. Harvey auch. Sie umarmen mich abwechselnd. Ich muss die beiden fast von mir schälen.

Harvey will mir einen Bonus von fünfundsiebzig Dollar geben. Gayle besteht darauf, dass er auf hundert erhöht.

Jetzt wird's persönlich

Im Sprachlichen habe ich mich um sechzig Punkte verbessert.

Zuerst bin ich total erleichtert, als ich an diesem ruhigen Abend auf meinen erhellten Computerbildschirm schaue. Fünfzehn scheinbar unendlich lange Tage hat es mir vor diesem Augenblick gegraut. So lange brauchen die Sadisten beim ETS angeblich, um die Tests auszuwerten und die Ergebnisse zu verschicken. Ich persönlich glaube ja, dass sie innerhalb von vierundzwanzig Stunden damit fertig sind und sich dann einen Spaß daraus machen, Millionen verunsicherter Jugendlicher zappeln zu lassen. Ich war mir so sicher, es vergeigt zu haben. Ja, ich weiß, so fühlt sich jeder, aber bei mir fühlte es sich wirklich und wahrhaftig so an. Doch jetzt steht es da in blauen und weißen Pixeln. Sechzig Punkte. Sechzig Punkte mögen für die Menschheit kein großer Schritt sein, für mich sind sie ein gigantischer. Ich bin voller Dankbarkeit und gratuliere mir selbst aus vollem Herzen. All diese sinnlosen Drills, Übungen und Opfer haben am Ende doch was gebracht. Nämlich sechzig Punkte! Siebenhundertzwanzig im sprachlichen Bereich, Baby! Hätte ich mir gar nicht zugetraut. Ich muss an Farkus, diesen Mistkerl, denken. Plötzlich tun mir die fünfhundert, die er mich gekostet hat, nicht mehr so schrecklich weh. Sollte mir der Zwerg allerdings noch mal über den Weg laufen, kriegt er den Arsch voll.

Dann kommen mir jedoch, wie das bei mir ja immer ist, Zweifel. Sechzig Punkte sind, so wundersam sie auch sein mögen, keine fünfundsiebzig. Und die Strack, die sich niemals irrt, hat fünfundsiebzig gesagt. Die sechzig bringen mich, zusammen mit Mathe, ins untere Mittelfeld. Der Mittelwert für die Columbia ist die mittlere Mitte. Mit fünfundsiebzig wäre ich genau dort. Mit den sechzig touchiere ich gerade mal die untersten Fransen der akzeptierten Ergebnisse. Dort tummeln sich schon die Sportler, der Millionärsnachwuchs und die Manager der nächsten Generation. Der Unterschied zwischen denen und mir ist allerdings, dass sie Sportler, Millionärsnachwuchs und die Manager der nächsten Generation sind. Was folgt daraus? Dass Rattigan mal wieder leer ausgehen wird. Knapp daneben, aber doch vorbei. Meine erbärmliche Existenz in einer Antwortblase zum Ankreuzen. Bitterkeit und Selbstmitleid erfüllen mich. Wegen ein paar erbärmlichen Durchschnittswerten fällt meine möglicherweise vielversprechende Zukunft krachend in sich zusammen.

Zum Glück kommen mir nach den Zweifeln noch weitere neue Gedanken. Wie heißt es doch so schön? Die Hoffnung stirbt zuletzt? Ich klammere mich an diesen Strohhalm. Was macht es schon, dass ich den Grenzwert nur knapp erreiche? Theoretisch sind die kalten, harten Zahlen nur ein Teil der Zulassungsrechnung. Es gibt ja immer noch die immateriellen Aspekte. Jeder College-Prospekt ist voll davon. Mit den mythischen Gestalten, die jeder Wahrscheinlichkeit widersprechen, die total aus dem Rahmen fallen. Der funktionale Analphabet, der aus seinem Kinderzimmer eine Wahnsinnswebsite ins Netz gestellt hat. Das Mädchen, das in ihrer knappen Freizeit, also als sie nicht gerade jobbte, um ihre hungernde Familie zu ernähren, ein Heilmittel gegen Krebs entdeckte. Die mit fünfzehn für den Friedensnobelpreis Nominierte. Und mit Abstand am *dubio-*

sesten – Adjektiv: zweifelhaft; Englisch: *apocryphal* – der Junge, der fünfundsiebzig Wörter oder sogar weniger geschrieben hat, die jedoch so berührend, so bewegend und doch so bescheiden waren, dass die Leben der stumpfsinnigsten Mitglieder des Zulassungskomitees davon für immer verändert wurden. Daher würden für ihn alle normalen Kriterien einstimmig und formlos in den Wind geschlagen.

Dieser Junge muss ich sein.

Was bedeutet, dass ich mich wieder an diese verdammte Bewerbung setzen muss. Auf diese verdammte Bewerbung kommt alles an. Meine »kurzen Antworten« habe ich schon geschrieben, auf Rechtschreibung geprüft und auf Hochglanz poliert. Bleibt noch der alles entscheidende und alles ermöglichende Personal Essay, der Aufsatz über mich. Gemäß der Bücher zum Thema, von denen es erstaunlich viele gibt, muss ein toller Personal Essay einen regelrecht anspringen. Leider hinken und humpeln meine Versionen bisher nur durch die Gegend. In den letzten Monaten habe ich angestrengt nach berichtenswerten Themen gesucht. Ich habe mir das Hirn zermartert, um in den ältesten Erinnerungen bedeutsame Missgeschicke, charakterprägende Episoden oder Momente größter Klarheit zu finden. In den finstersten Winkeln meiner Seele habe ich nach Beispielen meiner Selbstlosigkeit gekramt. Das Beste, was ich dabei gefunden habe, war die Geschichte, als ich mal die Geldbörse von irgendwem auf dem Boden gefunden und sie zurückgegeben habe, obwohl dreiundvierzig Dollar drin waren. Ungefähr eine Woche lang kämpfe ich mit dem Gedanken, darüber zu schreiben, dass meine Mom abgehauen ist, bevor ich auch nur die Chance hatte, sie kennenzulernen. Aber normalerweise versuche ich, nicht mal daran zu denken, weil es mich so anpisst und total deprimiert. Am Ende entscheide ich, dass das eine viel zu persönliche Sache ist für einen Aufsatz über mich.

Jeder hat sein Ding, das ihn in gewisser Weise zu was Besonderem macht. Alkoholprobleme, häusliche Gewalt, Selbstverstümmelung. Ich verfluche mich mal wieder selbst, dass ich kein kaputterer Typ bin. Ich lese von einem Jungen, der tatsächlich geschrieben hat, er leide unter einem richtig großen Komplex, weil er einen richtig kleinen Schwanz hat. Wie kann man nur so aufmerksamkeitsgeil sein? Es beruhigt mich, berichten zu können, dass er überall abgelehnt wurde. Sogar an dem College, das ihm eigentlich sicher war. Er sitzt jetzt in seiner örtlichen Wendy-Filiale an der Kasse. Es gibt natürlich immer den Adel durch Mindestlohn und sich von ganz, ganz unten hocharbeiten. Bei diesen Themen kenne ich mich bestens aus, aber Armut ist schon totgeritten, außerdem will so was keiner hören. Vielleicht sollte ich meinem Wunsch Ausdruck verleihen, einen Ivy-League-Abschluss zu machen, der ein verdammtes Vermögen kostet, weil ich mich dann freiwillig zum Friedenskorps melden und den Leuten dienen kann, denen es sogar noch beschissener geht als mir. Ja, das ist mein Ticket. Gutes für andere tun, das kommt doch nie aus der Mode.

Die Columbia behauptet, es spielt keine Rolle, wann man seine Bewerbung losschickt, Hauptsache, sie ist bis zum Stichtag da. Und der ist morgen, um Punkt siebzehn Uhr. Dabei hätte ich meine schon vor Wochen einreichen sollen. Es heißt nämlich, wenn man die Bewerbung für eine Early Decision zum frühestmöglichen Zeitpunkt schickt, steigen die Chancen um eine winzige Spur. Aus Unfähigkeit und Unentschlossenheit habe ich dagegen bis zum allerletzten Moment gewartet. Was auch immer mir jetzt einfällt, muss es dann auch sein.

So komme ich zu dem grimmigen Entschluss, dass weil ich auf keine erkennbare oder messbare Weise außergewöhnlich bin, mein Ding darin bestehen muss, dass ich super darin bin, ein Supermensch zu sein. Weil ich auch das in Wirklichkeit nicht besonders gut kann, muss ich mir wohl oder übel was ausdenken. Und zwar schnell.

Leichter gesagt als getan. Noch ein unwichtiges Detail. Wie so viele andere Fähigkeiten gehört auch das freie Schreiben nicht gerade zu meinen großen Talenten. In den zurückliegenden Englischkursen wurden meine literarischen Versuche verlacht und zerrissen, was meinem sowieso schon angeschlagenen Selbstvertrauen nicht gerade guttut. Die Stunden verrinnen in nicht zurückholbaren winzigen Schritten. Der leere Bildschirm mahnt mich höhnisch, ihn zu füllen. Vielleicht habe ich einfach kein Ding. Was, wenn ich dinglos bin? Ich marschiere auf und ab, werde ganz kribbelig. Die Wände scheinen näher zu rücken. Um meine Nerven zu beruhigen, beschließe ich, heimlich einen oder zwei Züge von Charlies bestem Stoff zu nehmen. Den habe ich beiseitegeschafft und für Extremfälle wie diesen versteckt.

Eines muss ich meinem Alten ja lassen, er raucht Eins-a-Shit. Um die Musen in Stimmung zu bringen, gehe ich aufs Ganze und greife für meinen so dringend benötigten geistigen Höhenflug auf bewährte Stimmungsmusik zurück. Dreizehn Minuten oder zweieinhalb Tracks von »Dark Side of the Moon« auf dem Kopfhörer später bin ich von den sich rasch ändernden Sternmustern meines Bildschirmschoners total fasziniert. Ich segle durch den Kosmos, schwebe schwerelos an Planeten mit Ringen, psychedelischen Sternbildern und wirbelnden schwarzen Löchern vorbei, während E-Gitarren jaulen. Kennt ihr den Song »Time«? Doch, den kennt ihr. All die Wecker, die immer schneller und schneller ticken, bevor sie plötzlich alle auf einmal zu klingeln beginnen. Und zwar so laut, dass es sich anfühlt, als würde einem der Kopf wie eine überreife Wassermelone platzen. Genau den. Tja, in exakt dem Moment passiert es. Da schlüpft der kleine Billy in seiner ganzen Pracht in meinem total durchgebackenen Verstand. Little Billy, der kleine, verkrüppelte Junge, den ich so heldenhaft und ohne Dank dafür zu erhalten, über all die Jahre beschützt habe.

Ich fantasiere, dass ich Little Billy das erste Mal begegne, als er auf einem Zebrastreifen strandet, weil die Ampel für den Verkehr schon auf Grün geschaltet hat. Und keiner nimmt sich die vielleicht zwei Sekunden, die es brauchen würde, um Little Billy über die Straße zu helfen, keiner hat Mitleid mit dem armen Kind. Nein, der Verkehr tobt um Little Billy herum, der mit seinem kleinen Stock hilflos mitten auf der Kreuzung im Kreis herumtaumelt. Es kann nur noch Nanosekunden dauern, bis Little Billy platt gefahren wird wie eine Flunder. Die Leute sind einfach immer so in Eile, Eile, Eile, um sowieso nirgendwohin zu kommen, verstehen Sie, sehr geehrte Damen und Herren? Also muss ich tun, was jeder mit Herz und einem Gewissen tun würde. Aber ach, es gibt nur so wenige von uns. Leib und Leben riskierend stürzt sich also meine Wenigkeit ins Gefecht und führt Little Billy durch ein Kreuzfeuer aus Fahrzeugen in Sicherheit. Ganz recht, ich rette sein behindertes Hinterteil. Ich tue es, weil es sonst keiner tut. Was mich außergewöhnlich außergewöhnlich macht, wenn ich das mal anmerken darf.

Während Pink Floyd majestätisch weiterdröhnt, tanzen meine Finger wendig über die Tastatur meines Laptops, beinahe wie in Trance. Denn das ist erst der Anfang der für beide Seiten so gewinnbringenden Beziehung zwischen mir und Little Billy. Wissen Sie, nachdem ich Little Billys kleine Tränen getrocknet und ihm mit meinen letzten hart verdienten Cents ein großes Eis gekauft habe, führe ich ihn nach Hause, das heißt in die schäbige Sozialwohnung, die er mit seiner überforderten, geistesabwesenden alleinerziehenden Mutter teilt. Man muss kein Steve Jobs sein, um zu erkennen, dass Little Billy dringend Ordnung in seinem Leben und ein passendes männliches Vorbild braucht. Während also meine Altersgenossen in den Schulauswahlmannschaften Sport treiben oder ihre College-Bewerbungen aufhübschen, indem sie den Kilimandscharo besteigen oder ihre kieferorthopädisch perfektionierten Zähne zusammenbeißen, um für ein Heidengeld bei Pulitzer-Preisträgern außerschulische Seminare zu besuchen, schleppe ich Little Billy zu seinen Ärzten, von denen er Unmengen hat, zu Baseballspielen, die ich ihm geduldig bis ins Detail kommentieren muss, und zu Freiluftkonzerten im Park, was Little Billy besonders genießt, denn sein Hörvermögen ist okay, während er ansonsten blind wie ein Maulwurf ist. Als ich endlich meinen Führerschein habe, fahre ich Little Billy an den Strand, um dem kleinen Scheißer das Schwimmen beizubringen.

Aber es gibt nicht nur eitel Sonnenschein. Ich muss immer noch heftig schlucken, wenn ich mich daran erinnere, wie wir Little Billy beinahe wegen dieser schlechten Mortadella verloren hätten. Er konnte nämlich nicht sehen, dass die an den Rändern schon ganz grün war. Als alles verloren scheint und es nach totalem Verlust der Nierenfunktion aussieht, biete ich mich mit einer meiner Nieren als Spender an. Wie sich rausstellt, ist das dann doch nicht nötig, was auch gut ist, weil unsere Organe nicht zusammenpassen, aber, bei Gott, ich wäre dazu bereit gewesen.

In meinem Kopfhörer donnert das Schlagzeug und Elektroorgeln dröhnen. Ich habe einen Monsterlauf und es flutscht so richtig. Einen kostbaren Absatz lang – ich muss drauf achten, dass ich die blöde Wörteranzahl einhalte – spiele ich mit dem Gedanken, Little Billy durch irgendeine obskure, gruselige medizinische Komplikation oder einen genauso schrecklichen U-Bahn-Unfall, den er eventuell vielleicht sogar absichtlich selbst verursacht hat, um die Ecke zu bringen. Während Little Billy und ich zusammen alt werden, gehen meinem ollen

Liebesleben, selbst wenn es nur so imaginär ist wie mein gegenwärtiges, sein dauerndes Gejammer und seine unendlich vielen Wünsche unter uns gesagt ganz schön an die Substanz. Ich meine, Mädchen empfinden es nun mal nicht gerade als antörnend, wenn sie im Kino ständig ein blindes, verkrüppeltes Kind am Ärmel zupft und wissen will, was gerade passiert. Aber natürlich verkünde ich das tragische Ableben von Little Billy nicht auf so primitive Weise. Nein, ich bin so erschüttert, so vom Kummer gebeutelt, dass ich in einer überaus wohltätigen Geste einlenke, eine Reihe von Zeilen lösche und Little Billy seine armselige Existenz lasse. Ich will diese persönliche Reise nicht mit einem so traurigen Akkord beschließen. Und ich bin ja so froh, dass Little Billy überlebt und sich bis zum heutigen Tag gegen alle Widrigkeiten durchs Leben schlägt. Denn mich hat Little Billy inspiriert, und er wird es zweifellos auch weiter tun: Little Billy und die unglaublichen Herausforderungen, denen er tagtäglich gegenübersteht und die er bewältigt. Hauptsächlich bin ich so froh, nicht selbst Little Billy zu sein. Das schreibe ich nicht. Aber ich bringe schon die tiefere Botschaft meiner Geschichte vom Leid anderer rüber. Die stammt aus dem vorletzten Beatles-Song auf »Abbey Road«, ihrem letzten großartigen Album. Ist ja immer gut, kulturelle Bezüge einzustreuen, wissen Sie. Denn am Ende kriegt man im Grunde genommen zurück, was man gegeben hat. Und, Bruder, wenn das nicht wahr ist.

Die unverdiente Zwei plus in Englisch auf Collegeniveau, die eigentlich eine Eins minus hätte sein sollen, ist irrelevant, schreibe ich leidenschaftlich. Mein Glas ist randvoll, verglichen mit der lausigen Lache, die Little Billy serviert gekriegt hat. Ich blinzle meine Tränen weg, als ich zitternd noch ein paar Kleinigkeiten ändere. Durchdrungen von der »Liebe zur ganzen Menschheit«, aber vor allem von meiner eigenen angeborenen

Güte drifte ich ab in den sorglosen Schlummer eines Heiligen oder, in meinem speziellen Fall, eines so dermaßen Zugekifften.

Unnötig zu erwähnen, dass ich total ausgeknipst bin, wie tot für den ganzen Planeten, bis um zwei oder drei am nächsten Nachmittag. Zum Glück für mich ist irgendein bundesweiter Feiertag und deshalb keine Schule. Groggy rolle ich mich aus dem Bett und gehe erst mal ausgiebig pinkeln. Ausnahmsweise ist Charlie vor mir auf und unterhält in Unterwäsche Gäste, als ich wegen schneller Hydrierung eines akut trockenen Munds in die Küche stolpere. Zwei Typen, mit Socken in ihren Sandalen und Haarbüscheln an lauter falschen Stellen, drängen sich an der Küchentheke neben ihn.

»Ein ›Zap Plymell‹ Nummer zwölf«, quiekt Nummer eins. »Kann mich mal jemand zwicken?!«

»Davon sind nur neunhundertdreiundfünfzig gedruckt worden«, blubbert Nummer zwei. »Ich hab echt Gänsehaut.«

Comic-Fanatiker, was sonst. Kiffer mittleren Alters, deren mentale Entwicklung im Alter von sechzehn gegen die Wand geknallt ist. Sich bewegende, atmende Warnhinweise. Genau wie Charlie, oder auch nicht, denn die waren nie in Harvard oder haben auch nur einen Tag in der Sonne verbracht. Ich bin die sporadischen Pilgerreisen dieser Typen hierher halbwegs gewohnt. Keine Ahnung, ob ich das schon erwähnt habe, aber Charlie besitzt eine anscheinend unwiderstehliche Comicheft-Sammlung. Nicht dass mich das interessieren würde. Worauf auch immer Charlie steht – das allein ist für mich schon ein Grund, mich davon fernzuhalten.

»Hab dir doch gesagt, die Fahrt hierher lohnt sich«, meint Eins hämisch zu Zwei.

»Kann ich es mal anfassen?«, fragt Zwei Charlie zaghaft.

»Keine Chance«, faucht er und beschützt sein heiliges Artefakt mit weiß behandschuhten Händen. »Schlimm genug, dass ihr eure Bazillen draufatmet.«

Das Objekt ihrer Verehrung ist ein primitives gelb-blaues, in säurefreies Plastik eingeschlagenes Heft. Charlie schiebt es behutsam an seinen Platz im maßgefertigten Regal, das eine ganze Wand in unserem kleinen Wohnzimmer einnimmt.

»Habt ihr irgendeine Ahnung, was das auf eBay bringen würde?«, sprudelt es aus Zwei hervor.

»Letzten März gab es für einen ›Zap Plymell‹ Nummer zwölf in akzeptablem Zustand knapp siebenhundert«, antwortet Charlie, der endlose Stunden damit zubringt, online die Wertveränderungen zu verfolgen. Damit, was er Leben nennt, hat er nichts Besseres anzufangen. »Klar hat der Markt seither beträchtlich nachgegeben, aber meins ist in sehr gutem bis gutem Zustand.«

»Eventuell ein Prachtstück«, flötet Eins.

»›Mr Natural‹ um zwei Komma drei gestiegen«, murmele ich und rattere die Titel obskurer Underground-Comics runter, die nur Gnome wie die hier überhaupt kennen oder sogar schätzen. Selbst in meinem benebelten Zustand kann ich meine Verachtung nicht verbergen. »›Fabulous Furry Freak Brothers‹ einen halben Punkt runter, ›Two-Fisted Zombies‹ auf einem und einem Achtel ...«

»Spotte du nur!«, sagt Charlie schwer verärgert. »Aber wenn du eines Tages ein kleines, aber trotzdem beträchtliches Vermögen erbst, wirst du deinen Ton ändern. Nur dass ich dann nicht mehr da bin und du mir nicht mehr danken kannst.«

»Träum weiter, Charlie«, gähne ich, denn das habe ich schon zig Millionen Mal gehört. Ich öffne den Kühlschrank.

»Ich wünschte nur, ich hätte mir in meiner Jugend mehr gekauft«, sinniert Charlie, während er sich die Handschuhe anmutig von den Fingerspitzen zupft. »Aber Mom und Dad wussten es ja besser. Sie sagten immer, Comics seien totale Zeitverschwendung.«

Ich greife nach dem Saftkarton, der außer Ketchup, Senf und einem Glas mit schimmeligen Essiggurken so ziemlich das Einzige ist, was unser Kühlschrank zu bieten hat. Sofort spüre ich, dass er nichts wiegt, wie hohl, also leer ist. Das ist so typisch. Typisch Charlie.

»Charlie, wenn der Saft alle ist, schmeiß bitte den Karton weg«, sage ich. »Dann weiß ich nämlich, dass ich Saft auf die Einkaufsliste setzen muss.«

Das nervt so. Bei all dem wichtigen Scheiß, den ich um die Ohren habe, ist es schlimm genug, dass ich sämtliche Einkäufe für uns erledigen muss. Gott behüte, dass er auch nur einen Finger rührt, um hin und wieder was zu helfen.

»Was lernen wir daraus?«, ruft er mir nach, als ich mit einem Becher kaltem Kaffee wieder in meinem Zimmer verschwinde. »Hör nie auf deine Eltern!«

Koffeingestärkt logge ich mich ein, um mein Meisterwerk von gestern Abend zu bewundern.

Ihr kennt das doch, wenn man high ist und denkt, man würde lauter superwichtiges Zeug sagen, so bedeutsam und atemberaubend, dass es euer Leben für immer verändern würde, wenn ihr euch doch nur noch dran erinnern könntet, was genau ihr gesagt habt. Und die paar Male, wenn ihr dran denkt, das Zeug aufzuschreiben, da könnt ihr am nächsten Morgen entweder nicht verstehen, was ihr aufgeschrieben habt, weil eure Handschrift komplett unleserlich ist, oder wenn ihr es lesen könnt, dann kapiert ihr nicht, warum ihr dachtet, es wäre so unglaublich, als ihr es aufgeschrieben habt.

Na ja, als ich meinen letzten und tollsten Aufsatz über mich noch mal lese, ergeht es mir genauso, nur dass ich dabei auch noch fast einen Herzanfall kriege. Little Billy, der blinde und verkrüppelte Junge? Das geht ja gar nicht. Was hab ich mir dabei gedacht? Ich hab dem kleinen Wichser das Schwimmen beigebracht? Ja, da steht tatsächlich das Wort »Wichser«. Mein Personal Essay, das ein Beispiel für Hochherzigkeit und absolute Toleranz sein sollte, ist in Wirklichkeit eine Tirade ungeheurer Taktlosigkeit und irrsinniger politischer Inkorrektheit. Eine Lebensmittelvergiftung von vergammelter Mortadella? Ich kann kaum glauben, was für ein sadistischer Dreckskerl ich doch bin. Mein Angebot, eine verdammte Niere zu spenden? Das ist eigentlich ziemlich gut.

Aber wenn man das alles mal beiseitelässt – ich meine, ich kann alles im Ton zurücknehmen, also richtig zurücknehmen –, dann ist da immer noch das Juristische zu berücksichtigen. Ich meine, was, wenn die Columbia das überprüft? Man muss da irgendwas unterschreiben, das meine Lügengeschichte strafbar machen würde. Andererseits kriegt die Columbia Zehntausende Bewerbungen, die können die doch nicht alle checken. Aber bei meinem Dusel wird meine bestimmt überprüft. Little Billy? Echt nicht.

Und selbst wenn die von der Columbia das nicht checken, ist der Aufsatz über mich eine einzige fette Lüge. Streng genommen ist es einfach falsch, diesen Aufsatz über mich abzuschicken. In so vielerlei Hinsicht. Auf so vielen Ebenen. Im kalten, klaren Licht des Tages bringe ich das nicht über mich.

Niedergeschlagen drücke ich die Löschtaste.

Dann sitze ich da und starre auf den leeren Bildschirm. Eine nutzlose Hülle.

Meine Bewerbung ist in etwa einer Stunde fällig, und ich habe immer noch keinen Aufsatz über mich, obwohl das der allerwichtigste Teil des Ganzen ist.

Ich bin so was von im Arsch.

Meine jüngste Heldentat in Nutzlosigkeit wird also darin bestehen, dass ich, nach Monaten, unzähligen Tagen und Nächten, in denen ich mich abgemüht habe, den perfekten Aufsatz über mich zu schreiben, nun in Minuten einen zusammenschustern muss, der hoffentlich so gerade noch gut genug ist. In der Unterwäsche von gestern, quasi hirntot und total verkatert. In panischer Hektik bastle ich mit Copy und Paste eine Collage aus früheren Versuchen zusammen. Verzweifelt tackere ich längst verworfene Sätze und Emotionen zu etwas irgendwie Zusammenhängendem aneinander. In einfachster Form etwas wie Charakterbildung dadurch, dass ich von meiner Mutter verlassen wurde, kombiniert mit der Vornehmheit des Habenichts, dazu eine gesunde Portion unerschütterlicher Optimismus und ein Spritzer Verlangen danach, die Welt zu verbessern. Kurz gesagt haue ich da irgendwas zusammen, das so ungefähr einem Ding entspricht, ohne dass ich auch nur den geringsten Schimmer hätte, was dieses Ding eigentlich sein soll. Und all das in maximal siebenhundertfünfzig Wörtern.

Ich krieche Sekunden vor Ablauf der Frist über die Ziellinie. Dass mein Aufsatz über mich irgendwen umhauen oder vor Ehrfurcht erstarren lassen soll, kann ich vergessen. Das Einzige, worauf ich hoffen darf, ist, dass er mir nicht schadet.

Der Senden-Button pulsiert. Düster starre ich auf die Summe meiner knapp achtzehn Jahre irdischer Existenz, reduziert auf Zahlen, Buchstaben, kurze Absätze und einen zusammengeschusterten, unperfekten Aufsatz. Wo sind die kleinen Kästchen, mit denen man die Sklavenarbeit in Fächern, die keine Rolle spielen, ankreuzen kann? Wo ist der Platz dafür, dass ich mit meinen Möglichkeiten mein Bestes gegeben habe? Wo der numerische Wert für Handeln in gutem Glauben, riskierte Enttäuschungen, gewagte Träume? Ich denke, da muss doch noch mehr sein, mehr, das ich tun kann. Aber es gibt sonst nichts.

Weil das hier, meine Freunde, die Endstation ist. Der Summer ertönt, die Zeit läuft ab. Das Spiel ist aus.

Doch irgendwie schaffe ich es nicht, auf Senden zu drücken. Aber das muss ich. Ich kneife die Augen zu, murmele ein leises Gebet zu einer höheren Macht, an die ich nicht glaube.

Klick. Ich hab's getan. Der Würfel ist gefallen, die Tat vollbracht. Es gibt kein Zurück mehr.

In gewisser Weise sollte ich trotz allem erleichtert sein, aber das bin ich nicht. Überhaupt nicht. Ich bin, fast solange ich mich erinnern kann, auf diesen Moment, auf dieses Ziel zugesteuert. Plötzlich fühle ich mich perspektivlos, wie aufgelöst, völlig ohne Lebenszweck oder Richtung. Es ist die Mutter aller Enttäuschungen.

Aber ich habe ein Date in Tenafly vor mir, also schleppe ich mich zur Reinigung in der Stadt. Es ist nass, kalt und grau draußen, was gut zu meiner Stimmung passt. Ich kontrolliere noch eben die Taschen meines Anzugs, bevor ich ihn abgebe.

»Hey, Brooks«, begrüßt mich Sanjay hinter der Theke. »Das Übliche?«

Ich nicke. Vor meinem neuen Job hatte ich nie einen Fuß in den vollgestopften Laden gesetzt, obwohl es ihn schon ewig gibt. Jetzt bin ich Stammkunde, und Sanjay und ich begrüßen uns nicht nur mit Vornamen, sondern plaudern auch immer kurz. Das muss man sich mal vorstellen.

Als ich das Beast durch die Nässe lenke, habe ich plötzlich das Bedürfnis, meine Errungenschaft zu feiern, um mir den Anlass zu merken, auch wenn er für niemand außer mich Folgen hat. Aber mit wem soll ich ihn begehen? Wer außer mir selbst schert sich einen Dreck um mich? In dem Moment bemerke ich Murf auf der gegenüberliegenden Straßenseite im Schaufenster von The Gun. Er winkt in meine Richtung.

»Siebenhundertzwanzig im sprachlichen Bereich, Baby!«, berichte ich stolz und mit so breiter Brust, als müsste man mir gleich einen Orden dranheften. Seit ich diese semispektakulären Neuigkeiten bekommen habe, haben Murf und ich uns nicht gesehen. Aber eigentlich habe ich sowieso das Gefühl, ihn seit Ewigkeiten nicht gesehen zu haben. Das liegt daran, dass ich wie ein Jongleur versucht habe, gleichzeitig meine Bewerbung fertigzukriegen, in der Schule am Ball zu bleiben und an den Wochenenden bis spätnachts in den verschiedenen sozialen Kreisen diverser Highschools tätig war. »Damit bin ich so quasi im offiziellen Rahmen.«

»Das ist Wahnsinn, Brooks«, sagt Murf, während er eifrig einen Tisch mit Reinigungsmittel einsprüht und danach abwischt. Er schaut zu mir hoch. »Du bist echt auf dem Weg raus aus Pritchard.«

»Hoffentlich«, sage ich und merke erst jetzt, dass in dem Lokal deutlich mehr los ist als sonst. Es gibt sogar eine kleine Warteschlange an der Theke, wo zwei neue Angestellte im bescheuerten Gun-Outfit rasch am Sandwich-Fließband arbeiten. Ich kenne sie vom Sehen an der Pritchard High.

»Erst die Essiggurken, dann die Paprika!«, schnauzt Murf sie an. »Idioten! Man schickt mir Idioten!«

Ich stelle auch fest, dass alle Tische abgeräumt, die Böden strahlend sauber, die Müllbehälter ausgeleert und sogar die Serviettenspender ziemlich gut gefüllt sind. Das ist schräg, alles zu perfekt.

Wie in einem Paralleluniversum oder in einer schlechten Folge von »Akte X«.

»Murf, was ist los?«, frage ich, mehr als nur ein bisschen irritiert.

»Ich bin befördert worden, das ist los«, stöhnt er und rückt blitzschnell Stühle zurecht. »Du siehst vor dir den neuen Abendschicht-Manager des Submachine Gun! Und das ist alles deine Schuld!«

»Was ist denn aus Pat geworden?«

»Der Scheißkerl wurde per Videokamera dabei erwischt, wie er aus dem Glas mit dem Trinkgeld geklaut hat. Und weil du ja weg warst, gab es niemanden sonst, der den Job hätte machen können. Da haben sie mich genommen.«

Ich kann nicht anders, als loszulachen. Murf als Manager. Das ist einfach zu heftig.

»Findest du das lustig?«, fragt Murf, der jetzt den sowieso makellosen Fußboden mit einem Besen bearbeitet.

»Du kannst doch kündigen«, schlage ich ihm vor.

»Und mir damit die Chance meines Lebens entgehen lassen? Was, wenn The Gun es doch in ganz Amerika schafft? Dann war ich von Anfang an dabei.«

Ich muss zweimal hinsehen. Ist das Murf oder irgendein fieser Klon? Aber wer oder was auch immer er ist, er muss total bescheuert sein zu glauben, mit The Gun ginge es irgendwo anders hin als den Bach runter. Aber das sage ich nicht.

»Ihr Hohlköpfe! Erst den Senf, dann die Mayonnaise!«, herrscht Murf seine Untergebenen an, bevor er sich wie irr grinsend wieder zu mir dreht. »Diese ganze Macht gefällt mir echt! Und weißt du, was, Alter? Ich hab's drauf!«

Ich weiche ein bisschen vor ihm zurück. Das muss ein böser Klon sein. Dann werden die Augen des Betrügers feucht und sein Blick stumpf. Der wahre Murf kommt zum Vorschein.

»Oh mein Gott«, keucht er. »Wer bin ich? Was rede ich da?«

»Wir müssen uns mal wieder richtig besaufen«, schlage ich vor.

»Wann?«, fragt er interessiert.

Ich zücke mein iPhone und gehe auf die Kalender-App. »Lass mich mal sehen. Ich habe am Donnerstag eine Lücke.«

»Da kann ich nicht«, sagt Murf. »An Donnerstagabenden ist am meisten los. Aber die Samstage sind schwach. Wie wäre es mit Samstag bei dir?«

»Auf unbegrenzte Zeit kommen Samstage für mich gar nicht infrage.«

Zu meiner Überraschung holt Murf sein eigenes Smartphone raus und öffnet seine Kalender-App. Wir vergleichen unsere Termine.

»Nächsten Montag?«, schlage ich vor.

»Kann ich nicht. Da hab ich nacheinander Termine mit möglichen neuen Fleischlieferanten«, sagt Murf. »Ich meine, hast du dir mal angesehen, was hier als Prosciutto durchgeht?«

Wieder kann ich nicht glauben, was ich höre.

»Dienstag?«, schlage ich vor.

»Ich weiß nicht, Mann. Dienstage sind heftig. Wir machen eine neue Kampagne für Hühnchen mit Parmesankruste.«

»Übernächsten Freitag?«, lege ich nach. »Da spielen die Pixies in der Bowery.«

»Die Pixies?« Der wahre Murf meldet sich zurück. Die Pixies stehen bei Murf eigentlich ganz weit oben.

»Meinst du nicht, ein Abendschichtmanager könnte sich mal einen Abend freigeben?«

Die Pixies – aber erstaunlicherweise zögert Murf immer noch. »Ohne mich geht's hier drunter und drüber«, sagt er. Besitzerstolz. Verantwortungsbewusstsein. Echte Initiative. Mir kommt das wirklich so vor, als hätte irgendein außerirdisches Bewusstsein Murfs Gehirn unter seine Kontrolle gebracht. »Komm schon, nur du und ich«, beschwöre ich ihn. »Blödsinn machen. Zusammen abhängen. Wie in alten Zeiten.«

»Wie in alten Zeiten.«

Er sieht mich an. Wieder er selbst.

Wir spüren beide etwas Dunkles, Unheilverkündendes. Das

kann doch nicht möglich sein, nicht bei uns beiden. Aber so ist es. Murf und ich verlieren uns.

»Okay, Kumpel«, lenkt Murf ein. »Die Pixies, machen wir.«

Wir stoßen die Fäuste aneinander, um den Deal zu besiegeln.

Bruce Springsteen auf voller Lautstärke. Ich kurve ziellos herum und sinniere über die Wechselhaftigkeit des Lebens. Obwohl ich Tonnen an Hausaufgaben habe, beschließe ich, mir den Tag freizunehmen. Das habe ich schon so lange nicht mehr gemacht, dass ich gar nicht weiß, was ich tun soll. Vielleicht ein Überraschungsbesuch im Fitnessstudio, ein paar Körbe mit meinen Kumpels werfen, mir einen richtig schlechten Film ansehen oder einfach noch an ein paar Anwesen reicher Leute vorbeicruisen. Schlafen ist auch immer eine verlockende Option. Dann höre ich einen vertrauten Refrain:

»Hey ho, let's go!«

Ich mache die Musik aus, nehme den Anruf an und melde mich mit meiner professionellsten Stimme.

»Rattigan und Partner, zu wem darf ich Sie durchstellen?«

»Brooks, Harvey Lieberman.«

Harvey Lieberman? Allein der Name Lieberman lässt meinen Blutdruck in die Höhe schießen. Das ist die unwillkommenste Störung.

»Mir ist schon klar, dass das jetzt sehr kurzfristig ist«, sagt er. »Aber Celia wurde für kommenden Samstag zu einem Abendessen mit Tanz in den Green Meadow Country Club eingeladen.«

Ich kann Gayle direkt neben ihm hören. »Zuerst die After-Party!«, quietscht sie. »Und jetzt ein Country Club, in den man nur auf Einladung reinkommt!«

Ich sehe sie eine schicke Einladung auf dickem Papier schwenken und dazu vergnügt auf ihren schrecklichen Schuhen zwischen dieser beunruhigenden primitiven Kunst herumhüpfen. Keine schöne Vorstellung.

»Keine Chance, Dr. Lieberman. Keine Chance«, wiederhole ich entschieden. »Vergessen Sie's.«

»Warum denn nicht?« Und dann sagt er tatsächlich noch: »Ihr Kinder hattet das letzte Mal doch solchen Spaß zusammen!«

Allein die Erinnerung an das letzte Mal lässt mich frösteln. Die Aussicht, dass es jemals ein nächstes Mal mit Celia Lieberman geben wird, steht nicht zur Debatte.

»Wiederholungsdates sind durch die Geschäftsbedingungen streng verboten«, lasse ich ihn wissen, obwohl es übrigens weder diese noch irgendwelche anderen Geschäftsbedingungen gibt. »Sorry, da machen wir keine Ausnahmen.«

»Harvey, gib mir das Telefon! Du gehst das völlig falsch an!« Ich höre Schnaufen und Gerangel, während Gayle anscheinend ihrem kleineren und schwächeren Partner das Telefon entwindet. »Lass mich mit ihm reden!«

»Du hast mich gebissen!«, jault er. »Ich blute!«

Das ganze Ausmaß des Lieberman'schen Irrsinns überfällt mich. Auch wenn es meinem Markennamen schaden kann, werde ich einfach auflegen. Das muss ich aus purem Selbsterhaltungstrieb tun.

»Es ist die Party zum achtzehnten Geburtstag einer Klassenkameradin von Celia!«, schreit Gayle, die diese Auseinandersetzungen wohl üblicherweise für sich entscheidet, in mein Ohr. »Vielleicht kennst du sie ja?!«

Macht's gut bis in alle Ewigkeit, Liebermans. Süß ist der Abschiedsschmerz. Mein Finger schwebt schon über dem roten Button zum Auflegen.

»Shelby Pace!«

Ich will jetzt nicht lügen. In der letzten Woche habe ich ein-, zweimal an Shelby Pace gedacht, hauptsächlich spätabends hinter meiner doppelt abgeschlossenen Zimmertür. Oft unter der Dusche oder beim Warten in Autoschlangen. Okay, so ziemlich andauernd und überall. Auch wenn wir nur diesen einen flüchtigen Kuss hatten, habe ich den doch immerhin mit dem schärfsten Babe der Welt getauscht, das in seiner Villa mit einem echten Picasso nur einen String-Bikini trug. Jeder einzelne dieser Aspekte ist großartig. Alle zusammen sind atemberaubend. Und nervtötend. Ich hatte mich schon mit der schrecklichen Tatsache abgefunden, dass mich die allzu kurze, unglaublich wundersame Erfahrung wohl oder übel bis in alle Ewigkeit nicht loslassen wird. Denn die Sterne würden nie mehr so günstig stehen und es würde keine weiteren Einsätze in Green Meadows geben. Doch jetzt passiert gerade genau das.

»Brooks, bist du noch da?« Gayles quietschende Stimme holt mich aus meinen Gedanken zurück.

Ich erkläre ihr, dass ich nur dieses eine Mal eine Ausnahme machen werde. Zum regulären Tarif.

Da wären wir wieder

Celia Lieberman ist beunruhigend entspannt und gelassen, als ich sie abhole.

Keine große Szene. Kein ohrenbetäubendes Anzeichen dysfunktionaler Lieberman-Familie, keine peinlichen intimen Geständnisse, keine Racheschwüre. Nein, seltsamerweise bloß eitel Sonnenschein, Umarmungen und Küsse.

»Gute Nacht, Mummy«, zwitschert Celia Lieberman und tauscht mit Gayle an der Haustür Luftküsschen. »Gute Nacht, liebster Daddy. Wartet nicht auf mich«, trillert sie und tätschelt Harvey liebevoll die Glatze. »Komm, Lakai«, meint sie lässig zu mir. Ich trotte ihr zum Prius hinterher, halte vorsichtig Abstand, denn ich bin mir sicher, Opfer einer arglistigen Täuschung zu sein, die durchaus in meinem gewaltsamen Tod enden könnte.

»Oh, Harvey«, seufzt Gayle laut hinter uns her und hält seine Hand. »Das ist die Jugend, die wir nie hatten.«

»Nur besser«, strahlt er. »Weil wir das nicht durchmachen müssen.«

»Ich will nur, dass du weißt, dass das nicht auf meinem Mist gewachsen ist. Es war die Idee meiner Eltern, und ich habe mich entschieden, den armen, verblendeten Schnuckelchen zu helfen«, erklärt Celia Lieberman, als wir unsere gemeinsame abendliche Reise antreten. »Bieg an der Ecke links ab.«

Celia Lieberman trägt eines dieser Oma-mäßig karierten Dinger, die einen hässlichen Hintern machen, bis zur Mitte der Wade reichen und hochgeschlossen sind. Sie schaltet das Radio ein und dreht die Lautstärke auf. Ich für meinen Teil bin nervös, ich erwarte, dass mir jeden Moment der Amboss auf den Kopf fällt, denn ich finde Celia Liebermans Höflichkeit derart gruselig.

»Juchhuuu!« Celia Lieberman steckt den Kopf aus dem offenen Seitenfenster. »TAKE A WALK ON THE WILD SIDE! YEAH, BABY!«

»Du bist überraschend gut drauf«, bemerke ich, als ihr Kopf wieder im Wageninneren auftaucht, wo ich sie die ganze Zeit im Auge behalte.

»Ja, bin ich!«

»Darf ich fragen, warum?«

»Ich hab's in die Early Decision nach Stanford geschafft.«

Die Neuigkeit erwischt mich aus heiterem Himmel, als würde mich ein tonnenschwerer Felsbrocken treffen. Ich meine, ich bin völlig überrumpelt. Der Schock ist so groß, dass ich, ohne es zu merken, auf den Gegenverkehr zusteuere. Ein Hupkonzert lässt mich den Wagen im letzten Moment wieder nach rechts ziehen und uns in Sicherheit bringen. Aber das war knapp und wir sind beide durch den Wind.

»Himmel, willst du uns umbringen?«

»Du hast es in die Early Decision nach Stanford geschafft?«, krächze ich und schlucke.

Stanford! Wisst ihr, dass die Aufnahmequote der Columbia bei etwa sieben Prozent liegt? Na ja, nach Stanford zu kommen, ist noch schwieriger. Maximal fünf Prozent. Niedriger als selbst für Harvard, die niedrigste Quote in den ganzen USA, wahrscheinlich der ganzen Welt. Und nicht fünf Prozent von allen, die sich bewerben, sondern fünf Prozent von den Allerbesten und Hellsten, den Ultraleistungsträgern, die die Noten und den Willen besitzen zu glauben, dass sie tatsächlich eine realistische Chance haben. Ich meine, für diese Spaßvögel sind Unis wie Columbia, Penn und Northwestern gefahrlos. Aber selbst superklug, gut vorbereitet und gut vernetzt, wie sie sind, kommen die meisten nicht rein. Fünfundneunzig Prozent werden wie Fliegen an der Windschutzscheibe eines schnell fahrenden Autos zerdrückt.

Celia Lieberman hat es in der Early Decision nach Stanford geschafft! Aufregend, jemanden zu kennen, der nach Stanford geht. Aber Celia Lieberman? Bei ihrem Kleidungsstil? Stanford! Irgendwie ist das ein Witz des Universums.

»Warum weißt du das schon?«, kreische ich und weigere mich, das Ganze zu glauben. »Es ist Mitte November, niemand hört etwas bis mindestens zur ersten Dezemberwoche.«

»Nun, ich schon. Vor fast einer Woche«, sagt sie, lächelt breit und nickt zur Musik.

Bei meinem erhöhten Grenzwert dank des persönlichen Aufsatzes werde ich erst in letzter Sekunde etwas von der Columbia hören, wahrscheinlich in den allerallerletzten Dezembertagen, wenn sie es gar nicht mehr hinauszögern können, und wer weiß, was ich dann höre? Stanford. Verflucht. Celia Lieberman!

»Weißt du, was das bedeutet?«, grinst Celia Lieberman.

»Dass deine SATs astronomisch hoch waren?«, fiepse ich.

»Nein, das bedeutet, dass ich ab 15. September fast fünftausend Kilometer von meinen verdammten Eltern entfernt leben werde. Darum habe ich mich überhaupt für Stanford entschieden!«

Der Green Meadow Country Club hat die Größe eines kleinen Fürstentums und ist genau das, was man von einem privaten Spielplatz für Megareiche erwarten würde, nur mehr, noch mehr. Ich reihe mich mit dem Prius am Ende einer Karawane ankommender Audis, Porsches und Mercedes' ein. Ein Einpark-Typ in Uniform mit Schulterklappen reißt Celias Tür auf. Sie hüpft herum, wackelt mit der Hüfte, reckt die Fäuste und jault auf.

»Partytime! Rocken wir das Ding, Leute!«

Der Park-Typ sieht erst sie an und dann mich. Ich gebe dem gründlich erschrockenen Kerl die Schlüssel, zusammen mit einer Erklärung, da ich das Gefühl habe, das hat er verdient.

»Sie hat es als eine der Early Decisions nach Stanford geschafft.«

Wir werden durch die funkelnde Lobby in einen riesigen Ballsaal mit hohen Decken geleitet, die geradewegs aus einem englischen Palast stammen müssen. Dort, unter den Kronleuchtern – in ihrem natürlichen Lebensraum, könnte man sagen – in vollem Ornat und aller Herrlichkeit, befindet sich die Crème de la Crème der Green-Meadow-Country-Prep-Teenagergesellschaft. Die Mädchen schön, niveauvoll, dünn. Die Jungen groß, schlank, gut aussehend. Zukünftige Befehlshaber, Strippenzieher, Macher, Entscheider. Beim Tanzen, Lachen, Rumblödeln. Und warum nicht? Würde ich auch.

»Gott, ich hasse attraktive, angepasste Menschen, du nicht auch?«, fragt Celia Lieberman. »Oh, fast hätte ich vergessen, dass du ja auch einer von denen bist.«

Stimmt nicht, nicht bei mindestens zwanzig Straßenverkehrsvergehen. Dann, wie eine Fata Morgana, entdecke ich das Geburtstagskind höchstpersönlich auf der anderen Seite des Raumes: Shelby, in einem kurzen, hauchdünnen, eng anliegenden Kleid, das ihre Nippel betont, schwebt durch die Menge zu uns.

»Hör zu, Celia, eine Sache …«, flüstere ich Celia Lieberman ins Ohr. »Ich habe Shelby irgendwie gesagt, dass ich in der Stadt wohne.«

Celia Lieberman blickt mich fragend an. »Warum zum Teufel solltest du das irgendwie sagen?«

»Ich, äh, ich fand nicht, dass es deinem Image guttun würde, wenn du in Zusammenhang mit jemandem aus Pritchard in New Jersey gebracht würdest«, stottere ich zunehmend nervös, während sich Shelby nähert.

Obwohl ich wegsehe, durchschaut mich Celia Lieberman. »Oh, wie rücksichtsvoll von dir.«

»Spiel einfach mit, okay?«, bettele ich.

»Gott, du bist *solch* ein Angeber!«, staunt sie.

Dann kommt Shelby im Takt der wummernden Musik und in ihrer ganzen überwältigenden Perfektion zu uns. »Hey, Leute, ihr habt es geschafft! Ich hatte gehofft, dass ihr kommen könnt.«

»Danke«, ruft Celia Lieberman. »Ich kann nicht glauben, dass du mich eingeladen hast!«

»Oh, es ging mir dabei nicht um dich!«, schreit Shelby zurück und wirft mir einen glühenden Blick zu. Ich wende mich ihr zu. Wieder muss ich gemeint sein, weil sonst niemand infrage kommt. Dankbar für mein unerklärliches Glück, erwidere ich Shelbys Blick mit dem Ausdruck größter Bedeutung, den ich zustande bringen kann. Ich erkenne, wie das ganze schmutzige Szenario Celia Lieberman langsam bewusst wird, und sie merkt, dass sie reingelegt wurde. Dass sie sowohl von Shelby als auch von mir für unsere egoistischen Gründe benutzt worden ist. Ich ducke mich innerlich wie der Widerling, der ich ja auch bin, und erwarte, dass meine Tarnung gleich auffliegen wird.

»Celia, es macht dir doch nichts aus, wenn ich Brooks für einen Tanz entführe, oder?«, fragt Shelby und schiebt ihren cremeweichen Arm unter meinen verschwitzten.

»Er gehört ganz dir.« Celia Lieberman kneift mir daraufhin echt fest in die Wange. »Der arme Junge kann nach der langen Fahrt aus der Stadt etwas Bewegung brauchen.«

Ich zwinkere die Tränen des akuten Schmerzes weg und werfe Celia Lieberman ein lautloses »Danke« zu, während ich von Shelby weggeführt werde.

»Ich werde solange auf der Toilette sein und mich übergeben«, ruft uns Celia Lieberman hinterher und sorgt dafür, dass sowohl Shelby als auch ich uns entsetzt wieder zu ihr umdrehen.

»Bloß Spaß.« Celia Lieberman lacht und ist diesmal diejenige, die sich zuerst abwendet.

»Sie hat einen interessanten Sinn für Humor«, bemerkt Shelby und schaut ihr hinterher.

»Ja, sie ist eine permanente Lachnummer.« Ich bewege meinen Kiefer, gerade kehrt das Gefühl an der linken Seite meines Gesichts zurück, wo Celia Lieberman mich gekniffen hat. »Aber genug von ihr. Wollen wir tanzen?«

Shelby kennt alle Moves und noch einige, die einem nicht beigebracht werden können. Geschmeidig und sinnlich geht sie cool auf mein Drängen und Drehen ein und erhöht den Einsatz mit ein paar eigenen Provokationen. Nah beieinander, aber nie wirklich berührend, reiten wir auf den Wellen der elektronischen Musik, die über uns brechen. Ihre smaragdgrünen Katzenaugen fixieren mich, necken und reizen. Ich will Shelby packen, verschlingen, verzehren. Ich habe Lust auf sie, auf all das.

»Also, wie läuft es mit Celia Lieberman?«, ruft sie über den Lärm der Musik hinweg.

»Könnte nicht besser sein!«, schreie ich zurück, und der laute Song überdeckt meine Verbitterung. »Sie hat es gerade als eine der Early Decisions nach Stanford geschafft.«

Shelby vertanzt sich und wir stoßen aneinander. Stanford. Selbst sie, die, die alles hat, ist beeindruckt. Und neidisch.

»Wie schön!«, brüllt sie.

Allein der Gedanke an Stanford und Celia Lieberman im gleichen Satz versetzt meiner Laune einen Dämpfer.

»Lass uns nicht über Celia Lieberman reden!«, schreie ich. »Lass uns lieber über dich reden!«

Auf einmal traue ich meinen Augen nicht. Denn dort, hinter Shelby am Büfett und in jeder fetten Faust an einer riesigen Hummerschere nagend, steht der gottverdammte Burdette von der übergewichtigen Pritchard-High-Mannschaft, der erste Dominostein, der alle anderen in Bewegung gesetzt hat. Wie in einem Cartoon treten meine Augen hervor und meine Kehle wird trocken. Bevor er mich entdeckt, ziehe ich Shelby schnell an den Hüften zu mir und drehe uns schwindelerregend im Kreis, wobei ich sie als Sichtschutz benutze.

»Junge, Junge«, keucht sie überrascht, aber nicht unzufrieden. »Und ich habe angenommen, dass du nicht der Typ bist, der herumalbert.«

Mein Herz schlägt wie eine Basstrommel, als ich heimlich über Shelbys nackte Schulter zum Büfett spähe. Burdette ist nicht mehr da. Er ist nirgendwo zu sehen. Vielleicht war es nur eine Illusion, überlege ich, eine Halluzination, die durch wogende Hormone hervorgerufen wurde, was für meine definitiv gilt, da sich Shelby in meinen Armen herumgedreht hat und nun ihren knackigen kleinen Po sanft gegen meine pralle Leiste reibt. Passiert das gerade wirklich?

»Also, äh, wie fühlt es sich an, achtzehn zu sein?«, stöhne ich und versuche, mich zusammenzureißen.

»Großartig!«, lächelt sie und dreht sich wieder zu mir. »Jetzt darf ich von Rechts wegen wählen und vögeln!«

Das allein sollte meine Aufmerksamkeit in höchstem Maße erregen, tut es aber nicht, weil der gottverdammte Burdette schräg vor mir auftaucht und als Schwein, das er ja ist, sich am

Schokoladenbrunnen vergeht. Wieder wirbele ich Shelby herum.

»*Das* ist großartig!«, rufe ich, während mein Gehirn auf allen Zylindern eine Fehlzündung hat, die versuchen, eine Flucht zu planen.

»Was?«, fragt Shelby verwirrt. »Wählen oder vögeln?«

»Vögeln, dann wählen! Danke für den Tanz!«

Ich rase davon und lasse sie einfach stehen. Eine komplette Katastrophe.

Voll alarmiert entdecke ich Celia Lieberman, die aus der Damentoilette kommt, gefolgt von Cassie.

»Du scheinst echt einiges an dich ranzulassen«, sagt Cassie, nachdem sie Celia Liebermans trauriges Outfit einmal mehr bewertet und versucht hat, den Reiz daran herauszufinden. Ich gebe Celia Lieberman eilig ein Zeichen und sie sieht mich.

»Oh, das tue ich«, verkündet Celia Lieberman so laut, dass ich es höre. »Ich bin eine totale Schlampe.«

»Echt?«, skeptisch fällt Cassie die Kinnlade herunter.

Ich versuche, cool zu bleiben und darauf zu warten, dass ihr sinnloses Gespräch zu Ende geht, aber das Risiko einer öffentlichen Enttarnung ist einfach zu groß.

»Komm schon, wir gehen!«, befehle ich und zerre Celia Lieberman an der Hand.

»Aber wir sind gerade erst gekommen«, protestiert sie.

»Ich kann nicht warten!«

Ich schleppe sie weg. Cassie ist sprachlos und malt sich wohl das Schlimmste aus.

»Wahnsinn!«, flötet sie sich selbst zu.

Schnell führe ich Celia Lieberman zur Haustür.

Als wir außer Cassies Sichtweite sind, reißt sie sich von mir los.

»Hey, was soll die Neandertalernummer? Habt du und die Herzogin Streit?«

»Nein, ich bin nur gerade fast dem Cousin meiner ersten Kundin über den Weg gelaufen.«

Sie schaut mich an und versteht immer noch nicht. »Ja und?«

»Also er hat alles arrangiert. Er weiß, was ich tue!«

Als sie die möglichen katastrophalen Folgen registriert, weicht alle Farbe aus Celia Liebermans schlecht geschminktem Gesicht.

»Ich hole meinen Mantel!«, kreischt sie.

»Wir treffen uns am Auto!«

Wir stürmen in verschiedene Richtungen. Ausweichend und mit abrupten Spurwechseln wie bei einem Stau, rase ich durch die Menge. Gerade als sich eine schmale Fluchtschneise zwischen mir und der Tür nach draußen auftut, wird mir der Weg von Tommys massiger Figur versperrt. Er grapscht meine Krawatte, zieht mich runter und drückt mir die Luft ab. Sehr, sehr angepisst.

»Hör zu, du Made, niemand disst Tommy Fallish und kommt damit durch!«

Tommy was? Ist es möglich, dass mich meine Ohren, wie alles andere auch, täuschen?

»Ich bitte um Verzeihung«, stammle ich und löse mich aus seinem Griff.

»Niemand wildert in Tommy Fallishs persönlichem Revier!«

»Dein Nachname lautet Phallisch?«

Trotz meiner extrem unsicheren Lage bin ich fasziniert. *Phallisch*, Adjektiv: Bezug auf oder ähnlich einem erigierten Penis; Englisch: *phallic*. Wie in: Was für ein Schwanz. Das rettet mir den ganzen Abend, ach was, das ganze Jahr. Tommy Phallisch! So einprägsam wie passend. Ich weiß, dass ich das nicht sollte, aber ich kann nicht anders, als ihm ins Gesicht zu grinsen.

»Mit einem F«, faucht Tommy. «F-A-Doppel-L-I-S-H!«

»Trotzdem sollte man doch meinen, dass deine Familie den Namen geändert hätte«, lache ich und verliere die Kontrolle. »Schon vor langer Zeit.«

Gerade als Penis ausholt, um mich zu erdrosseln, sehe ich wieder Burdette und stürze davon. Draußen überfalle ich denselben Park-Typen wie vorhin und schüttele ihn verzweifelt am Kragen.

»Blauer Prius! Und um Himmels willen, beeil dich!«

Er hebt ab wie eine Rakete, entweder um den Wagen zu holen, oder um die Polizei zu rufen, keine Ahnung. Ich husche in den Schutz einer großen griechischen Urne, aber leider etwas zu spät.

»Rattigan?«

Ich erstarre. Es ist vorbei. Ich schrecke zurück, recke den Kopf, den Burdette, Koloss, der er ist, sofort in seinen würgenden Schwitzkasten nimmt. In der anderen Hand hat er irgendwas wie ein Hühnerbein, an dem er weiter rumkaut, während er mich in seiner verschwitzten Achsel gefangen hält.

»Du alter Drecksack!«, dröhnt er. »Dachte doch, dass du es bist.«

Mich gegen seinen stinkenden Todesgriff wehrend, winde und kratze ich und trete in die Luft. Von dem fiesen Geruch und Sauerstoffmangel werde ich fast ohnmächtig. Ich verliere rasend schnell das Bewusstsein.

»Ich … kriege … keine … Luft …«

Burdette lässt mich frei, fährt aber direkt einen neuen Angriff auf meine Gesundheit, indem er mir herzhaft auf den Rücken haut. Ich kollabiere fast bei den mehrmaligen Schlägen.

»Hey, Burdette, was für eine unangenehme Überraschung«, sage ich und sehe zu, flink außer Reichweite zu kommen. »Was machst du denn hier?«

»Dieses Shelby-Chick war zusammen mit einer Süßen, die ich

versuche zu knallen, in einem Sprachcamp in Frankreich oder so. Was zur Hölle treibst du hier?«

»Wollte grad gehen!«

Der Prius schleicht heran. Ich öffne Celia, die sofort herangeprescht kommt, die Beifahrertür, und sie steigt schnell ein. Dann verschränke ich die Hände und versetze Burdette so hart wie möglich einen Schlag in den Bauch. Er krümmt sich. Dem Park-Typen werfe ich einen Fünfer aus meinem Geldbündel zu, klettere hinter das Lenkrad und starte den Wagen. Während wir uns sauber davonmachen, sehe ich im Rückspiegel, wie Burdettes gekrümmter Körper immer kleiner wird.

»Schnapp sie dir!«, schreit mir Burdette grinsend hinterher. »Alter Drecksack!«

Die nächsten zwanzig Minuten oder so fahren wir finster schweigend. Die öffentliche Enttarnung wäre für uns beide der Ruin gewesen, aber vor allem für Celia Lieberman, die, wenn alles rausgekommen wäre, eine gesellschaftlich Ausgestoßene geworden wäre, wogegen nicht mal die Early Decision nach Stanford etwas hätte ausrichten können. Und ich? Wenn Shelby je herausfinden würde, wer und was ich wirklich bin, wäre es vorbei, bevor es angefangen hätte, was verdammt knapp davor war. Sie lag in meinen Armen, hat mir direkt in die Augen gesehen und vom Vögeln geredet. Das größte Nun-mach-schon in der Geschichte des begehrtesten Mädchens der Welt. Und ich habe ihr eine Abfuhr erteilt. Sehr tragisch. Ich glaube, wenn es Celia Lieberman nicht hämisch freuen würde, würde ich tatsächlich weinen.

»Was jetzt?«, fragt sie.

»Jetzt bringe ich dich nach Hause und ertränke meine Sorgen in reichlich billigem Alkohol«, grummle ich.

»Welche Sorgen?«

Mich damit abfinden, Shelby Pace niemals zu kriegen, obwohl es mir vielleicht doch gelungen wäre. Mich damit abfinden, nie zu erfahren, ob es wirklich hätte passieren können. Mich damit abfinden, fast schon zu hoffen, dass Shelby mich sexuell herausgefordert und mit mir gespielt hat, sodass nicht wirklich etwas passiert wäre. Denn wenn wirklich hätte passieren können, was ich denke und tief im Inneren für möglich halte: Wie wäre es gewesen, mit so einem Mädchen zusammen zu sein? Ich bin mir ziemlich sicher, dass es jenseits von verflucht großartig gewesen wäre. Ich kann nicht mehr, es ist einfach zu schmerzhaft. Tatsächlich ist das Verlustgefühl so groß und gigantisch, dass ich ziemlich unfähig bin, mich noch irgendwie auszudrücken.

»Nicht dass es noch eine Rolle spielt«, sage ich. »Aber danke, dass du Shelby nichts über mich erzählt hast.«

»Keine Ursache«, zuckt Celia Lieberman mit den Schultern. »Wenn es um Shelby Pace geht, sind alle Jungs Idioten. Ihr könnt nichts dafür.«

Irgendwie gebe ich ihr die Schuld. Irgendwie gebe ich Celia Lieberman die Schuld an allem, was in meinem Leben nicht stimmt. Wenn ich könnte, würde ich ihr auch die Schuld für die Verbreitung von Atomwaffen, den Hunger in der Welt und den anhaltenden Mangel an angemessener Gesundheitsversorgung geben. Ich weiß, das ist irrational. Für Celia Lieberman hat sich Celia Lieberman einwandfrei, ja sogar bewundernswert verhalten. Aber Tatsache bleibt auch, dass ich ohne Celia Lieberman nie mit der erhabenen Erfahrung geliebäugelt hätte, die Shelby Pace hätte heißen können. Und dann wäre ich viel, viel besser dran.

»Es ist 21:16 Uhr«, schnattert Celia Lieberman, ohne meinen demoralisierten Zustand zu erkennen. »Nach meinem letzten gesellschaftlichen Triumph kannst du mich frühestens in drei Stunden zu Hause abliefern. Sonst würden mich meine Eltern total grillen.«

»Du solltest deine Leute nicht die ganze Zeit schlechtmachen«, entgegne ich äußerst verärgert. »Sie zerstören nur dein Leben, weil sie sich sorgen. Ich meine, zumindest wollen sie etwas, das sie für das Beste für dich halten.«

»Ach, und deine nicht?«

Nein, Celia Lieberman, meine nicht. Der eine Elternteil ist gleich nach meiner Geburt abgehauen, und der andere schert sich einen Dreck um irgendwas, am allerwenigsten um mich. Von so was wie in Green Meadow, wo alle Eltern die Zeit und die Mittel haben, übermäßig in ihre Nachkommen zu investieren, haben sie keinen Schimmer. Aber es ist hoffnungslos zu versuchen, das zu erklären. Celia Lieberman ist hoffnungslos, das sind sie alle, also egal.

Um das Thema zu wechseln, frage ich: »Was würdest du gern um 21:16 Uhr an einem Samstagabend tun, wenn es deine Eltern nicht gäbe?«

Eine Bowlingbahn. Der letzte Ort, von dem ich jemals vorausgesagt hätte, dass mich Celia Lieberman hinschleppen würde. Ich kann mich nicht mal erinnern, wann ich zuletzt auf einer Bowlingbahn war, aber jetzt fällt mir ein, warum. Keine Ahnung, ob es am berauschenden Aroma schimmeliger Schuhe, dem Dunst von abgestandenem Bier und ranzigen Lebensmitteln liegt oder am Migräne verursachenden Krachen und Getöse von Kugeln, die erst rollen und dann die Pins umstürzen, oder vielleicht die sensorische Überforderung sich kreuzender Laserstrahlen und aufblitzender Neonlichter oder alles zusammen, was einem echt den Garaus macht. Nein, Bowling ist nicht wirklich mein Ding, hinzu kommt, dass ich darin echt schlecht bin, was ich insgeheim so ärgerlich wie erniedrigend finde. Glücklicherweise hat mich Celia Lieberman nicht zum Bowlen auf die Bahn gebracht – oder in die dazugehörige Snack-Lounge oder die Bar –, denn ich folge ihr vorbei an den Bahnen und dem komplett mustergültigen Zirkus von Familienspaß zu einem Raum ganz hinten.

Ich stolpere hinein und mich empfängt abrupt eine absolut dunkle Spielhalle. Als sich meine Augen langsam an das nicht vorhandene Licht gewöhnen, erkenne ich nach und nach, dass der Raum voller widerwärtiger Gören ist, was per Definition jeden meint, der mindestens sechs Monate jünger ist als ich. Sie schreien und kreischen ohne ersichtlichen Grund und haben sich zu schattigen Gruppen an verschiedenen vibrierenden Multimedia-Geräten zusammengerottet. Ich drehe mich um, um Celia Lieberman zu finden, die gerade so tut, als würde sie am Ende eines langen Kickers spielen.

»Ist er nicht traumhaft?«, seufzt sie mit verzücktem Gesichtsausdruck, starrt nach vorne, drückt, wirbelt und dreht gleichzeitig unnützerweise die verschiedenen Griffe. Ich bemühe mich, in dem finsteren Chaos überhaupt irgendwas zu sehen.

Celia Liebermans Aussage bezieht sich auf eine große männliche, vorzeitig kahl gewordene Bohnenstange, der ein kleines Mädchen in einem Videospiel pulverisiert, das ich als »Bludgeon XIII« erkenne, eine der neuesten, extremsten Editionen eines besonders abscheulichen, ausbeuterischen, völlig verwerflichen Spiels, dem ich mich bekanntlich mehr als gelegentlich hingeben muss.

»Der Typ?« Ich schaue ihn an, dann wieder zu Celia Lieberman und dann wieder zu ihm. Das kann sie doch nicht ernst meinen.

»Franklin Riggs«, haucht sie. »Gerade angenommen als einer der Early Actions an der Cal Tech.«

»*Der* Typ?« Herrje, ich glaube mittlerweile, jeder kommt überall rein.

Franklin macht das kleine Mädchen auf sadistische Art fertig, indem er ihr Video-Selbst in ein blutiges Durcheinander abgetrennter Gliedmaßen, spritzender Arterien und Organe zerlegt, bis keine virtuellen Körperteile mehr da sind, die noch abzuschneiden oder auszulöschen wären. Triumphierend streckt Franklin die Handfläche aus, um zu kassieren.

»Lass rüberwachsen, Punk«, kräht er. Charmanter Bursche.

»Wir sind zusammen im Schachclub«, fährt Celia Lieberman übers ganze Gesicht strahlend fort. »Er ist der Präsident. Ich bin Schatzmeisterin.«

Ich betrachte Franklin Riggs noch mal genauer. Neben keinen Haaren hat er auch kein Kinn. Cal Tech konnte nicht widerstehen, ich kapier's nur nicht. Das kleine Mädchen reicht ihm offenbar ihr gesamtes Monatstaschengeld rüber. Franklin steckt gnadenlos jeden Cent ein.

»Nächstes Opfer!«, höhnt er.

Ein noch kleinerer Junge tritt an die Stelle des kleinen Mädchens.

»Scheint eine himmlische Verbindung zu sein«, kommentiere ich höchst diplomatisch.

»Er lässt sich kaum anmerken, dass ich überhaupt existiere«, sagt Celia Lieberman niedergeschlagen und gibt es auf, so zu tun, als würde sie kickern. Sie winkt Franklin zu und demonstriert mir, was sie meint.

»Hey, Franklin!«, dazu lächelt sie strahlend.

Franklin, der elektronisch angeleuchet wird, zieht als Reaktion lediglich eine ekelerregende Grimasse.

»Ja«, bestätige ich. »Ich verstehe, was du meinst.«

Zurück im Prius erklärt Celia Lieberman, dass sie einen Bärenhunger hat und wir noch eine weitere Stunde totschlagen müssen, also fahren wir zum Futtern in ein uraltes Diner, das sie kennt und von dem sie sagt, dass dort niemand sonst von der

Green Meadow Country Prep jemals hingeht. Ich glaube das sofort, denn der Laden ist quasi eine Müllhalde, die Art von Lokal, die man eigentlich in Pritchard erwarten würde. Großartiges Essen, aber Deko und Ambiente gehören nicht zu den Stärken. Doch nach den Entbehrungen, die ich erlitten habe, gehen mir ein Doppel-Cheeseburger und ein Schokoshake leicht runter.

»Also, erzähl mir mal von deinen Eltern«, sagt Celia Lieberman, die mir in unserer Nische gegenübersitzt. »Sie können unmöglich schlimmer sein als meine.«

»Nur ein Elternteil. Meine Mutter ist weg«, antworte ich und beiße in die fettige Köstlichkeit. »Es gibt bloß mich und Charlie.«

»Du nennst deinen Vater beim Vornamen?« Celia Lieberman hat sich natürlich bereits in Rekordzeit Gemüseomelett, Rösti und Toast reingezogen. Jetzt blickt sie gierig auf meine Pommes.

»Charlie hat nicht viel von einem Vater. Tatsächlich nicht viel von irgendwas.« Celia Lieberman bedient sich an meinen Pommes. Ohne zu fragen. »Hör zu, vergiss, was ich gesagt habe. Deine Eltern sind nur durcheinander, okay? Schätze, das sind alle Eltern.«

»Was macht Charlie beruflich?«, fragt Celia Lieberman, die jetzt eine ganze Handvoll meiner Pommes nimmt.

»Meistens ist er high und liest Comics. Wenn er das nicht tut, trägt er die Post aus.« Ich mache mir Sorgen um meine Pommes. Dazu muss man wissen, ich teile mir meine Pommes immer ein, sodass noch welche da sind, wenn ich den Hauptbestandteil meiner Mahlzeit gegessen habe. Pommes sind für mich wie Dessert. Eine winzige Belohnung, die ich mir aufspare. Wieso verdirbt mir Celia Lieberman das Vergnügen? Plötzlich ist bei mir eine Grenze erreicht und ich haue ihr mit einem Löffel fest auf die Finger.

»Bestell dir eigene Pommes«, knurre ich.

»Hey, das hat echt wehgetan!«, beschwert sich Celia Lieberman und reibt sich die schmerzende Stelle.

»Gut«, sage ich. »Das sollte es auch.«

Dann schaut sie mir eine Weile beim Essen zu und beobachtet mich genau. Ich lasse mir alle Zeit der Welt.

»Dein Vater ist also Briefträger?«, fragt sie und nimmt den Gesprächsfaden wieder auf. Es ist fast amüsant, dass die Vorstellung für sie derart abwegig ist. Dass der Postbote, der Metzger, der Schneider, all die kleinen Leute, die das Leben so angenehm machen, Kinder haben könnten. Darum, nur so zum Spaß, beschließe ich, sie richtig umzuhauen.

»Oh, es wird noch besser. Er ist sogar ein Postbote, der in Harvard war.«

»Dein Vater ist Postbote und war in Harvard?« Es hat sie umgehauen.

»Er war nicht immer Postbote. Bevor ich zur Welt kam, war Charlie ein aufstrebender junger Schriftsteller.«

Ich weiß, unmöglich, aber wahr. Vor meiner Geburt war Charlie tatsächlich jemand und hat tatsächlich etwas von wahrer Bedeutung vollbracht.

»Ich habe noch nie einen Schriftsteller kennengelernt«, bemerkt Celia Lieberman. »Ärzte, Anwälte, Investmentbanker, jede Menge Zahnärzte, aber keine Autoren.«

»›Skies of Stone‹ von Charles Rattigan«, erkläre ich. Ich glaube nicht, dass ich jemals mit jemandem über Charlies semiglorreiche Vergangenheit gesprochen habe. Mir ist noch nie jemand begegnet, den das vielleicht interessieren könnte. »Die ›New York Times‹ nannte den Roman eine der zehn besten Neuerscheinungen in den Neunzigerjahren.«

»Und was ist dann passiert?«

»1996 ist passiert, dann 1997 und 1998. Nichts ist passiert. Dann bin ich passiert.«

Das Thema ist ein Flop. Weil ich nicht weiß, was passiert ist. War ich es, der passiert ist? War ich der Grund, warum Charlie sein Talent und den Antrieb verloren hat oder was auch immer er mal hatte? »Hör zu, können wir bitte über was anderes reden?«

»Nimmst du deshalb als Date Geld?«, bleibt Celia Lieberman hartnäckig. »Um von ihm unabhängig zu sein?«

Ich höre auf zu essen, mir ist plötzlich der Appetit vergangen. Charlie ist mir ein Rätsel, das ich nie lösen werde. Und obwohl es schmerzhaft ist zuzugeben, hat Celia Lieberman etwas formuliert, von dem ich gerade merke, dass ich zwar lange Zeit so empfunden, aber mich nie ganz damit auseinandergesetzt habe.

»Weißt du, ich habe das noch nie so gesehen, aber es stimmt wahrscheinlich.«

»Erstaunlich, dass wir doch etwas gemeinsam haben.« Sie sieht wieder meine Pommes an. »Bist du damit fertig?«

Ich gebe mich geschlagen und schiebe ihr meinen Teller zu. Völlig schamlos bedient sie sich.

»Eigentlich versuche ich, Geld zu sparen, um auf die Columbia zu gehen.«

»Du musst das College selbst bezahlen?«

»Wenn ich es überhaupt schaffe, dahin zu kommen, wovon Charlie inständig hofft, dass es nicht klappt«, sage ich schroff. »Höchstwahrscheinlich kriegt er seinen Willen. Mein Ergebnis liegt immer noch fünfzehn Punkte unter dem Mittelwert. Und der Aufsatz über mich ist eine Katastrophe.«

Celia Liebermans Gesichtsausdruck wird sanfter, weil sie eine neue Seite an mir entdeckt, eine Seite, die ich normalerweise nicht zeige, aber ich gehe davon aus, dass ich Celia Lieberman nie wiedersehen werde, also warum nicht mal das Herz ausschütten?

»Wie auch immer du es nennen magst, die Studiengebühren

übertreffen auf alle Fälle das, was ich mit dem Mindestlohn im Sub-Shop verdienen kann.«

»Ich kenne niemanden in meinem Alter, der für den Mindestlohn arbeitet«, sinniert Celia Lieberman. »Eigentlich kenne ich überhaupt niemanden in meinem Alter, der regelmäßig arbeitet.«

Nicht einen Einzigen? Kann das echt sein? Obwohl ich genau das erwartet habe, liegt es irgendwie immer noch jenseits meiner Vorstellungswelt.

»Na ja, in Pritchard ist das so«, lache ich düster.

Wieder fahren wir schweigend. Celia Liebermans Fragen haben Dinge nach oben befördert, über die ich mich sehr bemüht habe, nicht nachzudenken, weil über diese Dinge nachzudenken, einfach nichts bringt. Charlie ist und bleibt ein Arsch und ich bin und bleibe auf mich gestellt. Ich befinde mich an einer Weggabelung. Und wenn ich nicht in den vorbeifahrenden Zug steige, kriege ich den Hintern nie aus Pritchard raus. Was Celia Lieberman betrifft, habe ich keinen Schimmer, was sie für normal hält, da ich mir darüber keine Gedanken mache. Aber ich weiß, dass sie über etwas nachdenkt, weil sie seit gut fünfzehn Kilometern keinen Mucks mehr von sich gegeben hat.

»Kennst du jemanden, der an die Columbia geht?«, fragt Celia Lieberman auf einmal.

»Machst du Witze?«, antworte ich. »Ich kenne nicht mal jemanden, der jemanden kennt, der jemanden kennt, der jemanden kennt.«

»Kannst du irgendwas richtig, richtig gut?«, fragt sie. »Irgendwelche verborgenen Talente? Sport? Musik? Computer?«

»An mir ist nichts besonders«, berichte ich traurigerweise. »Wenn ich die Columbia wäre, würde ich mich auch nicht nehmen.«

»Mein Onkel ist dort Professor im Fachbereich Physik«, erklärt Celia Lieberman.

»Ach echt?« Ein Physikprofessor steht nicht gerade ganz oben auf meiner Wunschliste der Verbindungen, vor allem, da ich nicht die Absicht habe, jemals wieder an irgendeinem Physikunterricht teilzunehmen. Ich erhoffe mir eher Vorbilder wie einen demokratisch gewählten, hochrangigen Politiker oder irgendeinen Preisträger oder so oder einfach irgendeinen stinkreichen Ehemaligen. Aber hey, ein Professor an der Columbia. Besser als gar nichts.

»Onkel Max. Mummys liebster älterer Bruder. Allerdings haben sie seit Jahren nicht mehr miteinander gesprochen.«

Na toll, genau in dem Moment, als ich anfange, mich für den Kerl zu begeistern. Typisch.

»Aber ich glaube, er spricht immer noch mit mir«, fügt Celia Lieberman hinzu. »Wenn du meinst, dass das hilfreich ist, wette ich, dass ich ein Gespräch für dich arrangieren könnte. Er ist allerdings ein bisschen ein seltsamer Kauz.«

Da bin ich mir sicher.

»Ist mir egal, ob er ein Serienmörder ist, ich nehme alles«, antworte ich, denn ich gehe nicht davon aus, dass sie das durchziehen wird. Das tun Leute nie.

Nachdem wir die Lieberman-Bleibe erreicht haben, bremse ich und parke den Prius in der Einfahrt neben dem Beast. Celia Lieberman steigt aus. Ich auch.

»Du musst mich nicht zur Tür bringen«, sagt sie. »Meine Eltern sind nicht zu Hause, um irgendeine Szene aufzuführen.«

»Sie sind gar nicht da?«

»Sie sind in der Stadt. Paps erhält eine große Auszeichnung, weil er das Leben eines Präsidenten irgendeines westafrikanischen Staates gerettet hat. Sie übernachten in einem Penthouse im Plaza Hotel.«

Den ganzen Abend hat sie mir erzählt, dass wir uns wegen ihrer Eltern die Nacht um die Ohren schlagen müssen, und jetzt stellt sich heraus, dass sie nicht einmal da sind, um sich in Celia Liebermans private Angelegenheiten einzumischen? Willst du mich eigentlich verarschen? Mensch, dieses kleine Biest! Ich starre sie empört und schweigend an.

»Trotzdem kann man ihnen liefern, wofür sie bezahlt haben«, lächelt sie unschuldig. »Wo wir gerade davon sprechen …« Sie öffnet ihre Handtasche und zieht ein dickes, gefaltetes und mit Geldscheinen gefülltes Kuvert heraus. »Das vollständige Honorar plus ein bisschen mehr.«

Dann wirft sie mir tückisch den Umschlag zu. Ich fange ihn trotzdem.

»Wir bleiben in Kontakt«, sagt sie und geht zur Haustür.

Aber ich weiß: Nein, werden wir nicht.

DEZEMBER

Ein denkwürdiger Tag

Der 7. Dezember, um genau zu sein. Tag von Pearl Harbor. Ein Tag ewiger Schande. Oh Mann, ich hoffe nicht. Denn, sehr viel vielversprechender, heute ist auch der Tag der Benachrichtigung über die Early Decision der Columbia. Heute wird das Urteil endgültig gefällt. Anträge wurden bearbeitet, Zahlen durch den Wolf gedreht, Leistungen quantifiziert, immaterielle Vermögenswerte kategorisiert. Heute wird über das Leben junger Menschen geurteilt. Und die meisten Bewertungen werden äußerst dürftig ausfallen.

Ich stelle mir den Rollwagen vor, auf dem sich hohe Stapel von Tausenden versiegelter Schicksale türmen, während er vom Columbia-Zulassungsbüro über den efeuberankten Hof zur Campus-Post geschoben wird. Die Berge dünner, identisch gestempelter, amtlich siegelgeprägter Umschläge bringen Enttäuschung und Verzweiflung zu all jenen, die zwar alles gegeben haben, aber trotzdem nicht den Anforderungen genügen konnten. Und dann ist da noch ein kleinerer Stapel fetter Päckchen voller Formulare, die von den Besten der Besten ausgefüllt werden müssen, den glücklichen Uncoolen, die alles haben, was es braucht. Um etwa halb vier werden die tollen und die schrecklichen Nachrichten sortiert und in Lastwagen verladen sein, die sich daraufhin wie ein Virus über die gesamte Länge und Breite des Landes ausbreiten.

Das führt uns direkt zu einer Minute vor fünf, nämlich exakt jetzt und hier. In weniger als einer Minute wird Columbia zusätzlich zum Versenden der Briefe online mit dem Daumen nach oben oder unten zeigen. In weniger als einer Minute könnte die Zukunft entschieden sein. In weniger als einer Minute könnte ich ab sofort einen Status mein Eigen nennen, ein geschätztes Mitglied der Elite werden, ein Anspruchsberechtigter auf einen langen Stammbaum. In weniger als einer Minute könnte die Vergangenheit, klein und unbedeutend, wie sie war, hinter mir liegen. In weniger als einer Minute könnte ich ganz von vorne anfangen. Alles könnte sich für mich ändern. Alles. Ich bin zwar nicht alt, aber alt genug, um zu wissen, dass solche entscheidenden Momente im Leben selten sind. Dreißig Sekunden, neunundzwanzig …

Siebenundzwanzig Sekunden und die Shelby Paces der Welt rücken in den Bereich des Möglichen. Dreiundzwanzig Sekunden und Pritchard wird nur noch zu einer vagen Erinnerung. Neunzehn Sekunden und ich gehöre dazu …

Meine Hände zittern, meine Kehle ist trocken, mein Herz hämmert.

Nur noch einstellige Ziffern. Fünf. Ich habe so hart gearbeitet, so lange darauf gewartet, auf diesen einen Augenblick. Drei, bitte lieber Gott, zwei, bitte, lieber Gott … eins.

Ich kann die Augen nicht öffnen. Ich kann nicht atmen. Vermutlich sollte ich mich hinlegen, tue ich aber nicht. Stattdessen starre ich auf den flackernden Bildschirm vor mir. Meine Ausweisnummer habe ich bereits eingegeben und bin auf der Columbia-Website angemeldet. Bestimmt habe ich schon eine E-Mail von der Zulassungsstelle. *Die* E-Mail.

Ich sammele all meine verbliebene Willenskraft und klicke auf das winzige Kuvert-Symbol.

Es öffnet und entfaltet sich zu einem ordentlich getippten

Brief auf dem offiziellen Briefpapier der Uni. Zuerst kommen mir die digitalen Wörter wie ägyptische Hieroglyphen vor, nicht zu entziffern, aber allmählich ergeben sie einen Zusammenhang und Sinn.

»Lieber Brooks«, lautet die Anrede.

Von da an geht es schnell bergab.

Weil kein erster Absatz folgt, der mit einem herzlichen »Gratulation!« beginnt. Kein zweiter Satz mit »Wir freuen uns, Ihnen mitteilen zu dürfen«. Nope, nichts von dem guten Zeug für Leute wie mich. Stattdessen werden Rekordzahlen und kleinere Prozentsätze als je zuvor erwähnt. Immer der gleiche alte Bullshit, weshalb man Legionen von hervorragend qualifizierten Kandidaten ablehnen musste. Schluss, aus, fertig. Ich habe es nicht geschafft. Ich wurde abgelehnt.

Ich hocke da, benommen. Ich habe das Gefühl, mein Mund ist voller Asche. Komme mir albern vor, weil ich überhaupt zu hoffen gewagt hatte.

Dann bemerke ich, dass der Brief noch nicht zu Ende ist, sondern länger ist, als er sollte, wenn ich abgelehnt worden wäre, weil ich nämlich nicht abgelehnt wurde. Na ja, schon, aber nicht so ganz.

Meine Bewerbung wurde zurückgestellt.

Eine endgültige Entscheidung erfolgt Ende März oder Anfang April, dann werde ich darüber informiert. Boah, diese Mother…

Ich versuche, mich auf das Positive zu konzentrieren. Mir wurde eine Gnadenfrist auf den niederschmetternden Untergang gewährt, der durchaus jetzt schon möglich gewesen wäre. Eine Woge der Hoffnung überkommt mich. Ich bin noch am Leben!

In Wahrheit allerdings ist das ein gewaltiger Kinnhaken und verheerender Rückschlag. Early Decision war bei Weitem meine größte Chance. Fast zwanzig Prozent Annahmequote. Nachdem ich nun in den allgemeinen Bewerberpool geworfen wurde, sind meine Chancen auf irgendeine Nuance unter sieben Prozent gesunken. Ich gehöre jetzt zu den tobenden Horden. Boah, diese Mother…

Ich verfluche meine eigene Mittelmäßigkeit und die lange Liste meiner Unzulänglichkeiten. Bei Brooks Rattigan geht nichts schnell oder einfach. Nein, für Brooks Rattigan wird die Tortur auf unbestimmte Zeit und bis zum höchstwahrscheinlich bitteren Ende hinausgezögert. Bis zum letzten Staubkorn eines Gebets werde ich in der Vorhölle schmoren, ein Bauer einer bösartigen Partie Schach. Die Hölle einer offenen Ablehnung wäre mir lieber als das Fegefeuer, zu dem ich gerade verurteilt wurde. Meine Qualen werden noch Monate andauern. Nicht nur das, sie werden wachsen, eitern, es wird wie pure Säure brennen. Wie viel kann ein einzelner männlicher Jugendlicher ertragen? In den kommenden endlos langen Monaten werde ich es herausfinden.

Im The Gun ist noch mehr los als bei meinem letzten Besuch und es ist sogar noch sauberer. Am Tresen eine lange Schlange von Leuten, an den Tischen ein Querschnitt dessen, was als Pritchards feine Gesellschaft gilt. Die Moms und Dads kommen gerade von der Arbeit und sind zu müde, um zu kochen, darum essen sie hier einen schnellen Happen mit den Kindern, dann die Typen von der Feuerwehr, die die Zeit totschlagen, die Basketball-Kerle, die nach stundenlangem Körbewerfen Flüssigkeit nachkippen müssen, Kiffer mit Heißhunger und ein Obdachloser, der hier vorübergehenden Unterschlupf findet und vor einer Tasse mit bereits kaltem Kaffee sitzt. Außerdem bemerke ich, dass kleinere äußerliche Veränderungen vorgenommen wurden. Rot-weiß karierte Vorhänge hängen an den Fenstern und billig gerahmte Hochglanzfotos von »Der Pate« schmücken die

Wände. Frankie Vallis Falsett tönt aus einer offenbar vor Kurzem aufgestellten gebrauchten Jukebox. Ich will nicht übertreiben, ich meine, The Gun ist wohl kaum ein Gastro-Tempel, aber ich muss sagen, dass Murf den Laden in bemerkenswert kurzer Zeit von einer ekelhaften, billigen Spelunke in ein Lokal mit anständigem Essen und in einen gemütlichen Treff für die Nachbarschaft verwandelt hat. Wer hätte gedacht, dass so etwas in Murf schlummert? Ich sicher nicht.

»Ich hätte auch abgelehnt werden können«, sage ich zu Murf, während er eifrig die neue Selbstbedienungsgetränkestation mit einer Zahnbürste und einem Fensterleder wienert. »Ich meine, wenn ich nicht irgendwie im Spiel wäre, hätten sie mich ja einfach streichen können. Das tun sie ja sowieso den meisten an.«

Gibt es etwas Erbärmlicheres als jemanden, der verzweifelt versucht, getröstet zu werden, sich aber gleichzeitig weigert zuzugeben, dass es überhaupt etwas gibt, wofür er getröstet werden müsste? Tja, sagt Hallo zu meinem neuen Ich.

»Also bin ich eigentlich nicht schlechter dran, als wenn ich mich regulär beworben hätte«, behaupte ich und beharre darauf, mein absolut Best-Case-Szenario zu präsentieren. »Tatsächlich könnte man sagen, dass ich sogar einen kleinen Vorteil habe, weil die Columbia jetzt weiß, dass sie meine erste Wahl ist und ich auf jeden Fall kommen werde, wenn man mich lässt. Colleges mögen es, so etwas zu wissen.«

»Das ist fantastisch, Brooks«, antwortet Murf und beeilt sich, ein paar gehenden Gästen die Tür aufzuhalten. »Danke, Leute. Bis bald.«

Plötzlich wird Murf blass und starrt schockiert geradeaus.

»Sie kommt«, keucht er und gerät ins Taumeln.

Ich drehe mich um, damit ich sehe, was eine so extreme Reaktion ausgelöst haben könnte. Es ist Julie Hickey, die nach dem Training und zusammen mit der fast ebenso freizügigen

Co-Kapitänin der Cheerleader, Mandi Piddick, auf uns zugehopst kommt. Murf macht ein paar Schritte rückwärts, schließt schnell die Tür und schreit:

»CODE RED! SOFORT!«

Erstaunt beobachte ich, wie die beiden Lakaien sofort in Aktion treten. Einer breitet eine frische weiße Leinendecke über dem Tisch in der mittleren Fensternische aus, der, wie ich jetzt sehe, immer mit einem »Reserviert«-Schild frei gehalten wird. Der andere befördert eine Vase mit Plastikblumen sowie Kerzen herbei. Murf versetzt der Jukebox einen Stoß mit der Hüfte. Sein ganz persönlicher Mix aus romantischen Klassikern beginnt mit »Beast of Burden« von den Stones. Ihr wisst schon, der Song mit dem Refrain *»All I want is for you to make love to me«*, gefolgt von dem ebenso subtilen *»please, please, please«*. Vor mir hin und her huschend, treffen die Lakaien bei Murf aufeinander. Der eine stellt einen Spiegel auf, damit Murf noch einmal seine Frisur prüfen kann, der andere hält ein Sakko auf, in das Murf flink hineinschlüpft. Der eine wischt Murf mit einer Kleiderbürste über die Schultern, der andere dämpft das Deckenlicht. Alle Teile der Verwandlung sind gerade noch rechtzeitig beendet, sodass Murf die Tür beiläufig öffnen und das Objekt seiner Hardcore-Wünsche begrüßen kann.

»Arrivederci! Willkommen bei The Gun. Zu Ihren Diensten!« Er formt mit der Hand eine Pistole und bläst gangstermäßig den Rauch vom Revolverlauf. »Murphy. Peter Murphy, Abend-Manager.«

»Julie, kennst du diesen Schleimer?«, fragt Mindi und schaut Murf abschätzig von oben bis unten an.

»Frag nicht«, antwortet Julie und verdreht die mit dick getuschten Wimpern umrandeten Augen.

»Hier entlang, Lads«, bleibt Murf unerschütterlich und lotst die beiden voran. »Der beste Tisch unseres Hauses.«

Er führt die beiden in die jetzt in Kerzenlicht getauchte Nische und zieht eine großartige Show ab, als er das »Reserviert«-Schild vom Tisch entfernt. Als Nächstes winkt Murf in einer anscheinend viel geprobten theatralischen Geste die Speisekarten weg, die seine Lakaien präsentieren, und katzbuckelt die ganze Zeit vor den Mädels.

»Wenn Sie erlauben«, sagt Mr Auf-einmal-Aalglatt. Er schnippt den Lakaien kommandierend mit den Fingern zu. »Zwei *Vito Gargantuans* auf Rosmarin-Ciabatta, extra Paprika, extra Käse! An die Arbeit! *Pronto!* Bewegt eure Ärsche!«

Die Lakaien stürzen hinter den Tresen. Trotz meines selbst auferlegten Elends bin ich gespannt, wie sich der neue und verbesserte Murf Julie gegenüber geben wird, aber er wirft mir einen strengen Blick zu, sodass ich aufbreche.

»Bis Freitag«, sage ich.

Er nickt. Freitag. Dann wendet er sich wieder Julie zu, verschränkt die Hände und lächelt listig.

»Normalerweise empfehle ich einen knackigen Chianti zum Vito, aber da wir immer noch auf unsere Schanklizenz warten und Sie sowieso unter einundzwanzig sind, möchten wir Ihnen eine große Auswahl an alkoholfreien Getränken anbieten.«

»Nur Wasser«, antwortet Julie.

An der Hauptstraße, beziehungsweise was davon übrig ist, blinken die Ampeln. Die meisten der Ladenfronten sind verrammelt, die Geschäfte schon lange verlassen, ihre verblassten Schilder sind Grabinschriften vergeblichen Schuftens und gescheiterter Bemühungen. Während ich mich zu meinem Auto zurückschleppe, fährt mir ein kalter Wind in die todmüde Seele. Ich bin es so satt. *Mich* satt. Ich missgönne Murf nichts, wünsche ihm nur das Beste, aber seine neu erworbene Zielsicherheit verstärkt meinen kompletten Mangel daran. Weil ich mein Ziel verloren habe. Verdammt, zurückgestellt. Ich bin erschöpft, der Tank ist leer. Außerdem, was macht das schon für einen Unterschied? Warum schlage ich immer noch mit dem Kopf gegen eine undurchdringliche, efeubewachsene Mauer? Warum nicht einfach aufgeben, den Weg des geringsten Widerstandes gehen, mit dem Strom schwimmen? Es ist ja schließlich nicht so, dass mich jemand im Auge behält oder auch nur einen Furz auf mich gibt. Es gibt niemanden, der mein Fehlverhalten überwacht, meinen Kampf zur Kenntnis nimmt oder mit meiner Misere mitfühlt. In meiner Ecke ist niemand, der mich anfeuert, unterstützt und anspornt. Ich bin auf mich allein gestellt, wie schon immer. Und ich spüre es mehr denn je.

»Hey ho, let's go!«, verspottet mich mein Handy. Ja stimmt. Was für ein Witz. Du wirst nirgendwohin gehen, Trottel. Rein reflexartig nehme ich den Anruf an.

»Ja«, antworte ich stumpf, denn ich bin zu niedergeschlagen, um die professionelle Fassade aufrechtzuerhalten.

»Ich will, dass du weißt, ich musste betteln, auf Knien flehen und mich vollkommen erniedrigen«, kündigt die Stimme eines Mädchens am anderen Ende der Leitung an.

Ich erkenne die Stimme. Ich hätte nie erwartet, sie noch einmal zu hören.

»Celia Lieberman?«, frage ich. Ich hatte seit Wochen keinen Kontakt mehr zu Celia Lieberman oder irgendeinem anderen Lieberman. Ihre Stimme weckt schmerzhafte Erinnerungen an Shelby und das gute Leben, beides mehr denn je außer Reichweite.

»Onkel Max wird dich am Freitag um Punkt vierzehn Uhr in seinem Büro begrüßen«, informiert mich Celia Lieberman stolz. Ich kann Gayle im Hintergrund schreien hören. »Celia! Komm, und sieh dir das süße Kleid an, das ich dir gerade gekauft habe!«

Dann dämmert mir, wovon Celia Lieberman redet. Onkel

Max. Der Physikprofessor an der Columbia. Die mögliche Verbindung, von der ich nie gedacht hätte, dass es sie wirklich geben würde. Könnte Onkel Max der Vorteil sein, der mir fehlt und der das empfindliche Gleichgewicht einfach mal zu meinen Gunsten beeinflussen kann? Ich drücke das Telefon fester an mein Ohr, nicht sicher, ob ich richtig gehört habe.

»Ach ja, wird er das?« Runderneuerte Energie rührt sich in den engen Ursache-Wirkung-Bahnen meiner Adern. Sofort sammele ich neue Kräfte, bin remotiviert.

Gayle quietscht im Hintergrund auf die nervigste Art und Weise. »Ce-lia!«

»Wir treffen uns um Viertel vor zwei vor der Low Library«, sagt Celia Lieberman zu mir und schreit dann aus voller Kehle: »LASS MICH IN RUHE! ICH BIN AM VERDAMMTEN TELEFON!«

Mein rechtes Trommelfell ist geplatzt. Der Schmerz ist durchdringend und intensiv. Von den Stoßwellen in meinem Schädel taumele ich rückwärts.

»Acht Monate, elf Tage …«, murmelt Celia Lieberman zu sich selbst. Aber ich kann sie kaum hören. Ich kann nichts hören außer einem gewaltigen Klingeln im Kopf, das anscheinend nicht verschwindet.

»Du kommst mit?«, krächze ich schließlich.

»Ich kann dich doch nicht allein in die Höhle des Löwen gehen lassen«, sagt sie.

»Was meinst du mit die Höhle des Löwen?«, frage ich misstrauisch.

Bevor ich eine Antwort bekomme, legt sie auf.

Onkel Max

Egal wie oft, er haut mich jedes Mal um. Der erste entfernte Blick auf die schimmernde Stadt aus dem Richtung Norden fahrenden Zug. Sie kommt plötzlich aus dem Nichts auf einen zu. Eine gewaltige Bergkette aus Glas, Stahl und Unternehmen, die sich über riesige Sumpfgebiete erstreckt, jenseits des glitzernden Hudson. Es ist wie in der Szene aus »Der Zauberer von Oz«, als Dorothy, die Vogelscheuche, der Zinnmann und der Löwe fröhlich über die Mohnfelder in die funkelnde Stadt Emerald City hopsen – außer dass ich nicht im Opiumrausch ohnmächtig werde.

Ich starre ehrfürchtig aus dem Zugfenster. Ich bin noch nicht viel herumgekommen, war ein paarmal in Boston und Philadelphia, in Baltimore einmal, kenne aber keine großen Metropolen wie London, Paris oder Peking. Trotzdem spüre ich irgendwie tief in meiner Seele, dass keine Stadt ist wie meine. Und nichts bringt mich schneller aus dem Häuschen, als einfach nur in sie einzutauchen. Denn in New York City weiß man nie, was um die Ecke los ist. In der City ist alles möglich.

Als ich fünfzehn Minuten früher an unserem Treffpunkt ankomme, entdecke ich, dass Celia Lieberman bereits dort ist. Sie hockt oben auf der großen Granittreppe zur Low Library im Schneidersitz und in ein Buch vertieft. Ich erkenne sie fast nicht, weil es das erste Mal ist, dass sie kein Doofie-Kleid oder plüschiges Outfit trägt, das Gayle für sie ausgesucht hat. Mit Strickmütze, Parka und Jeans wirkt Celia Lieberman tatsächlich irgendwie normal. Als sie mich bemerkt, steckt sie das Buch schnell in die Jackentasche. Sie steht auf. Ich strecke die Hand aus, um sie zu begrüßen. Sie nimmt sie. Ich schaue ihr ruhig in die Augen, schüttele ganze fünf Sekunden fest ihre Hand und lasse sie dann los. Ihr Arm sinkt schlaff zur Seite.

»Also, wie war's?«, frage ich.

»Wie war was?«, antwortet sie verwirrt.

»Das durchschnittliche College-Bewerbungsgespräch dauert sechs Komma drei Minuten«, erkläre ich. »Jede Sekunde zählt. So hat das Händeschütteln als mein einziger PKP eine enorme Bedeutung für die Zulassung.«

»PK was?«

»Der Physische Kontaktpunkt. Das steht in allen Selbsthilfebüchern.« Als ob Celia Lieberman das nicht wüsste. Aber natürlich müssen diejenigen, die als Early Decision an die Stanford kommen, nicht so viel über die sanfte Kunst des Arschküssens wissen wie der Rest von uns Normalsterblichen.

»Ein kurzer, schwacher Händedruck offenbart einen Mangel an Selbstvertrauen«, erkläre ich in aller Ernsthaftigkeit. »Aber wenn man zu lange und fest zudrückt, kommt man leicht wie ein aufdringlicher Idiot rüber. Das Geheimnis ist die angenehme Mitte.«

»Du machst mir Angst, Kumpel«, sagt sie und weicht zurück.

Erneut strecke ich ihr die Hand entgegen.

»Nur zu«, instruiere ich. »Versuch's noch mal.«

»Wenn's sein muss.« Celia Lieberman schüttelt widerwillig meine Hand. Ich schenke ihr wieder die volle Aufmerksamkeit – ruhiger Blick in die Augen, Zählen bis fünf, loslassen.

»Also, wie war's?«

»Merkwürdig«, antwortet sie. Sie nimmt zwei Kaffeebecher von der Treppe und hält mir einen hin.

»Lieber nicht«, entschuldige ich mich. »Ich bin sowieso schon aufgedreht.«

»Du bist nervös?«, fragt sie überrascht.

Ja, ich bin nervös. Was erwartet sie denn? Die Höhle des Löwen – was hat es damit auf sich?

Auf allen Seiten von riesigen Gebäuden der Hochschulbildung umzingelt, schlängeln wir uns durch das wuselige Campus-Geschehen. Das hier ist ein ernster Ort, voller ernster Menschen, die über ernste Dinge nachdenken. Es kommt mir fast vor, als ob man die gesamten Gehirnzellen fleißig summen hören könnte. Und wisst ihr, was? Ich liebe es.

»Also, warum willst du an die Columbia?«, bohrt Celia Lieberman nach.

»Weil es das nächstgelegene Ivy-League-College ist und ich bete, angenommen zu werden«, antworte ich lahm, aber ehrlich.

»Nein, Dummkopf, falsche Antwort. Autoritätspersonen stehen total auf hochtrabenden, uneigennützigen Schwachsinn.«

Ach was! Ich denke an Little Billy und was beinahe passiert wäre und lächle heimlich in mich hinein. Celia Lieberman hat keine Vorstellung davon, wie hochtrabend und voll uneigennützigem Schwachsinn ich sein kann.

»Besonders Onkel Max. Er hält sich für einen intellektuellen Riesen, obwohl ihm die gesellschaftlichen Umgangsformen etwas fehlen«, warnt sie mich. »Was hast du in deinem Kurzaufsatz geschrieben?«

»Letztendlich habe ich geschrieben, wie gern ich immer wieder hier bin.«

»Hier?« Sie schaut mich an und kann mir irgendwie nicht folgen.

»Hier. Columbia. Campus.«

Ich bleibe stehen und sehe mich um. Die Rotunde mit den in Stein gemeißelten, mittlerweile verwitterten Weisheiten irgendwelcher vergessener Persönlichkeiten. Taint Gate mit der altertümlichen Uhr, die noch heute funktioniert. Oldschool, dezent, würdevoll. Auf einem immer verrückteren Planeten eine Oase der Ruhe und Vernunft. Oh, könnte ich doch bloß ein winziger Teil davon sein.

»Kommst du oft hierher?«, fragt Celia Lieberman.

»Wann immer ich die Gelegenheit dazu habe.«

Wir gehen weiter. Auf dem Weg erkläre ich, obwohl ich mir nicht sicher bin, warum.

»Ich weiß, es klingt kitschig, aber ich stelle mir hier immer die Leute vor, die mal spät dran waren fürs Seminar und über das Pflaster gerannt sind, auf dem wir gerade gehen. Alexander Hamilton. Jack Kerouac. Rodgers *und* Hammerstein. Sogar Lou Gehrig. Damals als sie noch niemand kannte und sie genauso jung waren wie wir jetzt. Beide Roosevelts, James verdammt noch mal Cagney, Barack Obama. Bevor sie ihr Ding machten und Spuren hinterließen. Ich weiß nicht, aber es ist … es ist, wie eine bedeutende Größe zu berühren. Das habe ich in meinem Kurzaufsatz geschrieben, nur besser, weil ich vorher ungefähr tausend Entwürfe formuliert habe.«

»Wow«, meint Celia Lieberman. »Nicht schlecht.«

»Und tatsächlich nicht gelogen, kein Bullshit«, gebe ich ein wenig schüchtern zu und frage mich, warum ich ihr das eigentlich alles erzähle. Wahrscheinlich weil ich sie nie wiedersehen werde.

»Onkel Max wird es gefallen«, prophezeit Celia Lieberman und geht voraus. »Sei einfach selbstsicher und erwähne Enrico Fermi. Er war hier Mitglied des Physikfachbereichs, als er am Manhattan-Projekt gearbeitet hat.«

»Ich weiß, wer Enrico Fermi ist«, merke ich an, auch wenn ich nicht weiß, wer er ist, und eile Celia Lieberman hinterher.

Onkel Max ist ein echter Charmebolzen. Er hat ein zerfurchtes Gesicht, graue Haare und trägt einen fadenscheinigen Pullunder und außer Kontrolle geratene buschige Augenbrauen, die in mir den gewaltigen Drang des gewaltsamen Auszupfens auslösen. Übrigens blickt Onkel Max finster wegen der arrangierten Unterbrechung seiner Arbeit, als ob er ganz kurz vor einem kosmischen akademischen Durchbruch gestanden hätte. Und angesichts der Haufen dicker wissenschaftlicher Texte, die überall gestapelt liegen, und der beiden Tafeln, die mit hastig gekritzelten Berechnungen von schwindelerregender Komplexität übersät sind, glaube ich das sogar. Jetzt kann ich verstehen, was Celia Lieberman mit die Höhle des Löwen meint. Ich bin sehr eingeschüchtert.

»Danke, Onkel Max«, flötet Celia Lieberman nervös. »Ich weiß es wirklich zu schätzen …«

»Komm schon, bringen wir es hinter uns«, bellt Onkel Max. Was hat Celia Lieberman vorhin gesagt? Etwas zu geringe gesellschaftliche Umgangsformen? Ich würde sagen: vollkommene Fehlanzeige. Er öffnet erneut die Bürotür, schiebt Celia Lieberman schroff in den Flur hinaus und schließt die Tür hinter ihr doppelt ab.

»Die Tochter ist genauso plemplem wie die Mutter«, mault er und setzt sich hinter den überfüllten Schreibtisch.

»Hast du einen Namen?«

»Brooks«, stammle ich. »Brooks Rattigan.« Ich hebe hastig eine überraschend schwere Zentrifuge von einem der staubigen Stühle und setze mich.

»Nun, Mr Brooks Rattigan, ich sage dir, was ich jedem sage, der um Unterstützung bei der Aufnahme in dieses erlauchte Institut sogenannter Bildung bittet. Ich bin ein Physikprofessor, der hier nicht sehr hoch angesehen ist. Ich habe absolut keinen Einfluss auf die Zulassung. Also, wenn es dir nichts ausmacht, ich bin ein extrem beschäftigter Mann …«

Dann wirbelt er auf seinem Bürostuhl herum, blickt über die beiden Tafeln, nimmt ein Stück Kreide, springt auf und widmet sich wieder dem Notieren und Löschen von Buchstaben- und Zahlendrehereien. Ich sitze bloß da und bin fassungslos. Das ist alles? Ich habe mir Hoffnungen gemacht und mich nach Morningside Heights geschleppt, um nicht mal meine sechs Komma drei Minuten zu bekommen? Onkel Max könnte zumindest so tun, als würde er mir keine Abfuhr erteilen. Am liebsten würde ich seine Gleichungen durcheinanderbringen. Am liebsten möchte ich die Haare seiner Augenbrauen einzeln an den Wurzeln ausreißen. Riesiger Intellekt, für 'n Arsch. Der Typ ist eher ein riesiges Arschloch.

Aber das sage ich nicht.

»Enrico Fermi!«, platze ich stattdessen heraus, um verzweifelt meine einzige Chance auf eine Chance zu wahren.

Neugierig dreht er sich zu mir um. »Was ist mit Enrico Fermi?«

Während ich mir auf der Suche nach Informationen den Kopf zerbreche, vibriert Onkel Max' Handy. Er blickt auf die Nummer auf dem Display.

»Mach auf dem Weg nach draußen die Tür hinter dir zu«, murmelt er. Leicht zittrig wappnet er sich offenbar innerlich, nimmt das Telefon und klickt auf das Display. »Was ist jetzt schon wieder, Marion?«

Ich bin entlassen. Keine Audienz, keine Berücksichtigung, geschweige denn eine glänzende Empfehlung. Entmutigt stehe ich auf und wuchte die Zentrifuge wieder auf den Stuhl.

»Was erwartest du, dass ich dagegen tun soll?«, knurrt Onkel Max ins Telefon. »Soll *ich* sie vielleicht ausführen?«

Ich greife nach dem Türknauf.

Ich drehe langsam daran.

»Schrei nicht, Marion!«, schreit Onkel Max. »Ich verstehe ja, dass es ihr Abschlussjahr ist. Aber sei vernünftig. Im Gesamtbild des Universums zählt kaum der Winterball …«

Winterball? Ich spitze die Ohren. Ich bleibe stehen, erkenne meine Gelegenheit, rieche Frischfleisch.

»Das ist nicht fair. Aber … ja, aber, aber…« Onkel Max führt einen verlorenen Kampf, zu Wort zu kommen. »Natürlich zerrüttet auch mich das komplett. Gravity ist unser einziges Kind, aber sie wird es überleben.«

Plötzlich höre ich E-Gitarren-Soli und den Himmelschor. Die dunklen Wolken teilen sich, gleißendes Licht strömt vom Firmament auf mich herab. Ich bin erleuchtet.

»Reiß dich zusammen, Marion! Das ist keine Tragödie …« Onkel Max zuckt zusammen, als ich höre, wie am anderen Ende der Leitung abrupt aufgelegt wird. Er ist wackelig auf den Beinen und reibt sich die Schläfen, als würde ihn eine monumentale Migräne ereilen. Er hat vergessen, dass ich da bin, dass es mich überhaupt gibt. Ich lasse ihn ein, zwei Momente im Regen stehen, was der alte Griesgram nicht anders verdient. Oh, wie schnell sich das Blatt gewendet hat. Ich warte noch einen Augenblick und schlage dann zu.

»Entschuldigen Sie, Herr Professor«, sage ich in meinem hilfsbereitesten Tonfall. »Aber ich konnte nicht umhin mit anzuhören, dass Sie eine Tochter haben …«

»Gravity«, entgegnet er kläglich und greift nach einer großen Packung extrastarker Kopfschmerztabletten.

»Ein schöner Name. Sie muss ein ganz besonderes Mädchen sein.«

Er legt die Packung hin und schaut mich an. Für ein selbst ernanntes Genie drehen sich die Zahnräder in Onkel Max' Hirn ziemlich langsam.

»Der Winterball«, erwähne ich behutsam, versuche ihn, mit Gesten zu klarem Denken anzuregen, die Verknüpfungen im

Kopf herzustellen, um zur offensichtlichen Lösung zu kommen.

»Oh ja, das ist sie!«, bekennt er inbrünstig und begreift es endlich, endlich, endlich. »Eine, äh, begeisterte Töpferin …«

Als Onkel Max und ich dreiundzwanzig Minuten später im Flur auftauchen, geht Celia Lieberman angespannt auf und ab. Ich habe ein unverschämtes Grinsen im Gesicht und hinter mir folgt ein kriecherisch überschwänglicher Onkel Max.

»Der Dekan der Zulassungsstelle ist ein alter Pokerfreund von mir, Brooks«, schwärmt er. »Ich werde ihn bei nächster Gelegenheit ins Bild setzen.«

»Danke, Max«, sage ich großmütig. »Alles, was du für richtig hältst.«

Celia Lieberman fällt die Kinnlade herunter, und sie blickt ihren Onkel verblüfft an, als er mich überwältigt vor Dankbarkeit tief berührt und fest umarmt.

»Du bist so ein widerlicher Schleimer!«, jault Celia Lieberman, die vor Entsetzen fast würgt, nachdem ich ihr erzählt habe, was passiert ist.

Ich bin ein Schleimer. Ein fetter, glücklicher. Ich wundere mich, wie der Schicksalswind so plötzlich und für mich untypisch in meine Richtung drehen konnte. Ich freue mich über meine Fähigkeit, den richtigen Moment zu erkennen und zu nutzen, und bin sehr stolz, dass es mir an Skrupeln vollkommen mangelt. Ein echter Schleimer, darauf kannst du deinen süßen Arsch verwetten. Und um meine hinterhältige Leistung zu feiern, verwöhne ich uns beide mit den besten Hotdogs mit allem Drum und Dran in New York, während wir uns vom Strom des pulsierenden, vor Menschen nur so wimmelnden Gehwegs des Broadways mitreißen lassen.

»Unglaublich, dass du den armen Onkel Max um hundertfünfzig Dollar erleichtert hast«, meint Celia Lieberman, und Senf tropft ihr aufs Kinn.

»Hey, das ist vierzig Prozent unter dem normalen Satz, und er hat darauf bestanden«, erkläre ich und schlucke einen Haufen tierischer Fette und künstlicher Zusatzstoffe herunter. »Was ich nicht glauben kann, ist, dass man seine Tochter wirklich Gravity nennt. Kein Wunder, dass sie depri ist.«

Auf einmal bleibt Celia Lieberman erschüttert stehen. »Hey, du hast ihm doch wohl nichts über mich erzählt?«

»Also bitte, ich bin eine ausgebildete Fachkraft«, versichere ich ihr. »Diskretion ist alles.«

Wir erreichen die nächste Straßenecke und die Treppe zur U-Bahn. Celia Lieberman hält wieder an.

»Nun, da wären wir«, sagt sie.

Was sie meint, ist, dass wir uns hier verabschieden, und plötzlich wird mir klar: zum letzten Mal. Das gesamte Lieberman-Geschäft ist abgewickelt. Ich sollte vor Freude auf und ab springen, aber das tue ich nicht. Ich bin dankbar und weiß echt zu schätzen, dass sich Celia Lieberman – dass sich überhaupt jemand – für mich eingesetzt hat. Als Celia Lieberman ungeschickt die Hand ausstreckt, um liebenswürdig Adieu zu sagen, rutscht etwas aus ihrer Parkatasche und fällt zu Boden. Galant bücke ich mich, um es aufzuheben.

Es ist das Buch, in dem sie vorhin gelesen hat. Der blaue Umschlag ist verknittert und verblasst, die Seiten sind vergilbt und ausgefranst und die Ecken abgestoßen. Ich kenne es. Klar. Wir haben einige davon zu Hause. »Skies of Stones« von Charles Rattigan.

Allein das Cover zu sehen, verschlägt mir fast den Atem. Ich gebe Celia Lieberman Charlies einmalige Leistung zurück und schaue sie fragend an.

»Wo hast du …?«

»Online. Und ich sage dir, es war nicht einfach …«, antwortet sie unbehaglich und steckt das Buch schnell wieder ein.

»Wie ist es?«, frage ich, ein wenig neugierig, aber vor allem seltsam berührt, dass Celia Lieberman ein Exemplar davon besitzt.

»Bisher ein echter Runterzieher, aber auf eine wirklich gute Art«, informiert sie mich. Sie hält inne. »Willst du damit sagen, dass du es nie gelesen hast?«

Um diesem Arschloch eine Freude zu bereiten? Nein, ich habe es nicht gelesen. Aus einer ganzen Reihe von Gründen konnte ich mich nie dazu überwinden und habe es schon vor langer Zeit aufgegeben. Insbesondere, schätze ich, weil ich nie aus erster Hand erfahren wollte, wie groß Charlies verschwendetes Talent tatsächlich ist. Ist das Buch gut? Ich bin sicher, ja. Aber vorbei ist vorbei. Es hat keinen Sinn, ruinierter Begabung hinterherzuweinen. Was nützt es, darüber nachzudenken, was hätte sein können, wenn Charlie es auf die Reihe bekommen hätte? Ob das Buch gut ist? Bei meinem Glück bin ich überzeugt, dass »Skies of Stones« verflucht großartig ist. Es lesen? Auf gar keinen Fall.

Doch das sage ich nicht.

»Also, danke für den schönen Tag«, sage ich stattdessen etwas ruppiger als beabsichtigt, und strecke die Hand aus.

»Dir auch«, meint Celia Lieberman leise und schüttelt mir die Hand. »Viel Glück an der Columbia.«

»Zeig denen in Stanford, wo's langgeht«, antworte ich, und es tut mir leid, gerade so schroff gewesen zu sein.

Daraufhin stehen wir einfach nur da, aber dann geht Celia Lieberman die Treppe hinunter. Ich sehe ihr mit seltsam gemischten Gefühlen hinterher. Schön, sie los zu sein, aber ich bin ihr auch zutiefst dankbar und sogar ein wenig nostalgisch.

Ich kann nicht behaupten, dass es langweilig mit ihr war. Als sie ungefähr auf halber Treppe ist – und ich schwöre bei Gott, ich weiß nicht, woher es kommt –, rufe ich ihr nach: »Wenn du diesen Franklin für dich interessieren willst, musst du dich anstrengen.«

Sie bleibt stehen, wippt auf der Treppenstufe und dreht sich überrascht zu mir um. Was habe ich getan? Was jetzt? Wir sehen uns an. Keiner von uns sagt ein Wort. Schließlich nimmt sie das Gespräch dort auf, wo ich abrupt aufgehört habe.

»Ich habe schon alles versucht«, jammert sie. »Über seine lahmen Witze gelacht. Sachen fallen lassen und mich gebückt. Seinem unglaublich miesen Musikgeschmack zugehört. Gib dir das: Franklin meint tatsächlich, dass die Backstreet Boys unterschätzt werden.«

»Nicht dein Ernst.«

»*Ernsthaft* unterschätzt«, betont sie.

»Oh Gott«, fühle ich mit.

»Ich habe mich sogar im Schach von ihm schlagen lassen, was echt schwer ist, weil Franklin wirklich beschissen spielt.«

»Ich meine, wie du dich kleidest«, sage ich auf einmal und habe wieder keine Ahnung, warum, versuche aber, beim Thema zu bleiben. Celia senkt verunsichert die Augen.

»Ein hoffnungsloser Fall.«

Sie kommt die Treppe wieder heraufgeklettert und zu mir auf den Gehweg. Um uns herum strömen Menschen in alle Richtungen. Wir stehen im Weg. Celia Lieberman folgt mir durch das Getümmel, weg von den Schaufenstern und irgendwohin, wo wir ungestörter reden können. Ich stelle mich vor sie, ganz geschäftsmäßig.

»Du besitzt die richtigen Anlagen, auf die du aufbauen kannst«, erkläre ich, »natürlich rein analytisch betrachtet. Du musst bloß deinen eigenen Stil finden.«

»Oh, und du bist da also Experte?«, fragt sie, wie immer skeptisch.

»Nach vier Monaten als Ersatz-Date betrachte ich mich zufällig als Fachmann in Sachen Mode«, schnaube ich hochmütig.

Tatsächlich tue ich das irgendwie. In den letzten Monaten habe ich so ziemlich alles gesehen. Trägerlose Kleider, rückenfreie Kleider und diese Neckholder-Teile. Glattes Haar, toupiert, gelockt, nach oben gesteckt, nach unten, seitwärts, manchmal alles auf einmal. Und Schuhe. Lasst mich bloß nicht von Schuhen anfangen. Warum das weibliche Geschlecht so besessen davon ist, ist mir unbegreiflich. Ich besitze ungefähr zwei Paar. Anders die Mädels. Mindestens drei Paar von jeder Art. High Heels, Flats, Peeptoes – die Vielfalt ist atemberaubend. Ich werde jetzt nicht auf die Does und Don'ts von Make-up eingehen – die Toner, Contourer, Puder und Lotionen – oder die Ins und Outs der richtigen Nagellackfarbe. Es ist, als wäre jedes Mädchen ihr eigenes persönliches Kunstwerk. Vor Ende September hatte ich keine Ahnung von der gewaltigen Anstrengung, den unendlichen Möglichkeiten und der extremen Angst, die zu einem typischen Mädchen im Teenageralter gehören. Und wenn ihr mich fragt, sind alle Mädels verrückt. Ja, ich weiß, die Gesellschaft flüstert ihnen ein, wie sie sein sollen. Aber das ist trotzdem irre.

Doch das behalte ich ebenfalls für mich.

»Na ja, vielleicht auch nicht«, räume ich stattdessen ein. »Aber ich weiß, was Jungs mögen, weil ich einer bin.«

»Meine Mutter kauft all meine Klamotten«, entgegnet Celia Lieberman.

»Was würdest du anziehen, wenn du die Wahl hättest?«

»*Meine* Wahl?« Die Vorstellung allein scheint für sie undenkbar.

»Deine Frisur«, sage ich. »Schon mal daran gedacht, sie kürzer zu tragen?«

»So was wie einen Bob?«, schaut sie mich beunruhigt an. »Ist das nicht etwas radikal?«

Ich schmunzle. Es gibt so viel, was ich tun könnte.

»Gib mir zwei Stunden, und ich werde deine Welt aus den Angeln heben«, schwöre ich.

Celia Lieberman betrachtet sich kritisch im Fenster eines chinesischen Restaurants. Trotz der vielen Entenkadaver, die neben ihrem Spiegelbild am Haken baumeln, scheint sie die mögliche Aussicht zu faszinieren. Dann sehe ich Zweifel in ihrem Gesicht aufflackern. So ganz ohne Mom und Dad als Ausrede und ultimatives Sicherheitsnetz ist es ihr plötzlich zu viel, sich selbst auszudrücken, den eigenen Vorlieben und Faibles zu folgen oder mit ihnen unterzugehen.

»Tut mir leid«, sagt sie und will kneifen. »Aber ich kann mir dich nicht leisten.«

»Ist kostenlos.«

»Kostenlos?« Sie sieht mich ungläubig an.

Zwar habe ich nicht erwartet, meinen kostbaren Nachmittag in der Stadt so zu verbringen. Aber wie gesagt, in der City weiß man nie, was passiert. Also lasse ich mich darauf ein.

»Ein gutes Ereignis am Tag verdient ein weiteres«, reagiere ich möglichst lässig. »Außerdem treffe ich mich später noch mit einem Freund, also muss ich sowieso etwas Zeit totschlagen.«

Ich bringe Celia Lieberman nach Williamsburg, dem neuen Hipster-Viertel von Brooklyn. Da war sie noch nie. Ich auch nur einmal, aber ich tue so, als wäre ich dort Stammgast. Während wir die abgefahrene Bedford Street entlangschlendern, palavere ich fachkundig über all meine Abenteuer in den örtlichen Lokalen und schmücke das Ganze aus. Ich nicke Leuten, die ich nicht kenne, herzlich zu, und als wir endlich unser Ziel erreichen, geht mir schnell der Gesprächsstoff aus. Ein Techno-Friseur, den ich mir bei meiner bisher einzigen Erkundung als Brutstätte für Super-Hotties eingeprägt hatte. Wenn schon eine gute Tat vollbringen, dann inklusive passender Szenerie.

»Bereite dich darauf vor, verwandelt zu werden!«, kündige ich vollmundig an.

Zunächst jedoch bereitet sich eine vielfach tätowierte, mehrfach gepiercte Schönheitskünstlerin darauf vor, mit einer riesigen mittelalterlichen Schere gut fünfzehn Zentimeter von Celia Liebermans widerspenstigen Locken abzuschneiden. Celia Lieberman bittet mich, es bei fünf Zentimetern zu belassen. Mein letztes Angebot liegt bei dreizehn. Sie stößt Morddrohungen aus. Es ist, als wäre sie vom Satan besessen, nur dass sich ihr Kopf nicht um die eigene Achse dreht und sie auch keinen grünen Schleim spuckt. Ich bleibe hart. Dreizehn müssen sein.

Als Nächstes die Brille. Das Gestell, meine ich. Das muss definitiv weg. Es wirkt zu streng und zu klobig und Celia Lieberman allein ist schon streng und klobig genug. Wir gehen weiter. Ich bringe sie zu einem abgelegenen Laden mit coolen Brillen in Greenpoint, von dem ich gelesen habe. Frisch geschoren probiert sie trendige Retro-Gestelle an und schielt halb blind auf ihr Spiegelbild. Cat Eye, regenbogenfarben, Aviator, oval, rechteckig, achteckig. Die meisten Modelle stehen ihr nicht. Aber ich bleibe dran, indem ich methodisch vorgehe, Looks aussortiere und beeinflusse. Als ich meine Endauswahl treffe – eine halb gefasste Hornbrille, wie für einen Bücherwurm geschaffen, aber einen mit der richtigen Attitude –, äußert Celia Lieberman laut Vorbehalte. Ich sage ihr, sie soll mir vertrauen. Sie muss, da sie ohne Brille nichts sehen kann.

Danach schleppe ich sie buchstäblich den Block runter zu einem Vintage-Laden und Celia Lieberman rebelliert total. Sie starrt auf die Regale und Fächer mit zerknitterten Kleidungsstücken.

»Aber die sind benutzt!«, quäkt sie und geht Richtung Ausgang.

»Oh, Entschuldigung, Eure Königliche Hoheit«, sage ich und ziehe sie wieder rein.

Doch das ist das letzte Mal, dass ich zu Wort komme.

In den nächsten zwei Stunden fühle ich mich wie ein Gefangener, der aus einem coolen Musikvideo in einen Kitschfilm gestoßen wurde und nun versucht zu fliehen. Röcke. Kleider. Hosenanzüge. Mod. Punk. Gothic. Eine Parade von großen und kleinen Modeerscheinungen des letzten halben Jahrhunderts. Einen Stil nach dem anderen probiert Celia Lieberman zu meiner Inspektion an. Warum, weiß ich nicht. Denn meine Meinungen werden rundweg ignoriert, ordentlich lächerlich gemacht oder in Gänze abgelehnt. Eingeschnappt hebe ich zuerst die Hände, als würde ich mich ergeben, und rufe dann schmollend meine E-Mails auf dem Handy ab. Celia Lieberman ist wie im Fressrausch, die süßen kleinen Einkaufstüten mit den hübschen Henkeln vermehren sich exponentiell, während wir weitere Runden drehen. Ich werde zu Celia Liebermans Sherpa.

Als wir dann, wie ich befürchtet hatte, zu den Schuhen übergehen, bin ich bereits völlig erledigt und pfeife auf dem letzten Loch – im Gegensatz zu Celia Lieberman. Nein, Celia Lieberman nimmt gerade erst Fahrt auf. Sie balanciert auf Stilettos, dreht sich auf Plateauschuhen im Kreis, posiert in karierten Sneakern. Etwa zehn süße kleine Tüten mit hübschen Henkeln später, als wir endlich langsam den Laden verlassen, bin ich in einem Zustand der Benommenheit, aber als wir an einem großen, breiten Schaufenster vorbeigehen, das knappe, sexy Dessous zeigt, bin ich auf einmal wieder hellwach. Hier gibt es eine süße kleine Tüte mit hübschem Henkel, die ich gern zu meiner Last hinzufügen würde. Ich beeile mich, Celia Lieberman die

Tür zu dem Geschäft zu öffnen. Sie sieht mich verwirrt an und marschiert dann weiter. *Mann* kann es doch schließlich mal versuchen, oder?

Greenwich Village. Vierzehnte Straße Ecke West Houston, zwischen Hudson und Broadway. Nur ein paar Blöcke, aber eine ganz besondere Atmosphäre. Im Village sind die Straßen nicht nummeriert oder alphabetisch angeordnet oder logisch in Rastern, sondern haben Namen und führen nirgendwohin. MacDougal Street, Christopher Street, Grove Street, St. Luke's Place – alles hat seine eigene Geschichte. Von Anfang an war das Village der Teil von New York City, der den unkonventionell lebenden Menschen vorbehalten war – den Rebellen, den Exzentrikern, den Außenseitern. Den Träumern. Superwichtige Schriftsteller haben hier ihre Meisterwerke verfasst: Edgar Allan Poe, Mark Twain, Robert Louis Stevenson. Irgendwie spürt man immer noch ihre Gegenwart. Und Dylan Thomas, so ungefähr der einzige Lyriker, den ich halbwegs kapiere. In der Kneipe Chumley's kann man immer noch an genau dem Tisch sitzen, wo er sich zu Tode getrunken hat. In den frühen Sechzigerjahren, als er gerade erst anfing, spielte Bob Dylan in den Clubs Village Gate und Village Vanguard. Beide sind heute runtergekommen und ramponiert, aber immer noch im Geschäft. Später im Punk-Club CBGB waren es The Velvet Underground, The Dolls, The Ramones und die ganzen Glam- und Grunge-Leute. Der Kampf für Schwulenrechte begann im Village. Die Frauenrechtsbewegung auch. Im Village wurden Legenden geboren. Es ist mein Lieblingsviertel der Stadt, eines, das ich gut kenne.

Und die beste Zeit fürs Village ist jetzt, kurz vor Weihnachten. Dabei geht's nicht nur um die bunten Lichterketten, die überall verstreut hängen, den Sound der reimenden Rapper, die kulturell vielfältigen Streetfood-Stände, die versprengten

Demonstranten, die dieses verlangen, oder die Gegendemonstranten, die gegen jenes protestieren, oder das ständige Treiben des Weihnachtsgeschäfts, das den Dezember hier so unglaublich macht. Es ist alles zusammen. Die Energie, die Erwartung, das Gefühl, dass etwas wirklich Großartiges passiert.

Obwohl ich also wie ein Packesel mit Celia Liebermans Einkäufen beladen bin, fühle ich mich fit. Onkel Max wird beim Dekan der Zulassungsstelle ein persönliches Wort für mich einlegen, die selbst verschuldete Einkaufstour ist vorbei, die Show der übermächtigen Pixies wartet! Ich überquere die schmale Kopfsteinpflastergasse, rieche schon fast das Café Figaro mit seinem berauschenden Duft von aufgeschäumter Milch, Kakao und frisch geröstetem Kaffee. Und werde um ein Haar von einem umherirrenden Taxi, das bei Rot über die Ampel fährt, plattgemacht. Es handelt sich bloß um Zentimeter. Das Arschloch am Steuer hupt nicht mal.

»SCHWACHKOPF!«, brülle ich, glücklich, noch am Leben zu sein.

Der Taxifahrer mit Turban auf dem Kopf zeigt mir einen Vogel. Fröhlich erwidere ich die Geste.

»Gott, ich steh auf diese Stadt!«, rufe ich aus.

»Du scheinst dich hier gut auszukennen«, bemerkt Celia Lieberman, die jetzt hinter mir hertrippelt, um Schritt zu halten.

»Wann immer ich kann, komme ich her«, sage ich überheblich und mustere die Umgebung. »Es ist ein neutrales Gebiet.«

»Neutrales Gebiet?«

»Ja, man kennt niemanden, und niemand kennt einen, also Samthandschuhe unnötig. Du kannst du selbst sein, ohne die geringste soziale Konsequenz. Echt befreiend.«

Wir erreichen sicher die andere Straßenseite. Ein weiteres Taxi rast vorbei. Nur so zum Spaß recke ich den Unterarm.

»SACKGESICHT!«

Wenn ich das in Pritchard in aller Öffentlichkeit auf der Straße machen würde, würde ich höchstwahrscheinlich verhaftet werden. In Green Meadow würde ich von der örtlichen Polizei innerhalb von Sekunden zu Brei geschlagen. Aber das ist New York City, und man beachtet mich nicht, keine Reaktion oder Einwände. Nicht einmal von dem bulligen Cop im langen Mantel, der hier in seinem Revier patrouilliert und einen Schlagstock schwingt.

»Siehst du?«, prahle ich. »Interessiert niemanden.«

Celia Lieberman schaut zu dem Cop, dann wieder zu mir und wirkt ein wenig entsetzt. »Das also ist der echte Brooks Rattigan?«, fragt sie ironisch. »Eine brodelnde Masse aus Wut und Groll?«

»Genau das bin ich.«

Auf einmal höre ich an der nächsten Ecke eine mir bekannte Stimme.

»YO, BROOKSIE!«

Täuschen mich meine Augen? Es ist Murf, genau wie erwartet, aber der alte Murf: glücklich zerzaust und hackedicht. Er hält sich mit einem Arm an einem Laternenpfahl fest und dreht sich darum im Kreis. Kann der Tag noch besser werden? Ja, kann er. Murf reckt eine riesige Flasche Wein in die Höhe, von der Gott allein weiß, wo er sie herhat.

»Manischewitz!«, prostet er uns zu. »Der Scheiß ist koscher!«

»Das ist gut«, gibt Murf zu und kaut heftig. »Ich werde nicht lügen. Verdammt gut. Aber ich hatte auch schon bessere.«

Wir drei verschlingen eine ganze extragroße Pizza mit Salami und Paprika, während wir eng aneinandergedrückt am schmuddeligen Tresen stehen. John's an der Bleecker Street ist einer dieser Plätze, auf die echte Genießer schwören, und wer die beste Pizza hat, ist das heiße Thema einer endlosen Debatte zwischen Murf und mir, seit wir fünf Jahre alt sind.

»Willst du ein richtig gutes Stück?«, doziert Murf und schaufelt sich noch mehr rein. »Dann komm nach Jersey! Tony's in Asbury Park. Das nenne ich eine Kruste. Das nenne ich einen Teig. Habe ich recht, oder habe ich recht, Brooks?«

Celia Lieberman wischt sich die Finger an einer Serviette ab und gibt den Namen pflichtbewusst in ihr Smartphone ein. »Tony's. Asbury Park. Verstanden.«

»Murf ist der weltweit größte Experte in Sachen Junkfood«, informiere ich sie.

Sie lacht entspannt und nicht nervös wie sonst. Sie hat tatsächlich Spaß mit uns.

Ich hatte nicht vor, Celia Lieberman mitzunehmen, aber Murf hat darauf bestanden, und daraufhin musste ich widerwillig nachgeben. Ich fühle mich nicht ganz wohl dabei, dass sich meine beiden Welten überschneiden.

Celia Lieberman und Murf zeigen zwei sehr unterschiedliche Seiten von mir, die ich bislang sorgfältig voneinander getrennt gehalten habe. Aber überraschenderweise verstehen die beiden sich ziemlich gut.

»Ich weiß nicht«, sagt sie, »in Green Meadow haben wir auch ein paar ziemlich gute Lokale.«

»Klar, wenn einem nach einem fettarmen, geschmacklosen, winzigen Stückchen Nichts ist«, spottet Murf. »Quiche-Esser.«

»Stimmt.« Celia Lieberman lächelt und gibt sich anmutig geschlagen. »Von Jersey kann ich gar nicht genug kriegen.«

Sie ist offen und nett, nicht herablassend und überheblich. Murf strahlt. Ich sehe, dass er diese Celia Lieberman mag.

Es wird Zeit für das Konzert. Unter dem durch und durch amüsierten Blick von Murf schleppe ich pflichtbewusst Celia Liebermans Beute nach draußen, schwanke unter der Tonnenlast und winke ein Taxi herbei.

»Dein Freund ist nett«, sagt Celia Lieberman, beinahe genauso zu sich selbst wie zu mir.

Sie ahnt nicht, dass Murf direkt hinter ihr und vor dem Fenster von John's steht und begeistert beide Daumen hochstreckt, als wäre Celia Lieberman eine Art heißes Babe.

»Ja, Murf ist einzigartig«, bemerke ich liebevoll. »Was gut ist, weil die Welt nicht mit zwei seiner Art klarkommen würde.«

Um den Einsatz zu erhöhen, wackelt Murf mit den Hüften vor und zurück, hechelt mit der Zunge wie ein Hund und will mir damit zeigen, dass ich rangehen soll. Dieser Kerl kennt keine Scham.

Rangehen? Bei Celia Lieberman? Was für eine absurde Idee.

Ein Taxi hält am Bordstein. Ich reiße die hintere Tür auf und stapele all ihre kleinen, süßen Einkaufstüten auf dem Rücksitz. Celia Lieberman rutscht daneben, dreht sich dann zu mir um und wartet. Keine Ahnung, worauf.

»Franklin wird nicht wissen, wie ihm geschieht«, sage ich zu ihr.

»Wahrscheinlich vergebliche Mühe, aber danke, Coach.«

»Selbstvertrauen! Positive Einstellung! Und los!« Ich schließe die Wagentür. Diesmal ist alles klar. Diesmal habe ich ein gutes Gewissen und bedauere nichts. Wir sind quitt. Wir trennen uns im Reinen. Als das Taxi langsam anrollt, senkt sie die Seitenscheibe und lehnt sich heraus.

»Also, schön, dich kennengelernt zu haben, Brooks Rattigan!«

»Dich auch, Celia Lieberman«, rufe ich zurück und bin etwas überrascht, weil ich es irgendwie genauso meine. Dann sehe ich Celia Lieberman im Straßenverkehr und für immer aus meinem Leben verschwinden.

Das war knapp!

Die Pixies sind so wie bei jedem Konzert, das ich von ihnen gesehen habe: genial. Kein Schnickschnack, LED-Wände oder aufwendige Lichtshows. Nur eine verdammt geile Band, die jammt und durch geradeaus gespielte, tolle Songs aufputscht. Frank Black ist in Bestform, er knurrt, schnauzt rum und brüllt wie ein geistesgestörter Mönch. Joeys Leadgitarre heult, und Dave hämmert auf die Trommeln ein, als wolle er sich selbst einen Herzinfarkt zufügen, was ihm in seinem halb fortgeschrittenen Alter vielleicht auch noch irgendwann gelingt. Gute, ehrliche Musik. Ich frage euch: Kann es noch besser werden?

Murf und ich quetschen uns in dem ausverkauften Club vor der Bühne zwischen die Leute, lassen uns von dem Sound-Orkan durchpeitschen und befinden uns auf dem Weg zu herrlich betrunkenem Stumpfsinn, nachdem ich mir ein kostbares buntes Einlassband von einem wohlwollenden älteren Hipster gesichert habe, das uns Zugang zu Alkohol verschafft. Wir recken die Fäuste zum donnernden Beat, werden von fuchtelnden Gliedmaßen um uns herum erwischt, geben so gut wie möglich alles zurück, schieben und schubsen und werden dafür geschubst und geschoben. Absolutes Chaos, pure Hingabe, ungehemmte Befreiung. Es ist schon so lange her, dass es sich wieder fast brandneu anfühlt.

Ich nehme Murfs Kopf in einen überschwänglichen Schwitzkasten. Er kontert mit einem festen Ellbogenhieb in meinen Bauch. Ich drehe mich zu ihm. Wir grinsen beide. Wie in alten Zeiten. Wieder Kumpel. Mit Daumen und kleinem Finger gebe ich ihm ein Zeichen und frage, ob er für einen weiteren Drink bereit ist. Murf nickt begeistert.

Es dauert ganze zehn Minuten, um mir den Weg zur Bar in der Lobby freizukämpfen, und weitere zehn, um eine neue Runde zu bestellen. Ich stelle mich seitlich zum Tresen, dann höre ich sie.

»Brooks?«, fragt eine verführerische Stimme, und ein kalter Schauer läuft mir den Rücken runter. »Brooks Rattigan?«

Ich muss euch nicht sagen, wer es ist, aber ich mache es trotzdem.

Shelby Pace.

In einem Mikrorock, der meiner lebhaften Fantasie wenig Raum lässt. Shelby Pace, lange schlanke Beine, gebräunte Haut, ein tiefer Ausschnitt, der darauf schließen lässt, dass sich unter dem Top nichts befindet. Shelby Pace, jenseits des Erreichbaren.

Ich bin sprachlos. Nicht nur, weil sie vor mir steht, sondern auch, weil sie perfekt aussieht. Ich bin eine Pfütze, ein verschwitztes, feuchtes Häufchen. Jeder hier ist so. Mein Gott, das sind die verdammten Pixies! Wie kann man da anders aussehen? Aber irgendwie gilt das nicht für Shelby. Sogar mitten im Gedränge ist sie perfekt, kein einziges Haar nicht am richtigen Platz, abgesehen von allem anderen. Als wäre sie eine dieser griechischen Göttinnen, die wir in der Schule durchgenommen haben, die, die aus einer Laune heraus vom Olymp herabsteigen, um mit uns niederen Wesen zu spielen. Shelbys Lippen, voll und sinnlich, lächeln schüchtern. Ihre smaragdgrünen Katzenaugen blicken mich neckisch an.

»Ich hätte wissen sollen, dass du hier auftauchst«, sagt sie.

Schweigend sehe ich sie bloß an. Wie kommt sie darauf? Dann entwirrt sich das Netz meiner Täuschungen. Ich bin ja nicht aus Jersey, ich bin ja von hier. Bin am Puls der Zeit und ihr weit voraus. Meine inneren Zahnräder rasten in den alternativen Realitätsmodus ein.

»Ich … ich wohne praktisch nebenan«, zucke ich lässig mit den Achseln.

»Bist du allein hier?«

Ein Ruck der Menge drückt uns enger aneinander. Ich atme sie wieder ein. Ihr Duft ist subtil, zart und doch stechend. Sie riecht nach Geld.

»Oh ja, bin ich«, bekenne ich. »Ganz allein!«

Aufs Stichwort überreicht mir der Typ hinter der Theke zwei große, übervolle Plastikbecher mit Bier, und Shelby muss annehmen, dass ich entweder Alkoholiker oder ein zwanghafter Lügner oder beides bin.

»Du auch?« Ich zucke vorsichtshalber schon mal zusammen.

»Yep«, seufzt sie, nimmt eines der Biere und trinkt davon. »Nur das arme kleine *Moi.*«

Dann entdecke ich hinter Shelbys Schulter Cassie Trask, die ein süßes kleines Designerensemble trägt und unter dem verarschenden Gejohle von einem Haufen tougher, tätowierter City-Bräute aus der Damentoilette kommt. Shelby ist offensichtlich nicht allein hier. Shelby lügt – genau wie ich. Irgendwie macht sie das noch reizvoller.

»BROOKS! YO, BROOKSIE!«, brüllt Murf, glasiger Blick, das Hemd zerrissen und mit Nasenbluten. Er winkt mir über das Gedränge hinweg fröhlich zu. Ich tue so, als würde ich ihn nicht sehen.

»Möchtest du abhauen?«, schlage ich vor.

»HILFEEEE!«, quiekt Cassie, die von den City-Chicks geärgert und herumgeschubst wird. Sie muss wirklich etwas Beleidigendes gesagt haben, das die Mädels in der Toilette auf die Palme gebracht hat. Selbst wenn man Cassie kaum kennt, gibt es viele unangemessene Dinge, die sie hätte sagen können. Eigentlich braucht sie auch gar nichts zu sagen. Es ist einfach, Cassie sofort zu verabscheuen.

»Absolut!«, antwortet Shelby und überlässt ihre beste Freundin bereitwillig einem schrecklichen Schicksal.

Wir fliehen in einem Taxi. Ich klettere begierig hinter Shelby auf die Rückbank.

»Wohin?«, grunzt der Taxifahrer. Ich bin überfragt. Wohin führt man ein Mädchen, das schon alles gemacht und gesehen hat?

»799 Park Avenue«, sagt Shelby.

Als wir losrollen, sprintet Murf mitten auf die stark befahrene Straße und schreit uns wild gestikulierend etwas hinterher. Ich ignoriere ihn einfach.

Ja, ich weiß. Das ist mies, ein gigantisches doppeltes Spiel meinerseits. Aber wie bei den meisten Kerlen gibt es auch zwischen Murf und mir einen unausgesprochenen Kodex, dass alle brüderlichen Verpflichtungen null und nichtig sind, sobald die Aussicht, sich mit einer heißen Braut zu treffen, auf dem Radar erscheint. Abhauen ist also nicht das Problem. Abhauen ohne Vorwarnung oder ein Wort ist das Problem. Doch ich bekenne mich zu etwas noch Größerem schuldig. Nicht nur, dass ich Angst habe, dass Murf meine Tarnung auffliegen lassen und meine Chancen bei Shelby kaputt machen könnte, so klein sie auch sind. Da ist noch eine schwerwiegendere Sünde, die ich begangen habe, wenn auch nur im Kopf. Fürchterliche Tatsache ist, dass ich mich zum ersten Mal überhaupt für Murf schäme, beschämt bin, wer er ist und was er darstellt. Vor allem schäme ich mich für mich selbst. Mit Shelby zusammen zu sein, macht das aus mir.

Und Shelby ist alles, was gerade zählt.

Ich muss ein Geständnis ablegen. Bei all meinen Besuchen in der Stadt bin ich noch nie Taxi gefahren. Und als wir an unserem unbekannten Ziel ankommen, werde ich heftig daran erinnert, warum. Fünfzehn Dollar für sechzig mickrige Blocks. Vierzig Cent pro Block. Die U-Bahn wäre fast so schnell gewesen und hätte bloß ein Zehntel gekostet. Ich meine ja nur.

Shelby springt aus dem Wagen und lässt mich die Fahrt bezahlen. Das ist keine Absicht von ihr. Da Geld für sie keine Rolle spielt, nimmt sie eben an, dass es für den Rest der Menschheit auch so ist. Bei jedem anderen fände ich es widerwärtig. Aber ich bin verzaubert, bleche gern und füge extravagant noch ein Trinkgeld von drei Prozent hinzu.

Wir sind an der Upper East Side, eine Gegend, in die ich mich noch nie gewagt habe, weil ich noch nie zuvor den geringsten Grund dazu hatte. Eines der vielen Dinge, die mir an der Stadt gefallen, ist, dass jeder Teil seine eigene Magie besitzt. Wall Street. Soho. Times Square. Allein die Namen sind ikonisch. Tribeca. Der Flatiron District. Die Bowery. So vielfältig, so unerschwinglich. So ist die ganze verdammte Stadt. Zehntausende von Dollar, um eine Wohnung von der Größe eines Besenschranks zu mieten, mehrere Millionen, um winzige Quadratmeter zu kaufen. Dennoch gibt es Gegenden, die stratosphärischer sind als andere. Na ja, die Upper East Side befindet sich ziemlich genau an der hohen Spitze der steuerlichen Hierarchie. Private Stadthäuser, luxuriöse Hochhäuser, super High-End-Geschäfte. Trends können kommen und gehen, und andere Viertel können erblühen und verwelken, aber die Exklusivität der Upper East Side bleibt unangefochten. Ich meine, die Upper East Side schaut auf die Upper West Side herab, was schon etwas aussagt, wenn man bedenkt, dass man Chef eines kleinen Staates oder eines großen Hedgefonds sein muss, um eine Wohnung an der Upper West Side zu besitzen. Die Upper

East Side ist stolz darauf, auf jeden herabzusehen. Nicht nur in New York. Sondern auf der ganzen Welt.

»Wohnst du hier?«, keuche ich.

Ehrfürchtig folge ich Shelby zum verschlossenen Eingang eines stattlichen Palastes. Sie drückt auf einen vergoldeten Knopf neben einer vergoldeten Tür.

»Heißt doch nichts«, sagt sie.

»Oh nein, ist ja nur die Park Avenue«, entgegne ich trocken. Selbst innerhalb der Upper East Side gibt es eine Hackordnung. Park Avenue ist der Hammer.

Durch die Glastür ist ein älterer Portier zu sehen, freundlich und beleibt wie der Großvater, den man sich immer gewünscht hat. Er eilt zur Tür und öffnet sie.

»Guten Abend, Miss Shelby«, sagt er und lupft den Rand seines Hutes.

»Hey, Hugh, wie läuft's?«, erwidert Shelby und stürmt an ihm vorbei in die kleine stinkvornehme Lobby. Am Ende befindet sich ein einzelner Aufzug, der sich wie magisch öffnet. Ich eile hinein, während sich hinter mir schon zischend die Türen schließen.

»Nur eine kleines *pied-à-terre* für den Fall, dass Mommy und Daddy zu müde sind, um es zurück nach Green Meadow zu schaffen …«, erklärt Shelby. Die Aufzugtüren gleiten auf und offenbaren keinen Gang zu separaten Luxusappartements, sondern wir stehen inmitten eines Wohnzimmers.

Ja, ein Wohnzimmer. Das *pied-à-terre*, die Zweitwohnung der Paces, nimmt die gesamte Etage des Gebäudes ein. Okay, es ist kein riesiges Gebäude. Aber trotzdem.

»Fühl dich wie zu Hause«, sagt Shelby. »Ich muss mal pinkeln.«

Auch hier ist alles unglaublich. Mehr unbezahlbare Kunst. Mehr Antiquitäten. Mehr Geschmack, mehr Klasse. Bodentiefe Fenster auf allen Seiten. Hoch über dem Pöbel starre ich ehrfürchtig auf die dunkle Weite des Central Parks, eingerahmt von der prächtigen, funkelnden Skyline. Meine Augen leuchten. Denn ich habe das Licht gesehen. Das, meine Freunde, ist es, worauf es im Leben ankommt.

»Eines Tages«, das verspreche ich mir selbst.

»Hast du was gesagt?«, fragt Shelby, als sie wieder auftaucht.

»Äh, ich habe nur gesagt, dass Zweitwohnungen wesentlich sind, um bei Verstand zu bleiben …«

Mit einer Universalfernbedienung dimmt Shelby das Licht, schaltet den Kamin und romantische Klänge an. »Sex Me (Part 1)« von R. Kelly. Eine ausgezeichnete – und ermutigende – Wahl. Ich hoffe nur, dass es ebenfalls einen Teil zwei gibt.

»Oh, hast du auch eine?«

Na toll, Großmaul. Habe ich eine? Warum zum Teufel musste ich das andeuten? Jetzt muss ich eine haben. Wo zur Hölle habe ich eine?

»Nur eine winzige Hütte in den Hamptons«, stammle ich. »Wir benutzen sie kaum, aber es ist beruhigend zu wissen, dass es sie gibt.«

Shelby streift ihre High Heels ab, tapst zu einer gut bestückten Bar und betrachtet die Reihe von imposanten Flaschen. »Ost, West oder Süd?«

Spielt das eine Rolle? Wie kann es innerhalb eines Status so viele Abstufungen geben? Ich meine, wie behalten die den Überblick über alles? Welchen Unterschied macht das? Die Leute sind alle verflucht reicher als reich. Aber es macht offenbar einen Unterschied. Verdutzt schaue ich Shelby an.

»East, West oder South Hampton?«, wiederholt sie und gießt in zwei große Kristallschwenker eine kleine Menge zäher goldfarbener Flüssigkeit. Cognac. Das Etikett ist französisch. Ich versuche, es mir zu merken.

»Äh, Midhampton. Irgendwo in der Mitte.«

Shelby runzelt die Stirn. Sie hat noch nie davon gehört – weil es das ja auch nicht gibt. Ich verziehe das Gesicht, um mich irgendwie durchzumogeln. Sich zur wummernden, eindringlichen Musik wiegend reicht mir Shelby ein Glas, das sie behutsam am Stiel dreht. Ich nehme das goldfischglasgroße Gefäß mit dem Teelöffel unglaublich teurem Alkohol darin. Ich habe noch nie einen Schwenker gehalten, und während ich die Flüssigkeit in Bewegung setze, schütte ich fast alles über mich. Wir wirbeln beide wie verrückt den Alkohol und prosten uns zu.

»Auf neue Bekanntschaften«, lautet ihr Trinkspruch.

Wir stoßen an. Sie kippt ihren Drink in einem sexy Schluck hinunter. Ich tue es ihr gleich. Sofort fließt ein Strom heißer, geschmolzener Lava durch meinen ohnehin schon alkoholisierten Körper, verschmort meine inneren Organe und setzt sich in meinen ohnehin schon kurzgeschlossenen unteren Regionen fest. Meine Augen tränen. Mein Hirn ist benebelt, mein Blickfeld zoomt immer wieder vergeblich auf scharf. Das ist also guter Cognac. Muss ich haben. Eine weitere neue notwendige Anschaffung auf der noch zu beginnenden Liste.

Shelby rollt sich auf der Couch zusammen und klopft auf den Platz neben sich, damit ich mich setze. Ich gehorche gern. Wir werden von der Glut künstlicher Flammen gebadet. Ich wende mich Shelby zu. Sie wendet sich mir zu. Unsere Lippen sind nur wenige Zentimeter voneinander entfernt und kommen sich immer näher. Erregt und berauscht kämpfe ich, um meine tierischen Instinkte zu kontrollieren, um dem überwältigenden Drang zu widerstehen, einfach nur auf sie zu springen.

»Wie geht's Celia Lieberman?«, fragt Shelby und überrumpelt mich damit absolut und total.

Celia Lieberman ist die Letzte, an die ich jetzt denke. Ich meine, Celia Lieberman ist nicht einmal ein Fünkchen in meinem

Gehirn. Doch dann entdecke ich einen raubtierhaften Schimmer in Shelbys Augen und der ist nicht ganz so fesselnd wie alles andere an ihr. Als ich daraufhin feststelle, dass mein tolles Aussehen und meine faszinierende Persönlichkeit nebensächlich sind und Celia Lieberman ein wesentlicher, wenn nicht sogar Hauptgrund für Shelbys erstaunliches Interesse an mir ist, ziehe ich mich etwas zurück. Ach ja, natürlich, nichts geht über den Nervenkitzel, jemand anderem Herzschmerz zu bereiten, nur weil man es kann. Und diese plötzliche Erkenntnis stürzt mich in eine kurze philosophische Zwickmühle. Ist es falsch, Celia Lieberman zu betrügen, obwohl ich eigentlich nicht mit ihr zusammen bin? Eigentlich ist das keine Untreue, oder? Aber die Tatsache, dass Shelby denkt, dass es irgendwie so ist, macht die Situation für mich nicht wirklich cool.

»Du kennst doch Celia Lieberman«, antworte ich unverbindlich. »Es ist nie langweilig mit ihr.«

»Also läuft es gut zwischen euch beiden?«, fragt sie.

»Oh ja«, sage ich und schaue weg. »Erst heute sind wir unter den Ulmen an der Columbia spazieren gegangen und ich habe sie darauf hingewiesen …«

Ich kann nicht glauben, was ich da erzähle. Auf dem Campus der Columbia gibt es keine Ulmen. Warum sage ich das? Ich werde Celia Lieberman nie wiedersehen. Ich trinke feinen französischen Cognac mit der schönsten, betörendsten Frau der Welt in der schicken Park-Avenue-Bude ihrer Eltern mit einer milliardenschweren Aussicht und ich vermassele es. Das kann nicht wahr sein.

»Habe sie hingewiesen auf, äh, auf die bis in alle Ewigkeit bedeutenden Persönlichkeiten, die mal zu spät zum Seminar unterwegs waren und die über dasselbe Pflaster gelaufen sind wie wir.«

Shelby streicht mit ihrer duftenden Wange über meine. Sie macht es mir sehr, sehr schwer, auch nur theoretisch treu zu bleiben. Ich höre auf zu reden. Sie knabbert an meinem Ohr. Lieber Himmel, ich bin auch nur aus Fleisch und Blut. Meine Entschlossenheit neigt sich dem Ende, gleich wird sie in Stücke zerfallen.

»Lou Kerouac«, krächze ich, »Jack Gehrig …«

»Nun, ab September werde ich dort eine vierjährige Haftstrafe absitzen«, meint Shelby und küsst mich. Ihr Lipgloss schmeckt nach Zitrusfrüchten mit einem Hauch von Schokolade. Ich bin zu fassungslos, um etwas zu antworten. Ich starre sie bloß entsetzt an.

»Du … du wurdest an der Columbia angenommen?«

Shelby schaut mich an, fragend. Ich gebe nicht nur wie von ihr geplant nach. Ich bin für sie ein Rätsel und eine Herausforderung, auch wenn ich in Wirklichkeit nur neidisch und eifersüchtig bin.

»Early Decision.« Sie steht von der Couch auf und gießt uns beiden noch ein weiteres Glas ein. »Nicht dass ich jemals eine Wahl gehabt hätte. Mein Dad war an der Columbia und sein Dad und dessen Dad. Mein Bruder, meine Schwester. Und jetzt ich.«

Oh, armes Baby. Was für ein verdammtes Vermächtnis. Ich hätte es wissen müssen. Nicht genug, dass Mommy und Daddy eine Professur finanzieren oder eine Bibliothek stiften. Die Annahmequote an der Columbia ist für Stammbaumerben dreimal so hoch wie für den großen ungewaschenen Mob, zu dem ich gehöre. Als ob Shelby nicht schon genug hätte.

»Trotzdem war alles ein wenig unklar«, sinniert sie. »Wer auch immer die Zeitverlängerung erfunden hat, ich grüße ihn oder sie.«

»Zeitverlängerung?«

»Für Lernbehinderungen. Meine heißt: Angst. Ein Psychiater schreibt ein Attest, und dann bekommt man so viel Zeit, wie man braucht, um die SATs zu schreiben, und niemand weiß etwas davon.«

»So was ist möglich?«, wundere ich mich. Ich hatte keine Ahnung. »Und niemand weiß davon?«

»Die Hälfte der Kids, die ich in Green Meadow kenne, machen es so«, erklärt sie und reicht mir den Cognacschwenker.

Zeitverlängerung. Ich bin am Boden zerstört und das Ausmaß der Information lässt mich innerlich taumeln. Ich habe von Manipulationen gehört, aber von nichts, was nahezu so verwerflich ist wie das hier.

»Gibt es das an deiner Schule nicht?« Sie schaut mich neugierig an. »Oh stimmt, du wirst ja zu Hause unterrichtet.«

Zeitverlängerung. Das ist sogar jenseits meiner Paranoia. Ganz zu schweigen von Verschwörungstheorien. Die Allerletzten, die eine Zeitverlängerung benötigen, bekommen sie. Und aus welchem Grund? Angst! Ich habe tonnenweise Ängste, ich strotze vor Angst, ich bin die Definition von Angst, und niemand gewährt mir eine einzige Nanosekunde mehr Zeit. Wenn ich nur daran denke, wie meine Ergebnisse mit Zeitverlängerung ausgefallen wären, wenn ich daran denke, was ich durchmachen musste, um meine Punktzahl zu erhöhen. Sei fleißig, und halte dich an die Regeln, wurde uns beigebracht. Nur dass Regel Nummer eins lautet: Die Regeln gelten nicht für die, die das Sagen haben, weil sie die beschissenen Regeln erfunden haben. Was für ein kranker Witz. Was für ein absoluter Skandal!

Aber das sage ich nicht.

»Ich wurde zurückgestellt«, sage ich stattdessen und schlucke verbittert meinen Cognac hinunter.

»Echt? An der Columbia?«, reagiert Shelby. »Hey, vielleicht werden wir Kommilitonen.«

Irgendwie bezweifle ich das. Shelby setzt sich wieder neben mich auf die Couch.

Sie lehnt sich an, sucht erneut Körperkontakt und küsst mich mit besonderer Betonung. Ich steige nicht ein, denn ich habe immer noch an der verbrecherischen Zeitverlängerung zu knabbern. Als Shelby fertig ist, verkünde ich: »Mein Vater war in Harvard.«

Ich zucke innerlich zusammen. Ich klinge wie ein Loser. Warum bin ich so verunsichert? Warum habe ich das Gefühl, mich vor ihr rechtfertigen zu müssen? Eigentlich gibt es eine Tonne von Gründen, auf alle Fälle genug, um ihren Psychiater dazu zu bringen, jahrzehntelang alles auf einem kleinen Block zu notieren. Nur so für den Anfang, weil ich ein Schwindler und ein Betrüger bin.

»Er ist Schriftsteller«, erwähne ich grundlos.

Shelby würde es nicht weniger interessieren, wenn ich gesagt hätte, er wäre Buddha. Genervt kippt sie den Rest ihres Cognacs runter.

»Celia Lieberman ist nicht die Einzige, die wen an sich ranlässt«, erklärt sie dann mit grimmiger Entschlossenheit und drückt mich tiefer in die Couch. Als ich schlaff in die Kissen sinke, greift sie nach unten, öffnet meinen Gürtel und die Hose, eins, zwei, drei, alles Routine. Und … und ich weiß nicht, wie ich das sonst sagen soll, ich meine, was soll ich sagen – sie schiebt ihre Hand in meine Hose.

Es ist, als wäre ich vom Blitz getroffen. Ich winde mich, bebe und meine Erregung wächst in ihrem selbstsicheren Griff. Glücklicherweise ist das keine Halluzination. Und Widerstand ist zwecklos. Nicht dass ich mich auch nur im Geringsten wehren würde. Zu diesem Zeitpunkt bin ich mit dem Programm einhundertprozentig zufrieden.

Ich ziehe sie zu mir und plötzlich rollen wir hin und her und machen mit ernsthafter Zungenarbeit herum. Ihre manikürte Faust arbeitet wie geschmiert. Sie hat mich da, wo sie mich haben will. Wonach ich mich gesehnt habe. Vollkommen ihrer Gnade ausgeliefert. Ich stehe in Flammen, alles biochemische Reaktionen, habe das Gefühl, kurz vor einer Explosion zu stehen.

Shelby löst sich von mir, ihr Gesicht glänzt von unserem gemeinsamen Sabber, und sie lächelt über ihren Sieg.

»Das gefällt mir schon besser.«

»Ja«, keuche ich und winsele wie ein Hund. »Mehr.«

Shelby senkt den Kopf langsam zwischen meine Beine und verschwindet aus meinem Blickfeld. Alles an mir – Augen, Zunge, obere und untere Gliedmaßen – rekelt sich erwartungsvoll. Der himmlische Chor singt Halleluja. Ihre Lippen, mein Ihrwisst-schon-was. Oh, ewige Freude!

Dann blitzen plötzlich Lichter auf, blendend hell. Keine metaphorischen Lichter, sondern echte, tatsächlich künstliche an der Zimmerdecke.

»Shelby?«, fragt Shelbys Mom und blinzelt vom Eingang zu uns. »Was machst du denn hier?«

Erschrocken richtet sich Shelby kurz auf und geht dann hinter der Couch in Deckung. Ich springe, ohne nachzudenken, auf die Füße.

Als Shelbys Mom mich sieht – oder besser gesagt: ihn –, lässt sie wie betäubt ihre Einkaufstüten fallen.

»Oje.«

Ich schaue an mir herab, schlucke, drehe mich sofort um, ziehe die Hose hoch, schließe sie und wende mich dann wieder Shelbys Mom zu. Meine Hose bildet vorne ein monstermäßiges – und ich meine wirklich ein monstermäßiges – Zelt. Ich wusste gar nicht, dass ich so monströs sein kann. An einem anderen Ort und zu einem anderen Zeitpunkt wäre ich von mir selbst beeindruckt. Aber hier und jetzt schnappe ich mir ein schickes pastellfarbenes Sofakissen, das meinen riesigen Ständer verdeckt, greife mir meine Jacke und tänzele hektisch in Richtung offener Tür.

»Schön, Sie wiederzusehen, Mrs Pace!« Shelbys Mom huscht mir aus dem Weg. Ich winke Shelby zu, ohne zu ihr zu schauen. »Also, bis bald, Shelby!«

Shelby blickt hinter der Couch hervor. »Grüß Celia von mir!«

Epididymale Hypertension, dem männlichen Geschlecht als blaue Eier oder Kavaliersschmerzen bekannt. Im Grunde genommen, liebe Jungs und Mädels, wenn ein Typ wirklich erregt ist – was ich definitiv bin –, dann fließt das Blut zu seinem, na ja, Ding. Es schwillt an, ihr wisst schon – was für mich sehr nachdrücklich gilt –, und seine, na ja, die Eier vergrößern sich um bis zu fünfzig Prozent im Vergleich zu normal, was bei mir leider der Fall ist. Die Nüsse verlieren Sauerstoff und nehmen eine leicht bläuliche Färbung an, daher der Name. Ich hatte noch keine Gelegenheit nachzusehen, aber ich nehme an, dass meine dunkelviolett sind. Wenn ich mir sozusagen keine Erleichterung verschaffen kann – was in meinem Fall nicht infrage kommt –, werden diese superaufgeblasenen Bälle superempfindlich und das Ganze wird superschmerzhaft. Das ist sozusagen ein Streitpunkt. Viele Frauen behaupten sogar, dass blaue Eier eine schamlose Erfindung für Mitleidssex sind. Nichts weiter als ein männlicher Mythos.

Na ja, lasst mich euch sagen, das ist kein verdammter Mythos. Und Shelbys zitrusglossiger Mund war eben kein Hirngespinst, auch wenn das Ganze nur einen Sekundenbruchteil gedauert hat. Nicht nur, dass ich kräftiges Pochen auf der Länge und dem Umfang eines Telefonmastes spüre, was ich nach wie vor erfolglos versuche, mit dem pastellfarbenen Sofakissen zu verbergen, sondern jetzt quälen noch dazu bei jedem labilen Schritt spitze, unerträgliche Krämpfe meinen verstörten Körper. Im Schneckentempo gehe ich die belebte Straße hinunter, schwitze trotz der Kälte, stöhne und atme schwer. Glücklicherweise bin ich in der Stadt, wo mein Verhalten im Bereich des Normalen liegt.

Kennt ihr diesen Perversen, der immer spätnachts in der U-Bahn hockt, verrückte Gesichter zieht und ekelhafte Geräusche von sich gibt, während er sein Ding hätschelt? Nun, das bin dann wohl ich jetzt. Mit einem Arm in der Halteschlaufe, mit der anderen das quastenverzierte Sofakissen auf meine schmerzende Lende drückend, baumele ich hin und her und keuche bei jeder Erschütterung des dahinrasenden Waggons. Die anderen Fahrgäste machen vorsichtig einen weiten Bogen um mich. Ich kann es ihnen nicht verübeln.

Die dreiundvierzigminütige Fahrt zurück nach Pritchard erscheint mir wie hinter einem trüben Dunstschleier, aber irgendwie schaffe ich es. Nach dem Aussteigen lehne ich mich zuerst an das Geländer des Bahnsteigs und hinke dann langsam die Treppe hinunter, das Kissen ist immer noch strategisch positioniert, da die Angelegenheit immer noch nicht besser ist. Als ich im Beast nach Hause rase, überkommt mich der Schmerz in riesigen Wellen, und ich schwöre, ich werde zweimal fast ohnmächtig. Ich bin ein Schnellkochtopf unter mächtig Dampf. Ich verfluche den Himmel, schlage sexuell frustriert auf das Lenkrad, denn meine intensive körperliche Qual wird durch die noch größere seelische Qual verstärkt. Das ist so unfair. Der Blowjob dauerte bloß eine Sekunde. Wie viel kann ein Mann ertragen?

Ich stürme in die Wohnung, werfe das Sofakissen weg, öffne die Hose und humpele in die Küche. Ich reiße den Gefrierschrank auf, ziehe den Behälter des Eiswürfelbereiters heraus und leere den gesamten Inhalt in meine Boxershorts.

»Ahhhhhhhhh!!!« Ich grunze wie ein Neandertaler.

Ich drehe und schwinge mein Becken, damit die Eiswürfel an die richtigen Stellen rücken. Der Effekt setzt sofort ein und beruhigt, die intensive Kälte betäubt meine übererregten, unterstimulierten Gonaden. Also wisst ihr, was? Es funktioniert wirklich. Die schmelzenden Eiswürfel tropfen auf meine Hosenbeine, ich wimmere, ich winsele.

Dann sehe ich am Küchentisch und in der Dunkelheit eine winzige Glut aufleuchten.

Es ist Charlie im Pyjama, der an einem Joint saugt und mich aufmerksam beobachtet. Na wunderbar. Genau das, was ich jetzt brauche. Warum zum Teufel ist er wach? Er ist sonst nie wach um die Zeit.

»Was ist?«, blaffe ich abwehrend, denn ich weigere mich, ihm die Befriedigung zu verschaffen, dass mir etwas peinlich ist, egal, wie sehr ich leide. »Ich habe mal gesehen, dass Al Pacino das in einem Film gemacht hat.«

Ich mustere meine zerfetzte Würde, das tropfende Eis, bewege mich knirschend zur Spüle und kippe die Gletscherladung hinein. Charlie beobachtet mich immer noch schweigend.

»Du bist noch spät unterwegs«, sagt er schließlich. »Und es war De Niro.«

»Eine griechische Hochzeit in Parsippany«, lüge ich ungeniert und halte meine Catering-Tarnung aufrecht. »Diese Feste gehen die ganze Nacht. Der Souflaki ist förmlich geflogen.«

Ich schlurfe ungelenk zu meinem Zimmer. Obwohl vereist, ist meine Ausstattung immer noch in einem allzu fragilen Zustand, und ich achte peinlich genau darauf, sie nicht mehr als unbedingt notwendig zu erschüttern.

»Nun, wenn du das nächste Mal bis drei Uhr nachts aus bist, ruf an«, ermahnt mich Charlie tatsächlich elterlich autoritär. Und das, wo ihm ein Joint aus dem Mundwinkel hängt. Der Typ ist erbärmlich. Ich war seit Monaten an keinem Samstagabend vor drei Uhr nachts zu Hause, und es ist das erste Mal, dass er das überhaupt bemerkt. Ich tue, was ich immer tue, und beachte ihn nicht. Alles, woran ich denken kann, ist mein gemütliches Bett.

»Das ist heute für dich gekommen.«

Er hält einen dünnen Umschlag mit Poststempel hoch. In der oberen Ecke befindet sich das allseits bekannte geprägte Wappen. Columbia University. Meine offizielle Mitteilung über die Aufnahme ins Fegefeuer. Wie die meisten Colleges verschickt Columbia seine Urteile mit der Post und veröffentlicht sie parallel online. Das ist deren Art, eine unauslöschliche Erfahrung zu bereiten, nämlich dass Träume zweimal zum Preis von einem zerstört werden. Ich hatte völlig vergessen, den Brief rechtzeitig abzufangen.

Nichts lässt einen schneller erschlaffen als ein kleines Versagen. Das Leid der Nacht verschwindet, weil der größere dunklere Schatten wieder auf mich fällt. Und dass Charlie davon weiß, macht die Last nur noch erdrückender.

»Das ist meiner!«, sage ich, springe in einem Satz zu ihm und reiße den Umschlag aus seiner schmutzigen Hand. Allein dass er ihn berührt, senkt meine Chancen.

»Ich habe im Laufe der Jahre genug davon ausgetragen, um zu wissen, was drin ist«, entgegnet Charlie milde.

Deshalb ist er wach geblieben. Um persönlich meine aktuellste Niederlage zu feiern. Arschloch.

»Tut mir leid, dich enttäuschen zu müssen, Charlie«, glotze ich ihn an. »Meine Bewerbung ist zurückgestellt, nicht abgelehnt. Ich kann immer noch ganz regulär im April angenommen werden.«

Charlie nickt vor sich hin und kratzt sich die Bartstoppeln am Kinn. Er weiß, dass er die Klappe halten sollte, aber er kann einfach nicht anders.

»Ich will nur nicht, dass du dir Hoffnungen machst, Brooks«, rät er. »Dann wirst du bloß verletzt.«

Er will, dass ich aufgebe. Genau, wie er es getan hat. Die alte, pure Wut steigt in mir auf.

»Ach leck mich«, sage ich.

Dann stürme ich in mein Zimmer und knalle die Tür extralaut zu.

Winter meines Missvergnügens

Countdown.

Drei. Zwei. Eins.

Mitternacht.

Frohes neues Jahr.

Auf dem Times Square fällt die Kugel und Tausende normaler junger Menschen meines Alters jubeln. Rund um den Globus, ungeachtet von Religion, Kultur und uralter Feindschaft ist die gesamte Menschheit kurzzeitig im Feiern vereint. Nur nicht hier, in Pritchard, New Jersey. In diesem Drecksloch.

Schulabschluss, College. Die Zukunft. Jetzt ist es da: das Kalenderjahr, auf das mein ganzes bisheriges Leben zugelaufen ist. Auf die eine oder andere Weise.

Ich sollte glücklich sein. Das erste Semester, das letzte, das noch zählt, ist vorbei. Ich habe in meinen Kursen lauter Einser bekommen, und mein Zwischenzeugnis wird, wenn es dann an die Columbia geschickt wird, perfekt sein. Obwohl es bisher noch kein Wort von oder über Onkel Max gab, sollte mich die Aussicht, mein restliches Jahr als Zwölftklässler lässig zu absolvieren, mir keine Party entgehen zu lassen und die Früchte meiner Arbeit zu genießen, eigentlich in einen Freudentaumel versetzen. So wäre das auch, wenn ich schon drin wäre und nicht *zurückgestellt* wie der letzte Dreck.

Ich bin allein in meinem Zimmer und betrinke mich mit altem Starkbier, das ich vor so langer Zeit gehortet habe, dass ich nicht mal mehr weiß, wann ich es erbeutet habe. Und ich hasse Starkbier. So beschissen ist mein Silvester bislang. Allerdings muss ich zugeben, dass die Feiertage für mich schon immer eher eine Qual waren. Ich meine, Charlie und ich unterm Baum, den wir übrigens niemals hatten, ist ja auch nicht wirklich ein heimeliges Postkartenmotiv wie die Feiertage von fast allen anderen. Es gibt keine Geschenke und schon gar keine frohe Botschaft. Aber diese Feiertage sind besonders übel. Ihr müsst wissen, dass seit meinem kleinen Wutanfall die Frontlinien gezogen wurden. Charlies Zimmer ist Feindesland, Bad, Küche und der Rest unserer Gemeinschaftsräume sind Niemandsland, in das wir uns nur selten, kurz und für die absolut unumgänglichen Dinge begeben. Und auch wenn wir einander kaum sehen, wirft der ungemütliche Waffenstillstand einen Schatten auf jeden Gedanken an Festlichkeit.

Normalerweise sind mein größtes Vergnügen und einziger Trost in den Ferien, mit Murf abzuhängen und mich zuzudröhnen. Aber seit ich ihn so unfair ohne auch nur ein Wort stehen lassen habe, blockiert er mich auf Facebook, Instagram, Twitter, Skype und verschiedenen anderen Apps, von denen ich gar nichts weiß. Auf meine witzigen Nachrichten und albernen Selfies reagiert er nicht. Murf ist einfach megaangepisst und ich kann's ihm nicht verübeln. Abgesehen davon, dass, selbst wenn Murf mit mir reden würde – was er nicht tut –, er dieser Tage ständig im The Gun ist und deshalb für dringend benötigte Gesellschaft nicht zur Verfügung steht.

Ach, Columbia, warum verschmähst du mich? Ich würde alles tun, alles sagen. Mein irdisches Dasein könnte so göttlich sein, wenn du mich nur nehmen würdest. Kommilitone von Shelby. So viel zu einem Extra-Bonus. Aber das schmerzt auch doppelt. Die Vorstellung, dass sie ohne mich dort ist, bedeutet für mich zusätzliche Qual. Ich muss da reinkommen. Ich muss. Denn wenn nicht, werde ich diese Lippen nie mehr um meinen Ihr-wisst-schon-was spüren.

Oh bitte, spart mir eure selbstgerechte Empörung. Ihr redet euch leicht. Ihr wart ja nicht dabei und steckt nicht in meiner Haut. Euch ist es nicht beinahe widerfahren. Ich wünsche mir fast, es wäre niemals fast passiert. *Fast.* Das kann es noch nicht gewesen sein. Das ist wie die lebenslange Bestrafung mit seelisch blauen Eiern.

Die nächsten Tage und Wochen verbringe ich eingeigelt, um meine Eigenwerbung zu perfektionieren. Laut allen Ratgeberbüchern ist einem Bittsteller ein letztes Keuchen von Eigenwerbung in der ansonsten unproduktiven Phase bis April gestattet. Tatsächlich ermutigen die Ratgeber einen sogar dazu. Aber niemals mehr als einen Versuch, warnen alle. Man will schließlich nicht zu bedürftig wirken. Üblicherweise handelt es sich um ein Update über irgendeine neue, bedeutungslose Ehrung, Auszeichnung oder ein Abenteuer im Ausland. Die sanfte Erinnerung daran, dass man immer noch in der Luft hängt. Manche Leute werden dabei, wie ich erfahren habe, aber auch richtig kreativ. Da wurde schon Selbstgebackenes verschickt oder ganze Arien auf YouTube gepostet. Sogar mit Nacktfotos soll es mal jemand versucht haben. Nicht die beste Idee. Denn der letzte Keucher soll auf subtile Weise die einzigartige Einzigartigkeit zum Ausdruck bringen und die Zusicherung der unerschütterlichen Hingabe an die hehre Institution sein – außer natürlich, man wird bei einer noch hehreren zugelassen.

Weil ich nicht gut singen kann, es mir an kulinarischem Talent und Inspiration fehlt, habe ich mich für einen Klassiker entschieden: ein Videoporträt, um, ratet mal, wen, näher zu beleuchten. Leider habe ich nicht viel Material. Im wahrsten Sinne des Wortes. Praktisch keine Babyfotos, wenige ungestellte Aufnahmen, wo man mich in der Little League Baseball spielen sieht oder Ähnliches, armselige Erinnerungen an Familienurlaube, weil es kaum welche gab. Obwohl ich Regale, Schubladen und staubige Kartons durchwühlt habe, bin ich kaum dokumentiert, was schon irgendwie deprimierend ist und meine schwelende Wut auf Charlie weiter anstachelt. Aber ich tue, was ich kann, mit dem, was ich habe. Und so verfüge ich nach unzähligen Stunden und viel Versuch und Irrtum auf meinem Computer über zwei straff geschnittene Minuten »Best of Brooks Rattigan«.

Da blickt der nachdenkliche Brooks Rattigan als Silhouette in einen glühenden Sonnenuntergang. Der junge, verantwortungsbewusste Brooks Rattigan ist mit neun Jahren Chef der Schülerlotsen. Brooks Rattigans viele Auszeichnungen als Jahrgangsbester. Ein verspielter Brooks Rattigan haut auf Bongos. Der naturverbundene Brooks Rattigan paddelt in einem Kajak. Brooks Rattigan, als Mann der Renaissance, sinniert in einem Kunstmuseum. Brooks Rattigans diverse Pokale, die Brooks Rattigan hauptsächlich auf Flohmärkten erstanden hat. Ich füge noch ein paar wirbelnde Grafiken und coole Spezialeffekte hinzu, um meine zahlreichen Eigenschaften aufzuzählen: Brooks Rattigan, Gewinner des National Merit Letter of Commendation. Gesamtpunktedurchschnitt vier Komma eins vier gewichtet. Siebenhundertzwanzig in Sprache. Siebenhundertsechzig in Mathe. Sechshundertachtzig in Literatur. Aber alle wissen, dass das zu wiederholen Bullshit ist. Als inspirierende Musik probiere ich alles aus – von der amerikanischen Nationalhymne bis zu Ween und dem Titelsong von »Rocky«, aber nichts funktioniert. Ich weiß, dass ich mehr brauche.

Aber seien wir ehrlich, mein Markenzeichen ist Glanzlosigkeit.

Wieder ein Samstagabend. Ein immens wichtiger. Ich bin siebenundvierzig Minuten zu spät, um Gravity Dross zum Winterball abzuholen, und ein nervöses Wrack. Weil ich meine letzte und beste Chance auf die Columbia nicht vergeigen wollte, habe ich gute zwei Stunden für den Ausflug von Pritchard nach Westport eingeplant. Aber wegen dem ganzen Eis und Schnee kommt es zu einem Unfall auf der George-Washington-Brücke, und ich brauche knapp drei, obwohl ich wie ein Henker fahre und dabei rumschreie wie der Typ in »The French Connection«. Ich bin sogar noch besser, weil ich außerdem die ganze Zeit über auch noch Google Maps auf meinem Handy zurate ziehe. Als ich endlich vor die Villa aus Holz schlittere, die sich an einen eigenen Bach schmiegt, bin ich so gereizt und wütend, dass ich eigentlich dringend eine lange Auszeit in einer Gummizelle bräuchte. Man möchte meinen, dass Onkel Max vielleicht ein winziges bisschen nachsichtig mit mir wäre, aber nein. Er ist bereit, mir an den Kragen zu gehen, weil Tante Marion wiederum bereit ist, ihm an die Gurgel zu springen. Gravity kümmert sich kaum um das Ganze, denn sie sitzt in einem geräumigen Zimmer nebenan gebannt vor einer alten Folge »Sponge Bob«, die ich ungefähr sechsmal gesehen habe.

»Gravity, er ist da«, flötet Tante Marion und versucht, das Beste aus der Situation zu machen, während sie mich jedoch böse anschaut.

»Okay«, antwortet Gravity und schaltet folgsam den Fernseher aus.

Da sie Celia Liebermans Cousine ist, habe ich etwas anderes erwartet. Erstens sieht sie schon mal überhaupt nicht wie Celia Lieberman aus. Gravity ist groß, gertenschlank, sehr blass. Man könnte auch sagen, sie hat etwas Ruhiges, Ätherisches an sich, das Celia Lieberman definitiv fehlt. Und sie ist tausendmal besser angezogen. Ein figurbetontes, elegantes Abendkleid unterstreicht ihre Vorzüge. Sie sieht wirklich umwerfend aus und scheint im Gegensatz zu Celia Lieberman eine bemerkenswert angenehme Art zu haben, was mich ernsthaft daran zweifeln lässt, dass die beiden verwandt sind.

»Sag Brooks Hallo«, strahlt Tante Marion ihre Tochter an und streicht eine ihrer ansonsten perfekten Locken zurecht.

»Hallo«, begrüßt Gravity mich und lächelt freundlich.

»Brooks ist deine Verabredung für heute Abend. Er wird dafür sorgen, dass du Spaß hast.«

»Okay«, sagt Gravity.

»Das will ich hoffen«, fügt Onkel Max so vielsagend hinzu, dass ich sofort den Eindruck bekomme, er hat diese kleine Unterhaltung mit seinem Kumpel, dem Direktor der Zulassungsstelle, über mich noch nicht geführt.

»Wie wäre es denn mit ein paar Schnappschüssen fürs Familienalbum?«, beeile ich mich vorzuschlagen, um ein bisschen Tempo zu machen und Zeit aufzuholen.

»Tolle Idee, Brooks!«, begeistert sich Tante Marion. Sie ist erstaunlich hübsch und ausgeglichen, obwohl sie mit einem Griesgram wie Onkel Max verheiratet ist. Wäre sie nicht so gestresst, könnte sie eventuell sogar nett rüberkommen.

»Okay«, sagt Gravity.

Okays sind so ziemlich die ganze Unterhaltung auf der Fahrt in Onkel Max' untermotorisiertem Tesla (der hat zwar mehr *Uuumpf* als der Prius, kommt aber nicht an einen guten V6 oder gar V8 heran). Damit geht es zum natürlich superteuren Restaurant, das man praktisch hatte bestechen müssen, um unsere Reservierung aufrechtzuerhalten. Gravitiy lächelt und wirkt gut gelaunt, aber ich bin mir nicht ganz sicher, ob sie mitkriegt, was los ist oder was sie mit mir tut. Sie hat diese Leere im Blick, die ich nervtötend finde, bis ich mich selbst daran erinnere, dass viele der bestaussehenden Babes das haben.

Als Gravity dann aus der komplett französischen Speisekarte ein gegrilltes Käsesandwich und Kartoffelchips bestellt, bekomme ich den Eindruck, dass mir irgendwer nicht die gesamte Geschichte erzählt hat. Denn Gravity ist nicht ganz da oder hier oder irgendwo auf dieser temporalen Ebene. Sie ist in ihrem eigenen Kopf und hat wohl das, was man in der hiesigen Gehirnbranche »auf dem Spektrum liegen« nennt. Ich vermute, sie ist vielleicht Autistin. Kein Witz.

Eltern, denke ich grimmig, während ich in mein Chateaubriand säge, das für mich inzwischen nichts mehr so Neues ist. Arme, dumme reiche Eltern. Sie glauben, wenn sie genug Geld ausgeben, können sie für ihre Kids alles regeln. Doch es gibt ein paar Dinge, die lassen sich nicht korrigieren wie schiefe Zähne oder eine Hakennase. Dinge, für die selbst ihre Kaufkraft nicht reicht. Die süße, glückliche Gravity ist so ein Beispiel. Und vielleicht sollte man sie gar nicht reparieren, selbst wenn das ginge. Aber verdammt, was weiß ich schon.

Nach den vielen seltsamen, neugierigen Blicken, die ich ernte, als ich Gravity in die plüschige Aula führe, bestätigt sich mein Verdacht, aber ich beschließe, es einfach laufen zu lassen. Alles gut. Ich verbeuge mich galant und frage Gravity, ob sie das Tanzbein mit mir schwingen möchte. Natürlich stimmt sie zu. Was soll's? Ich rechne damit, ihr ein paar einfache Schritte beizubringen, aber wisst ihr, was? Wenn hier irgendwer irgendwem was beibringen kann, dann ist sie das. Gravity ist eine fantastische Tänzerin. Wenn nicht sogar ein Wunderkind. Graziös lässt sie sich von mir führen, ahnt meine Bewegungen voraus und bringt mich in Sphären, wo ich noch nie war. Wir drehen uns, tänzeln und wirbeln herum. Ohne Pause und hingebungsvoll. Sie lacht und ich auch. So vergehen Stunden.

Es ist schon spät, als wir in zufriedenem Schweigen durch eine frostige Landschaft, die in der Dunkelheit schwach leuchtet, zurückfahren. Zum ersten Mal seit langer Zeit bin ich mit mir selbst im Reinen. Eigentlich komme ich mir vor, als wäre ich derjenige, der etwas bezahlen sollte.

Tante Marion und Onkel Max erwarten uns mit angespannten Gesichtern in Bademänteln an der Haustür, als wir den Weg zum Haus hinaufgehen. Pathetisch umarmt Tante Marion ihre Tochter.

»Also, wie war's?«, fragt sie wohlwollend, als habe sie uns irgendein großes Geschenk gemacht, was gewissermaßen ja auch stimmt.

»Okay«, antwortet Gravity fröhlich.

Da stößt Tante Marion einen lauten Schluchzer aus und bricht weinend zusammen. Ich kann mir irgendwie vorstellen, warum. Es gibt keinen Zauber, keine Wunderheilung. So zu tun, als sei Gravity normal, was auch immer das heißen soll, kann das nicht erzwingen.

»Auf Wiedersehen, Brooks.« Es ist das erste Mal, dass Gravity meinen Namen sagt. Dann gibt sie mir einen Kuss auf die Wange, geht ins Nebenzimmer und schaltet den Großbildschirmfernseher wieder ein, um »Sponge Bob« weiterzuschauen, wo sie vorhin unterbrochen hat.

»Ich hab dir doch gesagt, dass ist eine schlechte Idee«, flüstert Onkel Max Tante Marion zu, die immer noch schnieft. »Warum musst du dich immer weiterquälen?«

»Wir hatten einen wirklich schönen Abend. Gravity ist eine unglaubliche Tänzerin«, sage ich, um sie vielleicht aufzumuntern.

Aber sie hören mich gar nicht. Da wird mir klar, dass ich der unwillige Proband in einem fortdauernden Experiment mit dem immer gleichen herzzerreißenden Ergebnis bin. An diesem Abend ging es mehr um die beiden als um ihre Tochter. Onkel Max ist sauer und bezahlt wortlos. Es gibt kein Trinkgeld, nicht einen Cent. Nicht dass mir das was ausmachen würde, aber ich nehme es als schlechtes Omen. Als wäre es mein Fehler, dass Tante Marion ein heulendes Häufchen Elend ist.

Die Rückfahrt nach New Jersey ist lang und ernüchternd. Onkel Max sollte mein Vorsprung, mein großer Wohltäter sein. Während ich Kilometer um Kilometer zurücklege, wachsen meine Zweifel daran, dass diese Unterhaltung mit seinem Kumpel, dem Dekan des Zulassungsbüros, je stattfinden wird. Zurück zum Start, Brooksie.

Murf boykottiert mich weiterhin. Er muss einen beträchtlichen Bonus oder eine ansehnliche Gehaltserhöhung bei The Gun bekommen haben, denn er hat sich einen gebrauchten Pick-up gekauft: einen kirschroten 2004 Ford F-150 mit einem imposanten V8. Damit fährt er jetzt selbst zur Schule. Wir haben keinen einzigen gemeinsamen Kurs, und bei den wenigen Gelegenheiten, wenn wir uns auf dem Gang begegnen, wechselt er demonstrativ die Seite. In der Mittagspause steht er auf und verzieht sich an einen anderen Tisch, wenn ich mich neben ihn setze. Nach einer Weile macht mich dieses »die kalte Schulter zeigen« richtig sauer auf ihn. Ich meine, ich habe zugegeben, dass ich mich falsch benommen habe, und mehrfach versucht, es wiedergutzumachen. Was kann ein Mensch denn noch tun? Was will er? Verdammte Blumen? Hm, vielleicht gar keine schlechte Idee … Stopp! Bin ich echt schon so verzweifelt? Jedenfalls will ich nur sagen: War meine Aktion wirklich so schlimm, dass es sich lohnt, dafür eine lebenslange Freundschaft zu kündigen? Anscheinend sieht Murf es so und das macht mich noch wütender.

Aber trotz der Tatsache, dass er sich total scheiße benimmt, vermisse ich meinen Kumpel.

Vielleicht ist das der Grund, warum ich mich an einem eiskalten Nachmittag mit meiner alten blauen Eimertrommel am Stausee wiederfinde. Hier haben Murf und ich uns früher zu Jamsessions der Pritchard-High-Schlaginstrumentegesellschaft getroffen. Die Landschaft rund um den Parkplatz ist fleckig, nackt, kahl und spiegelt damit meine schwache Stimmung gut wider. Dieser Winter scheint besonders brutal und endlos zu sein. Ich hoffe, dass eine gute Trommelsession, auch wenn es nur solo ist, vielleicht therapeutische Wirkung hat. Alles andere bringt ja nichts.

Als ich den Weg durch den kahlen Wald zu unserer Stelle einschlage, höre ich in der Ferne was. Ein einsames, hohles Klopfen. Klingt wie … Hände auf Plastik. Könnte das …? Ich laufe schneller und komme bald zu den großen Felsen, von denen aus man die riesige, gefrorene Wasserfläche überblickt. Und tatsächlich hockt da Murf. Eingemummelt wie ein Indianerhäuptling, ein Guinness neben sich, haut er lustlos auf seinen blauen Eimer ein. Der Inbegriff einer verlorenen Gestalt.

Er sieht mich, reagiert aber nicht, sondern nimmt nur einen großen Schluck von seinem Bier.

»Du bist nicht im Gun?«, stelle ich erstaunt fest.

»Hab mir den Nachmittag freigegeben«, antwortet er brummig und schlägt dann wieder auf sein Instrument ein.

»Was dagegen, wenn ich dir Gesellschaft leiste?«, frage ich vorsichtig.

»Ist ein freies Land«, erwidert er kurz angebunden. »Zumindest krieg ich das immer wieder zu hören.«

Ich hocke mich ihm gegenüber auf die Felsen, klemme mir meinen Eimer zwischen die Knie und beginne mitzutrommeln. Es wird nicht gerade ein tolles Duett, weil keiner von uns dafür in Stimmung ist.

»Murf, es sind jetzt schon mehr als zwei Monate«, fange ich schließlich an.

»Sieben Wochen und drei Tage«, verbessert er mich.

»Irgendwann wirst du mit mir reden müssen.«

»Du hast deinen besten Freund für irgendein superscharfes Chick versetzt«, sagt Murf abweisend. »Da gibt's nichts zu reden.«

»Ja, aber willst du nicht wissen, warum ich meinen besten Freund für irgendein superscharfes Chick versetzt habe?«

Da hört Murf auf zu trommeln und sieht mich direkt an. »Ich bin ganz Ohr.«

Das ist es – der Moment, in dem ich, wenn ich den Mut oder eine Spur Charakter hätte, reinen Tisch machen und ihm meine vielen Marotten, Defizite und Unsicherheiten gestehen sollte. Das Problem ist nur, die Wahrheit tut weh. Ihm. Aber vor allem mir.

»Sie war superscharf«, erkläre ich und weiche seinem Blick aus.

Wie ich schon sagte, normalerweise wäre das gemäß unserem unausgesprochenen Kodex eine ausreichende Erklärung. Aber Murf ist, egal, wie viele Punkte er für die College-Bewerbung hat, kein Dummkopf. Er spürt, dass da noch mehr dahintersteckt, weil es genauso ist.

»Ist das alles?«, fragt er und starrt mich immer noch direkt an.

»Ich schwör bei Gott.« Ich bin so ein mieser Dreckskerl. Er weiß, dass ich lüge, und ich weiß, dass er weiß, dass ich es weiß. Aber gut, weil er so ein schlichtes Gemüt ist, spricht Murf mich mangels Beweisen frei und nimmt mir das ab. Auch das verstößt gegen unsere Regeln.

»Hast du sie wenigstens rumgekriegt?« Lächelnd fängt er wieder an zu trommeln.

»Irgendwie ja. Wenn ein Zwei-Sekunden-Blowjob zählt. Dann ist ihre Mom reingeplatzt.«

Aus irgendeinem Grund findet Murf das saukomisch. Lachend trommelt er mit neuer Energie. Ich mache begeistert mit. So schlagen wir im synkopischen Chor auf unsere Eimer.

»Ehrlich gesagt war es eher nur eine«, gebe ich im zunehmenden Getöse verlegen zu. »Als ich nach Hause kam, musste ich mir Eiswürfel in die Hose kippen, um einen Extremfall von wildem Dauerständer wieder loszuwerden.«

»Du Hund!«, johlt Murf und amüsiert sich über mein Leid. Wir trommeln schneller und schneller, dann wird er wieder langsamer. »Das hättest du mir trotzdem sagen können, Brooks.«

Ich schaue unbehaglich weg. Da streckt er mir sein Bier hin. Ich nehme einen großen Schluck.

»Das ist wegen dieser ganzen Columbia-Sache«, behaupte ich. »Die macht mich total irre.«

Wir trommeln noch eine Weile vor uns hin. Von unserem Aussichtspunkt bemerke ich eine Truppe kleinerer Jungs, die am anderen Ende des Stausees Eishockey spielt. Das ist eine Stelle, wo sie nicht sein sollten, an der Murf und ich früher aber auch gespielt haben, obwohl wir da nicht sein sollten. Damals als die Zukunft noch keine Rolle spielte. Ist es wirklich möglich, dass seither erst ein paar Jahre vergangen sind?

»Wie steht's denn im College-Derby?«, fragt Murf, wie um Konversation zu machen.

»Ich stehe mehr oder weniger vor dem Tor und komme nicht rein«, sage ich.

Unterhalb von uns ragt ein rostiges Schild keine zwanzig Meter vom Ufer entfernt aus der dünnen Eisschicht. Darauf steht warnend in großen roten Buchstaben: »GEFAHR! DÜNNES EIS!« Jeden zweiten oder dritten Winter ertrinkt irgendein Kerl im Stausee. Meist stockbesoffen. Das ist so eine Art traurige Tradition hier in Pritchard.

»Hey, die Hoffnung stirbt zuletzt«, sagt Murf aufmunternd.

»Und dann ist da doch immer noch Rutgers. Auch eine verdammt gute Uni. Ich meine, ich käme da nicht mal rein, wenn's um mein Leben ginge.«

»Nein, es ist vorbei, Murf«, stelle ich abschließend fest und gebe tatsächlich auf. Wir dreschen weiter auf unsere umgedrehten Eimer ein. Unsere Handflächen brennen schon. Wir kochen, unser Beat ist hart, komplex und wütend.

»Warum bedeutet dir das eigentlich so viel, Brooks?«, fragt Murf. »Was gibt's denn da draußen, was wir nicht auch hier in Pritchard haben?«

Ich verziehe das Gesicht. An dieser Stelle trennen sich unsere Wege unvermeidlich. So schnell schaffe ich es vielleicht nicht woandershin, aber wenigstens halte ich die Augen offen und weiß, worum es geht. Ich kann mich nicht wie Murf mit weniger zufriedengeben, selbst wenn ich wollte. Denn das will ich jetzt noch weniger als sonst.

»Ach komm, Murf, Pritchard ist doch ein Drecksloch«, sage ich außer Atem.

»Stimmt.« Er lacht bitter. »Pritchard ist echt das Letzte. Habe ich das bestritten?«

Wir trommeln noch härter und jeder von uns hängt seinen Gedanken nach. Am anderen Ende des Stausees johlen und schreien die Kinder, laufen auf dem Eis hin und her. Das schiefe Schild strahlt mich an wie eine Neonreklame: »GEFAHR! DÜNNES EIS!« Mir kommt eine Idee, die mit jedem Schlag auf meinen Eimer wächst. Wenn's um sein Leben ginge, hat Murf vorhin gesagt. Eine feige, diabolische Vorstellung, die ich mir gar nicht erlauben sollte, die aber funktionieren könnte.

»Also wenn ich irgendwas für dich tun kann, Alter, dann bin ich für dich da«, verspricht Murf.

»Tja, also, da gäbe es wirklich was«, verkünde ich und bin plötzlich Feuer und Flamme vor lauter böser Entschlossenheit.

Murf sieht mich an und scheint ein bisschen verwundert, dass ich sofort auf sein Pro-forma-Angebot eingehe.

»Du musst mich dir das Leben retten lassen.«

Jetzt hört er sogar auf zu trommeln. *»Was?«*

»Du brichst ins Eis ein, ich rette dich«, erkläre ich rasch, bevor Gewissen und Vernunft sich einschalten können. »Ich garantier dir, dass du absolut sicher bist. Es muss nur so aussehen, als ob du in Lebensgefahr wärst. Fünf Minuten, maximal zehn!«

»Bist du total bescheuert?«

»Ich brauche ein Update für meine Bewerbung: irgendwas Großes, das mich hervorhebt.«

Murf sieht das Schild und dann wieder mich an.

»Jetzt sofort?«

»Wenn's dir nichts ausmacht? Das Aktualisierungsformular muss spätestens Montag in der Post sein.«

»Es nützt nichts, wenn keiner uns sieht«, erkläre ich Murf, während wir durch das Riesenloch im Maschendrahtzaun klettern, das alle benutzen und das in meinem ganzen Leben noch nie repariert worden ist. »Also schrei wie verrückt.«

Dann stehen wir am schrägen Betonrand des Stausees. Die lange, rechteckige Eisfläche direkt vor uns. Das Eis sieht ziemlich dick und sicher aus, bis auf die suppende Stelle rund um das verrostete Schild. Nur ein völlig Verrückter würde dahin gehen. Oder ein bester Freund.

»Willst du mich echt dazu bringen, das durchzuziehen?«, fragt Murf unbehaglich. Aber ich höre gar nicht hin.

Stattdessen spielt sich vor meinem inneren Auge schon der Videoclip ab: »Ich hab alles gesehen. Das war anständig, Mann«, sagt ein niedlich warm eingepackter kleiner Kerl auf Schlittschuhen zu einem nicht sichtbaren Reporter. »Der Typ rannte da raus und rettete den anderen Typen«, ruft ein anderer kleiner dazwischen. »Das war echt ein Supertyp!« Dann richtet sich die Kamera auf mich. Ohne Jacke stehe ich zitternd in der bitteren Kälte. »Nicht eine Sekunde lang hab ich an meine eigene Sicherheit gedacht«, behaupte ich. »Meine einzige Sorge war mein Kumpel hier, stimmt's, Murf?« Schneller Schnitt zu Murf, der in eine Wärmedecke gehüllt mit blauen Lippen und bleicher Haut an einem Becher heißem Kaffee nippt. »R-r-richtig«, sagt er bibbernd. Die Kamera kehrt wieder zu mir zurück, weil ich der Mittelpunkt der Story bin. »Das war doch gar nichts.« Bescheiden zucke ich mit den Schultern. »Echt.« Da tritt Chuck Spencer, unser orange gebräunter, breit grinsender Moderator des Lokalsenders an meine Seite und verdeckt Murf. »Brooks Rattigan«, spricht er dröhnend in sein Mikro, »Pritchards Supertyp!« Supertyp, das hat schon was, oder? Ich meine, schadet doch keinem. Nimm dies, Scheiß-Columbia!

»Könnten wir nicht einfach nur behaupten, dass es passiert ist?«, weicht Murf aus und zerrt mich damit auf der Stelle in die Gegenwart zurück.

»Ach, sei doch nicht so ein Feigling.« Ich sollte es nicht tun, aber weil die Columbia auf dem Spiel steht, schubse ich Murf weit hinaus aufs Eis. Er schlittert und kommt vielleicht drei Meter vor dem Schild zum Stehen. Doch die glatte Fläche knackt drohend unter seinem Gewicht.

»Stampf mal auf!«, befehle ich und werfe einen schnellen Blick auf die Kids, die Schlittschuh laufen.

Murf macht einen kleinen Hopser. Das Eis splittert und bricht zu einem kunstvollen Spinnennetz, bleibt aber erstaunlicherweise noch ganz. So eine Niete. Erleichtert schaut er zu mir.

»Okay, ich bin aufgestampft!« Er schlittert Richtung Ufer zurück. Doch plötzlich rutscht er aus, fuchtelt wild mit den Armen und knallt rücklings auf seinen Hintern. Das Eis bricht. Murf geht unter. Ausgezeichnet!

»HILFEEEE!«, kreischt Murf, als er prustend wie ein Seehund wieder an die Oberfläche kommt. Ich schaue zu den Kindern. Sie kriegen nichts mit. Wie kann man das nicht mitkriegen?

»Lauter!«, befehle ich Murf. »Tu so, als ob du ertrinkst!«

»Was heißt hier so tun? HILFEEEE!!!« Murf strampelt panisch in dem Krater aus Eiswasser. Immer wieder versucht er, sich am Rand festzuhalten und rauszuklettern, aber das Eis bricht ständig ab. So viel zu einem dramatischen Anblick. Aber diese bescheuerten Kinder haben immer noch nichts gemerkt.

Weil ich mit meiner Weisheit am Ende bin, brülle ich: »HEY, IHR KLEINEN ARSCHLÖCHER! HILFE!«

Das erregt ihre Aufmerksamkeit. Sie hören auf, dem Puck hinterherzulaufen.

»DA ERTRINKT EINER!«, plärre ich und zeige auf Murf, der in dem ausgebrochenen Loch wie wild um sich schlägt. Das ist mein Moment, um heldenhaft tätig zu werden.

»HALT DURCH, MURF!«, schreie ich und reiße mir die Jacke vom Leib, die ich als Seilersatz benutzen will, während ich ansonsten trocken und in Sicherheit bleibe. »ICH KOMME! ICH RETTE DICH, KUMPEL!«

So renne ich übers Eis zum Rand des Kraters aus wirbelndem grauen Wasser. Aber als ich dort ankomme, ist da kein Murf mehr. Nur noch treibende Eisbrocken.

»Murf?« Nein, oh Gott, nein. Nicht Murf. Was habe ich getan? »MURF?«

Kopfüber springe ich in das Loch. Die aufgewühlte Flüssigkeit hat die Konsistenz von frisch angerührtem Zement. Die Kälte ist schrecklich. Die nächsten paar Sekunden erlebe ich verschwommen. Ich sehe nichts, kann aber die Arme ausbreiten und knalle dabei gegen irgendwas Festes. Ein Ellbogen. Während meine Lungen fast platzen, sinke ich zu Boden und stoße mich dort wieder ab. Bei dieser Temperatur fühlt sich das Wasser nicht nur kalt an, sondern irgendwie glühend kalt. Während ich Murf am Arm mitziehe, strample ich durch die gelatineartige Masse. Endlich als ich es eigentlich nicht mehr aushalte, schießen wir durch die Oberfläche, ins Licht, in die eisige, verschmutzte, aber trotzdem lebensrettende Luft. Keuchend packe ich Murfs schlaffen wie gefrorenen Körper und mache mich zu einem persönlichen Rettungsfloß.

»ICH HAB DICH, KUMPEL! HAB DICH!«

Panisch schüttle ich ihn, weil ich mir nicht sicher bin, ob er wirklich tot oder nur ohnmächtig ist. Da schlägt er beide Augen auf und seine Pupillen drehen sich nach vorn. Dem Himmel sei Dank! Murf lebt! Auf einmal packt er mich am Kragen und beginnt, mich zu würgen. Der Undankbare will mich anscheinend erdrosseln.

»HILFEEE!«, krächze ich.

Die Kinder sind inzwischen auf ihren Schlittschuhen hergekommen. Hauptsächlich Jungs, aber auch ein paar Mädchen. Alle winzig wie Zwerge, vielleicht sechs oder sieben Jahre alt und wirklich total süß. Wie direkt aus einem Kinder-Casting-Katalog. Sie stehen um uns herum und betrachten andächtig unseren Titanic-mäßigen Überlebenskampf.

»Krass!«, ruft einer von ihnen.

»SCHEISSKRASS!«, herrsche ich die Knirpse an, während Murf schwach und träge weiterversucht, mich unter Wasser zu drücken. »TUT GEFÄLLIGST WAS!«

»Verteilt euch!«, befiehlt ihr furchtloser Anführer. Sofort bilden die kleinen Eisläufer eine Reihe.

»BEEILUNG!«, jaule ich.

»Schläger!« Sofort strecken alle ihre Schläger aus. Jeder greift nach der Schaufel vom Nächsten, sodass ihre Rettungskette sich sofort um mehr als das Doppelte verlängert. Ein raffiniertes Manöver, muss ich zugeben. An der Spitze der Kette packt der Anführer den Schläger hinter sich mit einem Handschuh und reckt die Schaufel seines eigenen kleinen Schlägers mit dem anderen knapp über den Rand des offenen brodelnden Kraters.

Da packe ich Murf am Kragen und schubse ihn in Richtung der Schaufel. Er fasst sie mit einer fast steif gefrorenen Klaue. Gleichzeitig klammere ich mich an seinen Fußknöchel, aber er versucht, mich tretend abzuschütteln.

»ZIEHT!«, brülle ich.

»Hey, ich gebe hier die Kommandos!«, schnauzt mich der kleine Anführer an. »ZIEHT!«, ruft er dann den anderen zu.

Die Kette der Kinder bewegt sich mit ihren Schlägern in perfekten Seitwärtsschritten übers Eis. Wie sich rausstellt, gehören sie alle zur selben Pfadfindergruppe und haben eben erst einen Preis für Teamwork bekommen. Würde ich nicht gerade ums Überleben kämpfen und mich dazu an Murfs Fuß klammern, würde ich direkt mit dem Pfadfindergruß salutieren.

Unsere gefrorenen Häute werden aus dem Wasser und übers steinharte Eis geschleift. Mein Kopf schlägt mehrmals auf die unebene Oberfläche, weshalb ich fast das Bewusstsein verliere. Aber wir sind gerettet. Als Murf seine Stimmbänder zumindest teilweise wieder benutzen kann, erklärt er mir, dass er mich umbringen wird, wenn ich jemals wieder das Wort an ihn richte.

Ich denke mir, er wird sich schon wieder einkriegen, sobald er nur komplett aufgetaut ist, aber das tut er nicht.

In aller Öffentlichkeit

Der Frühling ist gekommen, die Knospen knospen, die Sprossen sprießen, aber für mich ist immer noch kalter, strenger Winter. Ich habe kein Zuhause, keinen sicheren Ort, um mein müdes Haupt auszuruhen, nur eine entmilitarisierte Zone, die ich mit Charlie bewohne. Mein bester, allerengster Freund hat den innigen Wunsch geäußert, mich zu töten. Ich werde nie wieder in den Genuss der Perfektion von Shelby Pace kommen, und am tragischsten ist, dass ich mir für die Columbia keinen Vorteil verschafft habe. Mein Geldmarktkonto mit null Komma null neun drei Prozent Zinsen wächst stetig, aber wie in einer Folge von »Mord nach Plan« nehme ich weiterhin jeden Gig an, der mir über den Weg läuft. Paramus. Cherry Hill. Piscataway. Zum Glück ist keines der Dates besonders einprägsam.

Im Grunde genommen bin ich ein Wrack. Ich kann nicht schlafen, kann mich nicht konzentrieren. Es gibt auch verschiedene körperliche Symptome. Beim Duschen fallen ganze Haarbüschel zu Boden. Unter den Augen bilden sich dunkle Ringe. Mein Bauch gibt Geräusche von sich. Ich möchte nicht zu plastisch werden, aber, Herr Doktor, ich bin ganz aufgebläht und gäre und habe gefühlt seit Monaten keinen zufriedenstellenden Stuhlgang gehabt. Deshalb hocke ich gerade auf dem Thron, verliere bei Angry Birds auf dem iPhone, schnaufe und schnaube, da trifft ein Anruf ein. Ich erkenne die Nummer auf dem Display und bin gespannt.

»Dr. Lieberman?«, melde ich mich überrascht.

»Hoffentlich erwische ich dich nicht zu einem schlechten Zeitpunkt«, sagt Harvey.

»Überhaupt nicht«, entgegne ich, beende die Sitzung und greife nach dem Toilettenpapier.

»Scheint, wir haben noch eine Geburtstagsparty. Eine Cassidy Trask. Diesen Samstag. Ich rufe an, weil die Einladung an dich und Celia gerichtet war.«

Cassidy Trask. Warum in Gottes Namen sollte Cassie Trask Celia und mich zu ihrer Geburtstagsfeier einladen? Sie verabscheut uns. Es gibt nur eine logische Antwort. Shelby. Shelby hat sie angestachelt. Sie giert immer noch nach dem alten Rattigan-Körper. Es ist noch nicht vorbei. Es geht in die Nachspielzeit. Zumindest ein Hoffnungsschimmer an einem meiner Horizonte.

»Ich übernehme den Fall, Dr. Lieberman.«

Nachdem wir uns auf die üblichen Bedingungen geeinigt haben, legen wir auf. Ich lächle. Meine Stimmung hat sich sofort gebessert und damit anscheinend auch mein Darm. Oh, süße Erleichterung!

Die nächsten paar Tage und Nächte sind mit tanzenden Traumbildern von Shelby und mir gefüllt, in denen wir es in einer erstaunlichen Vielfalt von außergewöhnlichen Orten und Positionen tun. Dann taucht eine neue dunkle Wolke auf. Denn mir wird klar, es droht eine sehr unangenehme Komplikation. Celia Lieberman. Ich kann nicht mit Shelby rummachen, solange Celia Lieberman Teil des Bildes ist. Ich kann Celia Lieberman nicht betrügen. Mein Gewissen und mein Sinn für Geschäftsethik, so unausgeprägt beide auch sein mögen, verbieten mir, Celia

Lieberman in Verlegenheit zu bringen und sie einem Skandal auszusetzen, egal wie illusorisch auch immer. Wenn Shelby und ich jemals die nächste Stufe erreichen – was einfach passieren muss –, darf sich Celia Lieberman nicht mehr in der Szene befinden. Ergo muss ich mit Celia Lieberman Schluss machen.

Als ich den Garden State Freeway entlangfahre, um Celia Lieberman abzuholen, übe ich, ihr die verheerenden Nachrichten so schonend wie möglich zu überbringen. Ich habe vor, ein paar der Klassiker zu verwenden: »Es liegt nicht an dir, es liegt ausschließlich an mir. Ich will nicht unfair zu dir sein. Du verdienst etwas Besseres als bloß Zuneigung« – was sie auch wirklich tut. Die Tatsache, dass wir nicht wirklich zusammen sind, zählt kaum.

Als das Beast die Auffahrt hinaufscheppert, trappelt Celia Lieberman auf High Heels aus der Haustür. Ein echter Rückschritt zu unserer letzten Begegnung, denn sie ist mit Gayles neuester hässlicher, bauschiger Annäherung an Designermode geschmückt. Wir treffen im Prius aufeinander.

»Was hast du an?«, platze ich entsetzt heraus. »Ich dachte …«

»Allerliebste Mommy hat darauf bestanden, und ich hatte keine Lust, mich auf ihr Gezicke einzulassen«, unterbricht sie mich atemlos. Ich starte den Motor und parke aus. Wir gleiten die Straße hinunter. »Ist doch nicht so schlimm.«

Doch ist es. Es ist so schlimm. Es ist schrecklich.

»Himmel, Celia«, sage ich. »Wann wirst du endlich für dich selbst einstehen?«

»Vergiss das mal. Wir müssen reden!«, erteilt sie mir eine Abfuhr, weil sie anscheinend dringendere Angelegenheiten zu besprechen hat.

»Stimmt«, bestätige ich und rufe mir die lahme Litanei von Ausreden für unsere bevorstehende dauerhafte Trennung ins Gedächtnis. »Lads first.«

»Wir müssen miteinander Schluss machen!«, kündigt sie mit leuchtenden Augen an.

»Genau!« Ich strahle, bis ich merke, beleidigt zu sein. »Noch mal zum Mitschreiben, *du* willst *mir* den Laufpass geben?«

»Franklin ist eifersüchtig!«, ruft sie vor Begeisterung geradezu leuchtend. Ich habe sie noch nie so strahlen sehen.

Sie erzählt mir die ganze traurige Geschichte. Offenbar geschah es am späten Mittwochnachmittag beim Schachclubtraining. Ich weiß, Nerd-Alarm. Celia Liebermans humorvoller Franklin denkt wie immer, aus eigener Kraft zu gewinnen. Dann, nachdem er händereibend einen ihrer Türme geschlagen hat, spricht Franklin schließlich.

»Du siehst verändert aus«, sagt er. »Was hast du mit deiner Frisur gemacht?«

Celia Lieberman freut sich. Denn das ist mehr, als Franklin je zu ihr gesagt hat. Ich weiß, erbärmlich.

»Mein neues Ich«, erklärt sie ihm. Sie erzählt mir, dass sie eines ihrer neulich erstandenen Vintage-Kleider getragen hat, ein kurzes türkisfarbenes, und sich darin ziemlich cool fühlte, was auch immer sie darunter versteht.

»Gefällt's dir?«, fragt Celia Lieberman Franklin.

»Ich hasse es«, grummelt er.

»Du hasst es?«, versichert sie sich geknickt.

»Du versuchst, dich anzupassen«, sagt er. »Du hast mir vorher besser gefallen.«

»Ich habe dir vorher besser gefallen?« Celia Lieberman macht einen verdeckten Angriff und schlägt Franklins Läufer mit einem Springer, dann haut sie auf die Schachuhr. »Du hast vorher noch nie ein Wort mit mir gewechselt! Schach!«

Franklin starrt entsetzt auf das Spielbrett. Er steckt tief in der Scheiße.

»Es ist wegen dem Typen, mit dem du im Bowling-Center warst, nicht wahr?«, sagt er und versucht verzweifelt, seinen König zu schützen, dann haut er auf die Schachuhr. »Er verwandelt dich in einen geistlosen Klon!«

»Nach drei Jahren entspricht das hier deiner Vorstellung von einem ersten Gespräch?«, donnert Celia Lieberman, und ihre Königin pulverisiert seinen König. »Mich zu erniedrigen und zu beleidigen?«

Franklin wird weiß wie die Wand, als er bemerkt, in welcher Zwickmühle er steckt. Er ist auf allen Seiten gefangen, eingekreist und belagert von Celia Liebermans wütenden Kräften. Schnell macht er eine Reihe von theoretischen Zügen, bevor er sich entscheidet, einen Bauern ein mickriges Feld weiterzuschieben.

»Franklin, manchmal bist du so ein Arschloch! Schachmatt!«

Franklin starrt sie an, die totale, erdrückende Niederlage ist ihm ins Gesicht geschrieben. Er war doch so gut. Warum ist plötzlich alles schiefgelaufen? Celia Lieberman rafft ihre Sachen zusammen und stürmt davon.

»Celia, warte!«, wimmert Franklin und eilt ihr hinterher. Abblende, Cut, Ende der Szene.

Natürlich freue ich mich über die neueste Entwicklung. Aber mehr noch erfüllt mich zutiefst Befriedigung. Ich meine, es ist zwar nicht genau so gelaufen, wie ich es geplant hatte, aber das Ergebnis stimmt.

»Bin ich ein Genie, oder bin ich ein Genie?«, prahle ich.

»Nun werd mal nicht übermütig!« Sie grinst. »Franklin hasst, was du mir angetan hast. Er hält dich für miesen Einfluss.«

»Hey, ich habe den Job erledigt, oder?«

Sie lacht. Wie gesagt, ich habe sie noch nie dermaßen glücklich gesehen.

»Was ist mit dir?«, fragt sie nun, als ihr Thema vom Tisch ist. »Was wolltest du mir erzählen?«

Mein Punkt auf der Tagesordnung wurde gerade durch ihren überholt. Na gut, soll sie sich doch ruhig vormachen, dass sie diejenige ist, die Schluss macht. Mein Ego, so fragil es auch ist, kann damit umgehen. Also antworte ich bloß: »Kein großes Ding. Nur wenn ich Shelby Pace nicht bald knalle, werde ich spontan in Flammen aufgehen.«

Ich weiß, rückblickend betrachtet wahrscheinlich nicht die allerbeste Wortwahl. Aber seit wann ist Celia Liebermans Gefühlskostüm so empfindlich? Ich meine, ihr habt sie doch gehört. Das Mädchen hat ein Mundwerk wie ein verdammter Trucker.

»Das ist fantastisch, Brooks«, sagt sie, aber das Lächeln ist verschwunden. »Schätze, wir bekommen beide, was wir wollen.«

Wir biegen die Auffahrt zum Country Club hoch und hochnäsig wie ein vollzahlendes Mitglied werfe ich dem Park-Typen den Autoschlüssel zu. Obwohl in mir erhöhte Erwartungen an den Abend toben, bewege ich Celia Lieberman höflich vor mir her.

»Dann also abgemacht«, sagt sie, hakt sich grob bei mir ein und schiebt uns durch die Drehtür. »Ich werde dich heute Abend verlassen. Öffentlich und dramatisch.«

»Je früher, desto besser!«, erwidere ich begeistert.

Urplötzlich fegt Shelby in Tränen aufgelöst und in einem Kleid, das hauptsächlich aus Schlitzen und fehlenden Stoffbahnen besteht, in der sich drehenden Glastür an uns vorbei in die andere Richtung. Ich wende mich dem Zielobjekt zu und fixiere es. Ich sage euch, innerlich reiße ich mich los, rase los wie ein schnaubender Stier, der endlich frei ist und auf die Weide mit den Kühen losgelassen wird, aber dennoch drehe ich mich, ganz Gentleman, mit bemerkenswerter Disziplin zurück zu Celia Lieberman.

»Entschuldige mich kurz«, sage ich, schiebe sie in die Lobby und bleibe ohne sie in der Drehtür. Wieder draußen auf dem roten Teppich angekommen stürme ich Shelby hinterher, die gerade einem anderen Park-Typen ihr Ticket gibt.

»Shelby!«, keuche ich. »Was ist passiert?«

Sie wirbelt herum und schaut mich an, ihre unfassliche Schönheit gepaart mit kleinen Spuren verschmierten Make-ups machen sie irgendwie noch must-have-iger. »Ich habe gerade mit Tommy Schluss gemacht!«

Ich kann nicht anders, als ganz breit zu lächeln. Ein weiteres vielversprechendes Zeichen. Heute Abend verschwinden die Hindernisse eines baldigen Vollzugs rasend schnell. Segeln bei klarer Sicht, alles funktioniert, volle Kraft voraus. Shelby trocknet ihre Tränen mit einer zerknüllten Cocktailserviette, in die mit goldenen Buchstaben Cassidys Initialen geprägt sind.

»Ich weiß, es ist echt oberflächlich, aber Tommy war mein erster richtiger Freund«, schnieft sie bezaubernd. »Das ist jetzt ein extrem traumatischer Moment für mich.«

»Hier, schau, Brooks ist doch da«, tröste ich sie, nehme ihr die Serviette ab und tupfe sanft die Tränen fort. Sie lässt mich gewähren und bleibt gehorsam stehen. »Armes, armes Ding.«

»Ich habe irgendwie ein schlechtes Gewissen«, gesteht sie traurig. »Er hat sich gerade erst meinen Namen tätowieren lassen.«

Ich breche in schallendes Gelächter aus. Es tut mir leid, aber ich kann nicht anders. Ich meine, welcher Idiot lässt sich schon ein Tattoo von seiner Highschool-Freundin stechen? Ja, das Highschool-Maskottchen vielleicht. Seien wir doch mal ehrlich.

»Oh Mann, das ist so toll!«, gluckse ich angesichts des erbärmlichen Vergnügens.

»Ach, du genießt meinen seelischen Kummer?«, fragt sie schüchtern, ihre üppigen, glitzernden Lippen nur wenige Zentimeter von meinen durstigen entfernt.

»Nein, ich meine, es ist so toll, dass du jetzt Single bist.«

Ich höre auf zu tupfen. Nun sind es nur noch Millimeter. Ich atme ihren ultrateuren Duft ein. Mit heiserer Stimme sagt sie: »Warum, Brooks? Warum ist es so toll, dass ich jetzt Single bin?«

»Weil du tonnenweise Besseres verdienst«, stottere ich, verliere mich in ihren unerschrocken blickenden Katzenaugen, ertrinke im Sog des Begehrens. »Tommy Fallish verdient dich nicht. Besonders nicht mit so einem Nachnamen.«

»Und wer verdient mich, Brooks?«, drückt sie sich gegen mich, kennt die Antwort zwar schon, besteht aber darauf, dass ich es ausspreche, was ich nur allzu gern tun würde, wenn ich nicht hinter Shelby Celia Lieberman entdecken würde. Sie starrt uns mit fest verschränkten Armen an und tippt ungeduldig mit einer Schuhspitze auf den Boden, die wirkt, als könnte sie echten Schaden anrichten.

Mit donnernder Bestürzung fällt mir ein, dass noch nicht alle Hindernisse beseitigt sind. Nicht offiziell. Celia Lieberman hat sich noch nicht von mir getrennt.

»Ich kann es dir jetzt noch nicht verraten«, erkläre ich Shelby, was nicht allzu gut ankommt, kann ich euch sagen.

»Wann kannst du es mir verraten?«, will sie wissen.

»Vielleicht, so in zwanzig Minuten?«, biete ich an und signalisiere Celia Lieberman mit den Augen, dass sie abhauen soll.

Das führt natürlich nur dazu, dass Shelby sich umdreht und dieselbe Celia Lieberman sieht, die, um Salz in die Wunde zu streuen, ihr kurz zuwinkt.

»Wie wäre es mit zehn?«, flehe ich.

Der Motor von Shelbys BMW heult auf. Der Park-Typ geht aus dem Weg, als sie in den Wagen springt. In der Zwischenzeit marschiert Celia Lieberman empört auf mich zu.

»Du hast doch nichts dagegen, oder?« Sie glotzt mich an. »Du bist schließlich immer noch mein Freund!«

Während ich fest an der Hand gehalten in Richtung Club

gezogen werde, beobachte ich schweigend und niedergeschlagen, wie Shelby aufs Gaspedal tritt und in die dunkle Nacht abrauscht. Yesss, Sir, es gibt nichts Schöneres als die Beschleunigung eines präzisionsgefertigten Verbrennungsmotors. Das ist ganz bestimmt kein elektrisch betriebener Motor.

Im Ballsaal wimmelt es nur so von privilegierten Sprösslingen, die Musik ist knackig und ich koche vor Wut. Keine Ahnung, ob, und wenn ja, wie ich jemals die Verluste nach diesem letzten Rückschlag mit Shelby ausgleichen werde, aber verflucht, ich werde es ganz bestimmt versuchen. Nachdem ich so kurz davor war, werde ich sicher nicht aufhören. Doch in erster Linie muss ich mich ein für alle Mal von Celia Lieberman trennen.

»Mach schon«, ermuntere ich sie. »Showtime, Leute. Los, gib's mir.«

»Aber wir sind doch gerade erst angekommen«, meint sie und schlürft an einer Cola.

»Warum Zeit verschwenden?«

»Hör zu, Rattigan, du kannst nicht von mir verlassen werden und schon eine Minute später Shelby hinterherjagen.«

»Ich erhole mich eben schnell.«

»Du könntest dich ein wenig verärgert zeigen«, sagt Celia Lieberman, wippt im Takt und ist entschlossen, meine Qualen zu verlängern. »Es war nicht alles schlecht, weißt du. Wir hatten auch unsere schönen Momente als Fake-Paar.«

»Oh ja, dank dir ist sie abgehauen«, meckere ich verbittert. »Jetzt werden wir vielleicht nie miteinander rummachen!«

»ICH HASSE DICH!«, schreit Celia Lieberman unvermittelt, als die Band auf einmal beschließt, eine kurze Pause einzulegen. Ein Meer geschniegelter Frisuren wendet sich uns zu. Allerdings bin ich zu sehr mit meinem Selbstmitleid beschäftigt, um mich darum zu scheren.

»Ach, *jetzt* hasst sie mich!« Ich flehe zur gewölbten Decke und wende mich an die kosmischen Kräfte, die sich irgendwie immer noch gegen mich verschworen haben. »Vor zwanzig Sekunden sah das noch ganz anders aus!«

»DU BIST SO EIN ARSCHLOCH!«, brüllt Celia Lieberman, sie ist knallrot im Gesicht, die Adern treten hervor, und ihre Augen sind irgendwie verdreht. Ich bin fasziniert und mehr als nur ein wenig erstaunt über die Intensität ihrer schauspielerischen Leistung.

»Celia, mir gefällt echt, wie du das machst«, flüstere ich, lächle die ganze Zeit und spiele vor unserem gefesselten Publikum weiter. »Aber könntest du eine Spur weniger …«

»ALLES, WORAN DU DENKST, IST DEIN SCHWANZ!«

Daraufhin schüttet mir Celia Lieberman fuchsteufelswild ihren Drink ins Gesicht und stapft davon. Ich stehe triefend da. Nichts Geringeres als Cola. Die Kosten für die Reinigung meines Anzugs werden astronomisch sein.

Wie man sich vorstellen kann, dauert die Rückfahrt endlos. In uns beiden brodelt es, obwohl mir unbegreiflich ist, was Celia Lieberman verärgert hat. Mal im Ernst, wer ist denn hier der Geschädigte?

»Die Schwanzbemerkung war effektiv genug«, sage ich schließlich, als wir in die Auffahrt zu ihrem Haus biegen. »War es absolut notwendig, mich mit dem Drink zu überschütten?«

»Gehört alles zur Show«, entgegnet sie in hartem Ton und starrt weiter aus dem Fenster.

»Also, du warst sehr überzeugend.«

»Eigentlich könnte ich gar nicht glücklicher sein, dass du und Miss Homecoming Queen endlich eure winzig kleinen Hirne rausvögeln könnt.«

»Echt? Shelby war Homecoming Queen?«, frage ich und bin

mit diesem Leckerbissen an Information sehr zufrieden. Ich meine, hey, kommt schon, welcher Typ möchte nicht insgeheim bei einer Homecoming Queen punkten?

Kaum steht der Prius, stürmt Celia davon.

»Du bist so ein Idiot!«

»Was habe ich denn jetzt wieder getan?« Wirklich verwirrt trabe ich ihr nach.

»Du bist so oberflächlich!«

»Ach ja? Shelby denkt, dass ich tiefgründig bin!«

Als Celia Lieberman noch schneller läuft, öffnet sich die Haustür. Gayle und Harvey, wieder in ihren Onesies, schweben herbei und strahlen erwartungsvoll.

»Na? Und? Und?«, rufen sie im Chor.

»Oh Gott, kümmert euch um euch selbst!«, kreischt Celia Lieberman, pflügt durch die beiden hindurch ins Haus und schlägt mir die Tür vor der Nase zu.

Endlich frei. Endlich kann ich mit einem einigermaßen ruhigen Gewissen weiterleben.

Sofort trete ich in Aktion. Das Erste, was ich mache, als ich nach Hause komme, ist, im Internet die restlichen Spuren meines Namens und Fotos zu löschen. Das ist nicht weiter schwer, weil mich auch die skurrilsten Gerüchte von College-Zulassungsstellen beflügeln, die Bewerber online auf belastende Beiträge und kompromittierende Bilder zu überprüfen, und ich sowieso seit einiger Zeit gewissenhaft um die Begrenzung meines Social-Media-Verhaltens bemüht war. Um Punkt zehn Uhr am nächsten Morgen warte ich während einer Freistunde im Beast darauf, dass der Mobilfunkladen öffnet.

»Nur damit ich das richtig verstehe«, sagt der übergewichtige Verkäufer. »Du willst, dass alle deine Anrufe an eine Neun-eins-sieben-Vorwahl weitergeleitet werden?«

»Genau«, antworte ich. Ich bin da, um auf ein neues Telefon und eine neue Handynummer mit einer Vorwahl von Manhattan umzurüsten. Ohne das kann ich nicht mit Shelby kommunizieren.

»Aber du wohnst in sieben-drei-zwei?«, fragt er und blickt mich finster an.

»Das ist richtig, ja«, bestätige ich ein wenig schüchtern. Großartig. Warum gerate ausgerechnet ich an den Typen, der den Schalter bei sich selbst nicht findet?

»Was stimmt denn nicht mit dir? Ist dir sieben-drei-zwei nicht gut genug?«, will er wissen und trifft damit ins Schwarze.

Zurück im Beast und nun passend ausgerüstet, tippe ich die Ziffern von Shelbys Handynummer ein, die ich mir von ihrem Facebook-Profil gesichert habe. Danach folgen als Textnachricht die Buchstaben, die ich in meinem Kopf immer und immer wieder neu zusammengestellt habe. Jetzt gilt's.

»Ich«, tippe ich ängstlich. »Ich verdiene dich.«

Eigentlich verdiene ich sie auf einer Million verschiedener Ebenen nicht, vor allem, weil ich nicht der und das bin, wofür sie mich hält. Aber egal. Ich drücke trotzdem auf Senden.

Wer weiß, ob sie überhaupt antworten wird, aber zumindest habe ich meine erste Salve abgeschossen. Doch dann antwortet sie tatsächlich. Aus heiterem Himmel, zwei Stunden und dreizehn Minuten später, mitten im Statistikunterricht.

»Was ist mit Celia Lieberman?«, schreibt sie.

Celia Lieberman. Immer Celia Lieberman.

»Längst Geschichte«, antworte ich schnell.

»Ja, ich hab's gehört«, poppt ihre nächste Nachricht auf.

Ziemlich kurz. Ziemlich kryptisch. Könnte alles Mögliche bedeuten. Ich verspanne, bin nervös, unsicher, was ich als Nächstes schreiben soll.

Dann taucht eine weitere Nachricht auf meinem Display auf.

»☺«

Yes! Der Brookster lebt! Die Reise zur ultimativen Ekstase geht weiter!

Shelby schreibt noch mehr. Sie ist gemeinsam mit Cassie in der Schulsauna und sie rasieren ihre feuchten Gliedmaßen. Die Vorstellung veranlasst mich, unruhig auf meinem Stuhl hin und her zu rutschen und die Beine zu kreuzen. Cassie hat Shelby alles über Celia Liebermans große Trennung von mir erzählt, nachdem sie das ganze Debakel miterlebt hat. Shelby hört, dass es brutal war. Cassie, nicht Shelby, denkt, wenn überhaupt, hätte die Trennung nicht von Celia Lieberman ausgehen sollen.

Ich bin ausnahmsweise einmal geneigt, Cassie zuzustimmen, kann aber nicht. Stattdessen werde ich philosophisch.

»Es war an der Zeit«, tippe ich.

Shelby geht von einem anderen Szenario aus. Ihre Theorie lautet, dass ich wirklich alles getan und mich galant in mein eigenes Schwert gestürzt habe, um Celia Lieberman zu gestatten, ihre Ehre und ihr minimales Ansehen zu retten. Hat sie recht? Ist das wahr?

Um meinen Ruf für die Ewigkeit zu pflegen, lasse ich zu, dass es wahr sein könnte.

Da die Frühlingsfest-Saison gerade erst in vollem Gange ist und ich drei Buchungen habe und Shelby, natürlich mit Privatjet, demnächst in die elterliche Villa auf St. Bart in Urlaub fliegt, dauert es ein wenig, bis wir unsere Termine koordiniert haben.

Wir verabreden uns zu einem Abendessen am Freitag in zwei Wochen. Ich kann es kaum erwarten. Ein First Down, ich stehe an der Zehn-Yard-Linie, und das Ziel ist endlich in Reichweite.

Die Nachricht

»April ist der grausamste Monat«, hat der Dichter, den ich das Pech hatte, mal analysieren zu müssen, einst berühmt gedichtet. Tja, er hat sich geirrt. Es ist der März. Ende März, um fast genau zu sein.

Dann werde ich definitiv Bescheid kriegen. Nachdem der Großteil eines ganzen Schuljahrs vergangen ist, können *die* einem kein genaues Datum oder einen ungefähren Zeitpunkt nennen. Nein, das wäre ja rücksichtsvoll, sogar human. Stattdessen wollen *die*, dass man sich im Leid der Ungewissheit windet. Und genau das mache ich, Sekunde für endlose Sekunde. *Ende* März. Was heißt *Ende* März denn überhaupt? Die letzten zwei Wochen? Die letzte Woche? Die letzten paar Tage? Ach, diese elenden Mother…!

Deshalb bin ich ab dem Sechzehnten so ungefähr alle zehn Minuten online, um zu sehen, ob es Daumen hoch oder Daumen runter heißt, aber natürlich ist da nichts. Ab dem Dreiundzwanzigsten bin ich ein Nervenbündel, spreche ständig mit mir selbst und hab mir die Fingernägel zu blutigen Stummeln abgekaut. Am Neunundzwanzigsten gehe ich die Wände hoch, gucke alle zehn Sekunden zur Sicherheit noch mal nach. Ich logge mich ein und aus, aus und ein, wieder und wieder, wie in Trance. Stunden vergehen. Und zwar nachts, um drei, vier Uhr morgens, denn ich kann sowieso nicht mehr schlafen. Ich habe mich in einen Zombie verwandelt.

So sitze ich in einer Art Dämmerzustand am Rande des Bewusstseins in Englisch, als sich die Nachricht verbreitet, dass es soeben Phil Chen auf die Columbia geschafft hat, was mich nicht überrascht. Er soll dem Direktor sofort den Stinkefinger gezeigt haben, was mich dann doch überrascht. Ich setze mich kerzengerade auf. Mein letzter Online-Check ist schon geschlagene zwölf Minuten her. Ich verfluche mich selbst. Wie konnte ich nur so viel Zeit verstreichen lassen? Hektisch öffne ich die Tastatur auf meinem Display und versuche, mich in die offizielle Seite der Columbia University einzuloggen, aber die offizielle Seite der Columbia University lädt nicht, weil die offizielle Seite der Columbia University verdammt noch mal zusammengebrochen ist. Der Grund dafür, dass die offizielle Seite der Columbia University verdammt noch mal zusammengebrochen ist, besteht darin, dass auf dem ganzen Kontinent und rum um den Globus alle vierunddreißigtausendneunhundertneunundzwanzig regulären Bewerberinnen und Bewerber gerade genauso hektisch wie ich auf denselben Link drücken.

Bleibt noch der Brief oder was man in der College-Branche die »Einladung« nennt, wenn du drin bist, oder »Leck uns am Arsch«, wenn du's nicht bist. Columbia timt die Briefe so, dass sie am selben Tag eintreffen, an dem die Entscheidungen online gepostet werden. Mein Schicksal ist besiegelt, eingetütet, zugestellt und liegt jetzt in unserem Briefkasten. Obwohl der Unterricht eigentlich noch zehn Minuten dauert, stürze ich mit der mitleidigen Zustimmung meines Lehrers hinaus.

Die Heimfahrt ist eine hektisch verschwommene Erinnerung. Das, meine Freunde, ist es jetzt. Die Nachricht. Für die ich gearbeitet und Opfer gebracht habe. Die Jahre wirbeln durch mein Gedächtnis. Endlose Stunden des Lernens für Fächer, die mich null interessiert, die langweiligen Bücher, die ich sklavisch durchgearbeitet habe, die grausamen Monate der Vorbereitung auf die SATs. Die wenigen Höhen, die vielen, vielen Tiefen. Die ständige Angst. Alles mit einem einzigen Ziel. Columbia. Ich will es nicht wissen und muss es doch gleichzeitig endlich wissen.

Ich halte in der zweiten Reihe, explodiere aus dem Biest und sprinte in den schäbigen Flur unseres Hauses. Die Briefkästen nehmen eine ganze Wand ein. Ich stürze zu unserem. Mit zitternden Händen tippe ich den Zahlencode ein und reiße die kleine Milchglastür auf. Meine Finger fahren hinein und finden nichts. Kniend spähe ich in den kleinen Metallkasten. Leer. Ich kann sehen, dass in allen anderen Post steckt. Die heutige Post wurde zugestellt. Das kann nur eins bedeuten.

Charlie. Entsetzen überfällt mich wie eine Welle, als mir klar wird, dass Freitag ist. Charlie hat Freitagnachmittag immer frei, weil er Samstagvormittag arbeitet. Oh Gott, nein. Charlie hat den Brief!

Ich springe die Treppe bis in den dritten Stock hinauf, indem ich immer drei Stufen auf einmal nehme. Dann stürme ich den gammeligen Flur entlang, wo mehrere Türen zu identischen Waben führen. Ich krame meinen Schlüssel hervor, nur um festzustellen, dass die Tür bloß angelehnt ist. Atemlos falle ich hinein.

»Ist er gekommen?«

Charlie hockt in seiner blauen Briefträgeruniform am Tisch, was nichts Ungewöhnliches ist. Ungewöhnlich ist die offene Flasche Whiskey. Charlie ist ein Kiffer, kein Säufer. Er kippt braune Flüssigkeit aus einem Glas runter, verzieht dabei das Gesicht und ist offensichtlich betrübt.

»Es ist nicht wichtig, wo du reinkommst, Brooks«, sagt er leise. »Es mag so wirken, aber das ist es nicht.«

Da sehe ich das bedruckte Stück Papier mit der Prägung vor ihm. Er hat's gelesen. Er weiß es vor mir. Ich bin megaangepisst.

»Du hattest kein Recht, das aufzumachen!«

Ich reiße den Brief vom Tisch. Die Welt dreht sich. Es ist vorbei. Ich bringe es nicht über mich draufzuschauen. Meine Knie geben nach. Ich muss mich hinsetzen.

»Das Mindeste, was du tun könntest, wäre, mich die Absage als Erster lesen zu lassen«, flüstere ich geschlagen.

»Du hast keine Absage bekommen, Brooks«, sagt er und gießt sich noch einen Schluck ein.

»Ich hab keine Absage bekommen?« Perplex schaue ich auf. »Nein, bitte sag mir nicht, dass ich auf der Warteliste stehe!«

Auf der Warteliste. Erst zurückgestellt, jetzt Warteliste. Nimmt dieses Elend denn nie ein Ende? Ich gebe auf, ich kann nicht mehr. Ach, diese Mother…!

»Du bist drin, Brooks«, sagt Charlie.

»Was?«, sage ich, weil ich kaum hingehört habe.

»Du wurdest in die verdammte Columbia aufgenommen«, behauptet er.

»Ich wurde in die verdammte Columbia aufgenommen?«, wiederhole ich ungläubig. Kann das wahr sein? Ich lese den ersten Absatz des Briefs. Er fängt an mit »mit dem größten Vergnügen«. Nichts von diesem Bullshit, der einen runterzieht im Sinne von mehr Bewerbungen seit Beginn geschichtlicher Aufzeichnungen, blablabla, bevor sie dich abservieren. Stattdessen laden *die* mich, Brooks Rattigan, ein, Mitglied der Columbia-Community zu werden. Es ist nicht der dünne Umschlag. Ich hab den dicken, fetten bekommen. Ich bin drin. Es ist wahr!

Sofort habe ich den dröhnenden Klang von Queens »We Are the Champions« in beiden Ohren. Ich springe auf, tanze herum, boxe in die Luft und haue jeden imaginären Gegner um. Ich hab's drauf, Baby! Ich bin der Hammer!

»ICH WURDE IN DIE VERDAMMTE COLUMBIA

AUFGENOMMEN!«, jubele ich. »ICH WURDE IN DIE VERDAMMTE COLUMBIA AUFGENOMMEN!!«

Ich kann einfach nicht glauben, dass ich in die verdammte Columbia aufgenommen wurde. Ich danke Farkus, meinen Sternen, aber vor allem Onkel Max, der, wie sich rausstellt, ein Mann ist, der Wort hält und den Ausschlag zu meinen Gunsten gegeben hat.

»Sie lassen dir zwanzigtausend pro Jahr von den Studiengebühren nach«, sagt Charlie und stürzt den nächsten Schluck Whiskey runter.

»Zwanzig Riesen! Super! Ich werde auf die verdammte Columbia gehen!«

»Damit bleiben uns oder besser mir nur noch vierundvierzigtausendeinhundertundvierundvierzig Dollar, die ich auftreiben muss. Und das nur fürs erste Jahr.«

Aber die Zahlen dringen nicht in mein Bewusstsein. Gar nichts dringt dahinein. Ich mache einfach weiter mit Antäuschen und Schattenboxen. Ich gehöre zum Club, bin einer der wenigen Auserwählten! Ich hab's geschafft! Ich! Ich hab's geschafft!

»Studiengebühr: sechsundvierzigtausendachthundertsechsundvierzig Dollar«, liest Charlie monoton vor. »Zimmer und Verpflegung: elftausendneunhundertachtundsiebzig Dollar. Ich liebe das, wie sie es auf den Dollar genau angeben. Gebühren: zweitausendzweihundertzweiundneunzig.« Er lacht bitter. »Was zum Teufel für Gebühren? Sind Studiengebühren keine Gebühren? Bücher und persönliche Ausgaben: dreitausendachtundzwanzig Dollar. Macht summa summarum vierundsechzigtausendeinhundertvierundvierzig Dollar.«

So schnell, wie sie mich überkommen hat, verlässt die Freude mich auch wieder. Aber ich feiere stur weiter.

»Rechne Zimmer und Verpflegung ab«, erkläre ich großmütig. »Ich pendle von hier aus in die Stadt.«

»Okay.« Charlie seufzt, weil er offensichtlich immer noch nicht zu mir durchdringt. »Dann bleiben noch zweiunddreißigtausendeinhundertsechsundsechzig.«

Ich halte zögernd inne. Zweiunddreißigtausend? Zweiunddreißigtausend sind eine ernste Sache.

»Können wir einen Kredit aufnehmen?«

»Die Zwanzigtausend sind schon ein Kredit, Brooks.«

»Dann nehmen wir eben noch einen auf«, beharre ich. Ich wusste schon immer, dass Geld ein Problem sein würde. Ich meine, ich jobbe und spare, seit ich sechzehn bin. Aber irgendwie dachte ich trotzdem, das würde schon werden. Das Allerwichtigste war für mich reinzukommen. Was ich gerade geschafft habe, verdammt noch mal. Ich hab meinen Teil geleistet.

»Auf was denn? Um Gottes willen, die Studiengebühren allein sind so viel, wie ich in einem Jahr verdiene.« Plötzlich fängt Charlie an, sich aufzuregen. »Ich meine, in welchem Universum hast du denn bis jetzt gelebt? Wach auf! Mir gehört diese Wohnung nicht und ich hab keine nennenswerten Ersparnisse. Mein Auto ist geleast. Ich habe nichts.«

Schweigen. Er senkt den Blick, kann mir, seinem Sohn, nicht in die Augen sehen. Er hat nichts. Er ist nichts.

»Ich hab versucht, es dir zu erklären, Brooks«, sagt er. »Aber du wolltest ja einfach nicht hören …«

»Ich brauche deine Hilfe nicht«, sage ich wütend. »Ich hab mein eigenes Geld! Fast zehntausend!«

»Du hast fast zehntausend Dollar?«, fragt er überrascht.

»Und ich kann noch mehr verdienen!« Aber ich bin aus der Bahn geworfen. Hilflosigkeit überkommt mich.

»Das ist trotzdem nicht mal die Hälfte, Brooks«, sagt er. »Und nur für dieses Jahr. Was ist mit dem nächsten und den beiden danach? Wir reden hier von Hunderttausenden. Das schaffen wir nicht. Ich weiß nicht, was ich dir sonst sagen soll. Tut mir leid.«

Zitternd setze ich mich an den Tisch, weil meine kaum wahr gewordenen Träume schon wieder zerbrochen sind. Charlie greift nach einem anderen geöffneten Umschlag.

»Die gute Neuigkeit ist, dass du fast mit einem Vollstipendium ins Honors Program der Rutgers angenommen wurdest. Da bleiben nur Kost und Logis, was machbar ist …«

Ich schlucke, verbeiße mir bittere Tränen und sehe ihn an. Auf einmal fühle ich mich so müde, so alt.

»Es tut dir leid, Charlie«, sage ich. »Was für eine armselige Entschuldigung für einen Vater.«

Das trifft ihn, als hätte ich zugeschlagen. Er zuckt zusammen, weicht zurück und dreht sich weg, als wolle er die Vorwürfe abwehren, aber ich bin unerbittlich.

»Ich bin dein einziges Kind. Du hättest was zur Seite legen können. Du hättest planen können. Du hättest es verdammt noch mal wenigstens versuchen können. Die meisten Eltern wollen, dass es ihren Kindern mal besser geht. Aber du nicht, Charlie, du willst, dass ich es sogar noch beschissener habe.«

Das sage ich. Und noch viel mehr. Ich erkläre ihm, dass ich verschwinde, sobald ich kann, und nie mehr wiederkomme. Genau wie Mom es gemacht hat. Ich sage ihm, er soll sich gefälligst duschen, weil er stinkt. Ich sage, dass ich ihn hasse. Alles, was ich bisher nie gesagt habe. Ich treffe ihn mit der Doppelflinte genau zwischen die Augen. Und dann gehe ich.

Ich fahre und fahre und dann fahre ich noch ein Stück weiter. Keine Ahnung, wohin, nur so schnell, wie ich kann. Weg von Pritchard, weg von Charlie, weg von der bitteren Realität, weg in die Dämmerung. Schließlich merke ich, dass ich die stattlichen, makellosen Straßen von Green Meadow auf und ab cruise. Vorbei an den glitzernden Palästen, die sicher und behaglich hinter imposanten Toren stehen. Wie können manche so viel und andere so wenig haben? Es geht immer nur ums Geld.

Meinen Platz an der Columbia wird irgendein reicher Schnösel kriegen, dessen Familie sich das leisten kann. So viel zu gleichen Bedingungen, zu sogenannter Chancengleichheit, zur Idee von Fairness. Die Sieger kriegen die ganze Beute. Ich erreiche die Einfahrt zu Shelbys Anwesen, wo ich der Versuchung widerstehe, mir dessen Pracht noch ein letztes Mal anzusehen. Doch das wäre zu schmerzhaft.

Ich muss mit jemandem reden, mein gebrochenes Herz bei jemandem ausschütten, der mit mir fühlt, aber es gibt niemanden. Sowieso würde es keiner verstehen oder auch nur einen Furz darauf geben. Nicht mal Murf. Weil es für mich auch keinen Murf mehr gibt. Das habe ich ja schon gesehen. Eine Sekunde lang überlege ich sogar, Celia Lieberman anzurufen. Ja, so weit ist es mit mir gekommen.

Es wird spät und ich fahre weiter. Weg von dem Ort, wo ich nichts zu suchen habe, auf die glitzernde Skyline von Manhattan zu. Auf das Chaos und die Zuflucht.

Der Campus liegt dunkel und still da, als ich dort ankomme. Ich rauche meine zehnte Zigarette heute und lasse mich auf eine Steinbank in der schwach beleuchteten Rotunde fallen. Dann schraube ich den Deckel von einer kleinen Flasche billigem Wodka, der in einer zerknitterten Papiertüte steckt. Ich habe ihn in einem runtergekommenen Laden gekauft, von dem ich wusste, dass man dort keinen Ausweis vorlegen muss. Jetzt nehme ich einen großen Schluck davon, der bis in meine Eingeweide brennt. Ich starre auf das majestätische Rechteck des grünen Rasens, eingefasst von massiven, gemauerten Gebäuden, die nur einen kleinen Teil der Columbia University ausmachen. Berührende Größe. Das war alles nur ein grausamer Scherz.

Mein iPhone meldet mir den Eingang einer Nachricht. Ich zwinge mich zu noch einem Schluck und schaue abwesend aufs Display.

»Hey«, verkündet eine leuchtend grüne Denkblase, gefolgt von einem kleinen Smiley.

Die Nachricht ist von Shelby.

Antworte ich? Wage ich, ihr zu berichten, was passiert ist und wer ich wirklich bin? Wo ich tatsächlich herkomme? Und wenn ich das tue, besteht dann auch nur die geringste Chance, dass sie es verstehen wird?

Ich antworte nicht.

»Hey!«, stört mich eine strenge Stimme.

Etwas bohrt sich hart in meine Seite. Erschrocken richte ich mich auf. Es ist etwas später, aber immer noch dunkel. Ich muss eiskalt auf der Bank eingepennt sein. Ich sehe noch leicht verschwommen, aber genug, um die Gestalt eines bulligen Typen von der Campus-Security zu erkennen, der mich mit einem Schlagstock anstößt.

»Was glaubst du denn, was du hier machst?«, fragt er mich finster.

»Mich bis zur Besinnungslosigkeit betrinken«, antworte ich wahrheitsgemäß.

»Mach das gefälligst woanders«, sagt er.

Shelby schreibt mir am nächsten Tag noch mal und kontaktiert mich am übernächsten zweimal über Snapchat. Aber so gern ich auch möchte, ich reagiere nicht. Ich meine, im Ernst, was soll ich ihr denn sagen? Dass ich ein Lügner und Scharlatan bin? Dass das Spiel von Anfang an manipuliert war und nie auch nur die geringste Chance bestand, dass wir Kommilitonen werden? Dass ich im Unterschied zu ihr und all ihren Freunden in den eigenen vergoldeten, abgeschotteten Welten niemals irgendwohin kommen werde? Nein danke. Dann bleibe ich doch lieber ein Feigling. Löse mich auf wie die Illusion, die ich ja auch bin. Ich rede mir ein, es wäre das Beste. Für sie. Für mich.

Am Mittwoch finde ich eine Plauder-Mail in meinem Posteingang. Verspielt und flirtend und gespickt mit dem neuesten Klatsch und Tratsch aus den heiligen Hallen der Green Meadow Country Prep. Tommy benimmt sich wie ein Riesenbaby und droht jedem Angehörigen des männlichen Geschlechts, der sich ihr auch nur auf drei Meter nähert, den sicheren Tod an. Trent und Cassie sind zum x-ten Mal wieder zusammen, nachdem sie sich zum x-ten Mal getrennt hatten. Gwen Vissers Vater lässt sich zum vierten Mal innerhalb von ungefähr fünf Jahren scheiden. Die böse Stiefmutter irgendeiner Brittany hat sich schon wieder liften lassen. Nicht gerade das, was man normalerweise so in Pritchard hört. Ich antworte nicht. Zwar fühle ich mich deshalb furchtbar und wie ein totaler Mistkerl, aber ich weiß, es ist das Beste. Das, was ich tun muss.

Ende der Woche unternimmt Shelby keinen Versuch mehr, mit mir zu kommunizieren. Obwohl ich damit gerechnet habe, ist mein Ego gekränkt. Tief in meinem Inneren hatte ich gehofft, sie würde mir wenigstens bis Freitagnachmittag oder Samstagmorgen geben. Spätabends und auch sonst ganz oft versuche ich, mir nicht diese vollen Lippen vorzustellen, diese endlos langen Beine und ihren sportlichen Körper, der in verschiedenen Anordnungen alle möglichen unanständigen Dinge mit mir macht. Ich kämpfe, um zu unterdrücken, was hätte sein können, wenn ich nur derjenige wäre, für den sie mich gehalten hat. Es wäre auch anders, würde ich auf die Columbia gehen, glaube ich. Dann hätte ich ihr die Wahrheit irgendwie behutsam beibringen können. Aber Rutgers? Machen wir uns nichts vor. Mädchen wie Shelby gehen nicht mit Typen aus, die an der Rutgers sind. Ungeachtet des Vollstipendiums.

Die Frühlingsfest-Saison geht stockend zu Ende, was bedeutet, die Abschlussbälle stehen als nächstes gesellschaftliches Ereignis im Kalender. Der Abschlussball. Die Mutter aller Events, der finale Knaller, der Höhepunkt, nach dem es kein Zurück mehr gibt. Wenn ihr mich fragt, kommt er im modischen Leben eines Mädchens gleich nach der Hochzeit. Ich meine, die Chicks gehen aufs Ganze. Haare, Nägel und jeder Zentimeter dazwischen geformt, verschönert und präpariert. Und erst die Klamotten. Tief ausgeschnittene Ballkleider, rückenfreie Oberteile, hohe Schuhe, funkelnde Accessoires. Man könnte meinen, es geht auf den roten Teppich bei den Oscars und nicht zu einer Tanzveranstaltung an der Highschool.

Diesen Abschlussball zu verpassen, das ist die ultimative FOMO. Deshalb reißen die Anrufe nicht ab. Ich bin wie eine Telefonvermittlung und jongliere mit Daten. Mein Kalender füllt sich rapide, Freitag und Samstag um Freitag und Samstag. Hackensack. South Amboy. Keansburg. Überall auf der Landkarte. Und ich sage zu. Weil ich, auch wenn es hoffnungslos ist, die Hoffnung noch nicht aufgegeben habe. Außerdem bin ich jung und brauche das Geld.

In Vorbereitung auf die bevorstehende Ballsaison bringe ich den Armani-Smoking, den ich mir bei einem Versandhandel in Metuchen auf Raten gekauft habe, zum Ändern in die Reinigung. Weil ich schon dabei bin, gebe ich meinen alten Anzug gleich mit ab, damit er noch mal gereinigt und aufgebügelt wird, bevor ich ihn erst mal für eine Weile in den Schrank hänge. Dieser Anzug ist mir richtig ans Herz gewachsen. Er hat sich als vertrauenswürdiger Freund und zuverlässiger Begleiter erwiesen. Mein Anzug hat mir echt gute Dienste geleistet. Wie immer kontrolliere ich noch eben die Taschen und nicke dabei Sanjay zu. Der riecht nach chemischem Reinigungsmittel und winkt schwach zurück. Aus einer der Taschen ziehe ich eine verknitterte Cocktailserviette. In eine Ecke davon ist der Name Shelby in eleganten Goldbuchstaben geprägt. Die Serviette ist noch von ihrer Geburtstagsgala im Country Club. Die Bilder jenes Abends kommen zurück. Sie, wie sie in Zeitlupe zwischen den sich drehenden Paaren im glitzernden Ballsaal gleitet. Das kurze, durchsichtige, figurbetonte Kleid. Ihre sich deutlich abzeichnenden Nippel. Schönheit, Intelligenz, Klasse, aber vor allem absolutes Selbstbewusstsein, das man nur erben kann. Shelby ist das Komplettpaket. Und sie gehört mir, nur mir. Aber natürlich nur, wenn ich das Glück hätte, als genau der Richtige geboren worden zu sein. Diese Ungerechtigkeit macht mich fertig.

»Hey ho, let's go! Hey ho, let's go!«

Das ist mein iPhone. Ich beschließe, mir einen neuen Klingelton anzuschaffen. Der Refrain ertönt erneut. Zweifellos noch ein panischer Vater unter Druck. Ich nehme das Gespräch an.

»Rattigan und Partner«, leiere ich, während im Hintergrund die Bügel der rotierenden Kleidungsstücke klappern.

»Hey«, flüstert eine schüchterne weibliche Stimme.

Oh Gott. Das ist sie. Es ist Shelby. Sie muss meine Nummer in ihr Adressbuch übernommen haben, als ich sie angerufen habe. Mir wird kalt. Mein Herz bleibt stehen. Ich zögere.

»Hey, du«, bringe ich endlich heraus. »Ich wollte dich auch schon anrufen.«

»Hab seit einer Weile nichts mehr von dir gehört.« Ihre Stimme schwankt. Sie versucht, lässig rüberzukommen, aber es gelingt ihr nicht. Sie ist irritiert und sauer auf mich. Das wäre ich an ihrer Stelle auch. Ich wäre außer mir. Was mich erstaunt: Sie ist es nicht. »Alles cool bei dir?«

»Prima«, lüge ich.

Allein durch die Tatsache, dass sie sich herabgelassen hat anzurufen, wird mir klar, dass Shelby wie eine fein getunte, wartungsintensive Maschine ist. Eine so marginale Aufmerksamkeit ist sie nicht gewohnt, und schon gar nicht unverblümte Zurückweisung, die perverserweise unsere gegenseitige Anziehung nur noch steigert. Sie besitzt alles, was sich im Leben zu besitzen lohnt, aber sie ist immer noch ein Mädchen. Und Mädchen fliegen leider oft auf die egozentrischen Arschlöcher. Warum das so ist, werde ich nie kapieren.

»Weißt du, normalerweise bin ich nie diejenige, die anrufen muss«, scherzt sie schwach.

Normalerweise hätte sie das auch nicht nötig. Normalerweise würde ich wie ein tollwütiger Hund hinter ihr herhecheln, genau wie jeder andere normale männliche Teenager in Westchester County. Plötzlich wird mir außerdem klar, dass ich bei ihr nie eine Chance hätte, selbst wenn ich ich selbst wäre. Ironischerweise besteht ja mein größter Reiz darin, dass ich nicht der bin, für den sie mich hält, und mich nicht verhalten kann, wie ich es normalerweise tun würde. Was für ein Irrsinn.

»Sorry, hatte eine Menge um die Ohren«, sage ich und bleibe unverbindlich.

»Steht das mit Freitag noch?«, wagt sie zu fragen.

Freitag? Das hatte ich komplett vergessen. Was mache ich wegen Freitag? Das Ziel ist in Sichtweite, doch irgendwie kann ich den Abzug nicht drücken. Nicht unter falschen Vorwänden. Okay, ich bin ein Dreckskerl, aber so ein Dreckskerl, wie ich es oft gern wäre, bin ich nun auch wieder nicht. Aber was, wenn ich mich in ihr täusche? Was, wenn es der wahre Brooks Rattigan ist, der tief verborgene sensible, umsichtige Brooks Rattigan, nach dem Shelby sich instinktiv sehnt? Ich bin ja kein schlecht aussehender Typ, sondern ganz in Ordnung. An den Kanten vielleicht ein bisschen ungeschliffen, im Vergleich zu den blonden Jungs, die sie gewohnt ist. Aber nicht ohne meinen persönlichen Charme. Die Industriewaschmaschinen um mich herum gluckern. Ich stehe in der Reinigung. Das nehme ich jetzt mal als Metapher, als Hinweis darauf, was als Nächstes zu tun ist. Was, wenn ich reinen Tisch mit ihr mache? Alle Karten darauflege. Nicht dass ich Celia Liebermans bezahlter Begleiter war. Niemals. Aber alles andere. Wer ich wirklich bin, was ich zu werden hoffe. Was, wenn es wundersamerweise keine Rolle spielt, dass mein Vater als Postbote arbeitet und ich auf die Pritchard High in New Jersey gehe oder mich an der Rutgers immatrikuliere? Sollte auch nur der Hauch einer Chance bestehen, sollte ich dann nicht versuchen, den Hauptpreis zu gewinnen? Ich muss nicht ganz bei Trost sein.

»Also?«, hakt sie nach.

Ich starre auf die hübsche Serviette in meiner Hand und bin hin- und hergerissen. Einen Herzschlag lang, dann …

»Unbedingt.«

Reinen Tisch machen

Die rituellen Waschungen beginnen extra früh am Freitagnachmittag. Ich dusche endlos lang mit Shampoo, Haarspülung und schrubbe Stellen, die ich bislang selten, wenn überhaupt, geschrubbt habe. Dann rasiere ich mich zweimal, damit die Wangen und das Kinn babyweich sind. Abtrocknen und pudern. Danach klatsche ich mir oben und unten das teure Parfum drauf. Ziehe den Bauch ein. Spanne die Bauch- und die Brustmuskeln an und betrachte mich im beschlagenen Spiegel. Ich rieche verflucht gut und sehe verdammt gut aus. Da heute Abend so viel auf dem Spiel steht, muss ich in absoluter Bestform sein.

Ich gehe noch einmal die Berühmtheiten von New Jersey durch, die ich Shelby gegenüber anführen will, wenn ich das große Geständnis ablege. The Boss, Springsteen. Sinatra. Bon Jovi. Jon Stewart. Whitney Houston. Ich meine, wenn es um Promis geht, braucht sich New Jersey echt nicht zu verstecken, außer vielleicht hinter New York, Kalifornien, Texas und eventuell Tennessee. Edwin »Buzz« Aldrin, der zweite Mann auf dem Mond, wurde genau hier in Glen Ridge geboren und großgezogen. Thomas Alva Edison hat die Glühbirne in Menlo Park entwickelt und weiter zurück in die Vergangenheit gehe ich nicht. Sherwood Schwartz, Kreativgenie hinter »Gilligans Insel« und »Drei Mädchen und drei Jungen«? Stolzer Ureinwohner von Passaic. Nicht gut genug? Wie wäre es mit dem Richter des Obersten Gerichtshofs Antonin Scalia? Kommt mir gerade in den Sinn. Okay, dann eben General Norman Schwartzkopf, wer auch immer zur Hölle das ist.

»Yeah, ich komme aus New Jersey«, sage ich trotzig zu mir selbst. »Na und, wen kümmert's?«

Aufgekratzt reiße ich die Badezimmertür auf und werde sofort mit der harten, halb nackten Realität konfrontiert. Wie der Sensenmann selbst hat Charlie, stoned, zugedröhnter und fertiger denn je, auf mich gewartet. Ich habe das Arschloch seit meinem Gefühlsausbruch kaum gesehen. Bloß der unvermeidliche, flüchtige Blick hier und da, der mit dem Zusammenleben auf derart engstem Raum einhergeht, auch wenn wir versuchen, dem anderen komplett aus dem Weg zu gehen. Der plötzliche, fürchterliche Anblick demoralisiert mich gründlich.

»Immerhin war ich da«, sagt er. »Immerhin habe ich dir ein Dach über dem Kopf gegeben und Essen auf deinen verfluchten Tisch gebracht.«

In seinen Augen macht ihn dieses absolute Minimum offenbar zu einer Art Held, zumindest im Vergleich zu dem Gespenst, das Mom dagegen ist. Aber nicht in meinen Augen.

»Keine Sorge«, entgegne ich und drücke mich an ihm vorbei. »Brauchst du nicht mehr lange zu tun.«

»Brooks, wir müssen reden«, sagt er nun irgendwie ernst.

»Du und ich haben nichts zu bereden«, knurre ich. Mit ihm reden? Ich kann es nicht mal ertragen, ihn überhaupt zu sehen. Auf alle Fälle werde ich nicht zulassen, dass er und sein Scheiß auf mich abfärben. Arschgesicht wird meinem Glück nicht im Wege stehen. Nicht mehr. Diesmal nicht.

»Würdest du mir bitte mal die fast zehn Riesen erklären, die du gespart hast?«, sagt er und taumelt rückwärts.

»Ich muss dir gar nichts erklären.«

»Wenn du mit Gras dealst, Brooks, schwöre ich dir, dass ich …«

Die Ironie des Ganzen lässt mich abrupt stehen bleiben. Ich drehe mich zu Charlie um.

»Was? Möchtest du vielleicht was kaufen? Tut mir leid, Charlie, ich gebe keinen Familienrabatt.«

Dann knalle ich ihm meine Tür vor der Nase zu.

Als ich fünfzehn Minuten später aus meinem Zimmer komme, vollständig bekleidet und bereit für die Schlacht, steht Charlie immer noch wie angewurzelt an derselben Stelle wie vorhin. Ich mache einen Bogen um ihn und er schaut beschämt zur Seite.

»Warte nicht auf mich«, sage ich entschieden. »Es wird spät.«

Shelby und die Wahrheit warten, beides gleichermaßen angsteinflößend. Der Verkehr ist so übel wie meine Laune, sodass es bis Blue Meadow fast zwei Stunden dauert und weitere zwanzig Minuten, bis ich den Bahnhof finde. Es ist kurz nach halb sieben. Da ich lieber nichts dem Zufall überlasse, habe ich glücklicherweise reichlich Zeit eingeplant. Ich parke das Beast. Ich habe alles gut überlegt. Blue Meadow ist nur zwei Stationen von Green Meadow entfernt, aber ich darf nicht riskieren, dass mich dort jemand, den ich kenne, in einem späten Modell amerikanischer Automobilproduktion sieht, vor allem mit einem Kennzeichen aus Jersey, also parke ich am äußersten Ende des Parkplatzes. Anders als in Pritchard ist der Bahnhof von Blue Meadow sauber und vornehm und wirkt mittelalterlich freundlich. Ganz allein auf dem Bahnsteig fühle ich mich wie ein Spion, der undercover tief ins feindliche Gebiet vordringt. Dann fährt schnaufend der Fünfsiebenunddreißiger Richtung Norden ein und ich mache mich bereit.

Die Türen schließen sich hinter mir. Der Zug ruckelt los. Der

Waggon ist fast leer. Nur ein alter Typ, der an einem Pulli für einen Hund strickt. Dann eine müde Mutter mit einem schlafenden und einem hyperaktiven Kind. Und ganz hinten, neben einem Berg von niedlichen kleinen Einkaufstüten mit hübschen Henkeln hockt im Schneidersitz keine Geringere als Celia Lieberman, die in ein Buch auf ihrem Schoß vertieft ist. Sie sieht verändert aus. Es liegt an der Brille. Sie trägt jetzt die streberhafte mit dem leicht retroförmigen Gestell, die wir zusammen ausgesucht haben. Okay, ich habe sie ausgesucht. Aber ich stehe zu meiner Entscheidung. Und mit der gleichen Befriedigung bemerke ich den kurzen Faltenrock, den ich ihr verpasst habe und von dem sie geschworen hat, ihn niemals zu tragen. Ich muss lächeln. Ich bin froh, sie zu sehen. Ich bin tatsächlich froh, Celia Lieberman zu sehen. Dann jedoch fällt mir zu meinem großen Entsetzen wieder der Drink ein, der mir ins Gesicht geschüttet, und die Haustür, die mir vor der Nase zugeknallt wurde. Unser letzter Abschied verlief nicht gerade unter den freundlichsten aller Bedingungen.

Bevor ich mich für eine passende Annäherung entscheiden kann, erkenne ich das verblasste blaue Taschenbuch, in das sie so versunken ist. Celia Lieberman spürt auf einmal, dass sie beobachtet wird, schaut von »Skies of Stone« auf und sieht mich. Vollkommen verblüfft schlägt sie schnell Charlies Opus zu und setzt sich zur Sicherheit darauf. Ich tue so, als würde ich das alles nicht bemerken. Sie sammelt sich innerlich und schenkt mir ihre unterkühlte Aufmerksamkeit.

»Brooks.«

Ich nutze die Gelegenheit, dass sie offenbar zu nervös ist, um sich daran zu erinnern, von mir angepisst zu sein, und taumele den Gang hinunter. »Verzeihung, Madame«, ich verbeuge mich höflich. »Aber ist dieser Platz noch frei?«

Hätte sie mir wirklich vergeben, würde sie die Tüten wegräumen, damit ich neben ihr sitzen kann. Aber das tut sie nicht. Trotzdem sagt sie auch nicht, dass ich sie mal kann und mich verziehen soll, was ich als vielversprechend empfinde. Also pflanze ich mich auf die Bank direkt hinter ihr. Jetzt, da das Eis zufällig gebrochen wurde, schafft sie es nicht, so zu tun, als wäre ich nicht da.

»Brooks«, wiederholt sie frostig und dreht mir immer noch den Rücken zu. »Was machst du hier?«

»Shelby treffen«, antworte ich.

»Du bist nicht mit dem Auto gefahren?«, fragt sie, ihr Rücken ist wie eine Wand.

»Ich lebe in der Stadt, schon vergessen? Die Leute aus der Stadt nehmen den Zug.«

Ich brauche Celia Liebermans Gesichtsausdruck nicht zu sehen, um zu wissen, dass sie sich nur allzu gut an mein Netz aus Täuschungen erinnert und es darüber hinaus nicht gutheißt. Sie wechselt demonstrativ das Thema.

»Hast du was von der Columbia gehört?«

»Ich bin drin.«

Sie wirbelt sofort zu mir herum, lächelt breit und ist wirklich begeistert von meinen bedeutungsvollen Neuigkeiten. Könnte es sein, dass Celia Lieberman die Einzige ist, die versteht, was ich erreicht habe und wie viel es mir bedeutet?

»Das ist so toll, Brooks!«

»Yep, yeah«, lächle ich matt.

»Ist es nicht?«, fragt sie, weil sie die bewusste Teilnahmslosigkeit meiner Reaktion registriert hat.

»Kann nicht hingehen. Hab das Geld nicht, Baby«, sage ich und mache einen auf lahmen Humphrey Bogart. Ich zucke mit den Schultern, als wäre das kein großes Ding, aber sie weiß es besser.

»Aber du musst!«, protestiert sie und empört sich sozusagen

stellvertretend. »Gibt's denn nichts, was du tun kannst? Was ist mit dem ganzen Geld, das du verdient hast?«

»Nicht mal grob geschätzt.« Ich lache heftig. »Zum Teufel, nicht mal auch nur annähernd.«

»Was ist mit deinem Vater?«

Ich spüre, wie mir kalt wird, so kalt, dass es mir Angst einjagt. »Vergiss meinen Vater.«

Ich schaue zur Seite. Sie nickt und bedrängt mich nicht weiter.

»Hey, Hass auf die Eltern – das ist *mein* Fachgebiet«, stellt sie fest.

»Na ja, ich schätze, du färbst auf mich ab«, sage ich schroff. »Und was ist mit dir? Alles in Ordnung mit Franklin?«

»Könnte nicht besser sein«, antwortet sie und deutet auf den Berg ihrer Einkäufe. »Ich komme gerade aus der Stadt zurück, und wie du sehen kannst, habe ich ein paar wichtige Sachen für den Abschlussball erstanden.«

»Franklin hat dich zum Abschlussball eingeladen?«, frage ich erstaunt.

»Er hat mir ein selbst geschriebenes Sonett vorgetragen, dann schenkte er mir eine langstielige Rose und alles«, strahlt sie. »Ein bisschen überdreht, aber ziemlich süß.«

Ich bin sprachlos, völlig am Boden zerstört. Franklin legt los? Hat sich das Universum so verändert? Das kann doch nicht sein.

»Wir treffen uns heute Abend, um in einen Zombiefilm zu gehen«, kichert sie mädchenhaft und beunruhigend zufrieden. »Was ist das bloß immer mit Jungs und Zombiefilmen?«

»Das Gleiche wie bei Mädchen und Vampirfilmen.« Mit zusammengekniffenen Augen beäuge ich den Stapel süßer kleiner Tüten argwöhnisch. Jetzt, da ich klarer sehe, kann ich mir nur zu gut vorstellen, was in einigen von ihnen ist.

Der Zug hält an. Die Türen öffnen und schließen sich. Wir

ruckeln weiter vorwärts. Nächster Halt: Green Meadow. Celia steht auf und rafft ihre Sachen zusammen.

»Brooks, irgendwie wird das mit der Columbia schon klappen«, sagt sie. »Es muss einfach.«

»Danke«, sage ich und meine es auch so, aber eigentlich weiß ich, dass es irgendwie nicht klappen wird. »Vergiss dein Buch nicht.«

Sie errötet, dreht sich um, hebt es vom Sitz auf und steckt es in eine ihrer Tüten. Ich schlurfe hinter ihr her zu den Zugtüren. Wir stehen nebeneinander und warten. Dann schaut sie zu mir auf.

»Brooks, es ist nichts falsch daran, aus Pritchard zu sein.«

»Du warst noch nie da«, sage ich wie versteinert. Und das wird sie auch nie. Orte wie Pritchard existieren nicht für Menschen aus Orten wie Green Meadow.

»Kann auch nicht schlimmer sein als dieses Haifischbecken hier«, sagt sie leise.

Hinter den Fenstern erscheint das makellose Städtchen Green Meadow voller Geschäfte und Läden, die für die dreckigen Pfoten von mir und meinesgleichen nichts sind. Eine gefilterte Welt, in der ausschließlich Gutsituierte und sich gut Gehaltene leben. Es scheint, als sei innerhalb der Stadtgrenzen keinerlei menschliche Schwäche erlaubt. Sofort spüre ich wieder den alten, vertrauten Knoten im Magen. Celia Lieberman hat recht.

»Wenn Shelby wirklich etwas an dir läge, wäre es egal, selbst wenn du aus Kathmandu wärst«, fährt Celia Lieberman fort. »Nicht dass ich etwas gegen Kathmandu hätte. Ich meine, soweit ich weiß, ist Nepal ein sehr cooles Land. Tolle Leute. Extrem malerisch. Der ganze Himalaja und so, obwohl man aufpassen muss, wenn man Wasser trinkt ...«

Verlegen bricht sie ab. Aus nächster Nähe sehe ich, dass sie Make-up trägt. Nicht viel, nur ein wenig, um die bernsteinfarbenen Glanzlichter in ihren Augen zu betonen. Und ist das ein Hauch von Gloss, der ihre Lippen so appetitlich schillern lässt?

»Du meinst also, ich sollte es ihr sagen?«, murmele ich.

»Ja, das solltest du«, bestätigt sie und schaut mich an. »Das heißt, wenn dir wirklich ernsthaft etwas an ihr liegt.«

Der Zug kommt schaukelnd zum Stehen. Green Meadow. Die Türen öffnen sich, damit wir aussteigen können. Ich hebe warnend die Hand, Vorsicht ist jetzt angebrachter als Höflichkeit.

»Ich steige besser zuerst aus«, erkläre ich entschuldigend. »Shelby hat irgend so ein Ding laufen mit dir und mir.«

»Ich weiß«, meint Celia Lieberman erstaunt. »Ich versteh's einfach nicht.«

»Yep, ich auch nicht«, sage ich, aber eigentlich verstehe ich es irgendwie schon.

Als ich in Sichtweite komme, hupt mich Shelby heran. Sie sitzt am Steuer von Daddys cremefarbenem Bentley Cabrio, das Verdeck ist geöffnet und sie parkt gesetzwidrig in zweiter Reihe. Keine Ahnung, was mich mehr begeistert – sie oder das Auto –, so scharf sieht sie aus. Kein Scherz. Irgendwie schaffe ich es trotzdem, mich zusammenzureißen, und ohne zu stolpern oder zu sabbern, zu ihr hinüberzuschlendern.

»Hey, du hast es tatsächlich geschafft.« Shelby lächelt und zeigt ihre strahlend weißen geraden Zähne, dazu schüttelt sie sanft ihre langen, seidigen Locken, die über die zart gebräunten Schultern streichen. Wie angegossen schmiegt sich irgend so ein Neckholder-Fummel an sie, der sich leicht öffnen und abstreifen lässt. Ich bin absolut fasziniert.

»Hast du daran gezweifelt?«, frage ich.

Sie beugt sich zur Beifahrertür vor, hebt die goldgeschmückten Handgelenke und zieht mich zu sich herunter. Sie küsst mich heftig mit geöffnetem Mund, sozusagen ein Hinweis, dass noch viel mehr folgen wird, dann löst sie sich von mir und lässt mich schwach und atemlos zurück.

»Fühlt sich total ungewohnt an«, gibt sie zu. »Ich bin mir allerdings nicht sicher, ob's mir gefällt.«

Shelby fragt nicht nach der Columbia. Schätze, sie nimmt einfach an, dass es klappt, weil jemand etwas für mich arrangiert hat, so wie immer jemand etwas für sie arrangiert. Oder es ist ihr schlicht egal. Ich ziehe vor, Ersteres zu glauben.

»Das *Carpaccio* und dann die Hummerravioli«, befiehlt sie und gibt die Speisekarte zurück. »Danke, Alfredo.«

Shelby hat darauf bestanden, dass wir ins Le Petit gehen, ihr Lieblingsrestaurant in Green Meadow, und die Preise dort sind angsteinjagend. Musste sie wirklich Hummer bestellen? Auf der Karte stehen nicht einmal Ziffern daneben, nur die Initialen »MP« wie Marktpreis oder wie »Ich will nicht mal darüber nachdenken.« Wir haben nicht darüber gesprochen, wer hier zahlt, aber ich habe einen ziemlich starken Verdacht, dass es mich trifft. Und warum nicht? Sie denkt eben, ich bin genau wie sie, stinkreich. In ihrer Galaxie sind das schließlich alle. Unnötig zu erwähnen, dass ich Huhn bestelle.

Ich muss es ihr sagen. Ich muss *die* Wahrheit sagen. Ich muss.

Aber wie macht man das? Und wann? Genau der richtige Zeitpunkt scheint nie zu kommen, da Shelby beinahe während des gesamten Essens, inklusive Dessert, über ihre Pläne für den Sommer plaudert.

»… Venedig, Mykonos, dann noch mal ein kurzer Stopp in Paris«, erzählt sie und rührt ihr Zweiundzwanzig-Dollar-Tiramisu kaum an.

Italien, die griechischen Inseln, Frankreich. Für mich bloß Abbildungen in Büchern, aber nicht für sie. Ich meine, ich kann mich glücklich schätzen, wenn ich es für ein Wochenende nach Atlantic City schaffe. Wie soll ich da eine Überleitung finden?

»Dann zwei Wochen Barcelona. Ich glaube, das ist meine Lieblingsstadt in Europa. Danach geht's zurück in die Realität …«

Realität, das ist ja wohl ein Scherz. Sie lebt eine Fantasie. Meine. Ich muss es ihr sagen. Ich muss. Ich muss.

»Was hast du?«, fragt sie.

Ich antworte nicht. Ich kann nicht. Shelby legt mein Schweigen falsch aus.

»Langweile ich dich?«

»Nein, überhaupt nicht«, widerspreche ich, obwohl sie das eigentlich schon ein wenig tut. Ich meine, ist es wirklich nötig, dass ich mir eine Stunde lang Geschichten über all die großartigen Orte der Welt anhören muss, an denen ich noch nie war und wahrscheinlich auch nie sein werde? Aber das ist ja nicht ihre Schuld. Wisst ihr, in der Schickeria sind die Sommer im Ausland eine Art Ritual des Übergangs von der Schule zum College.

»Vermutlich kann mein Gesprächsniveau nicht mit dem eines Superhirns wie Celia Lieberman mithalten.«

»Könntest du bitte mit Celia Lieberman aufhören?«, entgegne ich verärgert, weil es mich von meinem eigentlichen Ziel abbringt. Warum muss sie immer wieder bei allem Celia Lieberman erwähnen?

Schnaubend steht Shelby auf, um die Damentoilette zu besuchen, und gibt Alfredo ein Zeichen, mir diskret die Rechnung zu überreichen. Bei der Gesamtsumme fallen mir fast die Augen aus dem Kopf. Ich habe geahnt, dass es schlimm werden würde. Aber einhunderteinundsiebzig Dollar! Dafür? Ein Löffel Pasta und ein kleines Stück Huhn, so lecker es auch war. Wir hatten nicht mal Wein! Alfredo wartet. Wütend fische ich Zwanziger aus meinem College-Geldbündel.

»Der Rest ist nicht für Sie, ich erwarte Wechselgeld«, zische ich zornig.

Der Parkservice kostet noch mal fünfzehn. Wir hätten auch kostenlos an der Straße parken können, aber das wäre zu *déclassé*. Fünfzehn Flocken direkt aus dem Fenster. Fünfzehn Dollar sind zwei Stunden Böden wischen und Toiletten sauber machen im The Gun. Fünfzehn Dollar sind ein Viertel Tankfüllung für das Beast. Nichtsdestotrotz zahle ich. Zum Teufel, noch mehr hart erarbeitete Kohle, die ich sowieso nicht für die Columbia ausgeben werde.

Während wir auf unser megaluxuriöses Transportmittel warten, bei dem allein die Mehrwertsteuer sicher höher war als die Bankhypothek der meisten anderen Menschen, zieht Shelby die Lippen nach. Als müssten diese Lippen noch betont werden. Ich weiß, ich bringe sie auf die Palme, weil ich sie nicht umschmeichle. Eine Brise weht durch ihr Haar und ihr dünnes kurzes Kleid, das ihre unglaublichen Kurven unterstreicht. Sie sieht aus wie ein Supermodel auf dem Laufsteg. Was mache ich bloß? Ich bin der Sache auf so vielen Ebenen nicht gewachsen. Ich muss es ihr sagen. Ich muss. *Ich muss*. Jetzt oder nie, Junge …

»Shelby«, beginne ich. »Tut mir leid, wenn ich etwas neben mir stehe. Es liegt daran, weil es etwas Wichtiges gibt, das ich dir sagen muss …«

Bevor ich auch nur ein einziges belastendes Wort aussprechen kann, packen mich von hinten zwei große, von Adern durchzogene Hände an der Kehle und heben meinen sich windenden Körper fünfzehn Zentimeter vom Boden.

»Niemand serviert einen Tommy Fallish ab!«

Ich drehe mich um. Tommys Augen funkeln wild und sind

blutunterlaufen und er stinkt nach Alkohol und Zigaretten. Nie ein gutes Zeichen.

»Tommy Fallish ist immer der, der verlässt, Tommy Fallish ist nie der Verlassene!«

Obwohl er mich um mindestens zehn Zentimeter überragt und mich wahrscheinlich beim Bankdrücken um mindestens hundert Kilo schlägt, bin ich mir ziemlich sicher, dass ich es mit ihm aufnehmen kann. Immerhin war ich früher auch mal in einige Schwierigkeiten verwickelt. Na gut, ganze zwei Mal und einmal davon im Kindergarten. Okay, ich rechne mir trotzdem Chancen aus.

Knappe Chancen.

»Oh, Tommy, hör auf, so Jersey zu sein!«, sagt Shelby.

»Ich bin nicht Jersey!«, brüllt Tommy, übt mit seinem überdimensionalen Daumen enormen Druck auf meine Luftröhre aus und unterbricht so die Sauerstoffzufuhr.

»Doch, bist du!«, schreit Shelby und drischt mit ihrem Neunhundert-Dollar-Versace-Handtäschchen auf ihn ein. »Du verhältst dich so was von Jersey-mäßig!«

Tja, Leute, genau das sagen die beiden. Ich wünschte, ich hätte es erfunden.

Ich mache eine kräftige Drehung und rutsche aus Fallishs schweißfeuchtem Griff. Und dann blicke ich ihm direkt ins Gesicht, bereit für den Kampf. Ich sehe rot. Dumm, reich, unwürdig – Glückspilz Fallish ist die lebendige Verkörperung von allem, was in meiner Welt nicht stimmt. Schon seinen Namen empfinde ich als persönliche Beleidigung. Was, wenn er mich pulverisiert? Nur ein guter Schlag, das ist alles, worum ich bitte.

»Und hör auf, uns zu folgen!«, sagt Shelby und schubst ihn weg. »Sonst rufe ich die Cops. Ich meine es ernst!«

Tommys stumpfe Augen glänzen nun selbstmitleidig. Er tritt zurück, erschlafft und stolpert dann kleinlaut zurück in das

Loch, aus dem er hervorgekrochen ist. Betont cool widmet sich Shelby jetzt wieder mir.

»Was wolltest du sagen?«

Jersey. Jersey also. Die ultimative Erniedrigung. Zu sagen, dass mir der Wind aus den Segeln genommen wurde, wäre eine gigantische Untertreibung, da anfangs nicht gerade viel Wind herrschte. In allzu naher Zukunft werde ich nicht mit *der* Wahrheit rausrücken.

»Für mich ist es auch Barcelona«, antworte ich und meine damit meine Lieblingsstadt in Europa.

Dafür werde ich wieder mit diesem strahlenden Lächeln belohnt und finde zu meinen guten Umgangsformen zurück. Der Abend ist noch jung und wir auch.

Das Verdeck des Bentleys ist offen, über uns funkeln die Sterne und wir blicken auf den riesigen leeren Strand am Long Island Sound. Unberührter, unerschlossener Privatstrand, wie ich hinzufügen möchte, der über Generationen hinweg weitervererbt wurde. The-Dream wummert leise per Satellitenradio aus dem hochmodernen Soundsystem. Das Gras wirkt – ihr Gras, Hochleistungszeug, besser, als ich es gewohnt bin. Ich bin derart angeknipst. Und der Cognac, scharf und stechend, hilft der guten alten Impulskontrolle auch nicht.

Was dringend nötig wäre, denn, meine Freunde, ich habe Trockensex mit dem schönsten Mädchen der Welt, und das Ganze auf dem Rücksitz vom Bentley ihres Vaters. Ihr Körper drückt gegen meinen, ist dennoch geschmeidig und nachgiebig. Wir sind ineinander verschlungen, meine Hände wandern, ihre sorgen für Raumdeckung. Unsere Lippen und Zungen nehmen an einem qualvoll langsamen mehrgängigen Menü köstlicher Empfindung teil, das von einer meisterlichen Verführerin serviert wird. Sie weiß, wie's geht. Und wie. Für einen Sekundenbruchteil habe ich Mitleid mit Fallish. Solch göttliche Gaben zu empfangen, um dann für immer ihrer beraubt zu werden. Kein Wunder, dass der Typ ein Wrack ist. Meine höchsten Erwartungen werden übertroffen, meine feuchtesten Träume überboten, was bei meiner ausgeprägten Fantasie ziemlich erstaunlich ist. Ich kann nicht glauben, dass es wirklich passiert, dass sie – das alles – endlich mir allein gehört.

»Du bist perfekt«, flüstere ich ehrfürchtig.

»Das sagen *alle*«, antwortet Shelby und löst sich plötzlich von mir. »Supernervig.«

Offenbar habe ich unbeabsichtigt einen wunden Punkt getroffen. Sie setzt sich auf, die Haare sind zerzaust, das Kleid zerknittert, es hängt krumm und schief, was mich nur noch mehr antörnt.

»Und es stimmt überhaupt nicht«, sagt sie. Dann lächelt sie kokett. »Ich habe ein Muttermal.«

Ein kleines Vögelchen flüstert mir, dass alles gut werden wird. Also spiele ich trotz meiner tobenden Hormone und des pochenden Ständers mit.

»Echt, *hast* du?«, frage ich unschuldig nach. »Im *Ernst*?«

»Willst du es sehen?«

»Oh, *darf* ich?«, sage ich und falte in Gedanken die Hände innig zum Gebet.

Sie schiebt mich rückwärts gegen den gepolsterten Ledersitz und hockt sich rittlings auf meine Hüfte. Ihre Hände greifen nach der Schleife in ihrem Nacken, dem Hauptziel meiner Bemühungen der letzten halben Stunde. Sie zieht an einem Ende, die Schleife öffnet sich, und Gott sei Dank, die Himmelspforte auch. Die dünnen Träger, die das Wenige, was es an dem Neckholder-Kleid hochzuhalten gibt, halten, geben nach und rutschen nach unten. Sie dreht sich um, damit sich die volle Wirkung entfaltet.

»Siehst du?«

Ich sehe nicht nur, ich gaffe, ich glotze. Und vor allem: Siehe da! Doch der Anstand verbietet es mir, von den Zwillingsprachtstücken zu erzählen, die vor mir aufragen. Sagen wir einfach, bemerkenswert fest, der Schwerkraft trotzend und in Größe und Form kleinen Melonen ähnelnd. Was das Muttermal betrifft. Na ja, für ein Muttermal geradezu perfekt. Ein perfektes Muttermal.

Shelby wirkt wie eine Droge und jede Faser meines Seins verlangt nach mehr von ihr. Ich stürze mich darauf. Unsere Münder kleben wieder aneinander. Shelby schlingt die Beine um mich. Ihre vorzüglichen, nackten Brüste werden fest an mein Hemd gepresst. Wir rollen vom Sitz auf den flauschigen Teppichboden des Bentleys.

»Nein, Brooks, nicht hier!« Shelby ringt nach Luft. »Nicht so.«

»Was stimmt denn nicht? Ist doch gut. Ist doch großartig!«

Sie oben ohne auf der Rückbank eines verdammten Bentleys an einem verfluchten Privatstrand. Ich frage euch: Hab ich etwa irgendwas verpasst?

»Die Abschlussballnacht«, flüstert sie zwischen heißen Küssen in mein Ohr. »Wir können uns ein Zimmer im Ritz nehmen. Lass es uns stilvoll machen. Schaumbad. Champagner. Duftkerzen. Ein echtes Kingsize-Bett. Wie Fast-Erwachsene, die wir vermutlich bald sein werden.«

Der Abschlussball. Das gesellschaftliche A und O. Tief im Sumpf meines verwirrten Verstands ahne ich, dass ich es sein lassen sollte. Sie zu fragen, bedeutet, Probleme heraufzubeschwören.

Dann fährt sie mit der Hand nach unten. Ich wimmere, ergebe mich ihrem steten, festen Griff.

»Was ist mit dem Comfort Inn?«

»Sorry, aber du musst dir schon mehr Mühe geben«, entgegnet sie grinsend und denkt, ich mache nur Spaß. Das tue ich nicht. Sie erhöht das Tempo.

»Das Marriott?«, fiepse ich mit gesenkten Lidern.

»Das heißt, wenn du an dem Abend nicht etwas anderes vorhast. Du hast mich schließlich noch nicht gefragt.« Shelby unterbricht die Bewegung und lässt mich sozusagen hängen. Sie sieht mich an, ganz geschäftsmäßig.

Meinetwegen das Ritz. Oder das Taj Mahal. In diesem entscheidenden Augenblick würde ich allem zustimmen.

»Möchtest du mit mir zum Abschlussball gehen?«, krächze ich nach Erlösung lechzend.

»Ich werde darüber nachdenken.«

Aber dann sinkt sie zwischen meine Knie. Und es verschlägt mir die Sprache.

Der große Abend

Nach langem Überlegen entscheide ich mich für das Hilton. Nicht ganz das Ritz, aber das beste Haus im Umkreis von fünfzehn Kilometern von Green Meadow, wo man als Mitglied des amerikanischen Automobilclubs einen Rabatt bekommt. Trotzdem ist es echt schrecklich, weil man, wenn man so wie ich keine Kreditkarte besitzt, siebenhundert Dollar – ja, ganz richtig, siebenhundert Flocken – entweder cash oder als Barscheck hinterlegen muss, bevor sie die Buchung annehmen. Was bedeutet, dass ich an einem frühen Samstagmorgen eineinhalb Stunden fahren muss, um dieses Blutgeld abzuliefern.

Auf dem Rückweg lege ich einen kurzen Zwischenstopp bei Bed Bath & Beyond ein. Für den Laden habe ich Unmengen von Fünf-Dollar- und Minus-zwanzig-Prozent-Coupons. Dort kaufe ich das teuerste Schaumbad, das sie haben, und statte mich mit einem Vorrat an Duftkerzen aus. Es gibt da eine ganze Abteilung, drei komplette Gänge, mit dem Zeug. »Morning Rise«. »Afternoon Surprise«. »Raging Sunset«. Mir war noch nie klar, dass es überhaupt so viele verschiedene olfaktorische Stimmungen gibt. Ich entscheide mich für »After After-Party Vögel-Marathon«. Nein, kleiner Scherz. Lieber ein Sixpack »Deep Penetration«. Als ich an der Kasse anstehe, entdecke ich ein Sonderangebot getrockneter Rosenblütenblätter. Und was soll's?

Nehme ich auch davon noch einen Sack voll. Für den großen Vollzug ist nichts zu teuer.

Der große Vollzug. Ich habe gemischte Gefühle, was ihn betrifft. Und ein schlechtes Gewissen, denn der große Vollzug, wenn es tatsächlich dazu kommt, wird nur passieren, weil ich ein lügendes Stück Dreck und total schwanzgesteuert bin. Mir ist mehr als bewusst, dass ich dieses Versteckspiel nicht ewig spielen kann, und alles, was über den Abschlussball hinausgeht, ist für Shelby und mich unmöglich. Aber andererseits, was schadet denn eine mickrige Nacht? Eine superscharfe, absolut unglaubliche Nacht. Okay, genau genommen nutze ich sie aus, aber im Gegenzug nutzt sie mich auch aus, was doch bedeutet, dass wir irgendwie quitt sind, oder? Ich meine, ich kapiere immer noch nicht, warum Shelby so auf Celia Lieberman fixiert ist, aber warum soll ich dem geschenkten Gaul ins Maul schauen? Außerdem macht Shelby sich sowieso bald auf den Weg nach Barcelona und Mykonos. Dann bin ich nur noch eine schöne Erinnerung. Hoffe ich. Bete ich.

Denn das andere, noch stärkere Gefühl, das mich umtreibt, ist Verlangen. In Großbuchstaben. Unsere gefährliche Begegnung auf dem Rücksitz des Bentleys verfolgt mich in jeder wachen Sekunde und beschert mir fiebrige Träume. Wir haben schon alles gemacht. Ich meine, wirklich alles. Bis auf das Eine. Und ohne zu sehr ins Detail gehen zu wollen, kann ich euch flüstern, dass schon alles bis auf das Eine weltbewegend war. Deshalb kann ich das Eine kaum erwarten. Ich bin wie besessen davon.

In der Nacht vor dem großen Abend kann ich nicht schlafen. Abgesehen von der Dauerschleife erotischer Fantasien bin ich so nervös wie ein Schulmädchen vor seinem ersten Date. Trotz all der Homecomings, Winterbälle, Frühlingsfeste und Abschlussbälle, die ich im letzten Schuljahr besucht habe, wird das in gewisser Weise ein erstes Mal für mich sein. Zum ersten Mal ist es meine Veranstaltung. Zum ersten Mal gehe ich als ich selbst. Also beinahe. Und zum ersten Mal zahle ich aus eigener Tasche, das ist mal verdammt sicher.

Ich treffe zwei Stunden, bevor es losgeht, im Hotel ein. Das Beast parke ich ganz oben in einer ungefähr zehnstöckigen Parkgarage, damit es möglichst aus dem Weg ist. Als ich ins Zimmer komme, hat es zwei Einzelbetten. Deshalb muss ich in der Lobby sozusagen einen Ausraster wegen des versprochenen Kingsize-Betts hinlegen. Am Ende kriege ich ein Queensize mit Blick auf die Klimaanlage. Ich packe das Schaumbad aus, verteile die Duftkerzen strategisch und streue Rosenblütenblätter aus. Dann noch mal rasch geduscht und ein weiteres Mal rasiert. Ich breite den vertrauten Smoking auf dem Bett aus und lasse mich in Boxershorts danebenfallen. Alle sollen sich um Punkt sieben bei Cassie treffen zu diversen Drinks und Fotos, bevor wir gemeinsam in die Stretchlimo steigen. Aber bis dahin ist es noch eine Dreiviertelstunde und sie wohnt drei Taxi-Minuten entfernt. Also reichlich Zeit, um runterzukommen. Ich schaue mir die Yankees im Fernsehen an. Wir sind beim fünften Inning und führen mit zwei Punkten. Ich muss Kraft schöpfen. Denn ganz ehrlich, nach all der Vorbereitung und Vorfreude und gar nicht zu reden vom ständigen weißen Rauschen und meiner Angst wegen der Columbia, bin ich ziemlich fertig.

Das Nächste, was ich mitkriege, ist, dass mir Spucke aus dem Mund tropft und das Spiel schon beim neunten Inning ist, wobei die Yankees drei Punkte zurückliegen. Nach zwei Outs. Ich springe auf und starre in die Dämmerung. Was zum Teufel? Das Spiel war doch schon gelaufen. Mir wird bewusst, dass ich eingepennt sein muss. Die Frage ist nur, für wie lange? Ach du Scheiße! Sechzehn Minuten nach sieben! Ich bin spät dran! So spät! Vielleicht zu spät!

Ich ziehe mir praktisch noch die Hose hoch und knöpfe mein Hemd falsch zu, als ich schon aus dem Hilton stürze. In der Taxispur steht nur ein einziger Wagen, auf den bereits fünf Leute warten. Ich muss mich erniedrigen, indem ich flehe und bettle und jeden mit einem Zwanziger besteche, damit sie mir den Vortritt lassen. Dann schreie ich den Fahrer an, aufs Gas zu drücken. Er scheint meinen Ton nicht zu schätzen, und ich muss mich erst bei ihm entschuldigen, bevor er überhaupt losfährt. Wie um Salz in meine klaffende Wunde zu streuen, bleibt er dann die ganze Fahrt über extra fünf Kilometer pro Stunde unter der erlaubten Geschwindigkeit.

Auf der ringförmigen Zufahrt zur Villa der Trasks parkt eine Auswahl teuerster Importwagen. Ich springe aus dem Taxi, ohne Trinkgeld zu geben, und sprinte mit fuchtelnden Armen zum Innenhof. Dort ist eine Art Zirkuszelt aufgebaut, unter dem sich alle versammelt haben. Vorne stehen die obszön reichen, aber das ganz normal findenden Eltern. Sie stoßen sich gegenseitig an und schubsen sich wie verrückte Paparazzi, während sie Aufnahmen von einer langen Reihe Töchter in Ballkleidern und reichlich Schmuck machen. Arm in Arm zeigen ihre verzogenen kleinen Prinzessinnen ihre weiblichen Reize, kichern und lächeln verschämt, während teure Digitalkameras klicken, surren und blitzen. Sie wissen, wie scharf sie sind. Eine rausgeputzter und heißer als die andere. Und in der Mitte die hinreißendste, königlichste von allen. Shelby. Mein Date für den heutigen Abend. Was bin ich für ein Glückspilz!

Oder etwa nicht? Obwohl sie wie Heath Ledger in »The Dark Knight« von einem Ohr zum anderen grinst, kann ich Shelby ansehen, dass sie nicht gerade glücklich und zufrieden ist. Ich habe meine Position nicht unbedingt verbessert, indem ich sie die letzten sechsundzwanzig Minuten sich selbst überlassen habe, um verlogene Komplimente und wild wuchernde Spekulationen über meinen Verbleib auszuhalten. Nur um dann wie der King daherzukommen. Das ist im Prinzip unentschuldbar. Aber andererseits ist es ja Teil meiner unerklärlichen Anziehung, die ich auf sie ausübe, dass ich mich wie ein Arschloch benehme, also habe ich vielleicht doch noch den Hauch einer Chance auf Wiedergutmachung.

»Okay, und jetzt Mädchen *und* Jungs!«, dirigiert der engagierte Profifotograf. Derselbe nervig aufgekratzte Typ mit pinkfarbener Fliege, der mich schon hin und wieder bei diversen Feierlichkeiten fotografiert hat. Aber ich bin jetzt zu erleichtert, um mich davon beunruhigen zu lassen.

Denn noch ist nicht alles verloren. Ich habe die Pärchenbilder nicht verpasst. Das wäre unverzeihlich gewesen. Ich habe es gerade noch rechtzeitig geschafft. Keine Nanosekunde zu früh.

Die Jungs in ihren Smokings nehmen die Plätze neben ihren jeweiligen überwältigenden Dates ein. Ich nutze das Durcheinander, um mich flink an Shelbys Seite zu schieben.

»Sorry«, murmele ich. »Ein Todesfall in der Familie.«

»Wo warst du?« Sie schenkt mir ein tiefgefrorenes Lächeln, während die Kameras weiterblitzen. »Ich dachte, du hättest mich versetzt!«

»Alle mal lächeln, gleich kommt das Vögelchen!«, schreit die pinkfarbene Fliege. Dann hält der Typ plötzlich inne, schaut vom Sucher seiner Kamera hoch und sieht mich fragend an.

»Hey, warst du nicht letztes Wochenende schon auf dem Abschlussball in Bronxville?«, fragt er.

Tatsächlich war es vorletztes Wochenende und in Larchmont. Aber natürlich zucke ich mit den Achseln, als wüsste ich nicht, wovon er redet.

»Ich nicht«, widerspreche ich und werfe Shelby rasch einen

prüfenden Blick zu. Zum Glück ist sie zu erleichtert, um es überhaupt mitzukriegen.

Die pinkfarbene Fliege kratzt sich am Kopf und widmet sich wieder seiner eigentlichen Aufgabe. »Na gut, Jungs und Mädels. Jetzt ist es nur noch ein Kinderspiel! Auf drei!«, flötet er. »Eins, zwei …!«

Ich blecke meine Schneidezähne und lächle für die Nachwelt. Für eine davon.

Danach werde ich sofort von der Massenbewegung zum Transportmittel, das uns erwartet, mitgerissen. Zu Tränen gerührte Eltern folgen uns im Pulk. Ihre Babys verlassen, schon ganz erwachsen, ihr weich gepolstertes Nest und alles. Hunter und Gretchen Pace stehen wie aus dem Nichts plötzlich vor mir. Strahlend scheinen sie mit dem Date ihrer Tochter für einen so weltbewegenden Anlass plaudern zu wollen, wie kurz auch immer.

»Hi, Brooks, ich bin …«, keucht Hunter und streckt mir die Hand hin.

»MUMMY, DADDY, WAS HAB ICH EUCH VORHER GESAGT?«, donnert Shelby.

Was auch immer sie ihnen gesagt hat, es muss der Hammer gewesen sein, denn diese beiden Titanen ihrer jeweiligen Branche lösen sich auf der Stelle quasi in Luft auf.

Unter anschwellendem Jubel der Erwachsenen und ohrenbetäubendem Geböller von Konfettikanonen steigen wir ein. Elf strahlende Paare, zweiundzwanzig Stars und Sternchen. Obwohl unser Fahrzeug ungefähr die Länge eines Schwimmbeckens hat, müssen wir uns ein bisschen zusammenquetschen und Shelby muss auf meinem Schoß Platz nehmen. Macht mir nicht das Geringste aus. Aufgedonnert, gepudert und parfümiert in einer wie angegossenen, durchsichtigen, rückenfreien, trägerlosen

Designerrobe und mit Mummys Diamantohrringen hat sie nie glamouröser ausgesehen – und wird es wahrscheinlich auch nie mehr. Sie steht auf ihrem Höhepunkt. Sie *ist* der Gipfel. Und sie gehört mir. Meinem gierigen Ich. Oder könnte das zumindest – wenn ich es nur schaffen würde, meine Skrupel zu unterdrücken und es nicht zu vermasseln, wozu ich ja bisher anscheinend fest entschlossen bin.

Unter unerträglichem Gehupe fahren wir los. Innerhalb von Sekunden wird das Ganze ein Partybus. Kanye grölt aus Surround-Lautsprechern, buntes Stroboskoplicht zuckt. Ja, es gibt tatsächlich eine Lasershow in der Limo. Flachmänner werden rausgeholt und Joints so fett wie kubanische Zigarren angeboten. Dankbar und gierig nehme ich von allem, was bei mir vorbeikommt. Shelby macht es genauso. Als wir um eine Kurve fahren, wird sie an mich gedrückt. Ich spüre, wie sich richtig großes Holz formt. Das merkt auch Shelby. Sie presst sich dagegen. Ah, was für ein Glück! Alles ist verziehen. Der verdammte Abschlussball hat begonnen.

Es gibt nur ein Haar in der Suppe: Fallish. Fast aus einem Valentino-Anzug platzend wirft er mir von seinem Platz genau gegenüber Blicke wie Dolche zu. Als er einen Schluck nimmt, läuft ihm Alkohol übers Kinn. Der Anblick von mir und Shelby scheint ihn schier umzubringen. Ich denke, wenn Blicke töten könnten, wäre ich jetzt schon tausendmal gestorben.

Vicuna Munson, Fallishs Trost-Date, streichelt seine sich heftig hebende und senkende Brust. Und was für ein Trost sie ist, das kann ich euch sagen. Straff, honigblond und freizügig an den richtigen Stellen. Aber trotzdem ist sie mit Abstand Zweite hinter Shelby – so wie praktisch jedes andere Mädchen. Das Seltsame ist aber, dass diese Vicuna mich auch so anstarrt, als würden wir uns kennen. Als versuche sie, mich irgendwo einzuordnen. Noch seltsamer ist, dass ich diese Vicuna vor heute

Abend noch nie gesehen habe, denn ich hätte sie mir ansonsten definitiv gemerkt, weil ihre Freizügigkeit so freizügig ist. Jedenfalls habe ich keine Ahnung, warum sie mich so anglotzt, aber es beunruhigt mich.

Plötzlich, während er mich immer noch anstarrt, stößt Fallish einen fürchterlichen, kehligen Schrei aus. Wie ein verwundetes Tier.

»AAAHHHHHH!!!«

Ich meine, er heult richtig. Die anderen interpretieren das als Zeichen guter Laune und fallen mit ein. Ich weiß hundertprozentig, dass es Mordrausch ist, und halte die Klappe. Jungs, Mädels, alle johlen, kreischen, heulen. Eine reiche, ständig nach mehr gierende Horde. Völlig außer Rand und Band.

»AAAHHHHHHHHHHHHHHHHHHHHHHHHH!!!«

Sogar Shelby heult mit. In ihrem Fall sieht das entzückend aus, weil ihre kleine Stupsnase sich dabei kräuselt. Die Luft flirrt vor Erwartung. Denn das ist es. Die finale Fete. Das Ende einer Ära.

Und dann heule ich mit. Als würde ich dazugehören, obwohl ich das nicht tue. Und warum auch nicht.

Es ist der verdammte Abschlussball.

Total zugedröhnt und vom Gras wie ausgehungert, ganz zu schweigen von dem Primatengeschrei, kommen wir bei Chez-fünf-Dollarzeichen-auf-jedem-Bewertungsportal an. Ein besonders hochnäsiger Maître lotst unsere Horde in einen plüschigen privaten Bankettraum im hinteren Teil des Lokals. Trotz meiner Benommenheit empfinde ich es immer noch als niederschmetternd, wie weit ein Essen für zwei mich finanziell zurückwerfen wird. Bei der Reise nach Jerusalem um die gepolsterten Stühle lande ich kurzfristig und unbehaglich neben dieser Vicuna, die mich weiterhin anstarrt.

»Ich weiß, dass ich dich schon mal gesehen habe«, sagt sie.

»Das glaube ich nicht«, antworte ich schnell und winke Shelby ans andere Ende einer praktischerweise sehr langen Tafel.

»Westport!«, erklärt sie entschieden.

Westport! Das war der Abend mit Gravity Dross. Als unsere Gehirne verschmolzen und ich mich mit ihr an einem fernen Ort des autistischen Spektrums befand. Kein Wunder, dass diese Vicuna keine Spur auf dem Rattigan-Radar hinterlassen hat. An dem Abend war ich so abwesend, dass ich nicht mal eine Invasion von Aliens mitgekriegt hätte.

»Da war ich noch nie«, grunze ich überheblich, als wäre Westport eine wimmelnde Kloake, die es ungefähr mit den Slums von Kalkutta aufnehmen könnte. Angriff ist die beste Verteidigung, oder? Aber plötzlich hämmert mein Herz wie eines von Murfs verrückten Soli.

Sie sieht mich zweifelnd an, scheint sich aber nicht hundertprozentig sicher zu sein. Also lässt sie es für den Moment gut sein und sich von Fallish im Neandertal-Stil zu seinen besoffenen Sportkumpeln wegschleppen.

Shelby sieht mich an, als wolle sie sagen: »Was war das denn bitte?« Zitternd rücke ich ihr einen Stuhl zurecht. Was zum Teufel ist heute Abend nur los? Erst der Typ mit der pinkfarbenen Fliege, jetzt diese Vicuna. Ich sage euch, meine Tage sind gezählt.

Shelby bestellt den Beluga-Kaviar als Vorspeise. Es gibt kein Hühnchen. Scheiß drauf, entscheide ich, schlage meine finanzielle Zukunft in den Wind und bestelle das Steak. Ich brauche Vorspeise und Salatgang, bis meine Nerven sich so weit beruhigt haben, dass ich Shelbys anhaltender Konversation folgen kann.

»Also sagt Daddy zu mir: ›Kleines, bist du dir sicher, dass du nicht hingehen willst?‹«, erzählt sie gerade. »›Ich fände es furchtbar, wenn du ihn verpassen würdest.‹«

»Ihn?«, frage ich abwesend und säble an meinem grasgefütterten Fleischstück herum.

»Den Abschlussball, Dummerchen.« Shelby lächelt und probiert kaum von ihren Trüffeln. Erst das Zweiundzwanzig-Dollar-Tiramisu letztens, jetzt die Trüffel für einunddreißig Dollar. Warum bestellt sie das Zeug, wenn sie es sowieso nicht isst? »Als ich mir nicht sicher war, ob du die Eier haben würdest, mich wirklich zu fragen.«

»Ach so«, stelle ich fest und fühle mich kindisch erregt, weil sie gerade »Eier« gesagt hat. Man darf nicht vergessen, dass ich zu diesem Zeitpunkt schon ordentlich zugedröhnt bin.

»Wie auch immer. Eine Weile sah es jedenfalls so aus, als würde ich nicht hingehen. Ich meine, an der Schule hat sich ja keiner getraut, weil Tommy rumgelaufen ist und jedem den sicheren Tod angedroht hat …«

Ich nicke und kaue wie wild. Mehr als sechzig Flocken und dann können die es nicht mal richtig zubereiten. Mein Fleisch ist zu durch und zäh wie eine Schuhsohle.

»Also erzählt mir mein Dad – das musst du dir vorstellen –, dass er in seinem Büro am Vortag …« Sie kichert, weil sie es so urkomisch findet, und kann deshalb nur abgehackt sprechen. »… dass er in seinem Büro von diesem Jungen gehört hat, der mit mir hingehen könnte.«

Ich höre auf zu kauen. Irgendwie weiß ich schon, wo das jetzt hinführt.

»›Sehr diskret‹, sagt er. Toller Tänzer. Hat tolle Referenzen«, wiehert sie. »Ein Ersatz-Date!«

»Ein Was-Date?«, röchele ich.

»Ein Ersatz-Date«, wiederholt sie und lacht noch lauter. »Ein professioneller Begleiter. Kannst du dir das vorstellen?«

Ja, kann ich. Das und vieles anderes. Beispielsweise lebendig an einem Bratspieß über einem offenen Feuer auf dem Marktplatz von Green Meadows geröstet zu werden, während Hunderte aufgebrachter Dorfbewohner mit Fackeln und Gewehren dazu jubeln.

»Also sage ich zu ihm: ›Also bitte, so verzweifelt bin ich auch wieder nicht‹«, prustet sie und schüttelt sich vor Lachen. »›Erlaube mir mal einen letzten Rest von Stolz.‹«

Sie lacht immer lauter, weil die Vorstellung sie dermaßen amüsiert. Ich kichere mit, amüsiert über die Absurdität meiner eigenen Existenz. Sie ist auch ordentlich bekifft, und so gackern wir eine Weile vor uns hin wie zwei Idioten, bis plötzlich Sirenen und Warnleuchten losgehen. Ein dicker, unzerkauter Brocken meines zu lange gegarten Rindfleischs hat sich nämlich in meiner Luftröhre festgesetzt.

Die Wirkung tritt sofort ein. Mein Körper schlägt Alarm. Es fühlt sich an wie in Burdettes Schwitzkasten, nur dass da kein Burdette ist, den man anflehen könnte aufzuhören. Diese Blockade hat was Dauerhaftes. Ich springe auf, greife mir an den Hals, schlage um mich. Teller fliegen krachend zu Boden, Stühle fallen um, Ballgäste hechten auseinander, während ich blaugesichtig und würgend herumzucke. Es ist wie eine dieser fantastischen Todesszenen im Kino, nur dass ich leider nicht schauspiele.

»Oh mein Gott, Brooks!«, ruft Shelby. »Bist du okay?«

»Wasser«, röchle ich.

Röchelnd schnappe ich mir eine große Flasche von dem blubbernden Zeug und schütte es in mich rein. Es tut mir nicht gut. Sofort spucke ich einen Strahl sprudelnder Flüssigkeit wieder aus. Als Nächstes lege ich den Kopf in den Nacken und versuche, mir mit zwei Fingern in den Rachen zu fassen. Hilft auch nichts. Ich zucke und zapple wie ein Fisch am Haken. Gleichzeitig starre ich in den großen Abgrund. Ein Leben voller verpasster Chancen und leider nicht realisierter Gelegenheiten rauscht verschwommen vor meinem inneren Auge vorbei. Die Reisen und Erfahrungen, die ich niemals machen werde. Ferien mit den Enkelkindern. Verdammt. Ferien mit den Kindern. Ferien überhaupt. Aber am bittersten, dass ich Shelby nie und nimmer vögeln werde.

Leb wohl, privater Bankettraum. Leb wohl, lange Tafel. Lebt wohl, Polsterstühle. Lebt wohl, ihr tatenlosen Gaffer. Leb wohl, Fallish, der du glücklich grinst, während ich hier ersticke. Wenigstens muss ich die Rechnung nicht mehr übernehmen. Ach, Abschied ist ein so süßer Schmerz. Leb wohl, glitzernder Kronleuchter. Leb wohl, plüschiger Teppichboden. Leb wohl, Celia Lieberman. Celia Lieberman!

Als ich zusammensacke, packt sie mich von hinten. Sie schließt die Arme um meine Mitte und drückt mich mehrmals schnell hintereinander so fest, dass ich glaube, meine Rippen brechen. Der Schmerz ist fürchterlich, aber irgendwie auch beruhigend. Der gute alte Heimlich-Handgriff. Als Arztkind beherrscht sie den natürlich. Der Griff verfehlt nie seine Wirkung. Außer bei mir.

Auch wenn diese brutale Gewaltanwendung tut, was sie soll, nämlich meine Lungen komprimieren, damit heftiger Druck auf das Fleisch in meiner Luftröhre ausgeübt wird, kriege ich es nicht raus. Dabei gebe ich selbst mein Bestes. Ich huste. Ich würge. Ich sabbere.

Da klappt Celia Lieberman mich wie eine Marionette in der Mitte zusammen und schlägt mir mit dem Handballen auf die weiche Stelle zwischen meinen Schulterblättern. Fest. Ein paarmal. Mir quellen die Augen bei jedem Schlag schier aus dem Kopf, aber ich bleibe verstopft.

»Lass mich mal!«, bellt Fallish und rollt sich die Ärmel hoch.

Ein Schlag mit der Wucht eines Vorschlaghammers würde genügen, aber Fallish haut gleich dreimal mit aller Kraft seiner zur Doppelfaust verschlungenen Hände zu. Die lästige Blockade fliegt aus meiner Luftröhre, aus meinem Mund und klatscht an die samtüberzogene Wand, wo sie als glibberig glänzender Brocken kleben bleibt.

Ja, Brüder und Schwestern, mein Dasein, so elend es auch sein mag, wurde von Fallish verlängert. Welche Schmach.

Ich schnappe nach Luft und zupfe mit schmerzverzerrtem Gesicht von den zahlreichen Brüchen, die ich davongetragen haben muss, meine Fliege und mein Revers ordentlich zurecht. Dann betrachte ich die Scherben dessen, was von meinem Stolz noch übrig geblieben ist. Alle gaffen. Fallish, Shelby, Celia Lieberman, Cassie, Trent und – seht mal, da ist ja auch Franklin, albern in schwarzen Sneakers und einem schwarzen T-Shirt, das dämlich wie ein Smoking bestickt ist. Da habe ich doch eine ganz schöne Show hingelegt.

Dann wendet sich das Schicksal zufällig zu meinen Gunsten.

Der schnippische Maître, wohl angelockt von dem Lärm, steckt seinen gegelten Kopf herein.

»Alles zur Zufriedenheit?«, fragt er misstrauisch.

Da richte ich mich auf und schnaufe empört.

»Nein, nicht alles zur Zufriedenheit!«, verkünde ich und zeige auf den Fleischbrocken an der Wand. »Nennen Sie das ein Chateaubriand?«

Kollektives Gekicher. Überlegenes Grinsen. Es geht doch nichts darüber, Bedienstete zurechtzuweisen, um das Gleichgewicht wiederherzustellen.

Wie heißt es in diesem Buch doch gleich? »Es war die beste Zeit, es war die schlimmste Zeit.« Oder so ähnlich. Jedenfalls fühle ich mich gerade genauso.

Die beste Zeit, weil es der Abschlussball aller Abschlussbälle ist, die *Grande Soirée* aller *Grandes Soirées*. Wir reden hier vom

Großen Ballsaal im Four Seasons. Eine große kleine Band spielt live. Also eine von der Sorte, die mal zwei, drei Megahits hatte, inzwischen aber so gut wie vergessen ist. Die Tische biegen sich unter Delikatessen jeder Art. Endlose Platten voll Sushi, ein Spanferkel, Berge exotischer Früchte. Absoluter, hemmungsloser, sinnloser, glitzernder Überfluss.

Und zu mir gehört die Königin des Ganzen. Eigentlich sollte ich der König der Welt sein.

Und das bin ich. Oder auch nicht.

Die schlimmste Zeit, weil ich jede Sekunde damit rechne, dass die Bombe platzt und mich zerfetzt. Alle Überlebensinstinkte flüstern mir zu, ich solle die nächste Tür nehmen und mich aus dem Staub machen, solange es noch geht. Während alle niederen Instinkte mich anbrüllen, doch einfach mitzunehmen, was ich kriegen kann.

Shelby schüttelt ihren ultrastraffen Körper zu den wilden Rhythmen, streift mich dabei, zieht sich zurück, streift mich wieder, neckt mich. Ich fasse sie um die schlanke Taille, greife nach ihrer Hand und wirbele sie herum. Geschmeidig reagiert sie auf meine Berührung. Wir bewegen uns wie ein Körper. Anmutig. Weich. Sinnlich. Perfekt aufeinander abgestimmt.

»Hast du das Zimmer gebucht?«, haucht sie heiser.

»Im Hilton«, erwidere ich selbstbewusst lächelnd und sehe Shelby und mich schon im Schaumbad. Unsere nassen Körper im Schein von sechs kunstvoll arrangierten Duftkerzen und in einem Sturm von Rosenblütenblättern.

»Im Hilton?« Ihr glühender Ausdruck kühlt sich etwas ab.

»Das Four Seasons war ausgebucht«, lüge ich. »Hey, es liegt in Gehweite.«

»Klar, wenn du eineinhalb Kilometer an einer Schnellstraße entlanglaufen willst«, bemerkt sie überkorrekt.

Ich lächle etwas weniger selbstbewusst. Dann fällt mein Blick auf Celia Lieberman und Franklin, die unbeholfen vorbeitanzen. Und ich muss sagen, nachdem ich jetzt wieder über genügend Sauerstoff verfüge und den Großteil meiner Körperfunktionen zurückerlangt habe, lässt sich nicht übersehen, dass Celia Lieberman einen ordentlichen Sprung in die Kategorie »süß und niedlich« getan hat. Sie trägt ein Vintage-Flapper-Kleidchen, das sie im Village entdeckt haben muss und anscheinend hat ändern lassen. Was sehr, sehr nett aussieht. Sie zeigt sogar ein klein wenig Dekolleté, ganz zu schweigen von einer beträchtlichen Menge Bein. Das Haar trägt sie kurz – auf meine Empfehlung hin, wie ich nur noch mal anmerken möchte –, sodass es endlich einigermaßen frisiert wirkt. Ich meine, ich will mal nicht übertreiben, so ein Kleid aus den Zwanzigerjahren ist eine ziemlich interessante – okay, idiotische – Wahl. Aber immer noch ein riesengroßer Fortschritt.

»Autsch!«, höre ich sie quieken. »Franklin, steig mir nicht dauernd auf die Füße!«

»Dann hör du auf, auf meine zu treten!«, gibt er mit gleicher Münze zurück.

Ich muss lächeln, wobei der arme Franklin mir leidtut. Der Typ hat offensichtlich keine Ahnung, worauf er sich da eingelassen hat. Da erstarrt Shelby in meinen Armen.

»Hast du's dir anders überlegt?«, sagt sie düster.

»Celia konnte noch nie tanzen«, erkläre ich lahm.

Da reißt Shelby sich verärgert von mir los.

Sie hat echt einen Celia-Lieberman-Komplex. Das muss man sich mal vorstellen!

»Hey, das Mädchen hat mir gerade das Leben gerettet.«

»Ich muss mal!«, verkündet Shelby und stapft davon.

Hä? Aber nachdem ich nun schon so abrupt und schmachvoll gestrandet bin, bahne ich mir den Weg durch die Menge zur Schüssel mit der Bowle. Die ist hochalkoholisch, und so fülle ich mir einen Becher aus edlem Kristall randvoll mit der dringend benötigten Stärkung, als ich höre: »Du hast es ihr immer noch nicht gesagt?«

Vorwurfsvoll schnappt Celia Lieberman sich meinen Drink, als hätte ich ihn gerade für sie geholt, und kippt das hochprozentige Gebräu runter.

Danke, das ist genau das, was ich jetzt brauche, ein zusätzliches schlechtes Gewissen. Als würde mein eigenes klägliches mich nicht schon genug quälen. Geschickt lenke ich vom Thema ab.

»Hör mal, danke, dass du mich vorhin gerettet hast«, sage ich. »Eine Sekunde lang dachte ich schon, das war's.«

»Jederzeit«, meint sie achselzuckend und gibt mir meinen Becher zurück. So aus der Nähe kann ich erkennen, dass sie Mascara, Rouge und Lippenstift trägt. Das volle Programm. Nicht perfekt aufgetragen, aber trotzdem wirkungsvoll.

»Killerkleid«, stoße ich zu meiner eigenen Überraschung hervor.

»Danke, hab ich selbst ausgesucht«, sagt sie stolz und dreht sich einmal wie ein Model, bevor sie mich weiter anstrahlt. »Ich hab's getan, Brooks. Ich hab's getan!«

»Mit Franklin?«, krächze ich alarmiert.

»Nein, mit meinen Eltern«, erklärt sie. »Ich hab's getan. Ich hab mich endlich mal durchgesetzt.«

Und dann erzählt Celia Lieberman mir die ganze Geschichte ihres persönlichen Triumphs. Es passierte gestern, als Celia Lieberman eben von der Prä-Abschlussball-Mani-Pedi-Dings zurückkam.

»Celia, mein Cupcake, bist du das?«, flötet Gayle, was Celia Lieberman im Flur stehen bleiben und bis ins Mark zusammenzucken lässt.

»Nein, hier ist Beatrice, deine imaginäre lesbische Geliebte«, antwortet sie und fragt sich, ob diese Frau anstelle von Hörvermögen über ein Echolot verfügt.

Da kommt, hast du nicht gesehen, Gayle auch schon aus dem Wohnzimmer gefegt und presst dabei das neueste, schreckliche, puffärmelige Monstrum an ihren breiten Busen.

»Findest du es nicht hinreißend?«

»Was ist das?«, fragt Celia Lieberman, obwohl sie das natürlich genau weiß.

»Dein Ballkleid für morgen Abend!«

Gayle dreht sich kichernd damit im Kreis. Laut Celia Lieberman so, als ob sie diejenige wäre, die auf den Abschlussball geht, und nicht Celia Lieberman selbst.

»Ich war gestern zufällig in der Mall und konnte einfach nicht widerstehen.«

»Du warst zufällig in der Mall?«, erwidert Celia Lieberman. »Du hast einen Doktor in klinischer Psychologie von der University of Chicago. Du hasst die Mall. Und nur zu deiner Information, ich habe mein eigenes Kleid.«

Tja, von da an eskaliert es dann. Als Harvey nach einem weiteren Tag an führender Stelle in der modernen Medizin mit dem Prius zu Hause angetuckert kommt, hallt der übliche Wahnsinn vom Anwesen der Liebermans wider. Die ansonsten friedliche Abendstille wird meilenweit gestört.

»DU WIRST DIESES HAUS NICHT IN DIESEM FETZEN VERLASSEN! DAS VERBIETE ICH DIR!«

»ICH BIN FAST ACHTZEHN! DA KANN ICH MEINE EIGENEN GOTTVERDAMMTEN ENTSCHEIDUNGEN FÄLLEN!«

»CELIA, MIR IST EGAL, OB DAS ALTERSADÄQUAT IST, ABER SO KANNST DU NICHT MIT MIR REDEN! ICH BIN IMMER NOCH DEINE MUTTER!«

»DANN VERSUCH AUCH, DICH WIE EINE ZU BE-

NEHMEN! KANNST DU MIR WENIGSTENS EINMAL ZUHÖREN?«

Harvey will schon auf Zehenspitzen davonschleichen und einen sauberen, leisen elektrischen Abgang hinlegen, als die Haustür aufgerissen wird und ein drohender Schatten auf ihn fällt. Celia Lieberman steht vor ihm, die Hände in die Hüften gestemmt, und meint es ernst.

»Nicht so schnell, Dr. Lieberman, das betrifft Sie auch!«, donnert sie los.

Harvey gesellt sich kleinlaut zu Gayle ins Wohnzimmer. Ich erschauere bei dem lebendigen Bild der drei zwischen all den zutiefst beunruhigenden Fruchtbarkeitsstatuen. Dann spricht Celia Lieberman wieder laut eigener Aussage einigermaßen ruhig zu ihren Eltern.

»Mutter, Daddy, mir ist klar geworden, dass ihr beiden gefährlich nah dran seid, mein Leben mit den besten Absichten zu zerstören«, erklärt Celia Lieberman mir, was sie zu ihnen gesagt hat. »Ihr habt mich gestupst, gedrängt und euch eingemischt, weil ihr nicht wollt, dass ich irgendwelche Sachen verpasse so wie ihr damals.«

Und man stelle sich vor, sie unterbrechen sie nicht. Dieses eine Mal hören sie zu.

»Also habe ich dank euch nichts verpasst«, berichtet Celia Lieberman. »In den letzten sechs Monaten war ich bei jedem geselligen Anlass des Schuljahrs. Ich war in privaten Country Clubs, in überteuerten und überbewerteten Restaurants und bei einer Vielzahl allesamt dämlicher After-Partys. Ich habe getanzt. Ich habe mich betrunken. Ich habe gekotzt.«

»Aber, Süße, das ist doch genau das, was …«, meldet Gayle sich zu Wort.

»Um Himmels willen, Gayle, halt doch einmal die Klappe, und lass sie ausreden!«

Das ist eine Premiere für Harvey. Und übrigens auch für Gayle. Sie hält einmal die Klappe. Harvey bedeutet Celia Lieberman weiterzureden.

»Und nachdem ich das jetzt alles gesehen habe, weiß ich, es ist definitiv nichts für mich«, stellt Celia Lieberman fest. »Was ihr eigentlich cool finden müsstet, denn ehrlich gesagt, und das meine ich jetzt echt nicht böse, seid ihr beiden die uncoolsten Leute, die mir je begegnet sind. Ich meine, hallo, der Apfel fällt nicht weit vom Stamm.«

Gayle nickt unter Tränen. Celia Lieberman umarmt sie. Sie umarmt beide.

»Bitte, ich flehe euch an«, sagt Celia Lieberman aus tiefster Überzeugung, »lasst mich meine eigenen Fehler machen.«

Celia Lieberman strahlt mich an. Ich bin stolz. Ich bin stolz auf Celia Lieberman. Und ich fühle mich bestätigt. Habe ich ihr nicht erklärt, was sie zu tun hatte? Auch wenn ich Harvey und Gayle zum Glück nur flüchtig kenne, weiß ich doch, was es Celia Lieberman gekostet haben muss, sich endlich gegen sie zu behaupten.

»Wow«, sage ich ehrlich.

Weil sie das Ende des ersten Sets erreicht, wechselt die Band jetzt zu einer bekannten langsamen Melodie, um ihr Publikum in genau der richtigen gefühligen Stimmung zu halten. Ich erkenne den Song. »Love for All Time« oder »Eternal Love« oder irgend so ein Schmalz. In den Top Forty kenne ich mich nicht wirklich aus. Aber es muss einer ihrer beiden Riesenhits sein. Ich meine, vor ewigen Zeiten wurde er im Radio rauf und runter gespielt. Celia Lieberman und ich stehen einfach nur verlegen da.

»Geh mal besser wieder zurück zu Franklin«, sage ich schließlich.

»Keine Sorge«, meint Celia Lieberman und schaut durch ihre

neue Brille zu mir hoch. Die steht ihr wirklich. »Franklin hat beschlossen, den Rest des Abends sitzend zu verbringen.«

Auf der schimmernden Tanzfläche umschlingen sich Traumpaare und verschmelzen. Die Jungs, groß und gut aussehend in ihren schwarzen Smokings, die Mädchen schlank und schimmernd in seidigen Ballkleidern. Auf der Bühne singt sich hell erleuchtet oberhalb der wirbelnden Dunkelheit die sexy Leadsängerin ihren Kummer von der Seele: Irgendein gedankenloser, unsensibler, bindungsunfähiger, lügender Dreckskerl hat ihr das Herz gebrochen. Immer die gleiche Leier. Ich spähe zu Celia Lieberman. Sie wiegt sich zu dem Song, wie schnulzig er auch sein mag. Bevor ich es mir noch mal überlegen kann, verbeuge ich mich formvollendet vor ihr, wie es dem majestätischen Anlass entspricht.

»Madame, würden Sie mir die große Ehre erweisen?«

Ja, ich fordere Celia Lieberman aus freien Stücken dazu auf, mit mir das Tanzbein zu schwingen. Ja, das will ich. Und ich kann ihr die Überraschung ansehen. Und die Freude. Aber sie reagiert schüchtern und zögerlich.

»Ach komm schon«, dränge ich sie. »Wir haben doch nie richtig miteinander getanzt. Im Ernst, meine ich.«

Ich strecke ihr meine Hand hin. Sie ergreift sie. Dann führe ich sie in die Mitte, wo am meisten los ist. Ich umfasse sie nur locker, sie legt die Arme zögerlich um meine Schultern.

Die Sängerin dramatisiert zu einem regelrechten Tsunami. Das ist die Stelle, wo sie trotz des ganzen schrecklichen Mists, den sie erlitten hat, immer noch nicht aufhören kann, diesen gedankenlosen, unsensiblen, bindungsunfähigen, lügenden Dreckskerl zu lieben. Frauen, ich sag's euch. Aber wie Celia Lieberman und ich uns jetzt aneinanderschmiegen und ganz behutsam vor- und zurückschaukeln, da muss sogar ich zugeben, dass die billige Macht der formelhaften Melodie funktioniert.

»Es ist zu spät, um es Shelby zu beichten«, erkläre ich aus heiterem Himmel. »Ich hab's schon vergeigt.«

»Wenn sie dich wirklich mag, ist es nie zu spät«, sagt Celia Lieberman sanft.

»Du bist ziemlich schlau, weißt du das?«, entgegne ich lächelnd.

»Das hab ich schon mal gehört«, sagt sie und lehnt den Kopf an meine Brust. Ich ziehe sie noch ein bisschen enger an mich.

»Es ist seltsam, aber seit diese ganze Sache begonnen hat, bist du der einzige Mensch, bei dem ich tatsächlich ich selbst sein kann«, stelle ich fest, und zwar für mich fast genauso sehr wie für sie. »Ich meine, du bist der einzige Mensch, der weiß, wie diese ganze Brooks-Rattigan-Maschine überhaupt funktioniert. Wie all die beweglichen Einzelteile ineinandergreifen.«

»Ein Hoch auf mich«, höre ich sie gedämpft sagen. Sie strafft ihre Haltung ein bisschen und drückt sich dabei an mich. Ich drücke kaum wahrnehmbar zurück.

»Franklin Riggs kann sich echt glücklich schätzen«, sage ich und meine es auch so. Ich wünsche ihr wirklich nur das Beste.

Auf der Bühne gesellt sich jetzt der ausgemergelte Bassist zum Mikro und beginnt mitzusingen. Diesen Teil des Songs hatte ich schon ganz vergessen. Für eine solche Bohnenstange hat der Typ echt Stimmvolumen. Es tue ihm leid, sagt er der sexy Sängerin, die jetzt richtig die Sau rauslässt, bebend und außer sich, weil er sie übel behandelt hat. Gib mir nur noch eine einzige Chance, Baby, bettelt der Dreckskerl, dann mach ich's wieder gut. Ja, genau. Dann verzeiht sie ihm natürlich, und sie kreischen sich, jeder aus voller Kehle, ins Gesicht und versichern sich unsterbliche Zuneigung. Ich muss zugeben, das berührt mich schon irgendwie.

Celia Lieberman und ich schlurfen schweigend übers Parkett, vom Kitsch ganz gefangen.

»Ich hab das Buch deines Vaters ausgelesen«, sagt sie.

Das ist das Letzte, was ich an Äußerungen von ihr erwartet habe. Aber man sollte doch meinen, dass ich inzwischen wüsste, bei Celia Lieberman lässt sich nie irgendwas vorhersehen.

»Es ist echt gut, Brooks. Richtig, richtig gut.« Sie blickt mich an und ihre Augen wirken durch die Brillengläser groß und feierlich. »Er hat ziemlich was mitgemacht. Ich meine, wenn nur ein Bruchteil davon stimmt, dann ist es echt erstaunlich, dass er noch einigermaßen heil davongekommen ist.«

»Nur gerade so«, sage ich sarkastisch, denn die Erwähnung von Charlie ist ein Dämpfer in einem Moment, der schön hätte sein können und sollen.

»Vielleicht solltest du nicht so hart über ihn urteilen«, hat Celia Lieberman den Nerv vorzuschlagen, so als ob sie das auch nur im Geringsten etwas anginge.

»Und vielleicht solltest du dich raushalten«, entgegne ich, aber freundlich, weil ich mit ihr nicht in Streit geraten will. Vor allem nicht hier, nicht jetzt.

Zum Glück endet der Song gerade und setzt unserem ersten und letzten Slow Dance sowie meiner kurzen, aber viel zu ereignisreichen Bekanntschaft mit Celia Lieberman ein Ende. Ich löse mich aus unserer mir jetzt sehr unwillkommenen Umklammerung. Was hab ich mir bloß dabei gedacht? Wie konnte ich ihr gegenüber je das Visier hochklappen? Denn mit Celia Lieberman kann nie irgendwas nur sein. Nein, man kann sich im Gegenteil immer darauf verlassen, dass Celia Lieberman den Finger in eine Wunde legt, in der man sich im Moment am wenigsten einen Finger wünscht. Es ist, als könne sie gar nicht anders. Wir reden hier ja schließlich von Celia Lieberman.

»Ich meine ja nur …«, sagt sie.

»Tu's nicht.«

»Ach, dann bist du also der Einzige hier, der Gratisratschläge erteilen darf?«, legt sie nach. »So funktioniert das bei dir?«

Plötzlich torkelt Shelby ins Bild wie der Schrecken vom Amazonas in dem gleichnamigen Horrorfilm aus den Fünfzigern. Sie stakst und stöckelt bedenklich auf ihren stelzenhohen Schuhen und ihre Wangen sind tränennass.

»Ich gebe auf«, lallt sie mich an.

»Sie ist betrunken«, diagnostiziert Celia Lieberman, als müsse sie das besonders gut wissen.

»Ach was, Einstein!«, lacht Shelby und dreht sich plötzlich fröhlich und aufgekratzt zu Celia Lieberman um. »Ich bin im Arsch, Celia! Hackedicht! Aber man braucht keinen Schlauberger, um das zu wissen!«

»Shelby, hör auf«, sagt Cassie, die herbeieilt, um sie zu beruhigen. »Du ruinierst dein Make-up.«

Im Wechsel von Komödie zu Tragödie kommt Shelby näher auf mich zu gewankt und stößt einen scharfen, lackierten Fingernagel tief in meine Kehle. »Was hat Celia Lieberman, das ich nicht habe? Hä? *Hä?*«

»Pickel«, besänftigt Cassie und hält Shelby aufrecht, während sie ihr das streifige, aber immer noch spektakuläre Gesicht mit Packen aus zusammengeknülltem Toilettenpapier abtupft. »Bad Hair Days.«

Rasch bildet sich ein Kreis aus Zuschauern um uns. Grundsätzlich gibt es bei jedem bedeutenderen Highschool-Event durchschnittlich einen großen durch Alkohol- und/oder Drogenkonsum ausgelösten emotionalen öffentlichen Zusammenbruch. Tja, anscheinend wurde ich gerade zum Unterhaltungsprogramm des Abends gewählt.

»Was stimmt nicht mit mir, Cassie?«, heult Shelby. Sie ist außer sich. Ach, die Helden sind gefallen.

Ich weiß, ich sollte irgendwas sagen, aber ich weiß nicht, was.

Der heutige Abend verwandelt sich, ohne dass ich einen triftigen Grund dafür benennen könnte, rapide in einen Albtraum. Schlimmer noch, ich habe das bange Gefühl, dass Shelby und meine Wenigkeit einander auf absehbare Zeit nicht vernaschen werden, egal, wie großartig das hätte werden können.

Dann schieben sich Fallish und diese Vicuna ganz nach vorn durch die Menge.

»Warte mal, jetzt erinnere ich mich!«, kräht sie an niemand bestimmten gerichtet. »Es ist mir gekommen, als ich die beiden tanzen gesehen habe!«

Sagte ich vorhin Albtraum? Wie wär's mit Katastrophe, Desaster. Ich bin die Titanic und gehe gerade mit Mann und Maus unter.

»Du warst mit Gravity Dross beim Frühlingsfest auf meiner Schule in Westport!«, verkündet diese Vicuna und zeigt anklagend mit einem Finger auf mich.

Ich schaue flüchtig zu Celia Lieberman. Sie ist schneeweiß im Gesicht. Aber außer ihr reagiert niemand auf die triumphierende Aufdeckung dieser Vicuna. Warum sollten sie auch? Dann war ich eben auf einem Ball in Westport. Na und? Wahrscheinlich purer Zufall.

»War er?« Fallish guckt mit wässrigen Augen und hat in seinem bekifften und besoffenen Zustand Mühe, scharf zu sehen und zu denken.

»Ja, und alle haben gestaunt, dass Gravity Dross so ein Date hatte«, erklärt diese Vicuna. »Vor allem ein so nachweislich süßes wie ihn hier.«

»Wieso das denn?«, hakt der verfluchte Fallish nach.

Ich schrumple innerlich zusammen und fürchte, was jetzt kommt. Celia Lieberman scheint es genauso zu gehen. Nur ist sie erstarrt und in den Zustand vor unserem Kennenlernen zurückgekehrt. Shelby legt den Kopf schräg und wirkt plötzlich wieder überzeugend. Dieser neue Leckerbissen von Information scheint ihr Interesse geweckt zu haben.

»Gravity Dross ist, äh, behindert«, sagt diese Vicuna.

»Das nimmst du zurück!«, fauche ich und bin zu wütend, um bei meinem üblichen Modus der totalen Verleugnung zu bleiben. Ich meine, wäre diese Vicuna kein Mädchen, hätte ich ihr eine gescheuert.

»Okay, okay«, lenkt diese Vicuna ein. »Mental beeinträchtigt. Oder so was.«

Alle schauen mich an. Mein Ausbruch hat mich überführt. Aber worin genau besteht mein Vergehen? Das weiß keiner. Bis auf Celia Lieberman und mich. Und wir zittern beide. Der Moment der Vergeltung ist gekommen.

»Ich kapier's nicht«, sagt Fallish, und seine Zahnräder drehen sich mühsam. »Warum sollte ein Typ freiwillig zwei verschiedene Loserinnen an zwei verschiedenen Schulen in zwei verschiedenen Bundesstaaten in der Tri-State-Area ausführen. Das macht doch gar keinen Sinn.«

Celia Lieberman bebt. Ich gehe hoch wegen dieser Beleidigung gegen sie, obwohl die eindeutig mein Stichwort wäre, um mich aus dem Staub zu machen.

»Du bist der einzige Loser hier, Fallish«, sage ich mit wenig Überzeugung.

Mir fällt problemlos noch ein zweiter ein.

»Was hast du davon, Rattigan?«, will Fallish wissen und drängt sich dabei dicht vor mein Gesicht. »Bezahlt dich irgendwer dafür?«

Bingo!

Shelby sieht mich entsetzt an und es dämmert ihr. Schnallt euch an, Leute, jetzt wird es gleich richtig hässlich.

»Du bist das Ersatz-Date?«, fragt sie verdutzt. Zu geschockt, um sauer zu sein – *noch*.

»Shelby, es ist nicht so, wie du denkst«, widerspreche ich, obwohl es genauso ist.

»Ich bin so bescheuert!«, kreischt sie. Jetzt hat die Wut endlich eingesetzt. »Ich dachte, du hättest so viel Tiefgang und Charakter! Dabei wurdest du die ganze Zeit nur dafür bezahlt, anders zu sein!«

Im gesamten riesigen Ballsaal kommt jegliche Aktivität krachend und quietschend zum Erliegen.

»Du wurdest als Celia Liebermans Date engagiert!«, enthüllt Shelby dem ganzen Planeten. »Du hast es für Geld gemacht! Warum sonst solltet ihr zwei auch zusammen sein?«

Sämtliche Blicke richten sich anklagend auf mich und Celia Lieberman, während alle beginnen, es zu kapieren. Einer nach dem anderen beginnt die Elite der Elite von Green Meadows, brüllend zu lachen.

»Wusste ich doch, dass da was faul war!«, kräht Cassie.

»Kann ich mir vorstellen, dass sie dafür bezahlen musste!«, kichert Trent. Er erschauert theatralisch und grölt: »ICH HÄTT'S NICHT GEMACHT, NICHT FÜR EINE MILLION DOLLAR!!«

Der Saal schallt vor Staunen, Hohn und Verachtung in einem grausamen Crescendo.

»Ihr seid beide erbärmlich«, sagt Shelby vernichtend zu mir und Celia Lieberman.

Da schießt Celia Lieberman davon wie eine ungesteuerte Rakete.

Sie kämpft sich durch den johlenden Mob, flieht vom Schauplatz des Massakers und überlässt mich meinem blutigen Schicksal. Sie wurde ewigem Hohn preisgegeben und ist für immer ruiniert. Und alles meine Schuld. Weil alles gut war, bis ich den Bogen überspannen musste.

»Celia!«, rufe ich ihr völlig sinnlos nach.

Shelby erzittert vor Selbstgerechtigkeit. Sie verzieht ihr Gesicht zu etwas Furchterregendem und Unkenntlichem.

»Das hier sollte einer der schönsten Abende meines Lebens werden und du hast einen der schlimmsten daraus gemacht!«

Ihre smaragdgrünen Augen füllen sich mit heißen Tränen. Es gibt keine Entschuldigung für das, was ich getan habe. Ich habe ihr wirklich wehgetan. Wie Celia Lieberman schon einmal festgestellt hat, ich bin ein mieser Scheißkerl.

»Shelby ...«

»Sie hat gesagt, du sollst sie in Ruhe lassen, Rattigan!«, bricht es aus Fallish heraus, bevor er mich bei den Schultern packt und herumwirbelt.

»Finger weg, Phallus – ich meine, Fallish!«

Da verpasst der Drecksack mir einen Kinnhaken. Ich meine, er haut mir richtig eine rein. Sofort sehe ich explodierende Sterne und verrückte Muster. Krachend falle ich aufs Parkett und bleibe erstaunt liegen. Ich schmecke flüssiges Metall. Meine Unterlippe ist zerfetzt. Ich sehe alles wie durch einen roten Vorhang.

Verschwommene Gesichter von Teenagern starren höhnisch auf mich runter. Cassie gackert. Trent gluckst. Fallish flucht. Shelby weint. Aber ich kann nicht hören, was sie sagen, weil es in meinen Ohren dröhnt. Mühsam komme ich auf die Beine und plumpse gleich wieder zurück auf meinen Hintern. Mein Blut fließt in Strömen. Sehr wahrscheinlich bräuchte ich medizinische Hilfe.

Aber keiner streckt mir eine helfende Hand hin. Niemand.

Ich bin benommen, aber nicht so benommen, dass ich vergessen würde, wie Scham und Demütigung mich überfallen. So stolpere ich weg von der zunehmenden Heiterkeit.

Durch die plüschige, glitzernde Lobby, vorbei an noch mehr verzerrten Gesichtern. Nur sind die von der respektablen, verantwortungsvollen erwachsenen Sorte. Obwohl ich ein furchtbarer Anblick sein muss – blutig, verschwollen, taumelnd –, kommt keiner mir zu Hilfe oder bietet seine Unterstützung an. Kein Industriekapitän, keine Matrone aus der High Society, kein Angestellter des Fünf-Sterne-Plus-Hotels.

Keine Menschenseele.

Ich stürze hinaus in den Schutz und die relative Anonymität der Nacht. Die frische tintenblaue Luft belebt und überfällt mich zugleich. Meine Lippe ist eine offene Wunde und in meinem Kopf herrscht dichter Nebel. Ich kann nicht klar sehen oder denken. Alles, was ich weiß, ist, dass ich von hier wegmuss. Von diesem Ort, wo man mich nicht haben will, wo man mich und meinesgleichen verachtet. Ich sprinte in die Mitte der großen halbrunden Zufahrt, die durch künstliche Beleuchtung grell erstrahlt. Luxuskarossen schlingern quietschend um mich herum.

»Brooks!«, höre ich. »Bist du okay?«

Da ist Celia Lieberman. Zusammengekauert hockt sie auf dem Bordstein neben etwas, das Franklins verrückter VW-Käfer sein muss, geparkt an der entferntesten Stelle des Selbstparker-Parkplatzes. Ballnacht, und Mr Lyrik-und-Rosen konnte keinen Parkservice spendieren. Dieser Franklin ist echt klasse. Celia Lieberman schaukelt traumatisiert vor und zurück. Am Boden zerstört vor lauter Demütigung.

»Oh mein Gott, was ist passiert?«, keucht sie trotz ihres eigenen Schmerzes beim Anblick meines erbärmlichen körperlichen Zustands.

»Hab mein Fett abgekriegt«, sage ich grimmig.

Sie schnieft und schluckt eine Tränenflut runter. Ist das echt erst Augenblicke her, dass Celia Lieberman zu mir hochgeschaut hat mit ihrem so zarten, so hübschen Gesicht? Jetzt ist es ein Schlachtfeld, ihre ersten hoffnungsvollen Versuche der Selbstverschönerung verschmiert. Ich habe das Celia Lieberman angetan. Ich.

»Celia, es tut mir so leid«, nuschle ich.

»Nein, du kannst nichts dafür«, sagt sie mit schwacher, zaghafter Stimme. »So sind sie. So waren sie schon immer zu mir. Seit der Vorschule.«

Ich kann mir nicht vorstellen, wie das sein muss. Die Witzfigur zu sein, einfach nur, weil man existiert, weil man man selbst ist. Nicht wohlhabend und ohne Connections wie ich bin, übersteigt das mein Vorstellungsvermögen. Übersteigt alles, was ich in Pritchard erlebt habe, bei Weitem. Oder vielleicht habe ich nur nicht hingesehen.

»Die haben doch alles«, sagt sie und starrt auf den Boden. »Warum müssen sie dann auch noch so gemein sein?«

»Da bin ich überfragt.« Und das bin ich wirklich. Warum machen die Starken immer Jagd auf die Schwachen? Das hab ich noch nie kapiert. »Vielleicht einfach nur, weil sie es können.«

Da mischt sich eine neue Stimme in diese durch und durch depressive Unterhaltung.

»Celia, ich habe gerade erst deine Nachricht bekommen«, sagt Franklin und kommt maximal gechillt angeschlendert. »Was ist denn los?«

»Nichts«, sagt Celia Lieberman und steht auf. »Nur alles!«

»Himmel!«, ruft Franklin, als er mein blutendes, geschwollenes Gesicht sieht.

»Wo warst du?«, fragt sie vorwurfsvoll.

»In der Spielhalle. Hab mir gedacht, dass sie das neue ›Walking Dead‹ haben. Das Ding ist richtig krass«, berichtet Franklin. Als er mich noch deutlicher sehen kann, meint er noch: »Himmel, das hättest du echt mal anschauen lassen sollen.«

Franklin wäre nicht Franklin, wenn er nicht den ganzen Wirbel verpasst hätte. Wie immer hat er keinen Schimmer, was mit dem Rest des Planeten los ist. Was Celia Lieberman in dem Trottel sieht, ist mir schleierhaft.

»Soll ich dich nach Hause bringen?«, fragt Franklin, nachdem er endlich gecheckt hat, dass sie weint.

Zu meiner Überraschung schüttelt Celia Lieberman den Kopf.

»Die erwarten doch, dass ich den Kopf einziehe und leide, so wie immer«, sagt sie und schluckt ihre Tränen runter. »Tja, diesmal nicht. Nicht heute Abend. Das ist mein Abschlussball, und den werde ich genießen, auch wenn es mich umbringt!«

Dann reißt Celia Lieberman Franklin am T-Shirt zu sich und fängt an, wie wild mit ihm zu knutschen.

Ich weiß auch nicht, warum, aber das trifft mich wie ein weiterer schwerer Schlag. Ich weiche zurück in die Dunkelheit, drehe mich um und renne. Vorbei an einem prachtvollen Block nach dem anderen. Einen Kilometer, zwei – keine Ahnung –, aber eine lange Strecke. Ich renne, als wäre ich auf der Flucht, als würde ich gejagt. Ich renne in meinem Smoking und den guten Schuhen den sauberen Gehweg entlang, vorbei an glamourösen Läden. Ein Spießrutenlauf zwischen verschlossenen Gesichtern von Menschen, die scheinbar einfach durch mich durch schauen. Ich stolpere alle zehn Stockwerke der Hilton-Parkgarage rauf. Flüchte mich zum Beast, das ganz oben versteckt in einer Ecke steht.

Meine Hände zittern so heftig, dass ich vier Versuche brauche, um den Schlüssel ins Schloss, und drei, um ihn in die Zündung zu bekommen. Ich drehe den Motor auf, trete das Gaspedal durch, rase rückwärts und krache mit der hinteren Stoßstange an die Wand, wo ich sie mir zur Hälfte abfahre. Rostiger Stahl schleift über Beton, als ich Funken sprühend die Abfahrt nehme.

Ich rase Richtung Süden auf der schnellsten Spur des New York State Thruway, wobei ich wild hupe, damit die Leute mich vorbeilassen. Ich hyperventiliere wie ein Sterbender und atme keuchend. Als ich im Rückspiegel einen Blick auf mein Spiegelbild erhasche, schillere ich bunter, als ich mir vorgestellt habe. Total verschwitzt, aufgequollen und violett sehe ich aus wie der Typ, der auf dem Höhepunkt eines drittklassigen Boxfilms vom Helden zusammengeschlagen wird. Ihr wisst schon, der Bösewicht.

Und genau das, machen wir uns nichts vor, bin ich ja auch. Der Bösewicht meiner eigenen schäbigen Geschichte. Es sähe anders aus, wenn ich nach meinen egoistischen, feigen Missetaten irgendwas vorzuweisen hätte, aber ich habe nichts. Keine Columbia. Keine Shelby. Und jetzt auch keinen Stolz mehr. Kein Fünkchen, keine Spur.

Ich habe bekommen, was ich verdient habe.

Ich verachte mich selbst.

So wie die Entfernung von Green Meadows wächst, wachsen auch meine Selbstbeschuldigungen. Stumme, anklagende Gesichter fliegen auf mich zu und lösen sich in nichts auf, sobald sie auf die Windschutzscheibe treffen. Murf, mein ältester und bester Kumpel, der mir nie auch nur das Geringste getan hat. Und wie habe ich ihm das gedankt? Indem ich ihm in den Rücken gefallen bin, ihn fallen lassen habe, ihn fast umgebracht hätte. Shelby. Heiße, sexy Shelby. Klasse, perfekte, sexy Shelby. Alles, was sie wollte, war, mich Celia Lieberman auszuspannen und mir die Seele aus dem Leib zu vögeln, wenn auch aus den falschen Gründen und zweifelhaften Motiven. Und was tue ich? Ich ruiniere ihr den besten Abend ihres überprivilegierten, überverhätschelten Lebens. Armes Ding. Tja, Pech gehabt.

Gerade als das Selbstmitleid von Selbstrechtfertigung und Wut verdrängt werden, steht noch ein Gesicht vor mir. Celia Lieberman mit fleckigem und verschmiertem unprofessionell aufgetragenem Make-up. Die Augen nass und gerötet. Celia

Lieberman, der ich am meisten Unrecht getan habe. Celia Lieberman, die ich dem Spott, Franklin Riggs und ihrer eigenen Ahnungslosigkeit ausgeliefert habe.

Die Schnellstraße gabelt sich vor mir. Ein riesiges Schild winkt: »NEW JERSEY«.

So rase ich zurück in die Sicherheit, zurück zu gesenkten Erwartungen, zum Vorherbestimmten, zu meinesgleichen. Ich rase zurück und werde bald nur noch eine amüsante Anekdote, ein kurzzeitiges Phänomen an ansonsten gloriosen, von Hedgefonds finanzierten Horizonten sein. Ich rase mit eingekniffenem Schwanz zurück an den einzigen Ort, den ich Zuhause nennen kann.

Da rastet plötzlich tief in meinem Inneren etwas ein. Im letztmöglichen Moment trete ich auf die Bremse, reiße das Lenkrad herum. Das Beast schießt vom Highway durch eine Lücke auf dem Mittelstreifen. Hupen heulen auf, während ich herumschleudere und nur mit Glück nicht von einem Sattelschlepper und einem Bus plattgemacht werde. Waghalsig tauche ich in den Verkehrsstrom, der nach Norden rauscht. Zurück nach Green Meadow. An den Ort, wo ich nicht hingehöre.

Unbekanntes Terrain

Ich kann schon fast einen Kilometer, bevor ich an der Location der After-Party ankomme, die schweren Bassvibrationen der Trance-Musik hören. Meine nur noch lose befestigte Stoßstange nachschleifend, rumpelt mein verbeulter, durchgerosteter Electra die lange Einfahrt hinauf. Die ist gesäumt von Stretchlimos und den kleinen Helfern, denen man unter der Hand lächerlich wenig bezahlt, damit sie diese Dinger fahren. Mit einer fetten Abgaswolke komme ich direkt vor dem prächtigen Eingang des Haupthauses zum Stehen. Alles ist hell erleuchtet und hat die Dimensionen und den Baustil einer imperialen Festung. Ein pickeliger Parkdiener, der ungefähr so alt ist wie ich, eilt herbei, um meine Schlüssel in Empfang zu nehmen.

»Lass den Motor laufen«, sage ich im Vorbeigehen zu ihm. »Das wird nicht lange dauern.«

Meine blutende, eingeschlagene Visage verrät ihm, dass es wohl besser ist, sich nicht mit mir anzulegen.

Als ich die Stufen vor dem Haus raufsteige, höre ich: »Oh mein Gott, Brooks?«

Es ist Celia Lieberman, die Franklin mit Gewalt hinter sich herschleift. Was tut sie hier? Zweifellos irgendeine vergebliche Geste setzen, so wie ich. Aber jedenfalls ist sie genau das, was ich nicht brauche, wo ich Mühe habe, meinen Schwung nicht zu verlieren und den Mut aufzubringen, noch mal in den Ring zu steigen.

»Celia, das ist Fallishs Haus«, jammert Franklin und sträubt sich bei jedem Schritt. »Wir können da nicht reingehen!«

Da springt ein fast nacktes Mädchen, das nur noch ihren BH und einen String trägt, aus dem Gebüsch und stolziert dreckig lachend vorbei.

»Andererseits«, überlegt Franklin laut, »ist einmal schnell Durchlaufen vielleicht doch in Ordnung …« Schon macht er sich allein auf den Weg, aber Celia Lieberman reißt ihn zurück.

»Diesmal nicht«, erklärt sie mit zusammengebissenen Zähnen. »Du bleibst schön bei mir.«

Für solche Kindereien habe ich keine Zeit. Ich nehme all meinen Mut zusammen und marschiere in das Anwesen, hinein in das große Unbekannte. Sofort bin ich umgeben von blitzenden Lichtern, ohrenbetäubendem Sound und jugendlicher Ausschweifung ungeahnten Ausmaßes. Kids in verschiedenen Stadien der Entkleidung, betrunken, bekifft und total hinüber. Manche knutschen, andere fummeln. Wieder andere bewerfen sich auf bizarre Weise mit Essen. Einige schaukeln an den Kronleuchtern. Und das meine ich nicht im übertragenen Sinn.

Celia Lieberman taucht neben mir auf.

»Bist du irre?«, schreit sie über den Lärm hinweg. »Was willst du hier?«

Ich ignoriere sie und pflüge mich durch den Trubel, bis ich wieder draußen bin, im hinteren Garten. Dort befindet sich eine riesige tropische Lagune beziehungsweise ein Swimmingpool mit künstlichen Lianen, gurgelnden Strudeln und Wasserfällen. Jungs und Mädchen, mehr als nur ein paar davon oben ohne, grapschen, planschen oder toben herum. Manche machen auch alles auf einmal. Und da ist auch der Hausherr höchstpersönlich. Fallish nimmt ein triumphierendes Siegerüber-mich-Bad in der blubbernden Jacuzzi-Grotte, wo er sich in Vicunas schmeichelndem, vollbusigem Schein sonnt. Als er mich vorbeispazieren sieht, muss er zweimal hinsehen. Doch dann springt er wie ein Frosch aus der Grotte, bekleidet nur mit einem knallengen G-String mit dem rot-weiß-blauen Muster der amerikanischen Flagge. Was ist das nur mit diesen Wasserballtypen und ihrem unbändigen Drang, ihr Gehänge zu präsentieren?

»HEY!«, kläfft er, zu überrascht von meinem Wiederauftauchen, um angemessen wütend zu sein. Erfreut bleibe ich stehen und drehe mich zu ihm um.

»Bild dir bloß nichts ein, du Schläger«, warne ich ihn. »Das war ein Glückstreffer.«

Die Gäste drängeln sich um uns wie die Geier in Vorfreude auf das blutige Spektakel: »Schlachtfest II: Die Revanche«. Jemand schaltet sogar die Soundanlage ab und aus der dröhnenden Musik wird schrille Stille. Fallish stolziert mit nackter Brust, durchtrainiert, tropfend und mit geballten Fäusten auf mich zu. In der roten Ecke der Herausforderer: mein kleines Ich, verletzt und mit blauen Flecken. Nicht fair. Aber so ist das Leben.

»Das ist eine Party nur für geladene Gäste, Rattigan«, knurrt er. »Und du stehst nicht auf der Liste.«

»Ich gehe auch wieder, sobald ich mit Shelby gesprochen habe«, erwidere ich grimmig.

Dann wende ich mich ab, um meine Mission zu erfüllen. Fallish holt wild aus, aber diesmal weiß ich schon, was kommt, und bin mehr als bereit. Ich meine, normalerweise hätte ich gegen diesen Neandertaler keine Chance, aber er ist komplett zugedröhnt und ich bin hoch konzentriert. Ich ducke mich also und verpasse ihm einen vernichtenden Aufwärtshaken gegen die Nase. Gute siebzehn Jahre Wut aus der unteren Mittelschicht, gute siebzehn Jahre Plackerei für nichts und wieder nichts, dazu ständige Angst und hoffnungslose Verwirrung ergeben einen glücklichen, das Hirn durchschüttelnden, Knorpel zermanschenden Schlag. Fallish fuchtelt windmühlenartig mit den Armen und kracht rücklings in und über einen Büfetttisch. Auf dessen anderer Seite sackt er zu einem nassen, mit Sashimi bedeckten Haufen zusammen. Ich wische klatschend meine Hände aneinander ab. Wahrscheinlich muss ich mich auf massive rechtliche Schritte gefasst machen.

»So machen wir das in Jersey«, verkünde ich so laut, dass es jeder hören kann.

Dann stürme ich weiter. Die eingeschüchterte Bande teilt sich wie das Rote Meer vor mir, sodass ein unebener Weg zu Cassie und Shelby entsteht. Die beiden sitzen in String-Bikinis an einem runden Glastisch, wo sie Shots trinken und koksen. Shelby raucht eine Zigarette und mustert mich kühl. Sie ist wieder ganz das Partygirl.

»Ich wollte dir nur eins sagen«, stottere ich, wie immer irritiert von ihrer exquisiten Erscheinung. »Celia Lieberman hat nie um diese Sache gebeten. Das haben ihre Eltern arrangiert.«

Shelby schnippt kaum interessiert die Asche weg. »Ihre Eltern. Wieso das?«

Sie kapiert es einfach nicht. Wie könnte sie? Trotz allem rege ich mich auf.

»Aus dem gleichen Grund wie alle anderen«, antworte ich aufgebracht. »Weil sie ihre kostbaren Lieblinge vergöttern. Weil sie alle wollen, dass ihre kleinen Prinzessinnen cool und beliebt sind, wie sie selbst es waren oder auch nicht waren. Um all die bescheuerten Highschool-Sachen machen zu können, die sie selbst gemacht oder auch nicht gemacht haben. Aber du wirst nie verstehen, wie es ist, ganz außen im Orbit zu sein, weil du ja immer im Mittelpunkt von allem stehst.«

»Wie süß. Brooks Rattigan, Retter der Geknechteten. Also

bitte«, sagt Shelby und kippt einen Shot, bevor sie an einer Zitronenscheibe lutscht.

»Und noch was«, lege ich nach. »Ich bin übrigens nicht aus Manhattan, sondern aus Pritchard!«

Erstauntes Gemurmel und ratloses Schulterzucken in der ganzen Lagune. Niemand an der Green Meadow Country Prep hat je davon gehört.

»Das liegt in Central Jersey«, füge ich hinzu und gehe aufs Ganze.

Man schnappt nach Luft. Jersey. *Das* ist mal schockierend. Shelby starrt mich ungläubig an. Jersey. Das kann nicht wahr sein.

»Noch mehr Lügen«, sagt sie verächtlich.

»Niemand lügt, wenn er behauptet, aus Central Jersey zu sein. Und mein Vater war tatsächlich in Harvard. Für einen kurzen Moment war er Schriftsteller, aber jetzt arbeitet er als Postbote in Hoboken.«

Wieder wird nach Luft geschnappt. Ein Briefträger. In Hoboken. Blankes Entsetzen. Geht's überhaupt noch schlimmer?

»Sag ihr, warum du als Ersatz-Date jobbst!«, platzt Celia Lieberman dazwischen und baut sich mit Franklin neben uns auf.

Es geht noch schlimmer. Und genau das ist gerade passiert.

»Celia, würdest du mich das bitte selbst regeln lassen?«, zische ich sie leise an. Ich bin entschlossen, bei meiner trotzigen Haltung zu bleiben.

Während sie Rauchringe in unsere Richtung bläst, mustert Shelby Celia Lieberman und Franklin gleichgültig amüsiert.

»Celia, wie ich sehe, hast du ein Date«, bemerkt sie zynisch. »Haben deine Eltern ihn auch bezahlt?«

Zack! Wumm! Das muss wehtun. Aber Celia Lieberman zuckt nicht mit der Wimper.

»Mir hat keiner einen Cent bezahlt!«, protestiert Franklin, der schließlich einen Ruf, wie seltsam der auch sein mag, zu verteidigen hat.

»Das kann ich mir richtig gut vorstellen«, meint Cassie lachend.

»Wie ich schon sagte«, knurre ich, genervt von den ständigen Unterbrechungen.

Gekicher. Celia Lieberman ignoriert die anderen und mich. Sie starrt nur Shelby an.

»Ich will dir nur noch sagen, warum Brooks als Ersatz-Date jobbt.«

»Ich habe für einen Abend schon genug über Brooks Rattigan gehört, aber danke.«

»Ich auch!«, tönt Franklin dazwischen.

»Er hat die Zulassung für die Columbia, aber nicht genug Geld, um hinzugehen«, verkündet Celia Lieberman laut.

Himmel! Das war die einzige Sache, die ich für mich behalten wollte. Ich meine, das Letzte, was ich will, ist deren Mitleid. Auch wenn sie das oder irgendwas anderes sowieso nicht freiwillig hergeben.

»Du solltest Brooks dafür schätzen, was er ist!«, fährt Celia Lieberman, die irgendwie gestört in Fahrt gekommen zu sein scheint.

»Ach, und das wäre?«, fragt Shelby verächtlich.

»Ein anständiger, hart arbeitender Junge, der immer um alles kämpfen musste, was du, ich und jedes andere verzogene Gör auf dieser Scheißparty für selbstverständlich halten!«

Nach allem, was ich getan habe, verteidigt Celia Lieberman mich. Wäre ich nicht so entsetzt, würde mich das rühren. Aber wessen großer Auftritt ist das hier eigentlich?

»Wenn Brooks so fantastisch ist«, fragt Shelby sarkastisch, »warum bist du dann nicht mit ihm zusammen?«

»Weil sie mit mir zusammen ist!«, piepst Franklin gekränkt.

»Ich muss doch sehr bitten!«, fahre ich Franklin an und drehe mich dann schnell wieder zu Shelby um. »Äh, wo war ich gerade?«

Ich kann mich nicht erinnern. Ich bin völlig aus dem Konzept. Mein Angriff, so bescheiden er auch war, ist total danebengegangen.

»Schlimm genug, dass du ein Ersatz-Date bist«, nutzt Shelby die Gelegenheit in stiller Wut. »Aber warum musstest du auch noch über dich und deine Herkunft lügen?«

»Weil ich fürchtete, wenn du mein wahres Ich kennst, würdest du einen Rückzieher machen.«

Da stehe ich jetzt – als der Mensch, der ich nach Kräften versuche, nie zu sein. Verletzlich. Ich lege alle meine Karten auf den Tisch. Gebe mich der universalen Lächerlichkeit und der sicheren Zurückweisung preis.

»Das stimmt nicht!«, behauptet sie aufgebracht.

»Ach nicht?«, frage ich leise. Könnte das möglich sein? Könnte ich sie falsch eingeschätzt haben? Wenn ich es nicht so komplett verbockt hätte, hätte ich dann wirklich den Hauch einer Chance haben können? Irgendwie macht das alles nur noch tragischer.

Aber da wendet sie die Augen ab, entzieht sich meinem eindringlichen Blick. Und damit habe ich meine niederschmetternde Antwort und mein düsteres Weltbild bestätigt.

»Ich wollte dich nie verletzen«, sage ich dümmlich, als ob Absichten irgendeine Rolle spielen würden. »Sorry, dass ich dir deinen großen Abend versaut habe.«

In einer fließenden Bewegung springt sie auf und ohrfeigt mich. Hart. Genau auf meine ohnehin schon verwundete, geschwollene Schnauze. Der Schmerz ist stechend und grell. Wieder explodieren Sterne und ich sehe verrückt zuckende Muster.

»Fahr zur Hölle, Rattigan.«

Sie schiebt sich durch die Menge und verschwindet. Vorsichtig berühre ich meine jetzt wieder blutende Wunde, bewege meinen mehr denn je schmerzenden Kiefer und rücke meine schwarze Fliege zurecht. Alles schweigt. Eine einzige superattraktive Einheit starrt mich an. Ich habe keine Ahnung, was die alle denken, aber die hatte ich ja noch nie. Nicht wirklich. Was hat dieser F. Scott Fitzgerald, den wir in Englisch durchgenommen haben, noch mal gesagt? »Die Reichen sind anders als wir.«

»Die Show ist zu Ende, Leute«, verkünde ich meinem faszinierten Publikum. »Schönes Leben noch! Und macht euch keine Gedanken um uns Tagelöhner.«

Die Wohlhabenden bilden eine Gasse für den Habenichts. Als ich gehe, und diesmal ist es endgültig, da höre ich Franklin Celia zuflüstern:

»Ist mir zuwider, es zuzugeben, aber das war endcool.«

Meine Kutsche erwartet mich genau dort, wo ich sie zurückgelassen habe. Im Leerlauf vor dem Eingang. Ich gebe dem Jungen einen Zwanziger Trinkgeld.

Ist doch bloß Geld.

Erst deutlich nach zwei Uhr rolle ich in Pritchard rein. Die dunklen, verlassenen Straßen sind mir nicht mehr vertraut. Die zugenagelten Schaufenster, die längst geschlossenen Läden, die maroden Wohnhäuser sind zu Phantomen einer unwiederbringlichen Version meiner selbst geworden. Ich bin ein Fremder in meinem eigenen elenden Land.

Ich trotte die drei endlosen Treppen hinauf und den schäbigen Flur entlang, um dorthin zu kommen, wo ich wohne. An den Ort, wo ich wenigstens meine müden Knochen zur Ruhe betten kann. Aber als ich die Tür öffne, ist da nicht die übliche Dunkelheit, sondern das flimmernde Licht des Fernsehers, in dem eine Wiederholung des Yankees-Spiels läuft.

»Heftigen Abend gehabt?«, ruft Charlie total lässig von der Couch und stört damit meine Zuflucht der Stille.

Er setzt sich in seinen Klamotten hellwach auf. Ich möchte am liebsten losheulen. Nach Wochen, in denen wir in gegenseitigem Einvernehmen auf Distanz gegangen sind, muss Charlie mir ausgerechnet jetzt auflauern? Ich kann damit nicht umgehen. Nicht mit ihm und schon gar nicht, wo ich mental und körperlich gerade ein Wrack bin.

»Was hast du noch mal gesagt, wo du arbeitest?«, fragt die nur als Silhouette erkennbare Gestalt, als ich nicht antworte.

»Was kümmert dich das?« Ich schirme mein Gesicht mit einer Hand ab und will an ihm vorbei in mein Zimmer huschen. Aber bevor ich die Tür zutreten kann, steht er im Türrahmen, was mich überrascht. Ich wusste gar nicht, dass der alte Knabe sich so schnell bewegen kann. Ich drehe mich um und erinnere mich zu spät, dass ich das besser nicht tun sollte. Charlie schnappt hörbar nach Luft, als er mich sieht.

»Gütiger Himmel, Brooks! Was hast du denn gemacht? Bist du gegen eine Tür gelaufen?«

»Nein, nur gegen eine kalte Dosis Realität.«

Ich bin so müde, dass ich es nicht mehr schaffe, die Fassade aufrechtzuerhalten. Ich will nur noch unter meine Decke kriechen, mich wie ein Embryo zusammenrollen und für immer schlafen. Aber ich weiß auch, dass Charlie mich nicht lassen wird. Also werfe ich mich nur seitlich auf mein Bett. Eine vertrauliche Aussprache, um die wir bisher immer irgendwie herumgekommen sind. Endet diese Qual denn nie?

Charlie macht die Deckenlampe an. Ich kneife die Augen gegen das grelle Licht zusammen. Er zuckt noch mal zusammen, als er meine schwarzblaue Pracht in aller Deutlichkeit sieht.

»Brooks, hättest du die Freundlichkeit, mir mitzuteilen, was zum Teufel los ist? Und bitte beleidige das, was von meinen Gehirnzellen noch übrig ist, nicht mit der Behauptung, du hättest über zehntausend Riesen gespart, indem du bei Bar-Mizwas die Tische abgeräumt hast.«

»Ich begleite Mädchen zu gesellschaftlichen Ereignissen«, nuschle ich ins Kissen, während jede Faser meines Körpers nach Schlaf schreit.

»Was für Ereignisse?«, höre ich ihn sagen.

»Homecoming. Ein paar sechzehnte Geburtstage. Kleinere und größere Bälle. Ich bin sehr vielseitig.«

Charlie setzt sich langsam neben meine reglose Gestalt auf die Bettkante.

»Und die bezahlen dich?«, fragt er zögernd. Das ist eine Menge auf einmal zu verarbeiten.

»Ihre Eltern. Hör mal, ich bin fertig, also könntest du mir bitte die väterliche Standpauke ersparen? Außerdem bist du dafür wohl kaum qualifiziert.«

Normalerweise würde das reichen, um ihn loszuwerden. Aber heute Abend und nach dem, was ich gerade enthüllt habe, prallen meine Raketen völlig nutzlos an seinem Kraftfeld ab.

»Du hast aber nicht mit denen geschlafen, oder? Oder ich meine, du hast dich geschützt …« Angewidert verstummt er.

Das trifft mich selbst in der tiefen Starre, in der ich mich eigentlich schon befinde. Kennt er mich wirklich so wenig? Im Unterschied zu ihm habe ich gewisse Prinzipien, so armselig sie auch sein mögen. Wütend springe ich auf, stolpere zur Tür und fuchtele mit der Hand, damit er verschwindet.

»Wenn es dir nichts ausmacht, dann hätte ich jetzt gern ein bisschen Privatsphäre«, sage ich hitzig.

Er rührt sich nicht, sondern bleibt einfach sitzen.

»Brooks, es mag vielleicht nicht so wirken, aber ich versuche echt mein Bestes, um zu verstehen …«

»Okay, es ist so, Charlie. Abgesehen von einem Banküberfall

oder einem Lottogewinn schien das meine beste Chance zu sein, um das Geld für die Columbia zusammenzukriegen.«

Da schaut Charlie hoch, als sähe er mich zum allerersten Mal.

»Gütiger Gott, Brooks, willst du das wirklich so sehr?«

Keine Ahnung. Ich weiß überhaupt nichts mehr. Alles, was ich weiß, ist, dass ich ihn verdammt noch mal aus meinem Zimmer haben will, damit das endlich aufhört, aber er geht nicht.

»Es spielt wirklich keine Rolle, wo du auf die Uni gehst, Brooks. Keiner da draußen merkt sich das. Ich meine, ich war in Harvard. Und schau, was aus mir geworden ist.«

Da haben wir es wieder. Mein ganzes Leben lang hält er mir sich selbst als strahlendes Vorbild vor, in Bezug darauf, was ich nicht tun und nicht sein soll. Ich habe es so satt. Ich habe genug von seinen großartigen gebrochenen Versprechen, die wie giftiger schwarzer Nebel überall hängen.

»Was ist denn aus dir geworden, Charlie?«, platzt es aus mir heraus. »Du hattest doch alles. Wie hast du es geschafft, es so dermaßen zu verkacken?«

Mein ganzes Leben lang habe ich drauf gewartet, diese Frage zu stellen. Diese Frage, um deren Antwort er sich schon mein ganzes Leben lang drückt. Wir sind beide gleichermaßen erstaunt, dass ich sie nun tatsächlich gestellt habe.

Charlie steht auf und geht. Ich knalle die Tür hinter ihm zu und schließe sie ab. Ich bin zu kaputt, um mich wegen meiner Worte mies zu fühlen. Auch wenn ich weiß, dass genau das angebracht wäre.

Was für ein Abend.

Fazit

Jetzt wisst ihr also, warum ich nur eine Woche nach dem großen Blutbad an einem Samstagabend im Mai mit Gabby Dombrowski in Hackensack unterwegs bin. Als ich mich im Heck einer Stretchlimo am Ende eines erwiesenermaßen sehr langen, sehr anstrengenden Abends neu sortiere, reflektiere ich die lange Liste meiner Missetaten. Und worauf das hinausläuft, ist Folgendes: Im Grunde genommen bin ich ein Idiot. Etwas, was man einen Schurken, einen Schuft, einen totalen Halunken nennt. Ich sollte geteert und gefedert und mit Schimpf und Schande aus der Stadt getrieben werden. Und doch muss in mir ein winziges Bröckchen Gutes stecken. Denn selbst bei meinen mittlerweile stark reduzierten Lebensverhältnissen kann ich mich nicht dazu durchringen, jemandem abzusagen, der für den Abschlussball versetzt wurde, wie mir Mrs Dombrowski über ihre Tochter anvertraut hat. Tatsächlich sogar zweimal. Ich hoffe, ich habe allen Dombrowskis damit eine angenehme Erfahrung beschert, an die man sich gern erinnert, denn für mich ist es eine weitere, die ich möglichst schnell vergessen möchte. Jedes einzelne Nervenende, jedes Gelenk und jede Muskelfaser meines ohnehin schon empfindlichen Kadavers schmerzt nach all den Stunden von Gabbys überunermüdlichen Betätigungen. Ich meine, das Mädchen ist ein richtiger Duracell-Hase. Sie macht immer weiter und weiter.

»PARTY!«, schreit Gabby aus dem offenen Wagenfenster ins Nichts. »ROCK ON!«

Voller Begeisterung haut sie mich so fest, dass mir die Zähne klappern. Wie ist es nur zu alldem gekommen? Wo bin ich falsch abgebogen? Oder besser gesagt, wo nicht? Ich kann nicht aufhören, an all meine miesen Entscheidungen zu denken. Davon gibt es endlos, endlos viele. Allein die Menschen, die ich verletzt habe. Auch davon gibt es viele. Doch vor allem kann ich nicht aufhören, an mein armes kleines Ich zu denken, das einsam und ohne Freunde in einem kalten, grausamen Universum gefangen ist.

»Brooksie, ich habe da diese Teamkollegin, Tina in Teaneck«, schwatzt Gabby. »Sie gibt immer Vollgas. Ihr Abschlussball ist nächste Woche …«

Ich schaffe es, mich durch den Schleier des selbst verschuldeten Elends hindurch auf Gabby zu konzentrieren.

»Danke, Gabby, aber nach heute Abend hänge ich den Smoking für immer an den Nagel. Du bist mein letzter Gig.«

Der glückliche Ausdruck verschwindet aus Gabbys Gesicht, und ich merke, wie mein letzter Satz geklungen haben mag. »War ich so schlimm?«, fragt sie plötzlich schüchtern, und die üblichen Minderwertigkeitskomplexe sind zurück.

»Nein, du warst fantastisch«, versichere ich ihr. »Äh, sehr erfrischend …«

Sie lächelt erleichtert.

»Es liegt an mir«, sage ich. »Ich kann einfach nicht mehr.«

Noch vier Tage bis zum Schulschluss und der gesamte Pritchard-Abschlussjahrgang macht so ziemlich blau. Am Freitag bin ich praktisch der Einzige, der sich noch im Klassenzimmer blicken lässt. Während ich mich um die größere Szene der Metropolregion gekümmert habe, scheint meine eigene Szene ohne mich weitergemacht zu haben. Infolge meiner langen Abwesenheit bin ich zu einer Randfigur geworden, zu einem Außenseiter, der nicht mehr miteinbezogen wird, nicht mehr eingeladen oder überhaupt auf dem gesellschaftlichen Radar auftaucht. Während ich also im Alleingang missmutige Lehrer zwinge, sich Unterrichtsinhalte auszudenken, feiern alle außer mir am Strand, drehen in irgendeinem Freizeitpark durch oder bereiten sich hinsichtlich Überzeugungsarbeit des weiblichen Geschlechts auf den Abschlussball vor.

Abschlussball. Allein das Wort nie wieder zu hören, kann gar nicht früh genug kommen. Schon bei dem Gedanken an einen weiteren Abend einengender Kummerbunde, aufgetakelter Mädels, zufriedener Eltern, schleimiger Maîtres d'Irgendwas, an fettiges Essen, zerquetschte Zehen und stumpfsinnige Exzesse, möchte ich in ein Kloster gehen und ein ewiges Schweigegelübde ablegen. Ich bin so was von fertig mit Abschlussbällen. Zum Glück gibt es nach der Highschool keine Abschlussbälle mehr. Das war's. Das hier ist mein letzter. Und wie ein weiser Mann einmal sagte: *»Include me out.«* In Zukunft ohne mich.

Ich fahre im jetzt stoßstangenlosen Beast die Hauptstraße hinunter, und mir fällt die Schlange wartender Gäste auf, die ins The Gun wollen. Unter Murfs genialer Leitung ist das, was einst für ein dem Tode geweihtes Unternehmen gehalten wurde, an den Wochenenden zum allgemeinen Hotspot geworden mit regelmäßigen Veranstaltungen wie Karaoke, Open Mic sowie All-you-can-eat-Spaghetti-Abenden und sogar Bingo. Als Nächstes kommt man wohl nur noch rein, wenn man reserviert hat. Aber für mich ist The Gun mittlerweile schon seit Monaten Sperrgebiet. Aus gutem Grund wurde ich vom Allerbesten-Freund-den-sich-jeder-nur-wünschen-kann ins Exil geschickt. Aber jetzt nicht mehr, entscheide ich spontan, und parke auf der anderen Straßenseite.

Es dauert ganze zehn Minuten, um mich in der Warteschlange vorzuarbeiten. Wie gesagt, die Bude ist, seit ich hier geschuftet habe, nicht wiederzuerkennen. Stimmungsvolle Beleuchtung, karierte Tischdecken, eingeschweißte Speisekarten. Murf, ganz geschäftsmäßig mit einem schicken Nadelstreifenanzug und Vintage-Filzhut bekleidet, empfängt die Gäste an der Tür. Er ignoriert mich, als ich an der Reihe bin.

»Sie wünschen?«, fragt er höflich die Frau hinter mir.

»Hey, was ist mit mir?«, protestiere ich.

Murf klopft auf ein gedrucktes Schild an der Wand.

»Sorry, aber das Management behält sich das Recht vor, den Service abzulehnen.«

»Aus welchen Gründen?«, hinterfrage ich empört.

»Aus dem Grund, weil du ein totaler Drecksack bist!« Er bemerkt meinen noch etwas geschwollenen Kiefer. »Und wer hat dein Gesicht neu arrangiert?«

»Na ja, du solltest den anderen Kerl mal sehen.«

»Na ja, ich würde ihm trotzdem gern dankbar die Hand schütteln«, erklärt Murf. Er schnippt mit den Fingern und gibt einem Angestellten das Zeichen, den Empfang zu übernehmen, dann holt er hinter dem Tresen einen Mopp und einen Eimer auf Rädern hervor und wischt dermaßen schnell vor mir rum, dass ich aus dem Weg springen muss.

»Erinnerst du dich an die superheiße Braut vom Pixies-Konzert?«, bleibe ich ihm auf den Fersen.

»Schwach«, meint er bissig. »Wir wurden uns nie wirklich vorgestellt.«

Ich folge ihm zur Herrentoilette. Und ich muss zugeben, ich bin sehr beeindruckt. Man sagt, der wahre Test, ob es sich um einen guten gastronomischen Betrieb handelt, ist nicht die Hühnerbrühe, sondern die Herrentoilette. Und, vertraut *moi*, ich war schon in einigen ziemlich zweifelhaften Toiletten ziemlich hochtrabender Restaurants. Ihr wärt überrascht, wie selbst die elegantesten Schuppen an Papierhandtüchern knausern, was zu meinen Lieblings-Fünf-Sterne-Ärgernissen gehört. Denn ich frage euch: Gibt es etwas Schlimmeres als nasse, seifige Hände, die man sich nirgendwo abtrocknen kann? Doch hier sind die Papierhandtücher reichlich und im Überfluss vorhanden. Und die Böden, ich könnte von den Böden schwärmen. Sie glänzen, sind praktisch makellos, weit entfernt von dem fauligen Sumpf, den wir damals immer auf eigene Gefahr betreten haben.

»Tropfspuren«, sagt Murf und lenkt den Eimer in eine Kabine. »Ich hasse Tropfspuren.«

Während er um das Toilettenbecken wischt, halte ich Abstand und sammele Mut, um weiterzusprechen. Denn was ich zu sagen habe, wird für alle Beteiligten schmerzhaft.

»Der wahre Grund, warum ich dich beim Konzert abserviert habe, war, weil ich nicht wollte, dass diese superheiße Braut weiß, dass wir Freunde sind …«

»Oh, da fühle ich mich gleich viel besser!«, höre ich ihn sarkastisch sagen.

»Ich habe befürchtet, wenn sie dich kennenlernt, würde sie herausfinden, dass ich aus Jersey komme.« Ich schaue auf meine Füße. Meine Handflächen sind verschwitzt. Der nun folgende Teil ist der schwerste von allen. »Ich habe mich geschämt.«

Eine lange, unheildrohende Pause. Dann erscheint ruckartig Murfs Kopf in der Kabinentür und er starrt mich an.

»Du schämst dich für Jersey?«, fragt er, der Gedanke ist für ihn unvorstellbar.

Ich kann ihm nicht in die Augen sehen. Ich fühle mich genau wie der rückgratlose Wurm, der ich auch bin. Weil uns beiden klar ist, dass ich mich nicht nur für meine Heimat schäme, sondern auch für ihn.

»Ich weiß nicht mehr, wer ich bin, Murf.« Wahrere Worte

habe ich noch nie ausgesprochen. Ich weiß nicht nur nicht, wer ich bin, sondern auch nicht, was ich bin und worum es mir geht. Ich weiß nicht mal mehr, ob ich es jemals gewusst habe. »Es ist, als wäre ich das Ersatz-Date in meinem eigenen Leben.«

»Verdammt schön gesagt, Brooks.« Zu meiner Überraschung lacht Murf, aber derb in einer Art und Weise, wie ich ihn noch nie zuvor lachen gehört habe.

»Findest du?«, schöpfe ich Hoffnung.

»Trotzdem bist du ein totaler Drecksack!«

Wenn mich Murf früher einen Drecksack nannte, war es lustig, eine Art witziger, schlagfertiger Konter, und ich hätte es ihm auf gleiche Weise heimgezahlt. Aber das war einmal, denn Murf meint es jetzt total und völlig ernst. Sein normalerweise gutmütiges Gesicht ist starr, er blickt streng, und sein Kiefer ist angespannt, seine Miene ansonsten ausdruckslos. Als ob wir uns nicht kennen würden. Als wäre alles, was wir zusammen erlebt haben, nie geschehen. Als wären wir Fremde.

»Du weißt nicht mal die Hälfte«, murmele ich kleinlaut.

Murf marschiert zur Tür, öffnet sie schwungvoll und hält sie auf, damit ich gehen kann. Was ihn betrifft, ist sogar das Scheißhaus zu gut für mich.

»Ich bin vielleicht nur der Wochenendmanager eines unbedeutenden Sandwichladens, Rattigan«, sagt er sehr würdevoll. »Aber deinen Job möchte ich für kein Geld der Welt haben.«

Keine Ahnung, was ich erwartet habe, aber das nicht. Ich fliehe, renne immer schneller, weg vom The Gun, weg von Murf, laufe vor einer weiteren Demütigung davon, aber vor allem vor der schrecklichen Realität meiner selbst. Wie in einem Film sehe ich mich den Gehweg hinunterstürmen, um irgendwo in Deckung gehen zu können. Ich komme mir vor wie eine Kakerlake.

»KRIEG DEINEN SCHEISS AUF DIE REIHE!«, brüllt mir Murf vom Eingang des The Gun hinterher.

Meinen Scheiß auf die Reihe kriegen. Wenn ich nur könnte. Mein Scheiß ist so unzusammenhängend, dass ich nicht einmal mehr weiß, was eigentlich mein Scheiß ist. Die letzten Tage meiner Highschool-Zeit vergehen langsam. Von meinem Bett aus werfe ich deprimiert einen weiteren Dartpfeil auf das Blatt Papier, das an der Pinnwand gegenüber befestigt ist, und mein Verstand hat Mühe, das Unverzeihliche zu verzeihen. Ich frage euch noch mal: Was war eigentlich meine wahre Verfehlung? Unterm Strich: Ich wollte mehr. Ist das wirklich so schrecklich? Nicht nur die Karten zu akzeptieren, die einem gegeben wurden, sich nicht mit dem Wenigen zufriedenzugeben? Ist es Sünde, sich eine Shelby Pace zu wünschen, auf eine Columbia gehen zu wollen? Gut, ich habe ein paar Abkürzungen auf dem Weg dorthin genommen. Okay, ein riesiger, dampfender Haufen Abkürzungen. Aber das macht doch jeder. Drängen, sich bemühen, nichts anbrennen lassen. Wird das nicht von mir erwartet? Das ist doch der American Way, oder?

»Hey, ist heute nicht dein Abschlussball?«

Charlie steht kerzengerade im Türrahmen. Er sieht irgendwie verändert aus, konturierter. Dann bemerke ich, dass er sauber rasiert ist, sein Haar ordentlich und kurz geschnitten. Seine Jeans und sein Oberhemd sind neu, die Falten der Verpackung sind noch zu erkennen. Doch am erstaunlichsten sind seine Augen. Sie sind weder blutunterlaufen noch triefend. Dennoch bin ich zu sehr in die Untiefen meiner Verzweiflung versunken, um diese bemerkenswerte Transformation irgendwie zu kommentieren.

»Ich geh nicht hin«, grummele ich und werfe einen weiteren Pfeil. Das Ziel ist mein offizielles Annahmeschreiben von der Columbia, das mittlerweile von Löchern durchsiebt ist.

»Wie kommt's?«

»Konnte kein Date finden. Ausgleichende Gerechtigkeit, meinst du nicht auch?«

Okay, ich geb's zu. Bislang habe ich versehentlich versäumt zu erwähnen, dass ich Gina Agostini in einem kurzen Moment der Schwäche gefragt habe, aber sie war schon vergeben – zieht euch bitte das mal rein – an Burdette. Der Gedanke, dass die beiden, na ja, da dreht sich mir geradezu der Magen um. Eigentlich ist völlig egal, mit welchem lebendigen, atmenden Wesen sich Burdette paaren mag, mir dreht sich bei jeder Vorstellung in der Hinsicht der Magen um. Ich stehe kurz auf, reiße die Pfeile aus der Korkpinnwand, um das masochistische Ritual erneut zu beginnen.

»Charlie, ich habe kein Problem damit, an die Rutgers zu gehen«, kündige ich an und bleibe bemerkenswert ruhig ohne jegliche Verbitterung und Wut, fast magisch. Jetzt, da es endlich vorbei ist, reagiere ich auf meine lebenslange Haftstrafe seltsam resigniert. »Das ist eine super Schule. Ich kann mich glücklich schätzen, dass ich angenommen wurde.«

»Stimmt, Brooks, aber du gehst nicht auf die Rutgers.«

Ich erstarre mitten im Ausholen des Dartpfeils. Moment mal, das steht so nicht im Drehbuch.

»Wovon redest du da?«, frage ich.

Und Charlie, der grinst dieses einseitige Grinsen, das ich entfernt aus früheren Zeiten kenne.

»Tut mir leid, Kleiner, aber es ist zu spät«, sagt er lässig. »Ich habe deine Anzahlung an der Columbia bereits geleistet, und wenn du glaubst, dass ich das Geld abschreibe, bist du verrückt.«

Es macht nicht klick. Weil es nicht passt. Die Kosten sind viel zu hoch.

»Aber die Studiengebühren«, stammle ich. »Wir können uns das nicht leisten …«

»Ich habe die Comic-Sammlung verkauft.«

»Du hast deine Sammlung verkauft?« Ich bekomme die Worte kaum heraus.

Seine Sammlung? Sein ganzes Leben, sein ganzer Daseinsgrund ist diese Sammlung. Für Charlie ist es das ultimative Opfer, um das ich ihn nie gebeten hätte. So unglaublich selbstlose Gesten auch immer sein mögen, mehr geht einfach nicht. Und das berührt mich im Innersten an einer Stelle, von der ich nicht mal wusste, dass es sie gibt.

»Freu dich jetzt nicht zu sehr«, warnt er und tritt in mein Zimmer. »Es reicht nur für drei Semester. Aber ich denke, wir nehmen es so, wie es kommt …«

Mein Universum dreht sich auf einmal um die eigene Achse und ich muss mich im Bett zurücklehnen.

»Dad …«, krächze ich.

Ich kann mich nicht erinnern, wann ich ihn zuletzt so genannt habe, muss ewig her sein. Doch es fühlt sich gut an. Tatsächlich fühlt es sich großartig an. Es fühlt sich richtig an.

Er streckt die Hand aus und drückt meine Schulter. Seine Augen glänzen hell.

»Ich weiß, ich tauge nicht viel, Brooks, aber verdammt, ich kann das hinkriegen!«

Ich starre ihn an, von all den Möglichkeiten und Aussichten wird mir schwindelig.

Ich werde an die Columbia gehen. Kommt, lassen wir den ganzen restlichen Bullshit, oder? Wir alle wissen, dass es das zusätzliche Geld wert ist, und es macht einen Unterschied, sogar einen superriesigen. Aber wie auch immer es laufen wird, es wird alles klappen. Und wenn nicht, ist das auch in Ordnung. Denn zum ersten Mal kämpfen wir zu zweit gegen die Mächte der Dunkelheit. Endlich gehöre ich etwas Größerem an als nur mir, bin Teil von etwas Verlässlichem, auf das ich mich stützen kann, und bin selbst Stütze. Ich bin die eine Hälfte einer Familie. Mir fehlen die Worte, und plötzlich falle ich meinem Vater um den Hals, der die Umarmung heftig erwidert.

»Ich hatte es einfach nicht drauf, Brooks«, sagt er mit brüchiger Stimme. »Ich hatte nur das eine Buch in mir. Das ist die ganze Wahrheit. Aber du sollst deine Chance erhalten, so wie ich. Achte einfach darauf, aus den richtigen Motiven aufs College zu gehen. Um die beste Bildung zu bekommen, um ein anständiger Mensch zu werden. Denn am Ende ist das alles, was wirklich zählt.«

Ich nicke nur, bin vor Rührung sprachlos. Ich werde mir seinen Rat zu Herzen nehmen. Und ich werde sein Buch lesen. Ich werde versuchen zu verstehen.

Während wir beide mit den Tränen kämpfen, klingelt es – ob ihr es glaubt oder nicht – auf einmal an der Tür.

»Hm, wer mag das sein?«, fragt Dad ein wenig rhetorisch und vermittelt mir den Eindruck, dass er es weiß. »Sieh besser mal nach.«

Es läutet erneut. Irritiert schaue ich Dad an. Es ist fast halb acht, also zu spät für Fed Ex oder UPS, nicht dass sie überhaupt jemals bei uns klingeln würden. Wahrscheinlich ein durchgeknallter Spinner, der um Almosen bettelt. Nun ja, sorry, Alter, aber nicht in dieser malerischen Wohnung.

»Gehst du bitte mal an die Tür?«, sagt Dad und gibt mir einen kleinen Schubs.

Stolpernd und angesichts meiner plötzlich unbegrenzten Möglichkeiten taumelnd, öffne ich der Reihe nach die Schlösser. Wieder wird geläutet.

»Reg dich ab, ich mach ja schon!«, schreie ich und reiße dann die Tür auf.

Und da, den Arm in die Hüfte gestemmt, posiert sittsam auf dem Treppenabsatz keine Geringere als Celia Lieberman. Das Haar gestylt und hochgesteckt, in High Heels und einem verführerischen Cocktailkleid, das an genau den richtigen Stellen eng anliegt. Ein absolutes Babe.

»Es hat sich herumgesprochen, dass du ein Ersatz-Date für den Abschlussball brauchst.«

Sie lächelt schüchtern, unsicher.

»Hallo, Mr Rattigan«, winkt sie meinem Dad zurückhaltend.

»Hi, Celia«, strahlt er und weiß anscheinend, wer sie ist, auch wenn ich sie einander nicht vorgestellt habe. Also ist er offensichtlich ein Mitwisser in dieser geheimen Verschwörung, der Hund.

Ich bin mehr als überwältigt. Von Celia Liebermans Anblick, aber mehr noch von der Tatsache, dass sie hier in Pritchard ist. Ich kann es nicht fassen. Ich kann nicht fassen, dass sich Celia Lieberman aus ihrem klösterlichen Fantasieland in das Gebiet gewagt hat, wo sich die anderen neunundneunzig Prozent von uns abstrampeln, um gerade so über die Runden zu kommen.

Und sie ist wegen mir hier. Das haut mich um.

»Franklin …«, stottere ich wie ein Schwachkopf.

»Für jemanden, der als Genie gilt, ist Franklin ein ziemlicher Idiot«, zuckt Celia Lieberman mit den Achseln. »Ich finde nämlich, ich sehe tonnenweise besser aus als vorher. Und die Backstreet Boys, also echt.«

»Klar«, stimme ich zu. »Also, nicht dass der äußere Schein zählt …«

Tut er aber – zumindest auch. Und ich kann gar nicht genug betonen, wie heiß Celia Lieberman aussieht.

»Na dann, zieh dich um. So kannst du nicht zum Abschlussball.«

Hot diggity damn. Ich gehe zum Abschlussball! Okay, überredet, ich gebe es ja zu: Ich wollte die ganze Zeit dahin. Ich meine, es ist schließlich der letzte Riesenknaller, das Ende eines Wegs, der Anfang eines neuen. Und dieser hier ist meiner. Der Anlass muss gebührend gefeiert werden. Als ich mich grinsend auf den Weg in mein Zimmer mache, erhasche ich einen Blick über Celia Liebermans nackte Schulter und sehe draußen etwas, was man nicht jeden Tag sieht, zumindest nicht in Pritchard.

In unserer Straße, die von verrosteten Klapperkisten und ungewaschenen Kompaktwagen gesäumt ist, taucht eine elegante schwarze Lincoln-Town-Car-Limousine am Bordstein auf und hält hinter Celia Liebermans Prius. Auch sie dreht sich um und schaut sich das Ganze an. Wir sind beide total verblüfft. Ein Chauffeur mit breitkrempigem Hut und Kalbslederhandschuhen steigt eilig aus und öffnet feierlich die hochglänzend polierte hintere Wagentür.

Ein wohlgeformtes gebräuntes Bein in einem sexy Stiletto tritt heraus. Es gehört zu einem unglaublich perfekten Körper und einem noch unglaublich perfekteren Gesicht. Shelby, in einer hauchzarten, gewagten Designerrobe. Das Traumbild aufreizender Anmut. Atemberaubender denn je.

»Shelby?«, raune ich. Was in aller Welt macht sie denn hier? Ich schaue zu Dad, der mit den Schultern zuckt, diesmal genauso verwundert wie ich selbst. Als Shelby mich entdeckt, winkt sie nach oben, sie fühlt sich offenbar äußerst wohl in ihrer makellosen Haut. Ich beobachte sie, stehe wie gelähmt da, bin paralysiert. Dann schaue ich zu Celia Lieberman, dann wieder zu Shelby, dann wieder zu Celia Lieberman. Ich weiß nicht, was ich tun soll. Ich sage euch, diese plötzlichen Wendungen des Schicksals kann ich nicht länger ertragen.

Ich rühre mich nicht. Ich kann nicht. Wir drei stehen nur so da.

»Brooks!«, ruft Shelby und behauptet sich ganz exquisit dort auf dem Bordstein. Sie hat sich so weit vorgewagt, wie sie dazu bereit war. Aber sie kommt nicht hoch und wird auch nicht gehen, bis ich etwas unternommen habe.

»Nur zu«, sagt Celia Lieberman leise. »Es ist dein Abend.«

»Bin gleich wieder da«, verspreche ich. Dann schieße ich los.

Basedrums hämmern, Heavy-Metal-Gitarren dreschen. Ich fliege um die Treppenabsätze und springe mit einem Satz ganze Etagen hinunter.

Auf einmal ist Shelby direkt vor mir. Die sanfte Abendbrise bewegt ihre langen seidigen Locken und den funkelnden Stoff ihres Kleids. Die graue Tristesse von Pritchard schmilzt um sie herum, ihre goldene Priviligierten-Aura strahlt überall, wo sie ist. Bevor ich auch nur einen Ton herausbringe, stürzt sie sich wie eine Tigerin auf mich und küsst mich. Ich habe Mühe zu widerstehen. Ihre Hüften reiben an meinen. Ich spüre, dass sie unter ihrer Robe nicht viel trägt, wenn überhaupt, was nicht gerade hilfreich ist. Schließlich ringen wir beide nach Luft.

»Shelby, was machst du hier?«, keuche ich und klappe fast zusammen. »Woher wusstest du …?«

»Cassie hat zufällig mitbekommen, wie Celia erzählte, dass sie und Franklin Geschichte sind, weil sie mit dir zum Abschlussball geht«, erklärt Shelby und legt neuen Lipgloss auf. »Dann haben wir deine Schule gegoogelt, gesehen, wann der Ball ist, und haben deine Adresse herausgefunden. Alles ganz einfach.«

Shelby ist hier, weil sie weiß, dass Celia Lieberman hier ist. Wäre Shelby hier, wenn Celia Lieberman nicht hier wäre? Sollte mich das überhaupt kümmern? Weil Shelby unmöglich hier sein kann, um mich zum Abschlussball zu begleiten. Und noch dazu diesmal ohne Vortäuschung falscher Tatsachen meinerseits.

»Wohnst du echt hier?«, Shelby betrachtet das mit Graffiti verschandelte Gebäude mit beinahe greifbarer Abneigung. »Gehört euch die Wohnung oder zur Miete?«

Ich sehe sie an. Besitzen oder nicht besitzen? Das ist hier die uralte Frage. Ist es nobler, ein erhabener Vermieter zu sein oder die Pfeile und Schleudern des niedrigen Mietverhältnisses zu erdulden? Ich frage euch ernsthaft: Wen interessiert das schon? Spielt gar keine Rolle, vor allem nicht in Pritchard, denn – seien wir mal ehrlich – die ganze Stadt ist ein einziges Drecksloch. Aber irgendwie wird so was Shelby immer wichtig sein. Es wird immer eine Kluft herrschen, subtile Statusgrade, das unersättliche Bedürfnis, sich überlegen zu fühlen. Und völlig abrupt erkenne ich ihre unperfekte Seite, ihre Unvollkommenheit. Und wie Unvollkommenheiten halt so sind, ist es auch hier ein Riesenoschi. Ich meine, es muss doch echt anstrengend sein, immer wieder neue und bessere Mittel zu finden, um auf andere Menschen herabzusehen.

Shelby beugt sich vor, teilt ihre schimmernden Lippen und schließt die smaragdgrünen Augen für eine weitere Runde. Zum allerersten Mal sind meine Augen weit geöffnet.

Schönheit. Anmut. Kultiviertheit. Shelby besitzt all diese Eigenschaften und noch vieles mehr. Aber sie ist eben keine Celia Lieberman. Es würde Celia Lieberman nie in den Sinn kommen, eine solche Frage zu stellen. Celia Lieberman besitzt zu viel Klasse – wahre Klasse, die Art, die man nicht kaufen oder verkaufen kann. Celia Lieberman ist genau die Richtige. Und auch was Aussehen, Kultiviertheit und Intelligenz anbelangt, obwohl ich das Wort *Anmut* und Celia Lieberman nie in einem Satz benutzen würde. Celia Lieberman ist ein totaler Tollpatsch, aber hey, das ist Teil ihres Charmes. Und da merke ich, dass gerade etwas wirklich Weltbewegendes passiert ist.

Ich habe mich in Celia Lieberman verliebt.

Ich habe mich in Celia Lieberman verliebt? Wie kann das sein? Ich habe mich in Celia Lieberman verliebt. Krass. Hals-über-Kopf-krass. Celia Lieberman! Wie konnte ich mich bitte in Celia Lieberman verlieben?

Doch so ist es.

Heilige Scheiße, denke ich, während ich die Treppen genauso wieder hochsprinte, wie ich sie vorhin runtergesprintet bin. Ich bin verrückt nach Celia Lieberman! Ich bin völlig vernarrt in Celia Lieberman, stecke aber tief in der Patsche und liege angezählt auf dem Boden! Heilige Scheiße, mein Verstand rast, und mein Körper kämpft, Schritt zu halten, denn was ist, wenn ich zu spät bin? Mein Herz pumpt heftig, springt mir beinahe aus der Brust, während ich mich fünf Stufen auf einmal hochkatapultiere. Heilige Scheiße, was ist, wenn Celia Lieberman weg ist?

Als ich den zweiten Treppenabsatz umrunde, laufe ich fast an ihr vorbei. Sie sitzt auf der unteren Stufe, das Gesicht auf den Knien. Gott sei Dank! Ich ringe nach Luft, beuge mich vor und versuche, lässig zu sein.

»Wollen wir los?«, frage ich nonchalant.

Celia Lieberman schaut zu mir auf. Ihr Make-up ist ganz verschmiert, das Haar zerzaust. Sie weint. Ich möchte die Tränen weglecken, jeden einzelnen hinreißenden Tropfen.

»Ich hab doch gesagt, ich komme zurück«, erinnere ich sie behutsam.

»Aber Shelby ...?«, fragt sie verständnislos.

»Ich habe ihr erklärt, dass ich nicht mit ihr zum Abschlussball gehen kann, weil ich wahnsinnig und hoffnungslos verliebt in Celia Lieberman bin«, berichte ich. Und genauso habe ich das Shelby gesagt, Wort für Wort. Schätze, vermutlich hatte sie immer recht, was mich und Celia Lieberman angeht.

Celia Lieberman steht auf und wischt sich wütend die Tränen von den Wangen. Ich bin so ein blöder Arsch. Ich habe ihr wehgetan. Sehr. Wirklich sehr. Höchstwahrscheinlich zu sehr. Aber im Moment zählt nur, dass sie hier ist.

»Du beachtest mich nicht, betrachtest mich als selbstverständlich, behandelst mich wie die zweite Geige ...«, heult sie. Die Tränen, jetzt heiße, zornige, sind zurück.

»Ja.«

Und dann breche auch ich in Tränen aus und heule. Aus

Angst, dass ich es vermasselt habe. Ich befürchte, sie verloren zu haben. Ich weiß nicht, was ich tun soll, wenn ich sie verloren habe. Wir stehen in dem schmutzigen Treppenhaus so nah beieinander und doch so weit entfernt. Wir stehen da, die Tränen fließen, und sind uns sehr ähnlich, ein komplettes, totales Paar emotionaler Wracks.

»Und erwartest du nun, dass ich das einfach vergesse?«, sagt sie mit tränenerstickter Stimme. »Dass ich dir einfach verzeihe?«

»Wenn du das könntest, wäre ich dir sehr dankbar«, flüstere ich. »Bitte ja.«

Und, oh Mann, irgendwo mittendrin muss ich trotz meines Verhaltens etwas richtig gemacht haben, denn auf wundersame Weise liegt sie auf einmal in meinen Armen. Unser erster Kuss von – ich hoffe inständig – vielen Küssen. Weil, meine Freunde, wir reden hier von einem Feuerwerk und von süßen Symphonien. Sie macht mich echt, echt, echt scharf.

Der Ballsaal im Radisson Hotel ist vollgestopft mit schwitzenden Jugendlichen. Wir bewegen uns hypnotisch, eine einzige große, schäumende Masse, die sich zu Nas' hämmernden Beats des eher miesen Soundsystems bewegt. Im Saal ist es düster, der Boden ist ein wenig uneben. Hier gibt es keine ausgefallene Lichtshow, keinen Glanz oder Glamour. Und keine vorschriftsmäßigen Tanzschritte. Hier gilt strikt Freestyle. Meine Leute. Wir sind eben, wie wir sind.

Morgen gehen wir getrennte Wege, wohin uns das Schicksal auch führen mag. Hey, scheiß auf morgen! Es ist Abschlussball. Alles, was heute zählt, ist heute.

»Whose world is this?«, rappt Nas. *»Whose world is this?«*

»MEINE! MEINE! MEINE!«, donnern wir alle im Chor.

Name: Rattigan. Brooks Rattigan. Gesamtpunktedurchschnitt drei Komma acht drei. Vier Komma eins vier gewichteter

Mittelwert. Siebenhundertzwanzig in Sprache. Siebenhundertsechzig in Mathe. Sechshundertachtzig in Literatur. Aber jeder weiß, dass dieser Bereich Bullshit ist. Gewinner des National Merit Letter of Commendation. Tri-State-Lügner der Staaten New York, New Jersey und Connecticut. Allround-Trottel. Das war ich alles gleichzeitig. Von nun an begnüge ich mich jedoch damit, einfach ich selbst zu sein. Das allein ist schon eine ziemlich schwierige Aufgabe.

Plötzlich versetzt mir mitten im Gedränge eine Hand einen freundlichen Schubs – Murf in einem neonlilafarbenen Smoking. Er grinst breit, und dann schießt nachdrücklich sein Daumen nach oben, dass mein Date seine Zustimmung findet. Daraufhin haut es mich fast um – und ich meine echt um: Julie Hickey. Sie klebt geradezu überall an ihm. Murf zwinkert mir kurz zu. Mission erfüllt.

Ich lache. Murf, mein bester Freund. Er hat's echt durchgezogen. Celia sieht mich fragend an, wie sie es immer getan hat und immer tun wird. Lächelnd ziehe ich sie an mich.

Erfolg. Substantiv: endlich glücklich, der Mensch sein, der man wirklich ist.

Danksagung

Zuallererst möchte ich meinem standhaften Manager John Tomko danken, der mit mir durch dünn und dünner gegangen ist, selbst dann, wenn er es wahrscheinlich nicht hätte tun sollen. Danke für die Geduld und den Glauben an mich, Mann.

Dann danke ich meinem von mir dazu ernannten Guru Julianna Baggot. Ihre Schönheit, ihr Arbeitsethos und ihr Talent werden nur noch von ihrer Großzügigkeit übertroffen. Es war mir ein großes Vergnügen und ein echtes Privileg, sanft von ihr geleitet zu werden.

Meinen alten Kumpeln Bob Rodat, George Rush und John Spiegel danke ich fürs Lesen, für weisen Rat und/oder moralische Unterstützung, Jungs. Den neuen Kumpeln John Katzenbach und David Wolpe genauso.

Heather Whitaker danke ich, weil sie mir die Fehler im Verhalten meiner Figuren aufgezeigt hat.

Alix Reid, die eine außergewöhnliche Lektorin ist, danke ich natürlich dafür, dass sie ihrem Instinkt vertraut und den Mut der Überzeugung aufgebracht hat, sich nicht nur mit Bewährtem und Fiktivem zufriedenzugeben. Ganz zu schweigen von ihrer grenzenlos guten Laune und geradezu empörend wohlformulierten Anmerkungen.

Beth Davey, meiner Agentin, die unerschütterlich und *nim-*

mermüde – Adjektiv: unermüdlich; Englisch: *indefatigable* – ist, danke ich dafür, dass sie meine Schlachten zu meinem Besten geschlagen hat.

Schließlich gebühren wie immer Jennifer Gebirgszüge von Wertschätzung und Liebe fürs Lesen, noch mal Lesen und noch mal noch mal Lesen der nie endenden Entwürfe. Dafür, dass sie sich all die Tiraden angehört und es einfach mit mir ausgehalten hat.

Natürlich magellan©

FSC
www.fsc.org
MIX
Papier aus verantwortungsvollen Quellen
FSC® C083411

Wir pflanzen Bäume
Für unsere Umwelt
www.magellanverlag.de

FAIR PRODUZIERT
www.magellanverlag.de

Hergestellt in Deutschland
Gedruckt auf FSC®-Papier
Lösungsmittelfreier Klebstoff
Drucklack auf Wasserbasis

1. Auflage 2020

Die Originalausgabe erschien 2016 unter dem Titel »The Stand-In«.
Aus dem Englischen von Felix Grünspan und Ska Radczinski
Umschlaggestaltung: Christian Keller
unter Verwendung von Motiven von NETFLIX

Druck: CPI, Leck
ISBN 978-3-7348-5046-2

www.magellanverlag.de